MARK SULLIVAN

猩红色的天空下

BENEATH
A SCARLET
SKY

［美］马克·苏利文 著
王培宇 孙会军 译

上海文艺出版社

谨以此书献给

八千名不幸遇难的意籍犹太人；

数百万遭受纳粹战争机器奴役的人；

无数客死他乡的人；

以及最先知道这个故事并且拯救我的罗伯特·德兰多夫。

爱战胜一切。
——维吉尔,古罗马诗人

目 录

前言 ……………………………………………………… 001

第一部分　今夜无人入眠

第一章 …………………………………………………… 003
第二章 …………………………………………………… 014
第三章 …………………………………………………… 023
第四章 …………………………………………………… 033

第二部分　主的大教堂

第五章 …………………………………………………… 049
第六章 …………………………………………………… 061
第七章 …………………………………………………… 072
第八章 …………………………………………………… 083
第九章 …………………………………………………… 095
第十章 …………………………………………………… 108
第十一章 ………………………………………………… 123
第十二章 ………………………………………………… 143

第三部分　人的大教堂

第十三章 ………………………………………………… 165

第十四章	182
第十五章	189
第十六章	206
第十七章	223
第十八章	238
第十九章	250
第二十章	268
第二十一章	284

第四部分　最严酷的寒冬

第二十二章	305
第二十三章	320
第二十四章	338
第二十五章	351
第二十六章	370
第二十七章	377
第二十八章	393
第二十九章	409
第三十章	423
第三十一章	431
第三十二章	443

第五部分　主说："伸冤在我，我必报应。"

第三十三章	457
第三十四章	474
后记	484
致谢	503

前　言

2006 年 2 月初，在我四十七岁的时候，人生跌入最低谷。

和我关系最好的弟弟前一年夏天酗酒而亡；我写了一部无人问津的小说，卷入一场商业纠纷，随时处于破产的边缘。

傍晚，我独自一人驱车行驶在蒙大拿的高速公路上，开始思考保险理赔的问题，突然意识到自己死了比活着对家人更有价值。我打算开车朝快车道的桥墩撞过去，路上积雪皑皑，灯光昏暗，没人会怀疑我是自杀。

但就在这时，我的脑海里浮现出妻儿站在风雪里的画面。我回心转意了。下高速时，我全身不受控制地颤抖。在崩溃的边缘，我低下头，向上帝和全宇宙祷告求助，祈求一个助我超越小我的故事，一个让我全身心投入其中的故事。

信不信由你，就是在那天晚上的晚宴上，在蒙大拿博兹曼——偏偏是在那么一个地方，我听到了一个故事的几个片段。这个关于二战的传奇故事从未有人听说过，主人公是位年仅十七岁的意大利少年。

皮诺·莱拉那二战期间为期一年又十一个月的传奇经历，肯定是编造出来的，这是我的第一反应，否则大家早就应该听说过了。但之后我又得知,六十多年之后,皮诺(意大利语发音皮亚诺)依然健在。他在加利福尼亚的贝弗利山庄和马默斯莱克斯住了大约三十年后回意大利了。

我拨通了皮诺的号码。起初,他并不愿意谈起这段往事。他表示,自己根本不是什么英雄,而是个懦夫。这只让我更加想追问下去。通了好几次电话之后,皮诺终于答应见我一面,前提是我必须去意大利。

于是,我乘飞机到了意大利,在米兰北部马焦雷湖畔莱萨镇的一栋老宅里,我与皮诺共度了三周的时光。皮诺当时七十九岁,依然高大强壮、潇洒迷人、风趣幽默,但常常也会含糊其辞。听他回忆往事每次一聊就是几个小时。

有些事他记忆犹新,听他讲述,仿佛身临其境。有些则浮光掠影,需追根问底,才会水落石出。有些事、有些人他显然有意回避,还有一些似乎根本不敢谈起。在我的不断追问之下,老人只得重拾那些痛苦的岁月,聊到惨绝人寰之处,我们俩常常不由自主地抽噎起来。

那次去意大利,我还拜访了米兰研究大屠杀历史的专家,采访了天主教神父和意大利抵抗运动成员。我与皮诺造访了每一个重大事件的发生地点。我们去阿尔卑斯山登山滑雪,重走当年的逃亡线路;我们去了洛雷托广场,在那里,老人悲痛万分,还好有我及时扶住,他才没有瘫倒在地;我们去了斯福尔扎城堡,在附近的大街上我看到他的脸因痛苦而扭曲;我们还去了他最后一次看见墨索里尼的地方;最后在米兰大教堂外,我们给殉难者点起了蜡烛,我发现他的手一直在颤抖。

从头到尾,我一直亲耳聆听这位老人回忆他人生中那非同凡响的两年时光。他十七岁成人，可到了十八岁就好像一下子老去，人生起起落落，经历过磨难，收获过成功，领会过真爱，也体验过心碎。相较于皮诺那深不可测的年少时光，我的个人烦恼，乃至我的整个人生都显得无足轻重，不值一提了。他对人世间的悲欢离合有着深刻的洞见，这也赋予我一个全新的视角。我获得了治愈，还和皮诺成为了挚友。回到家中，我感觉到前所未有的幸福。

接下来的十年，我利用创作间隙又四次造访意大利，为皮诺的故事搜集更多的相关资料。我去了以色列耶路撒冷犹太人大屠杀纪念馆——以色列最大的犹太人大屠杀纪念与教育中心，向那里的工作人员了解情况。我咨询过意大利、德国、美国的历史学家，还在这三国以及英国的战争档案馆中花了几周的时间查阅资料。

为了确证皮诺故事中的各种事件，我竭尽所能寻找幸存的目击者，对他们进行采访。如果目击者多年前就已去世，我则尝试联系他们的后人和友人，这其中就包括英格丽德·布鲁克，那位神秘纳粹将军的女儿，正是因为她的父亲，皮诺的故事才变得如此纠结复杂。

我一直尽可能地尊重从档案馆、采访以及证词中收集来的史料。但我很快发现，由于二战结束之际大量与纳粹有关的文件遭焚毁，有关皮诺个人的过往经历，只残存下来一些零星、散落的书面记录。

整个意大利民族在那次战争之后似乎患上了一种集体失忆症，这也给我的工作带来了困难。市面上出版的书已经是汗牛充栋，讲的要么是诺曼底登陆日，要么是盟军在西欧的军事行动，抑或是其他欧洲人冒着生命危险英勇救援犹太人的故事。然而，在意大利被纳粹占领期间，意大利人如何利用天主教徒修建的地下铁路拯救意籍犹太人的历史，却不曾受到重视。六万盟军士兵为解放意大利献出了生命，十四万意大利人在纳粹占领期间悲惨罹难，然而却几乎找不到意大利反法西斯战争的记载，意大利因而常常习惯性地被历史学家称为"被遗忘的前线"。

这种集体失忆很大程度上是幸免于难的意大利人造成的。一位参与过意大利抵抗的老战士告诉我，"我们当时还年轻，一心想要忘却过去，把那些经历过的痛苦置之脑后。没人谈论意大利二战，也就没人记得这段历史。"

我得知这个故事之时，大量相关文献已被焚毁，人们普遍遗忘了这段往事，故事中的许多人物也相继过世，因此在创作情节和对话时，有时能依靠的只有皮诺几十年后的回忆、一些零星散存的证据资料、我在调查中被激发的想象以及建立在事实基础之上的猜测。为了叙事的连贯性，我把一些情节浓缩之后放在一起，又对一些原本断章取义、语焉不详的部分进行了戏剧化处理。

因此，读者即将要读到的不是一部纪实作品，而是历史传记体小说。不过，小说的内容与主人公皮诺·莱拉在1943年6月到1945年5月期间的真实经历紧密相关。

第一部分

今夜无人入眠

第一章

1943年6月9日
意大利米兰

　　跟历史上所有的法老、帝王、暴君一样，领袖无论如何也没有想到，法西斯意大利经历了兴盛之后却分崩离析、土崩瓦解了。在那个暮春的午后，权力从贝尼托·墨索里尼的手中流逝，就像年轻遗孀心中消逝的欢乐。

　　法西斯独裁者墨索里尼的军队遭遇打击从北非战场撤离之后，盟军顺势在西西里岛登陆。阿道夫·希特勒每天都不停地向南部调遣部队和物资，巩固意大利的防线。

　　皮诺·莱拉每晚都会打开短波收音机，收听英国国家广播电台的广播，对这一切了若指掌。他察觉到，无论自己到哪里，纳粹军人的数量都是越来越多。皮诺在米兰中世纪的大街上转悠，全然无视因冲突双方部队之间的对立而不断恶化的形势，这倒真是他的福气。第二次世界大战，也不过是则新闻消息罢了，前一秒听说了，后一秒就过去了。他的思绪很快就转移到姑娘、音乐、美食上，这三样事物才是他最关心的。

毕竟皮诺还只是个十七岁的少年。他身高一米八五，体重七十五公斤，身材瘦削，手大脚大，头发直，很不服帖。他满脸粉刺，老是一副束手束脚的样子，所以至今还没有姑娘答应过陪他一起看电影。还好，皮诺天生就是个从不气馁的性子。

米兰大教堂坐落于米兰市中心，是一座雄伟的哥特式教堂。皮诺意气风发、大步流星地和伙伴走在米兰大教堂广场上。

"我今天会遇到漂亮姑娘的，"迎着肃杀的猩红色天空，皮诺手舞足蹈地说道，"我们一见倾心，爱得疯狂，爱得惨烈，四处游历，享受各地的音乐、美食、美酒，日复一日、从早到晚都厮守在一起。"

皮诺的好友卡莱托·贝尔特拉米尼说道："你活在幻想里。"

"没有。"皮诺轻蔑地说道。

"你就是。"比皮诺小两岁的弟弟米莫说道，"一见到漂亮姑娘，你就动心了。"

"但还没哪个姑娘也对皮诺动过心呢。"卡莱托戏谑道。他长着一张圆脸，个子很小，比皮诺矮许多。

米莫个子就更小了，也补充道："这是真话！"

皮诺反驳道："你们真是一点浪漫都不懂。"

米兰大教堂外有一群工人在施工，卡莱托指着他们问道："他们在那里做什么呢？"

一些人在给大教堂的窗口安装木质窗框，窗口里一般会安上教堂的彩色玻璃。另一些人则从货车上卸下沙包，围着大教堂基座垒起一堵墙来。还有一些人在安装聚光灯，一群神父正立在教堂的双开大门旁关切地注视着。

皮诺说道:"我去看看怎么回事。"

"别想抢在我前面。"他的弟弟说着也朝那些工人跑过去。

"米莫遇事就急。"卡莱托说,"他得学着让性子静下来。"

皮诺一听笑了,转过头说:"你要是能有法子让他性子静下来,一定要告诉我妈。"

皮诺绕过那些正在干活的工人,径直向那群神父走去。他拍了拍其中一位的肩膀,打招呼说道:"神父,您好。"

那位二十多岁的神职人员也和皮诺一样个子很高,不过身材要壮硕一些。他转过身,从头到脚把眼前的少年打量了一番——皮诺那天脚踩新鞋,下穿灰色亚麻裤,上着纯白色衬衫,系一条绿色薄软绸领带,这条领带是母亲送他的生日礼物——目不转睛地直视着皮诺的双眼,仿佛能看穿他脑中所思所想,看到他内心深处让人不好意思的青春萌动。

他回道:"我是神学院的学生,还未被授予神父一职。没带教士领。"

皮诺吓了一跳,赶紧道歉:"啊,对不起。我们就是想知道,你们为什么要安装那些聚光灯。"

那位神学院学生正要回答,一只骨节粗大的手碰了碰他的右手肘。他往旁挪了挪,身后是一位身材矮小瘦削的神父。这位神父看上去五十多岁的样子,穿着白色神父袍,头上戴着红色小圆帽。这是米兰的红衣主教!皮诺一眼就认了出来,他心里一沉,赶紧单膝跪下行礼。

皮诺低着头问候道:"红衣主教大人。"

神学院学生严肃地纠正他:"请尊称他为'阁下'。"

皮诺抬起头来,困惑地答道:"但我的英国保姆教我,遇到红衣主教，要叫'红衣主教大人'。"

听到这话，神情严肃的年轻神职人员立刻板起脸来，但红衣主教伊尔德方索·舒斯特只是和蔼地笑道："巴尔巴雷斯基，我觉得他说得对。在英国，我的确被称为'红衣主教大人'。"

红衣主教舒斯特在米兰位高权重很有声望。他是意大利北部天主教领袖，深得教皇庇护十二世信任，是经常上报纸的人物。舒斯特的笑容传达出善意，但眼神却透带着威慑力，这给皮诺留下了不可磨灭的印象。

那位神学院学生明显有些不快了，反驳道："我们现在在米兰，'阁下'，不在伦敦。"

"这没关系。"舒斯特说道，他把手搭到皮诺肩上，示意他起身。"年轻人，你叫什么？"

"皮诺·莱拉。"

"皮诺？"

"我妈以前叫我朱塞皮诺，"皮诺说着，站起身来，"后来就干脆只叫皮诺了。"

舒斯特抬头看着眼前的"小约瑟夫"笑道："皮诺·莱拉，这个名字我会记住的。"

为什么红衣主教这样的人物会说出这样的话？皮诺觉得很困惑。

一阵沉默过后，皮诺突然脱口而出："'红衣主教大人'，我之前见过您。"

"哦，在哪里？"这让舒斯特感到有些意外。

"在阿尔卑斯山的'阿尔宾那之家'，那是雷神父在马德西莫的营地，那是很多年以前的事情了。"

舒斯特露出了微笑："我记得去过那里。我当时对雷神父说，整个意大利也就是他负责的教区教堂，比米兰大教堂、圣彼得大教堂还要壮观。这位年轻人，巴尔巴雷斯基，下周就要动身去与雷神父共事。"

"你肯定会喜欢雷神父的，也会喜欢阿尔卑斯山的。"皮诺说道，"那里很适合登山。"

巴尔巴雷斯基闻言也露出了微笑。

皮诺不知所措地鞠了一躬，并开始往回退。舒斯特见此，更是给逗乐了，他问道："你来是想问那些灯的吧？"

皮诺停了下来，答道："是的。"

舒斯特说："安装那些灯是我的主意。今晚宵禁以后，只有米兰大教堂的灯夜里会一直亮着。祈祷轰炸机飞行员经过米兰大教堂时，也会被它的美所震撼，手下留情放过它。建造这座宏伟的大教堂花了五百年左右的时间，如果一夜沦为废墟，那就太可悲了。"

皮诺这才抬头从正面细看这座美轮美奂的宏伟教堂。米兰大教堂以产自坎多尼亚的浅红色大理石建成，尖顶、塔峰林立，阳台鳞次栉比。教堂看上去银装素裹、宏伟壮丽，带着梦幻般的色彩，宛如冬季的阿尔卑斯山脉。

皮诺喜欢在阿尔卑斯山滑雪和登山，这种热爱与他对音乐和姑娘的兴趣相比，毫不逊色。看到米兰大教堂，他的思绪总会不由自主地飘到阿尔卑斯山脉。

然而，现在连红衣主教也认为，米兰大教堂和米兰正面临灭顶之灾。这是皮诺有生以来第一次发觉空袭的威胁如此真实、如此迫在眉睫。

他问道："我们会被敌机轰炸吗？"

"我只能祈祷空袭不会发生，"舒斯特说道，"但谨慎的人必须时刻做好最坏的打算。再见,皮诺,愿上帝保佑你在未来的日子里平安无事。"

*

红衣主教走了,魂不守舍的皮诺回到卡莱托和米莫身旁,两人也是一副大惊失色的样子。

卡莱托惊道:"那可是红衣主教舒斯特啊!"

皮诺说道:"我知道啊。"

"你和他聊了很久。"

"是吗?"

"是啊,"皮诺的弟弟回道,"他和你聊什么了?"

"他就说他会记住我的名字,还说,这些灯是用来保护大教堂不受轰炸的。"

"看到没?"米莫对卡莱托得意地说道。"和我猜的一模一样。"

卡莱托不解地盯着皮诺。"红衣主教舒斯特凭什么要记住你的名字?"

皮诺耸了耸肩:"'皮诺·莱拉',他也许觉得这个名字读起来很好听吧。"

米莫讥笑道:"你还真是活在梦幻里啊。"

他们离开米兰大教堂广场时听到了轰鸣声。穿过街道,沿着大拱门下面的街道往前走,就是埃玛努埃莱二世长廊。这是世界首个室内购物中心,由两条宽阔的步行街交叉而成,道路两旁商铺遍布,覆盖着铁和玻璃制成的穹顶。三人到时,玻璃板已全部拆除,只剩下支撑的架构,四四方方的阴影在商业街上方交织成一张大网。

"轰隆"的声音不断迫近,皮诺发现商业街上的人脸上都露出忧虑的神色,但他却毫不在意,这不过是正常的打雷声吧,又不是爆炸声。

一位姑娘推着载着新鲜玫瑰的手推车过来问道:"要买花吗?给女朋友买朵花吧。"

皮诺答道:"等找到女朋友了,就来买。"

米莫嘲道:"女士,等他找到女朋友,那可能要等上很多年。"

皮诺一拳朝弟弟米莫打过去。米莫慌忙躲闪,拔腿就跑。出了长廊,就到了一个有列奥纳多·达芬奇雕像的广场。雕像再往前,街道和无轨车道的另一头坐落着斯卡拉歌剧院。此刻,这座著名大剧院大门敞开,里面飘出小提琴、大提琴弹奏的乐曲,其中还可以听到一位男高音在进行不同音阶练声。

皮诺紧追不舍。突然,视线内的一位漂亮姑娘引起了他的注意——那位姑娘头发乌黑亮丽,皮肤宛若凝脂,黑色的眸子熠熠生辉,她正穿越广场,往长廊这边走来。皮诺刹住步伐,停下观望,他被向往之情攫住了,惊得说不出话来。

姑娘从他身边走过去了,皮诺才缓过神来。叹道:"我恋爱了。"

跟在后面的卡莱托说道:"那又要失恋喽。"

米莫早已绕了一圈,到了他们身后。"刚刚有人说,同盟国的军队会在圣诞节开进米兰。"

卡莱托说:"我希望美国人能比同盟国的人先到。"

"同意,"皮诺赞道,"多来些爵士乐!少来些歌剧!"

皮诺说着一个冲刺,翻过没人的长椅,落到达芬奇雕像周围的一段铁护栏上。他熟练地沿着护栏光滑弯曲的表面滑行了一段距离,而后跃到护栏的另一头,最后稳稳地落在地上,活像一只猫。

米莫向来不甘示弱,也要来耍一下。"扑通"一声,他摔倒在地上,摔倒时正对着一位女士。那位女士穿着印花长裙,戴着蓝色宽边遮阳大草帽,提着小提琴箱,她发色深深的,身材十分臃肿,看上去三四十岁的样子。

*

女士吓了一大跳,手里的小提琴箱差点没拿稳。她一把将琴箱搂到怀里,脸上露出愠怒的神色。一旁的米莫手捂着胸口,痛苦地呻吟着。

"这可是斯卡拉广场啊!"她怒斥道,"为纪念伟人达芬奇修建的!你不知道放尊重点吗?这种小孩子玩的幼稚把戏,到别的地方玩去。"

"你觉得我们是小孩子?"米莫急了,气喘吁吁地反问,"小孩子?"

女人的目光越过他向前看去,说道:"确实是小男孩,都不知道身边正在发生什么大事。"

黑云滚滚,天色渐渐暗了下来。皮诺扭身望去,只见斯卡拉广场和斯卡拉歌剧院之间的街道上缓缓驶过一辆黑色戴姆勒-奔驰军用大轿车。轿车两侧的翼子板上插着红色纳粹旗,天线上飘扬着一位将军的旗帜。一个笔挺的身子端坐在后座。看到那位将军的背影,皮诺心中莫名生出一股寒意。

他转过身时,那位提着小提琴箱的女人已经走了。她昂首阔步,毫无惧色地经过纳粹军车,穿过街道,走进斯卡拉歌剧院。

三人离去时,米莫一瘸一拐,揉着右臀,怨声载道。但此刻皮诺完全没理会他,因为一位长着茶褐色头发、蓝灰色眼睛的姑娘正沿着人行道迎面朝他们走来。皮诺猜她应该二十出头,颧骨很高,琼鼻娇俏,嘴角微翘,像带着微笑。姑娘身材苗条,中等身高,美丽大方,

010 猩红色的天空下

真可谓造物主的杰作。她穿着黄色薄连衣裙,提着帆布购物袋,从人行道拐进前头一家面包店。

"我又恋爱了,"皮诺双手抚着胸口叹道。"你们看到她了吗?"

卡莱托不耐烦了:"能消停一会儿吗?"

"不能。"皮诺答道。他小跑着来到面包房的橱窗前,朝里望去。

那位姑娘正忙着把一块块面包装进购物袋里。皮诺注意到她左手没有戴戒指,便一直候到那位姑娘结完账走出面包店。

姑娘刚走出面包店,皮诺便一头凑到她跟前,手抚着胸口,说道:"对不起,女士,我被你的美丽征服了,不得不来见你。"

"说什么呢。"姑娘笑道,她灵巧地绕过皮诺,继续往前。

她经过的时候,一阵香气扑鼻而来,夹杂着少女的气息和茉莉的芳香。这香气让皮诺如痴如醉,他从未闻过这样的味道。

他赶紧跟上,急道:"女士,千真万确啊,我见过很多漂亮姑娘。我家住在米兰时装街圣巴比拉大街,我见过不少模特。"

她瞥了皮诺一眼:"圣巴比拉大街确实是个好地方。"

"我父母经营一家女包店,叫'莱拉女士箱包店',听说过吗?"

"嗯,我老板上周在那里买过包。"

"真的吗?"皮诺喜道,"那你知道,我出身于名门世家。能邀你今晚一起看场电影吗?《现在的你最可爱》正在上映,男主是弗雷德·阿斯泰尔,女主是丽塔·海华丝。有歌唱、有舞蹈,非常优雅,就像你一样优雅,女士。"

她终于转过头来,目光尖锐地看向皮诺,"你多大了?"

"快十八了。"

她笑道:"对我来说,小了点。"

"只是看场电影啊,作为朋友一起看场电影,我做你朋友总不算小吧,对吧?"

她没有答应,只是继续往前。

"行还是不行啊?"皮诺催道。

"今天晚上有宵禁。"

"电影开始时,天色还没黑。看完电影,我把你安全送到家。"皮诺信誓旦旦地向她保证。"我夜里视力可好了,像猫一样。"

她又往前走了几步,一言不发。皮诺的心沉了下来。

她问:"哪里看电影?"

皮诺给了她地址,又不放心地问道:"你到时候会去的,对吧?七点半售票亭见?"

"你这个人有点意思,人生苦短,为什么不去呢?"

皮诺咧嘴笑了,手扶胸口,说:"到时见。"

"到时见。"她说着,微微一笑,然后到街道另一头去了。

皮诺一直目送那位姑娘离去,感觉志得意满,激动得呼吸都上气不接下气了。直到姑娘到车站等电车,回过头看着他笑,皮诺才想起自己好像忘了什么。

"女士,对不起。"皮诺朝她喊道,"还没请教你的芳名呢?"

"安娜!"她喊道。

"我叫皮诺!"他喊道,"皮诺·莱拉!"

电车进站发出尖锐的停车声,盖过了皮诺最后喊出的姓氏。姑娘的倩影也被隔绝出他的视线。电车发车了,带走了安娜。

"她绝对不会去的。"一直在身后追赶的米莫说。"她之所以答应你是为了不让你继续纠缠她。"

"她一定会去的。"皮诺回道,转头朝一直跟在身后的卡莱托问道:"你也看到安娜的眼神了,她会去的,对吧?"

米莫和卡莱托两人还没来得及回答,天空突然电闪雷鸣起来,先是下了几滴豆大的雨滴,刹那间,大雨瓢泼。三人赶紧跑了起来。

"我要回家了!"卡莱托喊道,调转方向跑开了。

第二章

　　天空仿佛裂开了，街道渐渐被雨水淹没。皮诺跟随米莫向时装街狂奔而去，毫不在意会被淋湿。想到安娜答应了要陪他一起看电影，皮诺几乎要被喜悦冲昏头脑。

　　皮诺的舅舅开了一家皮具工厂店，叫"阿尔巴纳斯皮具箱包店"，位于彼得罗弗里大街7号的一幢铁锈色建筑内。天上电闪雷鸣，两兄弟进去避雨时，全身已淋得湿透。

　　两个男孩湿漉漉的，走进狭长的门店，一股很重的新皮革味扑鼻而来。货架上堆满了各式各样精美的公文包、手提包、书包、手提箱、行李箱。橱柜里展示的是真皮编织钱包、带漂亮印花图案的香烟盒、文件夹。店里有两位客人，一位是年长的女士，站在门附近。另一位是穿着黑灰色军服的纳粹军官，站在女士另一边很里头的地方。

　　皮诺眼睛盯着那位纳粹军官看，耳朵听到那位年长的女士说："阿尔贝特，买哪个好啊？"

　　"挑一个您喜欢的。"站在柜台后面招呼顾客的男人应道。这个男人高大魁梧，留着小胡子，套着帅气的鼠灰色西装外套，穿着上过浆的白衬衫，打着时髦的蓝色波点领结。

他的顾客抱怨道："但我两个都喜欢。"

阿尔贝特捋着胡子轻笑道："那就两个都买了！"

她犹豫片刻，咯咯笑道："好吧，那我就都买了！"

阿尔贝特搓手高兴道："太好了！太好了！您的品味真可谓无可挑剔。格蕾塔，能帮我把这位女士的包装盒拿过来吗？"

格蕾塔是皮诺的舅妈，奥地利人，长得又高又瘦，留着棕色短发。她正忙着招呼那位抽着烟在看皮革香烟盒的德国纳粹军官，于是应声回道："阿尔贝特，我现在正忙呢。"

皮诺说："阿尔贝特舅舅，我去给你拿。"

阿尔贝特瞥了他的侄儿一眼："拿包装盒之前先把身上的水擦干。"

皮诺往舅妈和德国人前面那扇通往工厂的门走去，脑子里全是安娜。皮诺经过时，那位纳粹军官转身看他，露出翻领上的月桂叶标识，这个标识说明他的军衔是陆军上校。他的军帽正面有一只挟着德国纳粹党党徽"卐"字的老鹰，老鹰下面有一小幅"纳粹骷髅师"的骷髅图案。皮诺知道眼前这位是盖世太保，希特勒专设高级秘密警察部队的成员。这位盖世太保中等身材，鼻翼窄窄的，嘴角没有一丝笑容，深色的眼睛毫无波动，不透露半点声色。

皮诺感觉瘆得慌。他穿过门，走进厂房。里面大多了，天花板也高很多。女裁缝们正在收拾手头的活计准备下班。皮诺找了些碎布把手擦干，一把抓起两个印着"阿尔巴纳斯"商标的纸板包装盒，往门店走去，他的思绪又不禁转到安娜身上。

安娜长得好看，人也成熟……

推门出去前，皮诺探了下头。那位陆军上校盖世太保刚离开，正走到外面的雨里。舅妈站在门口，点头哈腰，目送那位上校离开。

舅妈关上门那一刻,皮诺觉得心里舒坦很多。

皮诺帮舅舅把两个女包打包。等到最后一个顾客离开后,阿尔贝特舅舅吩咐米莫把前门锁上,然后把"休息中"的标牌放到橱窗里。

米莫搞定后阿尔贝特舅舅向格蕾塔舅妈问道:"有问到他的名字吗?"

格蕾塔舅妈答道:"党卫军分队长瓦尔特·劳夫,新上任的盖世太保头子,负责意大利北部事务。他从突尼斯过来的,图利奥在盯他。"

皮诺又惊又喜道:"图利奥回来了?!"图利奥·加林贝蒂是皮诺的偶像,比他大五岁,两家是世交。

阿尔贝特舅舅答道:"昨天回来的。"

格蕾塔舅妈嘴里咕哝:"意大利现在归谁?墨索里尼,还是希特勒?"

"归谁不重要,战争马上就要结束了,美国人要来了,到时到处都是爵士乐!"皮诺这样说道,他这么说也是让他自己信以为真。

阿尔贝特舅舅摇了摇头:"那要看德军和领袖的脸色了。"

格蕾塔舅妈提醒道:"皮诺,你看过时间了吗?你妈要你们两个帮忙准备家宴,你们一小时前就该到家了。"

皮诺心里一沉。他的母亲可不是什么好惹的人物。

皮诺告别:"回见?"说着往门口冲去,米莫紧随其后。

阿尔贝特舅舅说道:"我们会再见的。"

*

"莱拉女士箱包店"位于蒙特拿破仑大街3号,两个男孩赶到时,店门已经关上了。想到自己的母亲,皮诺感觉有些紧张了。他希望父亲会在一边劝慰大发雷霆的母亲。爬楼梯时，一股让人垂涎欲滴的香味向他们飘来：大蒜煨羊肉、新鲜碎罗勒、刚出炉的热面包。

他们打开门，走进装饰得富丽堂皇的公寓房，家中人来人往，非常热闹。餐厅里，除了家里长期雇佣的女仆外，还有位临时工。两位女仆正忙着布置冷餐会要用的各式餐具，有水晶的、银的、陶瓷的。客厅里，一个又高又瘦的男子正举着小提琴、琴弓，弓着背，背对着大厅演奏，皮诺没听出来是什么曲子。那个男人拉错了音符，小提琴发出刺耳的声音。他连连摇头，停止了演奏。

"爸爸。"皮诺小声唤道，"我们是不是有麻烦了？"

米凯莱·莱拉咬了咬腮帮里的肉，放下小提琴转身。他还没来得及说话，一个六岁的小女孩怒气冲冲地从厨房里闯进大厅。这个小女孩是皮诺的小妹妹希希，她冲到皮诺跟前责问道："皮诺，你跑哪去了？！妈妈很生你的气。米莫，还有你。"

皮诺对希希视若无睹，因为他妈妈围着围裙，像一列火车似的从厨房里冲出来。他发誓，自己亲眼见到母亲的耳朵里冒着蒸汽。波尔齐亚·莱拉虽然比她的大儿子至少矮三十公分、轻二十公斤，但她冲到皮诺身前，扯下眼镜，在他的眼前挥舞着。

她呵斥道："我要你四点回家，现在都五点十五了。你怎么一点都不懂事，你妹妹比你可靠多了。"

希希点头表示同意，骄傲得尾巴都要翘起来了。

一时间，皮诺不知如何应答。他灵机一动，弯腰捂住肚子，装出一副可怜相。

他答道："妈妈，对不起。我在街上吃了一些小吃，吃完以后肚子有些痛，然后突然下起了雷阵雨，我们只好去阿尔贝特舅舅那里避雨。"

波尔齐亚双手抱臂凝视着皮诺,希希也做出一副怀疑的样子。

波尔齐亚望向米莫:"多梅尼科(米莫的教名),这是真的吗?"

皮诺小心翼翼地瞥了他弟弟一眼。

米莫点头如捣蒜:"那些香肠看上去就不干净。我都和他说了,但他就是不听。皮诺路上停了三次,找咖啡馆上厕所。对了,阿尔贝特舅舅店里来了位盖世太保上校。他说纳粹军队正在接管蕾佳娜酒店。"

"什么?"他的母亲大惊失色。

皮诺见状做出一脸苦相,腰弯得更厉害了。"我现在就要去厕所。"

希希依然一脸怀疑,但皮诺母亲心里的怒气早已转为忧虑。"快去!快去!记得洗手。"

皮诺匆匆离开大厅。

他身后的波尔齐亚疑惑地问道:"米莫,你要到哪儿去?你又没肚子痛。"

"妈妈,"米莫抱怨道,"怎么皮诺什么事都能逃掉。"

不等母亲回话,皮诺冲过香气四溢的厨房,爬上通往公寓二楼厕所的楼梯。他进洗手间整整待了十分钟,利用这段时间回想和安娜度过的每分每秒,尤其是她在电车轨道的另一头回过头来饶有兴致地看着他的瞬间。皮诺冲了马桶,但厕所里没有臭味,他只好点燃一根火柴,利用烧焦味掩饰一下。接着,他躺倒在床上,把短波收音机调到英国国家广播电台,差点就错过了一个爵士乐节目。

收音机里,美国爵士乐作曲家艾灵顿公爵的乐队正在演奏乐曲《白尾野兔》(*Cotton Tail*),这是他最近很喜欢的一首乐曲,他闭上眼睛,如痴如醉地欣赏着本·韦伯斯特的次中音萨克斯独奏。皮诺对爵士乐的热爱始于一卷录音带，那是他第一次听到美国爵士乐天后比莉·荷莉戴演唱美国爵士乐传奇莱斯特·杨的乐曲《我无法开始》(*I Can't Get Started*)。从那一刻起，他坚信爵士乐就是世间最伟大的音乐艺术形式。然而在歌剧、古典音乐地位无比崇高的家里，这种思想可谓离经叛道。皮诺最大的梦想就是期盼有朝一日能去美国，因为那里是爵士乐的发源地。

皮诺很好奇，美国人的生活会是怎么样的。语言对他来说不是问题，把他带大的两位保姆，一位来自伦敦，一位来自巴黎，所以他几乎一生下来就开始说英法意三门语言。美国到处都放爵士乐吗？每一首爵士乐结尾处都有这样绝妙酷帅的声音吗？美国姑娘呢？她们当中有像安娜一样漂亮的吗？

《白尾野兔》乐音刚落，美国单簧管演奏家本尼·古德曼的乐曲《摇滚吧》(*Roll'Em*) 响了起来，这首曲子以4/4拍的布基伍基[①]节奏开头，最后以一段单簧管独奏收尾。皮诺从床上蹦了下来，踢掉鞋子，伴着音乐摇摆起来，想象着美丽的安娜就在身旁和自己一起狂热地跳着林迪舞——没有战争，没有纳粹，只有音乐、美食、美酒，还有热恋情人。

音乐声音太大了，皮诺意识到了。他把声音调小，停止跳舞。他可不想把父亲招惹上来，再为音乐的事吵一架。米凯莱鄙视爵士乐。一周前，皮诺用家里的斯坦威钢琴弹奏美国钢琴家作曲家米德·勒克斯·刘易斯的4/4拍布基伍基爵士乐曲《落水狗》(*Low Down Dog*)，不巧被抓个正着，父亲那样子好像皮诺亵渎了圣徒。

[①] 布基伍基是二十世纪二十年代节奏摇滚的一个重要支流，发展于十九世纪七十年代，曾经有一段时间人们对这种音乐情有独钟。

BENEATH A SCARLET SKY 019

皮诺洗了个澡,换了身衣服。下午六点整,大教堂的钟声响了。几分钟后,皮诺爬回床上,朝着敞开的窗户望去。雷雨云已化作记忆,熟悉的声音又在圣巴比拉大街响起。只剩下几家商店还在关门。米兰富有、时尚的人们匆匆忙忙往家赶。女人们为鸡毛蒜皮的乐事发笑,孩子们为微不足道的挫折哭泣,男人们为无关紧要的琐事争论,不过是因为意大利人喜欢逗口舌之快,也喜欢假装发火——在皮诺听来,这熙熙攘攘的人声正是圣巴比拉大街的大合唱。

楼下的门铃突然响了起来,皮诺吓了一跳。他听到人们互相问候迎接的声音。皮诺瞧了一眼大钟,下午六点十五分。电影七点半开始,到电影院见安娜有很长一段路要走。

皮诺一只脚已经伸出窗户,正往通向消防逃生梯的窗台够去,这时他听到身后传来一阵刺耳的笑声。

米莫笑道:"她不会去的。"

"她一定会去的。"皮诺说着,爬到窗外。

窗台离地面整整有九米距离,而且不宽。皮诺必须得后背紧紧贴着墙,侧着身子,拖着双脚,一步一步朝另一扇窗户挪去,翻过这扇窗户,就能通到公寓大楼后面的消防梯。然而,仅仅一分钟以后,皮诺就下到了地上。他一到了外面就飞奔而去。

*

由于宵禁的新规定,电影院没有亮起招牌。但看到弗雷德·阿斯泰尔和丽塔·海华丝的名字出现在海报上,皮诺还是感到心潮澎湃。他很喜欢好莱坞的歌舞片,尤其是有摇摆舞爵士乐的电影。他曾经幻想过和丽塔·海华丝一起……咳……

皮诺买了两张票。其他观众排队依次进场之时,他站那儿眺望着街道、人行道，试图寻找安娜的身影。他等待着，直到最后他意识到安娜不会来了。现实让他感到茫然失措。

米莫悄无声息地来到他的身旁，说道："我都和你说了她不会来。"

皮诺想要发火却发不出来。内心深处，他很欣赏弟弟那勇往直前的倔脾气，欣赏他那装满市井智慧的头脑。他递给米莫一张票。

两兄弟走进影院，找到座位坐下。

"皮诺，"米莫轻声问道，"你几岁开始长个子的？十五吗？"

皮诺忍住笑。他的弟弟总为自己身高太矮而焦虑。

"其实，我是十六岁才开始的。"

"也是有可能提前的吧！"

"有可能的。"

观众席的照明灯光熄灭了，开始放映一段法西斯宣传新闻影片。就在皮诺还在为安娜爽约感到沮丧之际，领袖的身影出现在大银幕上。贝尼托·墨索里尼穿着挂满功勋章的夹克和束腰上衣，扎着腰带，穿着马裤，脚套漆黑发亮的及膝马靴，俨然一副总指挥官的打扮，他和一位野战司令走在利古里亚海边的一处断崖上。

旁白解说称，这位意大利独裁者正在检阅防御工事。大银幕上，领袖两手攥紧背在身后往前走着。这位意大利皇帝的背弓着，但努力昂首挺胸。

皮诺说："他看上去像只小公鸡。"

"嘘！"米莫低语提醒，"别这么大声。"

"怎么啦？每次看到他，都觉得他像是要去打鸣了，'喔，喔，喔'。"

他的弟弟吃吃地窃笑。新闻影片接着开始吹嘘意大利国防如何坚

BENEATH A SCARLET SKY　021

不可摧,墨索里尼在世界舞台的地位如何与日俱增。这些纯粹是宣传造势。皮诺每晚都收听英国国家广播电台,他知道眼前看到的一切都不是真实的。还好新闻影片终于结束了,正片开始。

电影的喜剧情节很快就吸引了皮诺,阿斯泰尔和海华丝共舞的每一帧画面他都爱不忍释。

海华丝快速旋转,舞裙飘了起来,仿佛斗牛士手中的红斗篷。"丽塔,"皮诺感叹道,"多么优雅啊,就和安娜一样。"

米莫的脸板了起来:"她放你鸽子了。"

皮诺低语道:"但她真的很美。"

防空警报突然响了起来,像是在哀鸣。影院观众大喊大叫,从座位上跳了起来。

大银幕定格在阿斯泰尔和海华丝脸颊对着脸颊共舞的画面,他们的嘴角还挂着一丝微笑,与之对应的是影院里惊恐慌张的观众。

大银幕上的电影画面消失了,影院外传来防空高射炮的轰击声。第一批不为人知的盟军轰炸机摧毁了海湾防御工事,拉开了米兰战火纷飞、满目疮痍的序幕。

第三章

　　观众尖叫着往电影院门口蜂拥而去。皮诺和米莫惊慌失措，被裹挟在汹涌的人潮中，动弹不得。就在这时，传来一声震耳欲聋的轰隆巨响，炸弹爆炸的冲击波将电影院后墙掀翻，碎片飞溅，将大银幕撕成碎片。电影院陷入一片漆黑。

　　也不知是什么东西，猛地击打在皮诺的脸颊上，划开一个大口子。他感觉到伤口在跳动，血在往下巴流。内心的震惊超过了恐惧，他忍受着呛人的浓烟和尘土，拼命往前挤。眼睛里、鼻孔里，都进了沙子，火辣辣地疼。皮诺和米莫弯腰弓背，一路披荆斩棘，总算逃出了电影院。

　　电影院外，防空警报在哀鸣，炸弹不断从天而降，空袭还远未达到高潮。大火从电影院肆意蔓延到街上高高低低的建筑。防空高射炮砰砰作响。曳光弹在夜空中画出一道道歪七扭八的红色弧线。曳光弹药迸射出强烈的光芒，皮诺看见头顶上方兰开斯特轰炸机的轮廓。轰炸机呈"V"字队形，翼尖对着翼尖，仿佛一大群在夜间迁徙的大雁。

　　越来越多的炸弹落了下来，一起爆炸发出的声响就像一群嗡嗡作响的大黄蜂一个接着一个冒了出来,火柱冲天,油烟滚滚。莱拉兄弟正在奔逃,有几枚炸弹恰好落在附近,冲击波猛烈袭来,差点让他们失去平衡。

"皮诺,我们往哪儿逃?"米莫喊道。

惊魂未定的皮诺脑子一片空白,但还是马上反应过来说:"米兰大教堂。"

皮诺带着他的弟弟往米兰大教堂跑去,这是米兰所有亮着的东西中,唯一不是被火光照亮的地方。远处,米兰大教堂在聚光灯的照耀下显得超凡脱俗,仿佛天赐之所。他们逃跑的时候,天空中的嗡嗡声、四周的爆炸声逐渐小了下来,最终消失。轰炸结束了,炮击停止了。

只有防空警报还在哀鸣,人还在哭嚎。一位父亲提着灯不顾一切地刨着一堆瓦砾,一旁的妻子伏在儿子的尸体上痛哭流涕。另一边,一群人提着灯围在一个女孩的尸体旁哭泣,这个惨死在大街上的女孩断了一只手臂,双眼圆睁,呆滞无声。

皮诺从小到大从未见过死人,也跟着哭了起来。一切都变得不一样了。少年能感觉得到,他的耳中还在回响着轰炸机的嗡嗡声、爆炸的轰鸣声。一切都变得不一样了。

两人终于到了米兰大教堂。大教堂附近没有轰炸留下的弹坑,没有瓦砾堆,也没有火光。如果不是远处传来的恸哭声,空袭仿佛从未发生过。

皮诺勉强欣慰地说道:"红衣主教舒斯特的计划成功了。"

米莫皱了下眉头说:"我们家虽然在大教堂附近,但还是有一段距离的。"

两个男孩跑步穿过错综复杂的黑暗街道,回到蒙特拿破仑大街3

号。女包店和楼上的公寓看起来和平常一样。经历了刚刚发生的一切之后，这简直是个奇迹。

米莫打开前门，就往楼上冲。皮诺紧随其后，他听到楼上传来音乐声，一位男高音在小提琴、钢琴婉转悠扬的伴奏下正在歌唱。不知为何，这音乐让皮诺怒不可遏。他猛地把米莫挤到一旁，用力捶起公寓的大门。

音乐戛然而止，他的母亲打开了门。

"整座城市都起火了，你们还在听音乐?!"皮诺怒吼道，波尔齐亚被吓得往后一跳，"那么多人都死了，你们还在听音乐?!"

跟在皮诺母亲身后进入门厅的还有好些人，有他的舅妈、舅舅、父亲。

米凯莱说："皮诺，我们就是靠音乐撑过艰难时光的。"

皮诺看到挤在公寓里的其他人都频频点头。其中一位正是米莫今天早些时候差点撞倒的女小提琴手。

"皮诺，你受伤了，"波尔齐亚说，"你流血了。"

"有人比我严重多了，"皮诺说，眼角溢出了泪水，"妈妈，对不起。真的太……可怕了。"

波尔齐亚的心软了下来，张开双臂拥抱两个脏兮兮、还流着血的男孩。

"现在，都没事了，"她挨个亲了他们，安慰道，"你们之前到哪儿去了，又是怎么去的，我现在都不关心。只要你们平安回家，我就心满意足了。"

她让两个儿子上楼把自己收拾干净，好让一位来参加聚会的医生检查一下皮诺的伤口。波尔齐亚吩咐之际，皮诺注意到母亲脸上出现一种前所未有的表情。她在害怕——害怕下一次轰炸机来的时候，他

BENEATH A SCARLET SKY 025

们也许就没这么幸运了。

医生在给皮诺缝合他脸上那道大口子时,波尔齐亚还是一脸害怕。等伤口缝好后,波尔齐亚用责备的目光注视她的大儿子说:"我们明天再好好谈一谈。"

皮诺垂下目光点了点头:"好,妈妈。"

"去吃点东西吧。准确地说,要是你还没难受到恶心想吐的话。"

皮诺抬头看到母亲正狡黠地看着自己。他本该继续演戏,假装身体不舒服,然后说自己什么也不吃,只想马上躺到床上休息。但他实在饿得不行了。

皮诺说:"我感觉比之前好多了。"

"我觉得你比之前差多了。"波尔齐亚说着离开了房间。

*

皮诺愁眉苦脸地跟着母亲下到客厅走到餐厅。米莫已经堆起一叠吃剩的盘子,正绘声绘色地向父亲的几个朋友讲述他们的惊险遭遇。

"皮诺,听起来你这个晚上过得很精彩啊。"身后有人开玩笑说。

皮诺过转身发现一位英俊青年,打扮得一丝不苟,二十来岁的样子。一位美得让人惊艳的姑娘挽着他的胳膊。皮诺一下子笑了起来。

"图利奥!"他惊喜道,"我听说你回来了!"

图利奥说:"皮诺,这是我朋友克里斯蒂娜。"

皮诺礼貌地向她点头示意。克里斯蒂娜看上去有些无聊,礼貌地找了理由离开了。

皮诺问:"你什么时候认识她的?"

"昨天,"图利奥答道,"火车上认识的。她想要当模特。"

皮诺摇了摇头。图利奥·加林贝蒂一直都是如此。他很会推销衣服，也很擅长和美女打交道。

"你怎么办到的?"皮诺问,"能搞定这么多漂亮姑娘?"

"你不知道?"图利奥说着切了些奶酪。

皮诺想说大话，但又想起自己才被安娜放了鸽子。她是为了摆脱皮诺才接受他的邀请。"显然，我不懂。一点也不懂。"

图利奥忍住笑说:"要教会你，那可是要花好多年。"

"别这样，图利奥,"皮诺说,"肯定有一些小窍门，我……"

"没什么小窍门,"图利奥说，神色变得严肃起来，"最重要的一点?就是倾听。"

"倾听?"

"女人说话,"图利奥气道,"男人大多听也不听，就开始喋喋不休大聊特聊自己如何。女人需要理解。她们说话，你要听，还要夸，长相漂亮，歌声好听，夸什么都行。会听，会夸，那你的水平就比这世上的男人都要高出一大截了。"

"那要是对方话不多呢?"

"那就风趣一点，要么嘴甜一点，要么兼而有之。"

皮诺觉得自己在安娜面前表现得算风趣了，嘴也够甜了，但也可能还不够。他思绪一转问道:"劳夫上校今天去了哪儿?"

图利奥亲切和善的态度瞬间烟消云散。他狠狠抓住皮诺的上臂，嘘了一声:"这种场合我们不讨论劳夫这类人。听明白了吗?"

朋友的举动让皮诺又羞又愧，他还没来得及说话，图利奥的女伴又现身了。她款步到图利奥身旁，朝他耳语了几句。

图利奥放开皮诺，笑道:"当然，亲爱的。我们可以那样。"

图利奥重新把注意力转移到皮诺上:"等到你脸上的伤好了，不再像肠子开花一样，你就到处去风趣幽默，听女孩讲话吧。"

BENEATH A SCARLET SKY　027

皮诺歪着头迟疑地笑了,这一笑扯到脸颊上才缝合的伤口,痛得他龇牙咧嘴。看着图利奥带着女伴离开,他又心生羡慕,要是自己也能像图利奥那样就好了。图利奥这人可谓完美无缺,举止优雅,诚实正直,穿衣服有品位,做朋友讲义气,笑容还很真挚。但是他有点神秘兮兮的,到处跟踪一个盖世太保上校。

皮诺咀嚼时脸颊会疼,但他实在饿坏了,堆了两大盘食物。他堆好第二盘食物时,无意间听到父母的三位朋友的谈话声,这三位都是乐手,两男一女,女的正是那位小提琴手。

"米兰的纳粹士兵现在一天比一天多。"身材比较壮硕的男人说,他是斯卡拉歌剧院的圆号手。

"更糟糕的是,"打击乐手说,"还都是纳粹党卫军的人。"

小提琴手说:"我先生说,有传言说纳粹正在筹备'波格鲁姆'[①],佐利拉比(犹太教教会领袖)要我们在罗马的朋友赶快逃跑。我们在考虑逃到葡萄牙。"

"什么时候动身?"打击乐手问。

"越快越好。"

"皮诺,该睡觉了。"他的母亲厉声说道。

皮诺带着餐盘回到楼上的房间。他坐在床上,边吃边思考刚刚无意间听到的对话。他知道那三位乐手是犹太人,也知道希特勒和纳粹分子憎恨犹太人,尽管他无法理解这种憎恨。他的父母有很多犹太朋友,大多数是音乐人,或是时尚界的。总的来说,皮诺觉得犹太人聪明风趣、心地善良。"波格鲁姆"是什么意思?为什么一位拉比要所有在罗马的犹太人都逃走?

---

① 波格鲁姆:pogrom,指"屠杀、灭绝犹太人的行动"。

他吃完饭，又检查了一遍绷带，然后爬上床。熄灯后，拉开窗帘，向窗外望去，外面一片黑暗。圣巴比拉大街没有火光，他曾亲眼目睹的惨烈景象都没有留下任何痕迹。皮诺努力不去想安娜，然而头枕在枕头上，一闭上眼睛，脑海中就盘旋起他们相遇的点点滴滴，以及弗雷德·阿斯泰尔和丽塔·海华丝脸颊对着脸颊的定格画面。还有被炸倒的电影院后墙，还有那个死去的断臂女孩。

皮诺睡不着。他一点都忘不掉了。最终，他打开收音机，摆弄起调谐度盘，有电台正在放一首小提琴曲。他知道这首曲子，是他父亲一直想要学会拉的曲子：尼科罗·帕格尼尼帕的《第二十四首a小调随想曲》。

黑暗中，皮诺躺在床上，听着狂热的小提琴演奏，这曲子强烈的情绪波动就是他此刻心情的写照。曲子放完后，他觉得精疲力竭，脑袋空空。最后，他终于入睡了。

第二天下午一点左右，皮诺动身去找卡莱托。他乘电车时发现一些街区已沦为浓烟滚滚的废墟，另一些街区则完好无损。这种毁灭和幸存的随机性和这场毁灭本身一样让他感到心烦意乱。

皮诺在洛雷托广场下了车，广场由中央城市公园和大型环行交叉路组成，周围开了各式各样生意兴隆的商店和企业。皮诺的目光越过交叉路朝安德烈亚·科斯塔大街望去，脑海中浮现出由战象组成的大军。二千一百年前，北非古国迦太基名将汉尼拔率领战象骑兵征讨罗马，大军翻越阿尔卑斯山后曾途经此道。皮诺父亲说，自此以后，所有军队征服米兰时都是走这条道。

他经过一家埃索加油站，加油泵和油箱上方三米高的地方吊着铁制的系梁。穿过环形交叉路，加油站的斜对角可以看到"贝尔特拉米尼新鲜果蔬店"白绿相间的遮阳棚。

果蔬店正开门营业,看上去完好无损。

卡莱托的父亲在店外秤水果。皮诺咧嘴而笑,加快了步伐。

皮诺快要走近时,贝尔特拉米尼先生正跟一位年长妇人说话:"别担心。我们在城外的阿达河有秘密防空菜园。因为有了这些菜园,我们店里的果蔬永远都是米兰品质最好的。"

那位妇人说:"我不信,不过你能把我逗笑还是很令人开心的。"

"尽情去爱、开怀大笑,"贝尔特拉米尼先生说,"哪怕是在今天这样的日子,也是最好的灵丹妙药。"

那位妇人离去时,脸上依然挂着微笑。卡莱托的父亲个子矮,胖乎乎的。他看见皮诺,脸上的喜色更浓了。

"皮诺·莱拉!你去哪儿了?你妈妈呢?"

皮诺握着他的手,说:"在家呢。"

"上帝保佑她。"贝尔特拉米尼先生向上凝视着皮诺。"你不会再长个子了,对吧?"

皮诺笑着耸耸肩:"不知道。"

"你要再长个子,走路都要碰到树枝了。"他指着皮诺脸上的绷带说,"嗯,看来你已经碰到树枝了。"

"我被炸弹炸到了。"

老是一脸欢笑的贝尔特拉米尼先生瞬间认真起来:"不是吧。真的吗?"

皮诺把整个故事给他讲了一遍,从自己偷偷从自家窗户爬出来讲起,一直讲到他回到家中发现所有人还在享受音乐结束。

"我觉得他们挺聪明的,"贝尔特拉米尼先生说,"如果有炸弹要炸你了,那就一定会朝你来。既然避无可避,与其忧心忡忡,还不如继续做喜欢的事情,继续享受生活。我说的对吗?"

"我想是的。卡莱托在吗?"

贝尔特拉米尼先生朝身后示意了下:"在里面干活呢。"

皮诺立马动身往店门走去。

"皮诺。"贝尔特拉米尼先生在他身后叫道。

皮诺回过头,看到这位水果贩面露忧色:"怎么啦?"

"你和卡莱托,你们互相照顾,对吧?就像兄弟一样,对吧?"

"贝尔特先生,我们一直如此。"

水果老板欣然说道:"你是个善良的孩子,也是位可靠的朋友。"

皮诺走进果蔬店,发现卡莱托在用力搬运装着枣子的麻袋。

皮诺问道:"你出去过没?知道外面发生什么了吗?"

卡莱托摇了摇头:"我一直在干活,你刚也听到了,对吧。"

"我听过很多次,所以亲自来看看。"

卡莱托觉得一点也不好笑。他把一麻袋干果扛到肩上,踩着木头梯子,从地板上的一个开口走到地下。

皮诺说:"安娜,她没有出现。"

卡莱托站在地窖的泥土地上,抬头问:"你昨晚出门了?"

皮诺笑道:"炸弹击中电影院的时候,我差点被炸到了。"

"你又在撒谎。"

"我没有,"皮诺说。"不然我脸上的绷带是哪来的?"

皮诺解开绷带,卡莱托的嘴唇因为吃惊翘得老高:"太吓人了。"

*

经过贝尔特拉米尼先生的许可,他们决定趁着白天天亮去电影院瞧瞧。一路上,皮诺把故事又从头到尾给卡莱托讲了一遍,看到朋友的反应,皮诺洋洋得意,讲到弗雷德和丽塔的电影,他激动得手舞足蹈，讲到自己和米莫在城里逃跑的经历时，他还模拟起炸弹爆炸时的音效。

皮诺的心情一直很好，直到他们抵达电影院。电影院的废墟还在冒烟，带着一股刺鼻呛人的恶臭，这是爆炸残余物的味道，皮诺立刻闻了出来。电影院周围的街道上有一些人似乎在漫无目的地徘徊。另一些人则还在刨废墟里的梁木瓦砾，希望能找到幸存的亲人。

卡莱托被眼前的满目疮痍所震惊，说道："要是我，肯定不能像你和米莫那样逃出来。"

"你肯定也可以。人只要恐惧到一定程度，就会放手一搏。"

"要是有炸弹落到我头上?！我肯定会吓趴下，缩成一团，双手抱头。"

看着被炸得四分五裂、焦黑如炭的电影院后墙，两人出了神，一时无话。弗雷德和丽塔当时就在这堵墙上方的大银幕上，离地面有九米高，接着……

卡莱托问："你觉得轰炸机今晚还会来吗?"

"不听到那嗡嗡声，谁又会知道呢。"

第四章

　　6月接下来的日子里,盟军轰炸机几乎每晚都会来到米兰,这样的情况一直持续到1943年7月。在这期间一栋建筑接着一栋建筑倒塌,尘土漫天飞扬,尘浪席卷街道,在空中久久弥漫,直到血日初升才缓缓消散。轰炸开始的头几周,烈日炎炎,高温加重了这里的苦难。

　　皮诺和卡莱托差不多每天都会到米兰的大街上游荡,他们看到了肆意的屠杀,见证了损失,每一个地方似乎都能感受到伤痛。一段时间后,皮诺已经觉得麻木,甚至觉得自己渺小。有时候他也想像卡莱托那样顺从自己的本能,蜷缩成一团,逃避生活。

　　他每天都会想起安娜。常常跑去最初相遇的面包店,企望能再次与佳人偶遇,尽管他也知道这种行为很傻。他再也没有见过她。他向面包师的老婆打听过安娜,但对方并不清楚他口中的安娜到底是何许人也。

　　7月23日,皮诺的父亲把米莫送到绵延起伏的阿尔卑斯山脉科莫湖北边的"阿尔宾那之家",让他在接下来的夏天一直待在那里。皮诺的父亲曾试着把皮诺也送过去,然而他的大儿子却拒绝了。皮诺

BENEATH A SCARLET SKY　033

小时候非常喜欢雷神父的营地。自打六岁起,他每年都会去"阿尔宾那之家"待上三个月,夏天的两个月登山,冬天年末的最后一个月滑雪。雷神父的营地非常好玩。但现在在那里的孩子年纪对他来说就太小了。他更想留在米兰,和卡莱托一起在街上历险,顺便寻找安娜。

轰炸更猛烈了。7月9日,英国国家广播电台报道称,盟军登陆西西里岛的海滩后与德国法西斯军队展开激烈交火。十天后,罗马遭到轰炸。空袭的消息传来,震动了整个意大利,也让莱拉一家大为震惊。

"罗马都被轰炸了,那墨索里尼和法西斯就命数已尽了,"皮诺的父亲大声说,"盟军将德国军队赶出西西里岛之后,就会攻进意大利南部。战争很快就要结束了。"

7月下旬,皮诺的父母大白天打开留声机放起唱片,跳起舞来。国王维托里奥·埃马努埃莱三世已将墨索里尼逮捕,并将其关押到罗马北部大萨索山的一座堡垒里。

8月,米兰所有街区沦为废墟。遍地都是德国士兵,四处在设置防空高射炮、军事关卡、机枪堡垒。距离斯卡拉歌剧院一个街区之遥的蕾佳娜酒店上方飘扬着艳丽的纳粹旗帜。

盖世太保瓦尔特·劳夫上校实施宵禁后,过了规定时间外出被抓到就会遭到逮捕。没有携带任何书面证明违反宵禁规定被抓到,甚至会被就地枪决。持有短波收音机也会招致杀身之祸。

但皮诺并不在意。晚上,他躲到储藏室里听音乐,听新闻。到了白天,再适应米兰的新规矩。电车时有时无,出行基本依靠步行、骑车,或者搭便车。

皮诺骑车出行,顶着酷暑把整个米兰城区逛了个遍,路上经过各种各样的关卡,明白纳粹士兵拦下他会查些什么。不少路段已经被炸得弹坑遍布，必须得绕行，或者去找其他通道。骑行途中能经过一片又一片的废墟，不少人家就住在瓦砾间搭起的帆布篷里。

他这才意识到自己其实很幸运。第一次体会到生活有时只取决于一眨眼的瞬间，或者炸弹闪耀的一瞬间。也不知安娜幸存下来了没有。

*

8月初，皮诺终于了解了盟军为什么要轰炸米兰。英国国家广播电台的播音员播报称，盟军差不多摧毁了为希特勒制造大量军火的鲁尔河谷工业基地，盟军目前正在尝试炸毁意大利北部的机床，以免被德军占用，拉长战争时间。

8月7日和8日晚间，英国兰开斯特轰炸机向米兰投掷了成千上百枚炸弹，目标是工厂、工业设施、军事设施，轰炸也同时波及了邻近的街区。

炸弹爆炸有时离得很近，莱拉家的房子摇摇欲坠。波尔齐亚被吓坏了，请求丈夫把全家人都转移到西海岸小镇拉帕洛。

米凯莱说："不行，盟军不可能轰炸大教堂附近的地方。这里还是安全的。"

波尔齐亚说："就怕万一啊，只要一颗炸弹掉下来就全完了。我带希希走。"

皮诺的父亲有些伤感，但态度坚定："我留下来照顾生意。皮诺也该去'阿尔宾那之家'了。"

皮诺又一次拒绝了。

"那里是小男孩待的地方，"皮诺说，"我已经不是小孩了。"

8月12日和13日，五百多架盟军轰炸机袭击米兰。米兰大教堂附近第一次发生爆炸。圣玛利亚感恩教堂被一枚炸弹击中,不过教堂内的列奥纳多·达芬奇名画《最后的晚餐》竟然完好无损,不失为一个奇迹。

斯卡拉歌剧院则没有这样的好运气,一枚炸弹击穿剧院屋顶后爆炸,整座剧院燃起熊熊大火。另一枚炸弹击中长廊,造成严重破坏,爆炸还震动了莱拉家的房子。那个可怕的夜晚,皮诺一直躲在外面的地下室。

他第二天见到了卡莱托,贝尔特拉米尼一家正要出门去乘火车,准备到郊区过夜躲避炮火。次日下午,皮诺、皮诺父亲、格蕾塔舅妈、阿尔贝特舅舅、图利奥以及图利奥的新女友,一行人加入到贝尔特拉米尼一家的夜间避难小队。

火车驶出中央车站后向东前进,车厢内挤满了夜里避难的米兰人,皮诺、卡莱托、图利奥三人被人群挤得站在车门口。火车加速前进。皮诺抬头望去,天空蔚蓝无垠,难以想象这样的天空会被黑压压的战斗机遮蔽。

*

列车驶过波河,离黄昏还有段时间,乡村笼罩在昏昏沉沉的夏日里。随着一声嘶鸣和叹息,列车在绵延起伏的田间停了下来。皮诺下了火车,披着毯子跟随卡莱托来到一处郁郁葱葱的小山坡,山坡下有个果园,果园的西南方向便是米兰城区。

贝尔特拉米尼先生说:"皮诺,当心点,要不然明早耳朵旁边都是蜘蛛网了。"

贝尔特拉米尼太太轻声责备:"你怎么说这话?你知道我怕蜘蛛的。"贝尔特拉米尼太太长得很漂亮,不过身子骨很虚,总是一副病怏怏的样子。

水果商强忍住笑意:"说什么呢?我只是好心提醒这孩子罢了,草丛这么深,夜里躺进去睡觉是挺危险的。"

他的妻子看上去还想再跟他理论,但最终挥挥手打发他走了,仿佛丈夫是只惹人厌的苍蝇。

阿尔贝特舅舅从帆布包中拿出面包、红酒、奶酪、风干肉肠。贝尔特拉米尼夫妇切开五个熟透的罗马甜瓜。皮诺的父亲坐在草地上,身旁放着小提琴箱,双手抱膝,一脸陶醉的样子。

米凯莱感叹道:"多么壮丽啊!"

阿尔贝特舅舅四处环顾,疑惑地问道:"哪里壮丽了?"

"这里啊。空气清新,气味芬芳,没有火灾的焦臭,也没有炸弹残余物的恶臭。这里给人的感觉……怎么形容呢。很纯洁?"

贝尔特拉米尼太太赞同道:"说得对。"

贝尔特拉米尼先生反驳道:"哪里对了?稍微走远一点,就不纯洁了。牛屎、蜘蛛、蛇……"

啪!贝尔特拉米尼太太反手扇了她丈夫的肩膀一巴掌:"你能说些好话吗?总这样?"

贝尔特拉米尼先生笑着抗议:"唉,好疼啊。"

她说:"够了,你也该消停了,昨天晚上讲了一夜的蜘蛛、蛇,害得我一晚上没合眼。"

卡莱托莫名其妙地生起气来,起身往山坡下的果园走去。皮诺注意到山坡下的石墙处有几位姑娘,正围在小果园边。虽然这些姑娘没一个有安娜好看,但或许是时候寻找新的恋爱对象了。他小跑下坡追上卡莱托,说出自己的计划,两人决定巧妙地拦截那几个姑娘。可惜,被其他几个小伙捷足先登了。

皮诺望着天空说:"我想要的不过是一段爱情。"

卡莱托说:"我觉得你最后只会得到一个吻。"

皮诺叹息:"给我来个微笑我就心满意足了。"

两个男孩翻过石墙,走过结满果子的树林。桃子还有些生,不过无花果已经熟了,地上掉了不少无花果,两人从地上拾了一些,掸了掸灰尘,剥掉皮,吃了起来。

自从实行配给制后,能吃到刚从树上采摘下来的新鲜水果不失为一件难得的乐事,但卡莱托还是一副闷闷不乐的样子。皮诺说:"你还好吗?"

他的好友摇了摇头。

皮诺问:"怎么了?"

"一种感觉罢了。"

"什么感觉?"

卡莱托耸了耸肩:"感觉生活永远事与愿违,不会有什么好结果。"

"你怎么会这么想?"

"你上历史课从来都没有注意听讲吧?两军交战,获胜方是要大肆劫掠失败方的。"

"也不总是如此。萨拉丁就没有洗劫耶路撒冷。看到没?我上历史课还是听讲的。"

卡莱托反而更气了,说:"我不管。反正我现在就这种感觉,无法控制自己,看什么都是这样……"

他的朋友哽咽了起来,泪水不受控制地从脸上流了下来。

皮诺说:"你到底怎么啦?"

卡莱托歪着脑袋,仿佛在看一幅怎么也看不懂的画作。他的嘴角颤动着:"我妈妈生了重病,情况很不好。"

"你这话什么意思?"

"你说这话什么意思?"卡莱托哭喊道,"她就要死了。"

"天啊,"皮诺说,"确定吗?"

"我亲耳听到我父母讨论葬礼要怎么办才好。"

想到贝尔特拉米尼太太,皮诺转念想到自己的母亲。要是得知母亲不久与世,也不知自己又会如何反应,内心空落落的感觉。

皮诺说:"对不起。你妈妈是个伟大的女人。她能和你爸爸那样的人将就,称得上是圣徒了,人们说圣徒到了天堂会得到奖赏的。"

尽管还有些伤心,卡莱托破涕为笑,擦了擦眼泪:"也就她能让我爸爸安分一点。但也该消停了,对吧?病得这么厉害,还总戏弄人,尽说些蜘蛛、蛇什么的。太狠心了,好像都不爱她似的。"

"他爱你妈妈的。"

"他就不表现出来,好像他害怕示爱。"

他们开始往回走。两人行至石墙处,听到小提琴拉出来的乐曲。

*

皮诺抬头望向山坡,只见他的父亲正在给小提琴调弦,贝尔特拉米尼先生则站在一旁,手里握着一张乐谱。落日的余晖笼罩着两人和周围的人群。

"噢,不,"卡莱托抱怨道,"我的神啊,不。"

皮诺也觉得很沮丧。虽然米凯莱有时能发挥得很好,但发挥不好却是常态。皮诺的父亲要么把握不住节奏,老拉得断断续续的,要么在需要轻快的地方,拉得鬼哭狼嚎似的。贝尔特拉米尼先生的歌喉可谓惨不忍闻,要么破音,要么调子升不上去。这两个男人,无论哪一位表演，对听众来说都是一种酷刑，完全不能让人放松下来。跑调是家常便饭，有的时候还实在太过刺耳，让听众都大为尴尬。

皮诺的父亲站在山坡上，调整了一下小提琴的位置，这把漂亮的意大利中部地区小号小提琴制造于十八世纪，是波尔齐亚十年前送他的圣诞节礼物，也是米凯莱最珍贵的宝物。他深情地握着小提琴，把它贴到下巴下面，举起弓弦。

贝尔特拉米尼先生站稳身子，两臂放松。

卡莱托说："火车要脱轨了。"

皮诺说："事故要来了。"

皮诺的父亲拉起《今夜无人入眠》（$Nessun\ Dorma$）开场的旋律，这是意大利著名作曲家贾科莫·普契尼歌剧作品《图兰朵》第三幕中男高音演唱的咏叹调，也是他父亲最喜欢的曲子之一。因此，他听过大利指挥家托斯卡尼尼指挥的《今夜无人入眠》的录音；二十世纪二十年代，他还曾在这部歌剧首演的时候欣赏过斯卡拉歌剧院管弦乐队演奏这个乐曲，当时演唱这首咏叹调的是嗓音浑厚有力的著名男高音米格尔·弗莱塔。

弗莱塔当时扮演鞑靼王子卡拉夫，这位富有的皇室子弟乔装打扮后在中国游历，爱上了外表美丽但内心冷酷残忍的公主图兰朵。国王颁布法令，任何想要娶公主的人必须先解开三道谜语。求婚者只要说错一道，就会被处以极刑。

第二幕的最后，卡拉夫虽然猜中了所有的谜语，但图兰朵却并不愿意履行承诺。卡拉夫立下约定，图兰朵若能在黎明之前猜出他的真名，那他就会离去，否则就必须心甘情愿地嫁给他。

然而公主却变本加厉地提出，如果在黎明之前猜出卡拉夫的真名，就要把他的头砍下来。卡拉夫同意了这个约定。公主于是下令：

"这个求婚者的真名不查清楚，今夜无人可以入眠。"

在歌剧《图兰朵》中，卡拉夫在黎明来临之时演唱了这首咏叹调，当时公主已经逐渐失去希望。《今夜无人入眠》这首曲子，要求演唱者嗓音越来越高亢，从而表现出卡拉夫对图兰朵的深情，以及随着黎明到来，他不断迫近的胜利。

皮诺曾以为，这首咏叹调需要整个管弦乐队和弗莱塔那样的著名男高音合作，才能营造出激动人心的胜利场面。但他的父亲和贝尔特拉米尼先生的版本，只剩下颤抖的旋律和歌词后，竟然变得更加强大有力，完全超乎了他的想象。

卡莱托那晚演奏的小提琴，乐音浑厚淳正。贝尔特拉米尼先生更是超常发挥。不断上扬的曲调和歌声在皮诺听来仿佛两个天使令人难以置信的颂歌。一个天使在父亲的指尖发出高音，一个天使在贝拉特米尼先生的喉咙发出低音，这完全是天才灵感，非技艺所能企及。

卡莱托惊讶地问："他们怎么办到的？"

父亲大师级的演奏究竟由何而来，皮诺也是无从所知。但他注意到贝尔特拉米尼先生并不是对着人群在歌唱，而是只针对这群人中的某一位，他终于明白过来，这位水果商的歌声为什么那么优美，曲调为什么那么缠绵。

皮诺说："看你爸爸。"

卡莱托踮起脚尖，看到他的父亲唱咏叹调的观众正是人群中即将去世的妻子，仿佛这世间只剩下他们二人。

两人表演结束后，山坡上驻足的观众热烈鼓掌，吹起口哨。皮诺热泪盈眶，有生以来第一次用看英雄的目光注视自己的父亲。卡莱托也同样热泪盈眶，但却是为了更加深层次的原因。

夜幕中，皮诺对米凯莱说："太不可思议了，《今夜无人入眠》这首曲子太应景了。"

"如此壮丽的风光，我们所能想到的就只有这支曲子。"他的父亲似乎还沉浸在刚才的演奏之中。"然后我们就陶醉了，就像斯卡拉歌剧院的演员们说的那样，演出的时候充满了激情。"

"爸爸，我听到了。我们都听到了。"

米凯莱点了点头，如释重负地叹口气，说道："现在，去睡觉吧。"

皮诺踢开草皮找了个落脚的地方，脱下衬衫当成枕头，把身子裹进从家里带来的床单里。他舒服地躺了下来，闻着青草的芬芳气味，感到昏昏欲睡。

他闭上眼睛，想起父亲的演奏、贝尔特拉米尼太太神秘的病，还有她那位老爱开玩笑的丈夫的演唱。他迷迷糊糊地睡着了，觉得自己刚刚或许亲眼见证了一个神迹。

几小时后，皮诺酣然入梦，他梦见自己在街道上追赶着安娜，听到远处传来的雷声，便停下步伐，安娜则继续向前，最终消失在人群之中。他没有为此沮丧，而是好奇雨水何时会落下，好奇雨水在舌尖上，滋味又是如何。

卡莱托把皮诺摇醒。月亮高悬头顶，撒下一片光辉，将山脚染成枪支上铁皮的蓝色，所有人都在驻足西望。盟军轰炸机正在对米兰展开潮水般的攻势，虽然因为离得很远，看不到战斗机或是米兰城区的影子，但他们能看到地平线升起的火光和闪光，听到战争的喧嚣。

第二天黎明之后不久，列车驶回米兰，城区上方冒出一卷卷黑色的浓烟。一行人下了火车，走到外面的大街上。皮诺发现夜里逃离米兰的人和留在米兰经历空袭的人之间，光是外表上就有巨大差异。留下来的幸存者，肩膀耷拉着，眼神空洞，下巴松弛，爆炸的恐怖让他们惊魂未定。男女老少畏畏缩缩、慢慢吞吞地行动，仿佛脚下的大地随时会裂开，露出深不见底的火坑。四周弥漫着烟霾，一切都被罩上一层灰白色的烟煤。汽车扭曲破裂。建筑也被撕碎。大树被炸弹余波连根拔起。

接下来的数周里，皮诺和父亲继续按照这种模式生活。他们白天工作，傍晚乘火车离开米兰城区，次日黎明返回，每天都能发现米兰又添了许多道新的伤口。

1943年9月8日，意大利政府在9月3日签署无条件休战协议后公开宣布，意大利正式向盟军投降。第二天，英美盟军登陆意大利版图脚背上方的萨莱米。来自德国军队的抵抗开始的时候是微弱的，后来是顽固的。大多数法西斯士兵看到马克·克拉克中将率领的美国第五集团军上岸后就举起了白旗。美国进军的消息传到米兰，皮诺和他的父亲、舅妈、舅舅全都欢呼起来。他们以为战争几天之内就将结束。

纳粹在之后不到二十四小时之内夺取了罗马的控制权，将国王监禁起来，派兵包围梵蒂冈，并将坦克的炮口对准圣彼得大教堂的金色穹顶。9月12日，纳粹敢死队利用滑翔机向关押了墨索里尼的大萨索山堡垒发动进攻。敢死队杀进监狱解救墨索里尼。他先被飞机送到维也纳，而后又被转移到柏林，并在那里会见了希特勒。

几晚之后，皮诺在短波收音机上听到了这两位独裁者的战前动员讲话，两人发誓，德国和意大利流尽最后一滴血，也要与盟军死战到底，不死不休。皮诺觉得这个世界疯了，他心情十分低落，已经三个月没见到安娜的影子了。

一周后，轰炸变得愈加猛烈。皮诺的学校继续停课。德军从北边的奥地利和瑞士开始全面入侵意大利，并扶植墨索里尼成立傀儡政府

"意大利社会共和国",首都设于米兰东北部加尔达湖畔的萨洛小城。

1943年9月24日黎明,皮诺一家在郊区田间又过了一夜后,从火车站跋涉返回圣巴比拉大街,皮诺的父亲米凯莱一路上一直在聊这些事情。他的心思全在纳粹夺取意大利北部控制权这件事情上,没有看到从时装街的蒙特拿破仑大街上方冒出一股股黑色的浓烟。皮诺看到后立马跑过去。皮诺片刻间穿过几条小巷,拐过一个弯,便看到了正前方自家的房子。

房顶裂了一个大洞,浓烟冲天。黑色的落地窗玻璃碎了一地。女包店看上去像是煤矿被切开了内部。除此之外的其他东西已经被爆炸的火焰烧得无法辨认。

米凯莱惊呼起来:"天哪,不!"

皮诺的父亲松开小提琴箱,跪倒在地上,不住地哽咽流泪。皮诺从来没见过父亲哭,也从来没想过父亲会哭。看见米凯莱痛苦不堪,他惊呆了,觉得又悲痛,又屈辱。

皮诺试着扶父亲起来,安慰说:"爸爸,没事的。"

"全完了,"米凯莱流着泪悲叹道,"我们的生活全完了。"

阿尔贝特舅舅抓住妹夫的肩膀:"说什么瞎话呢。米凯莱,你银行有存款。你要是缺钱,我借你。公寓、家具、皮具店,都可以重新置办啊。"

皮诺的父亲低声说道:"我不知道该怎么告诉波尔齐亚。"

阿尔贝特满不在乎地说:"米凯莱,炸弹炸中你家纯粹是运气不好,怎么弄得像是你的罪过似的。你告诉她真相就好了,大不了从头再来。"

格蕾塔舅妈说:"这段时间,你和我们一起住。"

"爸爸?"

"你到'阿尔宾那之家'去，去那里学习。"

"不，我想待在米兰。"

皮诺的父亲勃然大怒："你不准待在米兰！这件事你没有发言权。你是我的大儿子。皮诺，我不会让你莫名其妙就没了的。我……我接受不了。你妈妈也接受不了。"

皮诺被父亲的突然爆发怔住了。米凯莱是那种闷着生气的性子。一般不会情绪激动地大呼小叫，更不会选择在圣巴比拉大街上这样发火。要知道流言蜚语在时尚圈总是传得很快，而且永远不会被人遗忘的。

皮诺轻声说道："那好，爸爸。我不在米兰待下去了，我去'阿尔宾那之家'，听你的。"

第二部分

主的大教堂

第五章

第二天上午晚些时候,米凯莱在中央火车站将一卷里拉(意大利货币单位)交到皮诺手中,说:"我会寄书给你。有人会在车站接你。要听话,替我向米莫和雷神父问好。"

"我什么时候才能回来?"

"什么时候安全,什么时候回来。"

皮诺苦闷地瞥向图利奥,图利奥耸了耸肩。又瞥向阿尔贝特舅舅,阿尔贝特假装看起自己的鞋子来。

"这不公平。"皮诺说完,怒气冲冲地拿起塞满衣物的帆布背包,上了火车。车厢里几乎空无一人。他找了个位子坐下,向车窗外怒视。

皮诺被当作小孩来对待。但他有当众跪地号啕大哭吗?没有。在灾难面前,皮诺·莱拉像个男子汉一样屹立不倒。但他又能如何呢?违抗父命?从火车上下来?跑去贝尔特拉米尼家?

列车颠簸地发动了,发出嘶鸣声,驶出车站,穿越货物转运站。货物转运站里有许多德国士兵在监视一大群穿着破旧灰色制服、眼神空洞的人将一箱箱坦克部件、步枪、冲锋枪、炸弹、子弹装到平板货车上。想必这些人都是犯人,皮诺有些沮丧。列车驶离货物转运站时,皮诺从车窗探出头,盯着那些人看。

旅途开始两小时后,列车驶入科莫湖湖畔的丘陵地带,朝着阿尔卑斯山前进。在皮诺心里,科莫湖的景致堪称世间一绝,湖畔南边的贝拉焦小镇的风光更是不容错过。小镇的大酒店远看像是梦幻的蔷薇城堡,要在平常,他准会饶有兴致地欣赏一下。

铁轨上的男孩此刻却是在注意山坡下的情况,科莫湖东岸沿岸的公路上能看见一列长长的卡车队,载满衣衫褴褛的人,许多人穿着他之前在火车转运站看到的灰色衣服。

这些人是谁?他感到好奇。在哪里被抓起来的?又是为什么?

四十分钟后,乃至换乘,最后在基亚文纳镇下车,皮诺脑子里还在想着这些人。车站值班的德国士兵无视了他。皮诺走出车站后,那天第一次感到心情舒畅。初秋的午后,天气暖和,阳光和煦,空气清新。他抬头望向崇山峻岭。不会再出什么岔子了,他穿过车站,心中暗道。至少今天不会出岔子。

"喂,小子,叫你呢。"有声音喊道。

一个与皮诺年龄相仿、身材瘦长结实的小伙依靠在一辆老旧的菲亚特双门小轿车旁。他穿着一件沾满油渍的白色短袖、一条帆布工装裤。嘴里叼着一支点燃的香烟。

皮诺反问:"你叫谁小子呢?"

"你呀,你不是那个叫莱拉的小子?"

"皮诺·莱拉。"

"阿尔贝托·阿斯卡里,"他说道,戳了戳自己的胸膛,"我叔叔要我来接你,带你去马德西莫。"阿斯卡里弹了弹香烟,伸出手来握手。这手和皮诺的差不多大,但让他意外的是,力气要大很多。

阿斯卡里快要把他的手握断了。皮诺问:"你在哪儿练的这么大手劲?"

阿斯卡里微笑着说:"在我叔叔店里。小子,把你的行李放到后备箱里。"

除了"小子"这个称呼让皮诺有些讨厌外,阿斯卡里人好像还是挺好的。他打开车门,车内干净整洁,车座套着防油污的毛巾质地的座位套子。

阿斯卡里发动汽车。引擎发出低沉响亮的轰鸣声,车身底盘似乎都震动起来,皮诺从未听过菲亚特汽车的引擎发出过这样的声音。

皮诺说:"这引擎不是大路货。"

阿斯卡里满脸笑容地换了挡:"有哪个赛车手会在自己的车里装大路货引擎和变速器?"

皮诺怀疑道:"你是赛车手?"

"我将来会是。"阿斯卡里说,松开离合器。

*

他们嗖的一声冲出狭小的火车站,然后又转到鹅卵石路上。菲亚特汽车突然往一侧滑了下,阿斯卡里赶紧往另一个方向打了下方向盘。轮胎行驶在路上很有抓力,阿斯卡里换挡踩油门。

皮诺被牢牢地定在副驾驶座上,好不容易抓牢踩稳,阿斯卡里险之又险地躲过一辆装满鸡的卡车,急速驶过小镇广场,第三次换挡。小镇已被甩在身后,他们继续加速。

施普吕根山口的盘山公路有一连串的急转弯和"S"形弯道,谷底道路的一侧是溪流,另一侧则是峭壁,山谷位于阿尔卑斯山,往北就是瑞士。阿斯卡里像赛车大师一样驶过施普吕根山口,他飞速开过路上的每一个弯道,在路上零零星星的汽车间穿行而过,仿佛这些车都停着一动不动似的。

皮诺的心情从始至终都在跌宕起伏,时而绝望恐惧,时而开心愉悦,时而嫉妒,时而羡慕。快要接近坎波多尔奇诺小城郊区时,阿斯卡里才开始减速。

皮诺的心脏扑通扑通地跳,说:"我相信你。"

阿斯卡里困惑地问:"相信我什么?"

皮诺说:"我相信你迟早有一天会成为赛车手,而且是著名赛车手。我从来没见过有人这么会开车。"

阿斯卡里喜笑颜开。"我爸爸,他更厉害。他生前是世界一级方程式锦标赛欧洲大奖赛的冠军。"他放下方向盘,将右手食指伸出挡风玻璃,指向天空。"爸爸,上帝保佑,我会成为欧洲冠军,成为世界冠军!"

"我相信你。"皮诺敬佩不已,晃着头又一次这么说道,抬头望去,灰色的峭壁悬于小镇东边上方约四百五十米处。他打开车窗,探出头扫视崖顶。

阿斯拉里问:"你在看什么?"

"钟楼上面的十字架,有时可以看到的。"

"在前面一点的位置,"阿斯卡里说,"那边的悬崖有个凹进去的地方。就是因为这个你才能看到的。"他往挡风玻璃上面指了指。"那里。"

皮诺在那一瞬间瞥到了教堂石头钟楼上方的白色十字架,教堂位于阿尔卑斯山这段山脉的最高峰莫塔山。终于出米兰了,那一刻皮诺终于放松下来。

阿斯卡里带着他开上通往马德西莫的道路,道路贴着最高的山体侧面建成，变幻莫测、非常危险，因为它不仅陡峭、狭窄，路面上坑坑洼洼，还有很多急转弯。路上许多地方连护栏和路肩都没有，有好几次，皮诺都以为阿斯卡里肯定会把车开下悬崖。但阿斯卡里似乎对这条路上的每一厘米都了如指掌，打方向、踩刹车，轻松顺利通过每一个弯道，皮诺肯定他们是在雪上行驶，而不是岩石路上。

皮诺问："你滑雪也能这样吗？"

阿斯卡里说："我不会滑雪。"

"什么？你住在马德西莫，居然不会滑雪。"

"我妈送我来这里，是希望我安全。我在叔叔店里上班，然后开开车。"

"滑雪比赛和赛车是一样的，"皮诺说，"技巧都一样。"

"你滑雪滑得很好？"

"我赢过一些滑雪比赛。滑雪障碍赛。"

阿斯卡里肃然起敬："那，我们就应该做朋友了。你教我滑雪，我教你开车。"

皮诺乐不可支："成交。"

他们到了马德西莫村，村子很小，只有一家石头搭的旅馆，一间餐馆，还有几十户高山人家。

皮诺问："这附近有姑娘吗？"

"我知道有几个姑娘住下面。她们挺喜欢坐车兜风的。"

"我们下次开车带上她们吧。"

"这个计划我赞成！"阿斯卡里说，把车开到路边。"下面的路你知道吗？"

"暴风雪的时候我蒙上眼睛都会走，"皮诺说，"我大概周末下来，就住旅馆。"

"下山的话,就来找我。我们的店在旅馆前面。很好找的。"

他伸出手。皮诺的脸抽搐了下,说:"这次,可别把我手指握断啊。"

"不会的,"阿斯卡里说,用力地握住他的手摇晃,"皮诺,很高兴认识你。"

皮诺说:"阿尔贝托,我也很高兴认识你。"抓起帆布包下了车。

阿斯卡里嗖的一声开车离去,手伸出窗外挥舞着。

*

皮诺在那站了片刻,感觉自己仿佛遇到了人生中十分重要的人。接着,他背起帆布包,沿着双车辙的路朝树林走去。道路越往上越陡,爬了一小时的坡后,他才走出树林,来到阿尔卑斯山的一处高原,高原靠着岩壁,往上高达一千二百米,直达一处名为"格罗佩拉峰"的峭壁。

莫塔高原宽数百米,东南方向围绕着格罗佩拉峰。高原向西一直延伸到一小片云杉林,这片云杉林贴着悬崖边缘生长,悬崖下面往前就是坎波多尔奇诺。天色向晚,秋天的太阳在阿尔卑斯山脉上空闪耀,仿佛被反复捶打的铜发出光芒。就像过往一样,这景色让皮诺感到震撼。红衣主教舒斯特是对的;置身于莫塔高原就如同站在主最壮观的大教堂的阳台上。

莫塔一点也不比马德西莫发达。峭壁东面的底部有几座小木屋。西南方向,背对着悬崖峭壁和云杉林是一座小天主教堂和一栋比较大的石木结构建筑,皮诺在下面的时候瞥到过这座教堂。皮诺这几个月来从未像现在这样开心,他朝着那栋充满乡野气息的建筑走去,能闻到烤面包的味道,还有夹杂着大蒜味的食物香味。他的肚子咕咕叫。

他钻到入口通道的屋顶下面,来到一扇厚重的木门前。门上有一只大铜铃,铜铃上方挂着一个牌子,写着:"阿尔宾那之家",欢迎所有疲惫的旅人。他伸手去拉铜铃的绳子。皮诺拉了两下门铃。

"叮叮当当",门铃的铿锵声在他身后两侧的山间回荡。在一阵男孩的喧闹声后,他听到脚步声传来。门被推开。

"雷神父,你好!"皮诺对一位身材魁梧、五十来岁的神职人员问候道。面前的男人拄着拐杖,穿着黑色教士服,佩戴白领,脚踩皮质登山钉靴。

雷神父猛地张开双臂:"皮诺·莱拉!我今天早上才听说,你又要来和我一起住了。"

"神父,轰炸,"皮诺说,抱着雷神父,情绪激动起来,"太可怕了。"

"孩子,轰炸的事,我也听说了,"雷神父严肃地说,"先进来,到里面来,免得里面的热乎气都跑了。"

"你的髋关节最近怎么样?"

"时好,时坏。"雷神父说着,一瘸一拐地让到一边,让皮诺进来。

"神父,米莫的反应怎样?"皮诺问。"我是说,我们的房子。"

"应该由你来告诉他。"雷神父说,"你吃过饭了吗?"

"没呢。"

"那你来得刚好。你的行李暂时先放那里。吃过晚饭,我带你去你睡觉的地方。"

神父拄着拐杖艰难地前进,皮诺跟随他走进餐厅。餐厅很挤,四十个男孩坐在粗糙的长椅上,围着一张粗糙的餐桌。房间另一头的石头壁炉里亮着一团火焰。

"去和你弟弟一起吃晚饭吧，"雷神父说，"吃完后，过来和我坐一起吃甜点。"

皮诺见米莫正在和朋友们讲述英雄事迹，逗他们开心，便走到弟弟身后，故意尖声尖气说道："嘿，矮子先生，让开。"

米莫今年十五岁，算这屋里男孩中年级比较大的，想来平时凡事都是中心人物。他转过头，一脸阴沉，仿佛已经准备好要教训一下这个不知天高地厚、说话尖声尖气的小不点。发现说话的竟然是自己的哥哥，脸上立马浮现出困惑的笑容。

"皮诺？"他说。"你在这里干什么？你不是说你永远都不……"一阵突如其来的恐慌让米莫失去了兴奋。"发生什么事了？"

皮诺告诉了他。但弟弟并不能接受，茫然地盯着深色地板好一会儿，才抬起头："那我们以后住哪儿？"

"爸爸和阿尔贝特舅舅会找一间新的公寓，还会找一个新地方开店，"皮诺说着，坐到米莫身边，"不过在那之前，我们应该要住在这里了。"

"你们的晚餐来了，"一道低沉洪亮的男声传来，"现烤的面包，刚拌好的黄油，还有波尔米奥风味的炖鸡肉。"

皮诺朝厨房望去，见到一张熟悉的面孔。眼前这个蓬头乱发，满手手毛，虎背熊腰的壮汉正是波尔米奥修士，雷神父的忠实追随者。波尔米奥修士是雷神父的助手，负责各项辅助工作。他也是这里的厨师，手艺可好了。

波尔米奥修士目不转睛地盯着锅里炖着的鸡肉。鸡肉煮好后摆上桌。雷神父起身说道："各位青年，无论生活如何糟糕，我们都必须对每一天心存感激。低头祈祷吧，感激主，相信主，明天会更美好的。"

这些话虽然听神父说过几百次了，但皮诺依然无比感动。感谢主让他在轰炸中幸免于难，让他遇到阿斯卡里，又让他现在重回"阿尔宾那之家"。感恩让皮诺意识到自己的渺小和卑微。

在感谢主赐予饭食后，雷神父吩咐大家开吃。

皮诺旅途奔波了一天。波尔米奥修士烤的黑面包，他一个人差不多就吃了一整条。至于美味的炖鸡，他更是狼吞虎咽连吃了三碗。

米莫一度抱怨："给我们其他人也留点啊。"

"我比你们大，"皮诺说，"得多吃点。"

"到雷神父的桌子去。他什么都不吃的。"

"好主意。"皮诺说着，拨弄了下弟弟的头发，侧身躲开米莫甩来的拳头。

*

皮诺穿过一排排桌椅，来到雷神夫和波尔米奥修士那桌。波尔米奥修士正抽着手卷烟卷，坐在那里休息。

雷神夫问："修士，你还记得皮诺吗？"

波尔米奥咕哝一下，点了点头。这位厨子又喝了两勺鸡汤，抽了口烟，说："雷神夫，我去拿甜点。"

雷神夫问："是水果馅饼吗？"

波尔米奥修士愉快地说："里面有新鲜的苹果和梨子。"

"从哪儿弄来的？"

"一个朋友给的。"他说，"非常要好的朋友。"

"祝福你的朋友，如果够的话，给我们两个人都拿两份来吧，"雷神父说完，看着皮诺，"一个人再节制也只能这样了。"

"神父？"

"皮诺，看到甜点就馋，这是我唯一的恶习。"神父大笑，摸了摸自己的肚子。"就是大斋节我也免不了来上一口。"

这道苹果梨子馅饼味道好极了，完全不亚于皮诺在圣巴比拉大街最喜欢的甜品店里买的甜点。修士专门给皮诺拿了两份，这让他感激不尽。吃饱喝足的皮诺感到心满意足，犯起困来。

雷神夫问："你还记得去瓦尔迪雷的路吗？皮诺。"

"最便捷的路是先走东南方向的小路到安杰洛加之阶，然后往正北方向走。"

"这条路在索斯特村的上方，"雷神父点了点头，"上周，你认识的一个人就沿着这条路，穿过安杰洛加之阶，也就是'天使之阶'，到瓦尔迪雷去了。"

"是谁啊？"

"巴尔巴雷斯基。那个神学院的学生。他说之前和红衣主教一起时见过你。"

那仿佛已经时隔多年。"我记得他。他还在这里吗？"

"他今天早上出发去米兰了。你们今天肯定在什么地方相互错过了。"

皮诺没有多想这个巧合。他盯着熊熊的炉火看了片刻，看得入了迷，然后就又想睡觉了。

"你只走过那一条路吗？"雷神父问，"去瓦尔迪雷的话？"

皮诺想了想，说："不止呢，从马德西莫出发，北边那条路线，我走过两次；难走的路走过一次，从这里爬上山脊，然后翻过格罗佩拉峰的峰顶。"

"好，"神父说，"我就没记住。"

神父起身，把两根手指放到嘴唇上，吹了声口哨，房间立刻安静下来。

雷神父说:"帮厨的人去向波尔米奥修士报到。其余的人,把桌子清理了,擦干净,然后开始学习。"

对米莫和其他男孩来说,这仿佛已经成了惯例,他们竟然没有什么抱怨,就各自干起活来。皮诺拿回帆布背包,跟着雷神父穿过入口,经过两间大卧室,来到一个狭窄小隔间,墙里嵌着双层床,床前面挂着一个帘子。

雷神父说:"地方小了点,尤其对你这种身材,不过暂时只能这样将就下了。"

"还有谁和我一起住?"

"米莫,他之前都是一个人住这里的。"

"他一定会很高兴的。"

"那我走了,剩下的事情就留给你们两个自己解决,"神父说,"你年龄比其他人都大,所以我就不要求你遵守他们的规矩了。这里你做主。但周一到周五,你每天都必须按照我规定的一条路线爬山,然后每天至少学习三个小时。周六和周日你自己安排。明白了吗?"

看来要爬很多山,但皮诺很喜欢阿尔卑斯山,所以答道:"好的,神父。"

"那我就走了,你自己整理行李吧,"雷神父说,"我的小朋友,很高兴你又回来了。现在看来,有你在身边很有可能会帮上大忙。"

皮诺微笑道:"神父,我也很高兴回来。我很想念你和莫塔。"

雷神父眨了眨眼睛,用拐杖敲了门框两下,随后离开。皮诺把两个衣架清理了一下,把弟弟的衣物放到上铺。清空帆布背包,把书籍、衣物以及他心爱的短波收音机的零件整理好。这些零件皮诺一直藏在衣服里。要是纳粹当时搜他的话,就危险了。皮诺躺在下铺,听着英国国家广播电台播放的关于盟军的最新进展,接着,周围的一切都模糊了,他进入了梦乡。

"嘿!"一小时后,米莫叫道:"那里是我睡觉的地方!"

"现在不是了,"皮诺醒来说道,"你睡上铺。"

米莫表示抗议:"我先来的。"

"谁找到,就归谁。"

"我的床铺又没丢过!"米莫大喊着,朝皮诺冲过去,试图将他拽下床。

皮诺虽然强壮很多,但米莫天生就是个战士,从不言败。皮诺鼻子都被弟弟揍出血来,好不容易才将弟弟压在地上。

皮诺说:"你输了。"

"没输,"米莫急了,他用力挣扎,企图摆脱,"那是我的床。"

"这样如何,我周末不在的时候,你睡这个床。所以一周有四五天归我,剩下两三天归你。"

听到这话,弟弟冷静了一些:"你周末干吗去?"

"去马德西莫,"皮诺说,"有个朋友要教我修车开车,像赛车冠军一样哦。"

"你你这家伙运气还真好。"

"的确。阿尔贝托·阿斯卡里专门开到火车站接我过来的。他是我见过最会开车的。他爸以前还是欧洲赛车比赛的冠军。"

"他凭什么教你?"

"我教他滑雪,各取所需罢了。"

"你觉得他也会教我开车吗?话说,我滑雪可比你厉害多了。"

"兄弟,你还真会想。这样吧,阿斯卡里怎么教我的,我回来怎么教你?"

米莫考虑了下,说:"成交。"

第六章

　　第二天清早，皮诺正做着赛车的美梦，雷神父把他摇醒了。外面天色尚黑。雷神父在兄弟两人窄巴巴的卧室外放着一盏掌灯，灯光照出雷神父的轮廓。

　　"神父？"皮诺睡眼惺忪地呢喃道，"几点了？"

　　"四点半。"

　　"四点半？"

　　"起来把衣服穿上，做好去远足的准备。"

　　皮诺知道此时多说无益。虽说雷神父看上去一点也不像他母亲波尔齐亚那样强势，但若真要固执起来，严格起来，也是毫不逊色。面对这类人，皮诺很久以前就想明白了，要么别在他们面前晃悠，要么就顺从他们。

　　皮诺抓起衣物，走到浴室去穿。厚厚的帆布拼皮革短裤、厚厚的护住小腿的羊毛短袜，搭配上父亲前一天给他买的崭新的硬皮靴。内穿橄榄绿羊毛薄衬衫，外套深色羊毛背心。

　　餐厅里除了雷神父和波尔米奥修士外空无一人。波尔米奥修士为皮诺准备了鸡蛋、火腿、吐司。皮诺吃的时候，雷神父递来两壶水，嘱咐他装进帆布背包里带上。包里另有一份丰富的午餐以及一件下雨天穿的防水连帽夹克。

皮诺忍住哈欠说："我要去哪儿？"

雷神父手里拿着地图。"选条容易走的线路到斯泰拉峰下的安杰洛加之阶。过去九公里。回来九公里。"

十八公里？皮诺很久没走过这么远的路了，但还是点了点头。

"若非万不得已，不然不要绕路，路上尽量别让人看见。"

"为什么？"

雷神父犹豫片刻，说："我们这附近有些乡民觉得'天使之阶'归他们所有。离这些人远一点，不会有坏处的。"

皮诺心中虽仍有疑虑，但吃饱喝足便启程了。在黎明前的黑暗中，他从"阿尔宾那之家"出发，沿着一条小路朝东南方前进。小路顺着山势蜿蜒曲折，一直走到格罗佩拉峰南麓道路才不再陡峭、曲折。

快到山脚的时候，太阳升了起来，阳光照耀着前右方斯泰拉峰的顶峰。空气中夹杂着松脂的香气，闻起来沁人心脾，令人讨厌的炸弹的气味从记忆里消失了。

皮诺在这里停了下来，喝点水，又吃了一半波尔米奥为他打包的火腿、奶酪、吐司。吃完，他伸展一下四肢，往远处望去，又想起雷神父的警告——不要被那些自认为拥有这个山口的人看到。这到底是怎么回事？

皮诺再次背上行囊，扭转方向，向通往瓦尔迪雷南面关口的安杰洛加之阶——"天使之阶"继续进发。在此之前，皮诺一直沿着山坡行进，现在基本是在上坡。空气变得稀薄，皮诺大口喘息，感到大腿、小腿都火辣辣地疼。

小路很快偏离了森林。树木变得稀稀拉拉，乱石嶙峋的道路上只生长着几株瘦弱的低矮杜松，被山风吹得东倒西歪。太阳照到山脊上，地上的灌木、苔藓、地衣呈现出柔和的橘色、红色和黄色。

向着山口爬了四分之三的路程后，云朵从天上掠过，悬在头顶上方左侧的是格罗佩拉峰的峰顶。山鞍之下，苔原地形变为碎石地形。路面踩上去虽还算结实，但时不时有石子滑落。新皮靴将皮诺的脚跟脚趾磨得生疼生疼的。

皮诺原本计划爬到"天使之阶"中间的石标后脱下鞋袜休整。但远足开始三小时后，天上忽然乌云密布，风也突然变得猛烈起来。往西一看，天边黑压压的，暴风雨即将来临。

*

皮诺穿上防雨连帽夹克，急忙向石标赶去。石标位于安杰洛加之阶的顶端，是几条小路的交汇之地。其中一条通往格罗佩拉的山肩；另一条通往斯泰拉峰。起雾了，还没赶到石标，路上已大雾缭绕。

雨落了下来，先是零星几点雨滴，很快大雨瓢泼。皮诺是阿尔卑斯山的常客，他预感得到接下来会发生什么。皮诺摸了下石标，转身就走，一点也没有检查脚上的伤情或吃点东西的念头。雨水很快转为石子大的冰雹，噼里啪啦地打在帽兜上。下山路上，皮诺不得不伸出前臂护在眼睛前面。

冰雹打在岩石和松动的石头上爆裂开来，路面像是裹了一层釉，皮诺不得不放慢脚步。随着风势减弱，冰雹变小了，但雨依然倾盆而下。走在路上像是在冰冷刺骨的洗矿槽里蹚水。一个多小时后，皮诺才赶到第一片林子。此刻，他已浑身湿透，全身发冷，脚还起了水泡。

皮诺来到道路分叉口，准备往莫塔的方向回"阿尔宾那之家"的时候，忽然听到前方山下的索斯特传来叫喊声。虽然离得很远，还隔着大雨，但皮诺依然能听出这是男人的声音，并且对方很生气。

想起雷神父警告过不要被人看见，皮诺心跳加速，转身就跑。

那个男人暴跳如雷，破口大骂。皮诺一听赶紧加速，沿着上坡路跑进林中。一口气跑了快十五分钟才慢下脚步，觉得肺都快炸了。皮诺弯下腰，大口呼吸。体力消耗加上高海拔的影响，让他感到一阵剧烈的恶心。雨水从树梢滴落，发出"滴答滴答"的声响。山下不知什么地方隐约传来遥远的火车鸣笛声。叫喊声已听不到了。皮诺继续赶路。想到成功甩掉了那个男人，他不由笑了起来，心情也舒畅了许多。

抵达"阿尔宾那之家"时，雨势开始减弱。皮诺已在外面待了五小时一刻钟。

"怎么耽搁了这么久？"等候在正门门厅的雷神父问。"我对你有信心，但波尔米奥修士已经开始担心了。"

"下冰雹了。"皮诺哆嗦着说。

"把外面的湿衣服脱了，到炉火旁暖暖身子。"雷神父说。"我叫米莫给你拿一些干衣服来。"

皮诺脱下鞋袜，脚上的水泡都磨破了，伤口瘀青发红，疼得他龇牙咧嘴。

"我们等会在伤口上擦点碘酒，撒点盐。"雷神父说。

皮诺吓得往后一缩。他脱得只剩内裤，冷得直打哆嗦，双臂抱在胸前，一瘸一拐地走进餐厅。餐厅里，四十个男孩在波尔米奥修士的监督下正在安静学习。看到皮诺近乎赤裸，踉踉跄跄地朝炉火走去，大家哄然大笑。这其中米莫笑得最厉害。就连波尔米奥修士似乎也觉得好笑。

皮诺向大家挥手示意，毫不在意。他此刻只想尽可能离炉火近一些。皮诺在温暖的壁炉前待了好久，不停变换身体的朝向。直到米莫拿了干衣服回来，这才穿上衣服。雷神父拿来一杯热茶和一盆泡脚用的温盐水。皮诺不胜感激地喝了热茶。他咬紧牙关，猛地把脚扎进盐水中。

雷神父让皮诺把今早晨练的情况讲一下。皮诺把前后发生的事都讲了一遍，包括他路上遇到的那个索斯特的暴民。

"他长什么样你完全没看到吗？"

"离得有点远，还下着雨。"皮诺说。

雷神父思索片刻。"午饭后，你可以小睡一会。然后把欠的三个小时学习时间补上。"

皮诺打了个哈欠，点了点头。大快朵颐之后，皮诺感到浑身乏力，跌跌撞撞回到房间，躺到床上一碰到枕头上就昏睡过去。

*

次日上午。雷神父把皮诺摇醒，时间比前一天迟了一个小时。

"起床。"雷神父说，"还有一次攀登等着你。五分钟内解决早饭。"

皮诺一动，顿觉浑身酸痛不已。脚上水泡倒是在泡了盐水浴后好了不少。

皮诺还是把衣服穿上了，头脑一片混沌，如同坠入了昨天遇到的那场浓雾之中。皮诺正是长身体的时候，因此特别嗜睡。他穿着袜子小心翼翼摸索到餐厅，一路上不停打着哈欠。雷神父身边放着早餐和地形图正在等候皮诺。

"我想要你今天从侧面绕到北边。"雷神父轻轻敲了下代表莫塔高原阶地以及通往山下马德西莫车道的疏松等高线,又敲了下前面代表陡度突然增加的等高线密集处,说道,"从高处穿过这两处山壁。然后沿着动物经过的踪迹穿过这处沟壑,最后爬到马德西莫山坡上的这处草甸。能认出来吗?"

皮诺盯着地图。"应该能认出来。为什么不避开山壁,沿着车道下到马德西莫,然后直接爬到草甸上呢?那样会快很多。"

"是会快很多。"雷神父说,"但我不在乎你的速度,只要你能找得到路并且不被人发现就行。"

"为什么?"

"我有苦衷,但是暂时不能向你透露,皮诺。这条路更安全。"

雷神父的话反而让皮诺更困惑了,但他还是说:"好吧。然后就回来吗?"

"不,"雷神父答道,"我想让你爬到北边环形山的盆地里。找到那条通向瓦尔迪雷的动物路径。没准备好之前不要走那条路。你可以先回来,之后再尝试。"

得知还要再走一次艰难的山路,皮诺叹了口气。

天气不是个问题。这是阿尔卑斯山南部地区九月下旬一个美丽的早上。皮诺小心翼翼地横穿过格罗佩拉峰西面有很多石头的条条小道,经过一处被古木和雪崩残骸阻塞的沟壑。他全身肌肉酸痛,贴着医用胶带的脚上水泡处隐隐作痛。皮诺用了两个多小时才到达雷神父地图上说的那处草甸。他穿越草丛向高处爬去。棕褐色的高山草丛长得极为茂盛,但颜色变浅了。

就像安娜的秀发一样,皮诺心想。种荚的周围长满茸毛,已然成熟,随时准备随风飘散。皮诺想起安娜走在面包店外的人行道上的样

子,他当时在后面急冲冲地追赶她。安娜的头发就是这样,只不过更柔顺、更浓密。他继续往上爬,轻柔的草杆子从他裸露的腿上滑过,痒痒的,让皮诺忍不住想笑。

九十分钟后,皮诺终于爬上北边环形山。环形山里面看上去就像火山的内部,左右两边是三百米高的悬崖峭壁,山顶上遍布着棱角分明的乱石。皮诺发现了那条山羊开辟的小径,想爬上去。但最终,还是决定不白费力气了,因为他的两只脚就像被碾碎的肉糜。他直接下山往马德西莫的方向走去。

周五下午一点,皮诺抵达马德西莫村。皮诺走进旅馆,吃了顿饭,然后订了个房间。旅馆老板和老板娘人都很好,有三个孩子。其中一个七岁,名叫尼科。

"我会滑雪。"尼科向正在狼吞虎咽的皮诺吹道。

"我也会。"皮诺说。

"肯定没我厉害。"

皮诺咧嘴笑了:"或许吧。"

"下雪的时候,我带你去。"小男孩说,"滑给你看。"

"我很期待。"皮诺一边说着,一边抚弄了一下尼科的头发。

皮诺身体还有些僵硬,但肚子不饿了。他动身去找阿尔贝托·阿斯卡里,然而汽修店今天没开张。他给阿斯卡里留了张纸条,告知他自己晚上会回来,然后徒步返回"阿尔宾那之家"。

从穿越格罗佩拉峭壁,再到北边环形山上望而却步,皮诺把经过都讲了一遍。雷神父仔仔细细地听了。

雷神父点点头说:"没准备好的话,不用爬上去。你很快就会准备好的。"

"神父,我完成学习以后,想去山下的马德西莫过夜,去找我的朋友阿尔贝托·阿斯卡里玩。"皮诺说。

见雷神父眯起眼睛,皮诺提醒他,之前就说好的,周末由他自己安排。

"我确实这么说过。"雷神父说。"去吧,玩得开心,注意休息。不过,要做好准备周一早上再次出发。"

皮诺睡了一小会儿。起来读了会儿古代史,又学了会儿数学,最后翻起路伊吉·皮兰德娄的剧作《高山巨人》(*The Giants on the Mountain*)。过了五点,皮诺才穿上休闲鞋动身前往山下的马德西莫。他的两只脚快疼死了,一瘸一拐地一路走到山下的旅馆办理入住手续。皮诺向尼科讲了些滑雪比赛的趣事逗他开心,聊了一会儿之后就朝阿斯卡里叔叔家走去。

阿尔贝托开门迎接皮诺,坚持让他进来一起吃晚饭。阿尔贝托的婶婶做的饭比波尔米奥修士做的还好吃,这真是让皮诺喜出望外。阿斯卡里的叔叔很喜欢聊汽车,大家相谈甚欢。皮诺胡吃海塞,吃甜点的时候,差点都要打盹儿了。

阿斯卡里和叔叔一起送皮诺回旅馆。皮诺踢掉鞋子,一头栽进床里,没脱衣服便睡着了。

*

第二天,天刚蒙蒙亮,阿斯卡里就来敲皮诺的房门。

"你怎么起这么早?"皮诺打着哈欠问道,"我打算——"

"你想不想学车了?这两天天晴,没雨也没雪,我才愿意教你。不过,汽油钱得你掏。"

皮诺这才手忙脚乱地找起鞋子。两人在旅馆的餐厅里把早餐快速解决,然后出门坐进阿斯卡里的菲亚特汽车。接下来的四小时,他们开上坎波多尔奇诺,沿着公路往施普吕根山口和瑞士进发。

沿着蜿蜒崎岖的公路,阿尔贝托向皮诺传授了观察燃油表、应对不同地形、上坡以及转向的各种技巧。他还教皮诺,一些弯道要漂过去,另一些则切过去,学会用挡位和离合器而非刹车来控制汽车。

他们一直向北开,直到能看到德国人的检查站以及前方的瑞士边界线,才掉转车头。回坎波多尔奇诺的路上,两个纳粹巡逻兵把他们拦了下来,问他们在干什么。

"我在教他开车。"两人交上身份证明后,阿斯卡里说道。

德国人似乎并不买账,但还是挥挥手让他们走了。

两人回到旅馆。皮诺很久都没有这么激动过了。像刚才那样开车真是太刺激了!能跟未来的欧洲赛车冠军阿尔贝托·阿斯卡里学车,这真是他收到过的最好的礼物!

皮诺又在阿斯卡里家吃了一顿晚饭,津津有味地听阿斯卡里和他叔叔讨论汽车机械方面的问题。晚饭后,两人一起回到门店,开始修理菲亚特,一直捣鼓到深夜。

次日清晨,做过晨间弥撒后,两人再次驾车向那条位于坎波多尔奇诺和瑞士边界线之间的公路开去。阿斯卡里教皮诺如何利用隆起的路面把车开快,同时要关注远方的路况,脑子里还要同时规划最佳的行车速度。

下最后一处关口时,皮诺在转过死角时的速度过快,差点和一辆俗称桶车的德军吉普军迎面相撞。两辆车都急忙转向,才没有撞上。阿斯卡里往后看了一眼。

"他们在掉头!"阿斯卡里说,"快开!"

"我们不应该停下吗?"

"你不老想着赛车吗?"

皮诺一脚油门踩到底。无论是引擎马力,还是敏捷性,阿斯卡里的菲亚特都完胜德军的桶车。两人还没开出伊索拉小镇,纳粹就已被甩得不见踪影。

"天啊,太帅了!"皮诺说道,心脏扑通扑通跳着。

"是不是?"阿斯卡说着,笑道,"干得不错。"

对于皮诺而言,这是极大的赞赏。说好下周五回来继续学车,皮诺心情愉快地向"阿尔宾那之家"出发。相比于两天前下山的痛苦,这次上山回莫塔要轻松许多。

皮诺向雷神父展示了脚上日益增加的老茧。雷神父说:"不错。"

神父对他学车的事也很感兴趣。

"你在施普吕根山口看到多少巡逻兵?"

"三个。"皮诺说。

"然而只有两个把你拦下来了?"

"第三个也想拦我们,但我坐在阿尔贝托的车里,他没追上。"

"不要惹他们,皮诺。我说的是德国人。"

"神父?"

"我想要你训练出不被人察觉的技能。"雷神父说,"像你说的那样开车太惹人注目了,你会引起德国人注意的。懂了吗?"

事实上,皮诺完全不懂为何不行,但他能看得见神父眼中的忧虑的神情,他承诺以后不这么干了。

第二天清晨,雷神父把皮诺摇醒,当时离黎明还有很久。"又是一个好天气。"雷神父说,"适合爬山。"

皮诺虽然嘴里抱怨,但还是乖乖穿上衣服。皮诺发现神父在餐厅等候着他,早餐也已备好。雷神父在地形图上指向一条曲折的山脊。这条山脊从离"阿尔宾那之家"垂直向上好几百米的高处开始,沿着一条又长又陡的蛇行路线一直伸展到格罗佩拉峰的峰顶。

"你一个人可以完成吗,还是要有人给你带路。"

"那里我之前爬过一次。"皮诺说,"这里,这里,还有那段烟囱路,以及上面这小块地方是最难爬的地方。"

"如果你爬到烟囱路时,觉得自己还没做好准备,就别逞强。"雷神父说,"直接掉头,向下爬回来。还有,带根拐杖去。棚里有好几根。要相信主,皮诺。要时刻保持警觉。"

第七章

黎明时分，皮诺的远足开始了，他直接朝格罗佩拉峰走去。他很高兴带了拐杖，拄着拐杖横穿过一处狭窄的溪流，然后往东南方向从侧翼绕到尖削的峰脊。几千年来，山体上的岩石一层层脱落，形成了向内凹陷的混乱地形。皮诺的行进十分缓慢，但还是爬到了山脊的尾部。

从这里到峰顶就没有既定路线了，到处都是石头，偶尔会碰到草丛和顽强生长的灌木。山脊左右两边都是悬崖，皮诺清楚，自己必须小心谨慎，一旦失足，注定丧命。这处山脊他爬上去过一次，那是两年前了，当时同行的还有其他四个男孩，以及雷神父从马德西莫来的向导朋友。

皮诺努力回忆他们当时是如何爬上去的。他们经过一系列支离破碎的阶梯和许许多多崎岖曲折的小道，最终爬到高高在上的峰顶。他一度怀疑和担心自己可能选错路了，但还是强迫自己先冷静下来，相信自己的直觉，碰上一段，就爬一段，一边爬，一边重新估量这条路线。

皮诺的第一个挑战是爬上山脊。山脊久经风吹日晒，表面变得十分光滑，底部呈高达两米的圆柱形基座。要往上爬，似乎无从下手。还好，南边的岩石有很多缝隙和断裂的地方。皮诺把拐杖往上甩去，拐杖"咔嗒"一声落在上面的某个地方停住了。他先把手指和靴尖插进裂缝之中，接着爬上狭窄岩架，然后爬到拐杖的地方。过了一会儿，皮诺跪在又狭窄又尖峭的山脊上，胸口剧烈地起伏着。等到胸口平静下来，气顺了，这才拄着拐杖，站起身来。

皮诺开始找路往上爬，一边爬，一边寻找落足的节奏。仔细审视面前犬牙交错的复杂地形，寻找阻力最小的路线。一小时后，他再次面临一大挑战。经历数万年的风吹日晒，一片片石板脱落下来，阻塞了向上的道路，岩面上只有一个参差不齐的沟壑，宽度、深度都不足一米，向上延伸大约八米的距离，跟一处岩架相连，仿佛一段歪七扭八的烟囱。

皮诺在那里站了一会儿，内心越来越恐惧，几乎被吓得无法动弹。这时，他听到雷神父的声音在耳畔回响：要相信主，要时刻保持警觉。最后，他原地转了半圈，把整个身子嵌进峭壁的裂缝里。他伸出双手支撑着，靴子踩在烟囱表面借力前行。他这时可以动弹了，用三个接触点支撑第四个点移动——一只手、一只脚，不断摸索、试探着往上爬。

他往上爬了六米，然后听到一声鹰唳，他把视线从裂缝移开，目光顺着山脊俯视下面的莫塔高原。他此刻已经爬到令人眩晕的高山上，他感到一阵晕眩，差点没抓稳岩石，这可把他吓得半死。他不能摔下去，摔下去，就没命了。

要相信主。

在这个念头的激励下，皮诺沿着烟囱往上爬，到了岩架上后才放松下来喘口气，感谢主的帮助。恢复力气后，他几乎没怎么停，一鼓作气爬到峰脊的西南边。山脊非常陡峭,就像又狭又尖的剃刀,有些地方宽度几乎不足一米。格罗佩拉上面是陡直的尖顶,下面是一个基座,基座就有四十多米高,形状酷似一个歪歪扭扭的长矛的尖头。通往基座的道路犬牙交错,道路两边是雪崩留下的沟槽。

皮诺看了匕首般直插云霄的峭壁一眼,然后就不再瞧第二眼了。他在费力地寻找尖顶下方各种山肩和隆起的地方。在他找到搜寻目标的那一刻,他的心又一次猛地扑通起来。他闭上眼睛,告诫自己要冷静,要相信主。在他从两个主要的雪崩沟槽之间经过的时候,他一边划十字,一边向前行,不敢朝左右两边旁顾,全神贯注地往正前方挪动,仿佛一位走钢丝的杂技演员。小道走着走着宽阔起来。

抵达小道的尽头后,他一下子抱住岩壁上凸起的石块,仿佛遇见了久未见面的好友。确认自己还能继续之后,他开始攀登那些石块,这些石块虽然形状极不规则,就好像一摞瘫倒的砖块,但好在牢固,不会松动,所以他相对轻松地往高处爬去。

在离开"阿尔宾那之家"四个半小时之后,皮诺终于抵达峭壁的底部。他朝右凝视,只见一条钢索固定在岩石上,绕着峰顶水平拉伸开来,差不多在峰顶一半高度的位置,下面的岩架大约只有十八厘米宽。

即将要做的事让皮诺感到目眩恶心,他深吸几口气,摆脱不断攀升的紧张感,伸手向松松垮垮的钢索抓去。他探出右脚,脚尖摸索到一处狭窄的落脚点。这就像当初从自家卧室的窗户爬到窗架上一样。他这样想着,握紧钢索,匆匆沿着峭壁底部疾行。

五分钟后,皮诺到达这座山最宽阔一处山脊的顶峰,这处顶峰面朝西南,十分宽阔,山脊上的小山上长满了郁郁葱葱的地衣、苔藓、高山火绒草以及高山紫苑。皮诺躺在上面直喘气,正午时分的阳光火辣辣地直射到他身上。这条路线向导带他走过三十次，每次都会指导他，手该抓哪儿，脚该踩哪儿，而这次完全不同。这次爬山是皮诺有生以来最大的体能考验。他必须不停思考，不停评估，时刻虔诚，这并不容易，而且十分累人。

皮诺大口喝着水，心想："无论如何，我做到了，从最难走的路线爬了上来，而且是一个人。"

皮诺内心充满喜悦，人也变得更加自信。感谢主保佑他平安，还赐予他食物。他拿出修士给他事先打包好的三明治吃了起来。他细嚼慢咽，每一口都细细品味。这世上还有什么时候比现在吃东西更美妙的吗？

皮诺觉得有些困了，躺到地上，闭上眼睛，感受着这里亘古不变的群山与天空。它们似乎不曾随着时间的流逝变化过。

*

皮诺被升起的薄雾凉醒了。

他看了看手表，惊讶地发现快下午两点了。云雾已经涌了上来。往山坡下望去，能见度已不足九十米。皮诺穿上滑雪夹克，沿着狩猎的路径向他的东边和北边迂回。一小时后，他来到格罗佩拉峰北部盆地背面的边缘地带。

他尝试了好几次，才找到一条小路，这条路横穿盆地陡峭的腹地，曲曲折折通向他三天前折返的地方。他停下来，转头回望下来的路。与早上上山的各种挑战相比，下来的路此时看来没有那么艰险了。

一路下坡来到马德西莫，再爬上莫塔高原，皮诺早已精疲力竭。抵达"阿尔宾那之家"时，天色已经暗下来了。雷神父正在门厅等候他，孩子们则在餐厅里学习，空气中弥漫着食物的香气，看来修士又做了什么美味佳肴了。

"你迟到了，"雷神父说，"我不希望你晚上在那里过夜的。"

"我也不想晚上下山啊，但路太远了，神父，"他说，"爬那条路线，比我印象中要难多了。"

神父问："那你有信心能再爬一次吗？"

皮诺想到那个烟囱、雪崩之间的小路，还有那段钢索路。他不想再经历一次，但还是说："有。"

"好，"雷神父说，"很好。"

"神父，我为什么要这样？"

雷神父仔细观察了一下他，说道："我想把你变得更加强大。几个月后可能就要你帮忙了。"

皮诺本想再问一下，但雷神父已转身离去。

两天后，雷神父吩咐皮诺上路，经过"天使之阶"到瓦尔迪雷去。再接下来的一天，皮诺走的是通往北部盆地谷的横贯路线，他沿着山羊走出的路线向前爬行，几乎是沿着小路的边缘往前爬行。第三天，他又去走那条难走的路，但这次信心充足了很多，提前一小时就到了雪崩的沟槽。

接下来的周末天气依然很好，学车的两天都是好天气。想起雷神父的告诫，他和阿斯卡里再没有把车子开到施普吕根山口，而是在马德西莫的"Z"字路上练车。

周日下午，两人开车去坎波多尔奇诺载姑娘兜风，这两位姑娘是阿斯拉里的熟人。一位是他朋友，叫蒂蒂亚娜，另一位是蒂蒂亚娜的朋友，叫弗雷德丽卡。叫弗雷德丽卡的姑娘很害羞，甚至不敢正面看皮诺一眼。皮诺本想和这位姑娘发展下感情，但奈何安娜的形象总是在他脑海中浮现。他知道这种想念是非常傻的,自己只和她说过三分钟的话,自那以后已经四个月没见过了,而且还被她放了鸽子。但他却深信自己终究会与安娜再次相见。安娜于是成了皮诺刻骨铭心的美好执念,每当他孤单寂寞,对未来犹疑时,他就会不由自主地想起她。

1943 年 10 月,经历第二周头三天的艰难攀登后,精疲力竭、饥饿难耐的皮诺再次回到"阿尔宾那之家"。皮诺在餐厅一连吃了两大碗波尔米奥特制的意大利面,又喝了好几升水后,才抬起头观察周围的情况。

男孩们基本都在。房间另一头一桌子的男孩都在听米莫指手画脚。雷神父则在会客,来访的有两男一女,其中一位年轻男子一头沙色头发。他的手臂和那位女子的胳膊差不多粗细,后者皮肤白皙,双眼乌黑,一副心事重重的样子。另一位年长的男子穿着一套西服,没系领带,留着小胡子,在那里抽烟。他咳嗽得很厉害,雷神父一说话,他就轻轻用手指敲击桌面。

皮诺有些犯困,但还是很好奇这些人是谁。有客人拜访"阿尔宾那之家"不是什么新鲜事,孩子的家长会常来这里,下暴风雪的时候,很多登山客也会来歇脚。但这些人也不是登山客。他们都穿着便服。

皮诺非常渴望上床睡觉,但他知道雷神父不会答应的,他正准备鼓起精神学习的时候,神父走过来说道:"你已经为自己赢得了明天休息一天的权利,你可以把学习推迟到明天,怎么样?"

皮诺笑着点点头。他已经忘了自己是怎么找到房间爬上床的了。

*

他醒过来的时候,天色已然大亮,阳光从门厅尽头的窗户里射进来。米莫出去了。其他男孩也出去了。当他走进餐厅时，里面没有别人，只有那三位客人在房间的另一头压低声音热烈地讨论着什么。

"我们不能再等了，"那个年纪略轻的人说道，"局势糟透了，梅纳就有五十人！就在我们现在讨论的时候，他们已经在袭击罗马了。"

那个女人恼道："你不是说我们安全了吗。"

"我们在这里很安全，"他说，"雷神父是好人。"

"能安全多久？"那个年长的男人说，又点燃了一根香烟。

那个女人注意到皮诺正在朝他们的方向看，示意那个男人别说了。修士给皮诺拿了咖啡、面包和蒜味腊肠。三位访客随后离开房间，接下来的一天，皮诺再也没有多想这几人，而是在炉火旁读了一整天书。

米莫和其他男孩成群结队远足归来时，差不多要吃晚饭了。这一天下来，皮诺不仅得到了充分的休息，而且感觉身体从未有过的健康。在大量的锻炼后，修士又给他吃了很多食物，皮诺每天都觉得自己长壮了一点。

米莫和两个男孩在长桌上摆盘子和银制餐具时，雷神父喊道："皮诺？"

皮诺把手头的书放到一边，从椅子上站起身来："神父？"

"吃过甜点，来小教堂找我。"

这道命令让皮诺有些困惑。小教堂除了周日清晨举行例行礼拜之外，一般很少会被用到。但他止住好奇心，坐下来和米莫以及其他男孩开了一会儿玩笑，然后向他们描述起攀登格罗佩拉峰遇到的艰难险阻，大家都听得聚精会神。

他说："往上面爬的时候，错一步就完了。"

米莫吹嘘道："我做得到。"

"要是你能连续做两次引体向上、两次俯卧撑,再下蹲一次。我就赌你行。"

米莫最受不了别人挑衅,立马被激怒了。皮诺知道,他弟弟马上就要开始疯狂做引体向上、俯卧撑和下蹲了。

收拾好餐具,米莫问皮诺想不想打牌。皮诺推辞说要去小教堂找雷神父。

米莫问:"什么事?"

"还不清楚。"皮诺答道,从前门门口的衣架拿起一顶羊毛帽戴上,然后走到外面的夜色里。

室外的温度已经下降到零度以下。残月当空,熠熠生辉,群星璀璨,宛若烟火。皮诺往小教堂走去,北风迎面刮来,带来初冬的寒意。教堂前方,齐着高原的边缘,有一片冷杉林,冷杉高耸挺立。

皮诺笨拙地拨开小教堂的门闩,往里走去,教堂内只有四根蜡烛亮着。雷神父低着头,正跪在座位上祈祷。皮诺轻轻关上门坐下。片刻之后,神父在胸前划了个十字,巍巍颤颤拄着拐杖起身,一瘸一拐地走过来,坐到他身边。

"你觉得你能在夜里完成去瓦尔迪雷的大部分北部路线吗?"雷神父问,"如果只借助月光的话。"

皮诺思索片刻,说道:"盆地那块地方不行,但在那之前的路,我觉得可以。"

"那会增加多长时间?"

"大概一个小时吧。为什么这么问?"

雷神父深吸一口气,说:"皮诺,我刚才一直在为那个问题的答案祈祷。我是想瞒着你,不让你知道这件事,不把事情复杂化,让你只关注你自己的任务,不管其他的事。但主让生活变得更加复杂,对吗？我们无话可说，我们无能为力。"

皮诺有些困惑："神父？"

"今晚留下来吃晚饭的那三个人。你和他们说过话吗？"

"没呢，"他说，"但是我无意间听到，他们在讨论梅纳什么的。"

雷神父的脸色沉了下来，露出痛苦的表情："过去的一个月里，有五十多个犹太人躲在梅纳和梅纳周边的村庄。纳粹党卫军发现了这些犹太人，处决了他们，然后把他们的尸体扔进了马焦雷湖。"

皮诺的内心开始翻江倒海："什么？为什么？"

"因为他们是犹太人。"

皮诺知道希特勒憎恨犹太人，他本人甚至也认识一些讨厌犹太人、诋毁犹太人的意大利人。但就这样冷血地杀掉他们？仅仅因为宗教信仰不同？这种野蛮暴行简直骇人听闻。

"我不能理解。"

"我也不能，皮诺。但可以明确的是，意大利的犹太人现在正面临灭顶之灾。我今天早上和红衣主教舒斯特打电话问过。"

雷神父说，红衣主教告诉他，继那次梅纳大屠杀后，纳粹勒索那些还困在罗马贫民窟的犹太人，要求他们在一天半内想办法拿出五十公斤黄金，以换取人身安全。犹太人掏空了家底，还向天主教徒借了不少。然而，他们上交完财物，德国人却突然袭击犹太教教堂，找到了一张罗马犹太人的完整名单。

神父停了下来，表情扭曲，接着他又说道："红衣主教舒斯特说，纳粹成立了一支党卫军分队，专门抓捕那个名单上的犹太人。"

皮诺问："抓到以后呢？"

"杀掉他们，全部杀光。"

那一刻之前，皮诺的年轻头脑怎么也想不到这样的结果。

"这……太邪恶了。"

雷神父说:"是很邪恶。"

"红衣主教是怎么知道事情的来龙去脉的?"

"教皇陛下。"雷神父说,"是他告诉红衣主教的,他说德国大使到梵蒂冈这样和他说的。"

"教皇不能阻止吗?公之于众呢?"

雷神父低下头,指关节攥得惨白:"皮诺,教皇陛下和梵蒂冈被坦克和党卫军包围了。教皇陛下要是现在发声,德军会立刻入侵梵蒂冈,将其摧毁,这是自寻死路啊。不过,教皇已经秘密通知诸位主教了。"

他通过主教向意大利所有的天主教徒传达了一道口头命令,那就是要向任何躲避纳粹追捕的犹太人敞开自家大门。我们要收留犹太人,如果可行的话,还要帮助他们逃出去。

皮诺心跳加快了:"逃到哪儿去?"

雷神父抬起头:"你有到过瓦尔迪雷的尽头吗?那是格罗佩拉峰的另一头,也就是湖泊再远的地方。"

"没有。"

"那里有一片三角形的密林,"神父说,"密林往里头两百米是意大利的地界,所有的树林和土地都是意大利的。而走出密林尽头之后,就是瑞士了,那里是安全的中立地带。"

皮诺开始从一个全新的角度审视过去几周历经的磨难,内心激动起来,再次充满决心。"你想让我做他们的向导吗,神父?"皮诺问。"那三个犹太人?"

"主爱的三个孩子。"雷神父说,"你愿意帮助他们吗?"

"当然愿意。"

雷神父把手搭在皮诺的肩膀上。"我希望你知道，你将冒生命危险。按照德军的新规定，帮助犹太人就是叛国罪，应处以死刑。如果你被抓了，他们会处决你的。"

皮诺听了艰难地咽了下口水，感到无比震惊，他看着雷神父说道："那你在'阿尔宾那之家'收留他们，不也冒了生命危险吗？"

"还有这里的孩子们也冒了生命危险。"神父神色严肃地说道，"但我们必须帮助所有逃离德军的难民。教皇这样认为。红衣主教舒斯特这样认为。我也这样认为。"

"我也这样认为，神父。"皮诺感受到前所未有的激动，仿佛迫不及待地去行侠仗义。

"好。"雷神父的眼里闪着泪光，"我就知道你会愿意帮忙的。"

"我愿意。"皮诺说，心中越发坚定，"我该睡觉了。"

"凌晨两点十五分，我叫你起来。波尔米奥神父两点三十分给你准备好。你三点出发。"

皮诺离开小教堂，觉得自己进去的时候还是个小男孩，离开的时候却做了一个让自己成为男人的决定。帮助犹太人可能会受到的惩罚让皮诺担惊受怕，但无论如何他都要帮助他们。

在进入"阿尔宾那之家"之前，皮诺在门外站了一会儿，向东北方凝视，目光扫过格罗佩拉峰的侧翼。他知道自己现在要为三条人命负责了。那对年轻的夫妇。那个抽烟的人。这三人逃亡之旅的最后阶段就指望他了。

皮诺抬起头，目光越过月光映衬下格罗佩拉峰的巨大悬崖，向群星以及更远处的黑色虚空望去。

"主啊。"他低语道，"帮助我。"

第八章

皮诺赶在雷神父过来叫他之前,提前十分钟从床上爬起来,穿好衣服。波尔米奥修士煮了松子燕麦甜粥,还在桌上摆了肉干、奶酪。老烟枪和年轻情侣正在吃着,雷神父来到皮诺身边,把手搭到他肩上。

"这位是你们的向导,他叫皮诺,"神父说,"他知道路。"

"年纪这么小啊,"老烟枪说,"没有年长一点的吗?"

"皮诺很擅长登山,经验也很丰富,尤其熟悉这座山。"雷神父说,"他会把你们带到你们想去的地方,我对他很有信心。当然你们也可以再找一位向导。但我得提醒你们,有些向导前脚收了你们钱,后脚就会把你们交到纳粹手里。我们只希望你们能安然无恙地找到避风港。"

"我们跟皮诺走。"男青年说道,他的女伴也点头认同。

不过,那位抽烟的大叔还是将信将疑。

皮诺握了握男青年的手,说:"你们叫什么?"

"用你们的化名,"雷神父说,"身份证件上的名字。"

那位年轻女人说:"玛丽亚。"

她的丈夫说:"里卡多。"

那位烟民说:"路易吉。"

皮诺坐下来和他们一起吃早饭。"玛丽亚"说话轻声细语,但风趣幽默。"里卡多"之前是在热那亚当过老师。"路易吉"以前是在罗马卖雪茄的。皮诺一度往桌子下面看了一眼,发现三人脚上穿的都不是靴子,好在鞋子看上去够结实。

"那条路危险吗?"玛丽亚问。

"你们照我说的做,就不会有危险。"皮诺说道,"五分钟后出发?"

三人点头。皮诺起身清理了盘子,接着把他们带到雷神父身边,轻声说道:"神父,如果我带他们翻过'天使之阶'进入瓦尔迪雷,对他们来说是不是更容易些?"

"是更容易些,"雷神父答道,"不过我们一周前才使用过那条路,我不想引起注意。"

"我不太明白,"皮诺说,"谁用过那条路?"

"乔瓦尼·巴尔巴雷斯基,那个神学院的学生,"雷神父说,"就在你从米兰来这里之前,这里还有一对夫妇要带着女儿逃难。巴尔巴雷斯基和我想了个计划。他带着那家人还有二十个男孩徒步了一整天翻越'天使之阶',进入瓦尔迪雷,米莫也去了。他们在湖泊尽头和森林之间的空地上野餐。去远足的有二十四人,回来二十一人。"

"没人会察觉到有什么区别的,"皮诺赞赏道,"特别是隔着老远看一大群人。"

雷神父点头道:"我们就是这么想的,可是总要派这么一大群人出去也不实际,尤其是冬天也要来了。"

"人少更好。"皮诺说道,往雷神父身后看了一眼。"神父,我会尽全力让他们隐蔽,但是有很多处地方是没有遮蔽的。"

"瓦尔迪雷那一整段路都没有遮蔽，这对你来说特别危险，因为你回程有一段是完全暴露的。不过只要德军一直是在山口的公路巡逻，不派飞机在高处侦查边境线，你应该也不会有事。"

让皮诺意想不到的是，雷神父忽然抱住了他，说道："愿主与你同行，孩子，愿主一路陪伴你。"

波尔米奥修士帮皮诺把帆布背包背上。四升水、四升甜茶、食物、绳子、地形图、滑雪衫、羊毛衫、便帽、用来生火的火柴、线绒、小钢罐、装着碳化物的小号矿灯、一只匕首和一把短柄小斧头。

包里这些东西加在一起有二十公斤，甚至二十五公斤。但皮诺从到"阿尔宾那之家"的第二天起就一直背着重物爬山，所以背起来和平时没什么两样，想必雷神父之前早有打算。毫无疑问，神父之前就是这么计划的，为了这一刻，他已经筹备了好几周。

皮诺说："我们走。"

*

四人小组出门走进凉飕飕的秋夜中。天空清澈透明，南边天上月亮还高悬着，洒下一片清辉，照得格罗佩拉峰的西侧微微发亮。皮诺领着三人沿着车辙走出学校外煤气灯的照明范围，接着让大家停下来，让眼睛充分适应了再走。

"从这里往后我们要小声说话了，"皮诺指着山上，压低声音说道，"上面很多地方回声能传得很远，所以我们要谨小慎微，安静得像只老鼠，明白吗？"

皮诺看到几个人都点头同意。路易吉划了根火柴准备点烟。

皮诺生气了，意识到自己必须要管起来。他朝老烟枪跨了一大步，嘘声道："快熄了。一点火星，几百米外都能看见，有双筒望远镜的话就看得更远。"

"我需要抽口烟冷静一下。"路易吉说。"未经我的同意不可以抽烟。要么,你现在回去,再找一个向导,我只带他们两个。"

路易吉深吸一口烟,扔掉烟头,用鞋底把烟头碾灭,嫌恶地说道:"带路吧。"

由于道路昏暗,皮诺提醒众人留心用余光观察。他带着众人由南向北横穿莫塔高原。绕到山坡底部,道路突然变窄,只余一条羊肠小道,小道宽约五十厘米,从悬崖峭壁间横穿而过。接着,皮诺解开绳子,打了四个绳圈,套在众人腰间,各个绳圈之间相距三米。

"大家虽然系了安全绳,但右手还是要注意抓住崖壁或者灌木丛之类的突起物,"皮诺说,"如果要抓小树苗什么的,抓之前,一定要试一试牢不牢。最好我抓哪儿踩哪儿,你们就抓哪儿踩哪儿。我知道天色很黑,但你们能通过我的轮廓知道我在做什么。"

"我会跟着你的,"里卡多说,"玛丽亚,你紧跟在我后面。"

"你确定?"玛丽亚说。"皮诺你看呢?"

"路易吉跟在我后面,玛丽亚排在第三。里卡多,你在队伍的后面更方便照顾她。"

里卡多有些不高兴,提高嗓门道:"但我……"

"安全绳两头的人得是队伍里最强壮的,这样对她、对我们大家来说,都更安全,"皮诺坚持道,"这片山区什么情况、该怎么爬山,难道你比我更清楚?"

"按他说的来吧,"玛丽亚说,"最强壮的两个人打头、殿后。"

被十七岁的毛头小子指手画脚让里卡多有些恼火,但被默认为是队伍里最强壮的人又让他有些飘飘然,皮诺能感觉到他内心的矛盾心理。

"好吧,"他说,"我来殿后。"

众人在腰间套好绳圈,皮诺说了句:"好极了。"

皮诺戴着手套的右手抓住崖壁,大家就这样出发了。大部分路段宽度都使他们能够按照正常的步伐前进,但皮诺就当左边的路窄了十五厘米,贴着岩壁亦步亦趋。最糟糕的情况就是其中一人跌了一跤,从道路较低的一侧摔下去,运气好的话,其他三人的重量能确保所有人都留在山上不被带下去。运气不好的话,第二个人也会摔下去,接着是第三个。身下的斜坡是 40 度左右倾斜,如果众人都翻滚下去,遍地都是的锋利岩石和高山灌木会将他们吞噬。

在皮诺的带领下,众人悄无声息地向前走着,每一步都走得小心谨慎,从容不迫。有惊无险地前进了大约一小时后,才到达马德西莫村的正上方,这时,路易吉突然咳嗽起来,还吐了一口痰。皮诺不得不停下脚步。

"先生,"皮诺低声提醒,"我知道咳嗽很难忍,但非要咳的话请用手肘挡一下。我们下面就是村子,被坏人听到的风险我们可冒不起。"

雪茄贩子咕哝道:"还有多远啊?"

"路有多远不要紧。想好下一步该怎么走。"

五百米后,斜坡不再陡峭,道路舒缓起来。

路易吉问:"刚才那段路是最难走的一段吧?"

皮诺答道:"是最好走的一段。"

玛丽亚惊慌地低呼道:"什么?!"

"我开玩笑呢,"皮诺说,"刚才那段路是最难走的一段。"

*

破晓时分,一行人在马德西莫上方高处的高山草甸中穿行。周围枯萎的无籽山草让皮诺想起安娜的秀发。皮诺向后环顾一周,向另一头眺望,只见高低起伏的山峦间有一处山谷。也不知道那边同样高的地方,会不会有德国士兵在用双筒望远镜监视格罗佩拉峰这边的情况。皮诺觉得这种可能性不大,但还是带着三人转移到草甸里树木密集的一侧,借着树影的遮蔽往上攀爬。路上的裸岩渐渐多了起来,只有零星几株杜松,很难再为他们提供掩护了。

"我们得加快速度了,"皮诺说,"现在太阳在山后面,盆地还有阴影可以遮住我们。但是,太阳很快就会升上来了。"

众人朝着北边盆地的谷底前进。里卡多和玛丽亚能跟上皮诺的步伐,不过老烟枪路易吉却落在了后面。他走得满脸冒汗,气喘吁吁,因为空气稀薄,他的胸脯一起一伏。这里非常险要,不断碰到冰川经过时留下的巨石,一直沿着古老的道路往前走,终于来到盆地的后墙。期间,因为路易吉掉队,皮诺不得不两次折回去接他。

皮诺和年轻夫妇一边休息,一边等候雪茄贩路易吉。路易吉一路都在咳嗽吐痰,以蜗牛般的速度缓慢靠近。皮诺在一处平坦的岩石上,刚抽完烟的路易吉浑身上下一股烟臭味,来到皮诺旁边躺下,忍不住呻吟起来。

皮诺从背包里取出甜茶、肉干和面包。路易吉和年轻夫妇狼吞虎咽地吃起来。等到三人吃饱喝足后,皮诺才开始吃。还得给回程留一些食物,所以他的分量要少一些。

"现在往哪儿走?"路易吉问,仿佛这才注意到周围的情况。

皮诺用手指了指峭壁上一条七弯八拐、险峻崎岖的小路。

路易吉吓得下巴往后一缩:"这条路我可爬不了。"

"你行的,"皮诺说,"就按我说的来。"

路易吉气急之下举起双手说:"不,我不行。我不爬。你们别管我。反正不管怎么样，我迟早都要死的。"

皮诺一时不知该如何应对，反应过来后说道："谁说你要死了？"

"纳粹，"老烟枪说着，剧烈地咳嗽起来，同时指了指那条小路，"还有那条路，那路的意思是，主想让我早点死，而不是晚点死。不过，我是不会爬上去的，我可不想从上面摔下来，惨死在乱石堆里，以这种方式度过生命的最后时刻。我就坐这抽烟，等待死亡降临。这里就是我的葬身之地。"

皮诺说："不，你得跟我们一起走。"

路易吉斩钉截铁地说："我要留下来。"

皮诺咽了下口水，说："雷神父吩咐过，要我把你们送到瓦尔迪雷。把你留在这里，他不会答应的，所以来吧。和我一起走。"

路易吉说："小子，你可不能逼我。"

"不，我就要逼你走，"皮诺说着，怒气冲冲地快步走向路易吉，"我要动手了。"他叉腰俯视着对方，吓得老烟枪瞪大了眼睛。皮诺虽然年仅十七，但个头比路易吉大得多。看得出来，他说的话让雪茄贩大惊失色。他又瞥了一眼陡峭的崖壁，他的脸因恐惧而扭曲起来。

"你难道不明白吗？"他用一种打了败仗的语气说道，"我真的不行。我对自己爬上去一点信心都没有……"

"但我有。"皮诺吼道，他的声音里带着一丝咆哮的意味。

"求你了。"

"不行，"皮诺说，"我答应你，就是背也把你背到顶上，把你送到瓦尔迪雷。"

路易吉似乎被皮诺坚定不移的神情说服了，嘴角颤抖地说："说话算话？"

"说话算话。"皮诺说道,和他握了握手。

皮诺帮大家再次套上安全绳,路易吉跟在他后面,再后面是玛丽亚还有她的丈夫。

"你确定,我不会掉下去?"雪茄贩胆颤心惊地问。"我从未做过这么冒险的事情。我……一直住在罗马。"

皮诺想了一想,说道:"好的,那你是不是爬过很多古罗马的遗迹?"

"是的,不过……"

"罗马斗兽场那些又陡又窄的阶梯爬过吗?"

路易吉点头道:"爬过很多次。"

"这并没比那个难啊。"

"比那个难。"

"没那个难,"皮诺说,"你就当自己现在是在斗兽场,面前是一排排座位和阶梯,来回横穿过去,就没事了。"

路易吉心有疑虑,但皮诺迈出第一步后,他还是抓住绳子跟上了。皮诺一路上不时和老烟枪说些俏皮话,比如告诉他到了崖顶后,就让他抽上两根烟,爬坡的时候,建议他里面那只手的手指不要离开坡面。

"慢慢来,"他说,"朝前看,不要朝下看。"

崖壁极其陡峭,几乎呈九十度垂直,在前进变得异常艰难之际,为了转移路易吉的注意力,皮诺又把米兰遭遇轰炸的首夜,自己和弟弟死里逃生,回到家却发现父母亲友还沉浸在音乐中的事讲了一遍。

"你父亲有大智慧,"雪茄贩说,"音乐、美酒、雪茄。命运难以捉摸,是这些生活中的这些小确幸帮助我们活下来。"

皮诺擦了擦眼角的汗，说："说得好像你经常在店里思考人生似的。"

路易吉笑了。"我在家里整天就是思考、聊天、读书。"他的语气突然悲伤了起来："可惜那已经不是我的家了。"

*

几个人抵达盆地峭壁的高处，迎面而来的是这段旅程最艰险的一段路，道路向右直转两米，接着向左直转三米，陡坡急转直下。通过裂口的小路虽然挺宽，但对人的心理素质是个巨大的挑战。小路一侧悬空有三十米，即便是经验丰富的登山客，盯的时间太长也会信心动摇。

皮诺决定不去提醒、警告他们，而是对他说："和我说说你的店吧。"

"哦，那里很漂亮，"路易吉说，"就在西班牙阶梯下面的西班牙广场附近。听说过吗？"

"我去过西班牙阶梯，"皮诺说，路易吉毫不犹豫地就跟上来，这让他很欣慰，"那附近的环境很优雅，有很多精美的店铺。"

路易吉说："那里非常适合做生意。"

皮诺走过"V"型路段的背面。他和雪茄贩现在位于裂口两边相对的位置。路易吉若是要往下看的话，就是此时会最觉惊险。看到路易吉正要转头朝下看时，皮诺立马说道："和我描述一下你的店吧。"

路易吉的视线转移到皮诺身上。"店里的地板、柜台都是刷过油漆的。"他轻声笑道，轻易就走过"V"型路段折角的地方。"椅子是真皮实木的，还有一个八角形的雪茄保湿盒，那是我和已故的妻子亲手设计的。"

"我敢说店里的味道肯定很好闻。"

"非常好闻。我店里有来自世界各地的雪茄烟草，还有薰衣草、薄荷以及'Sen-Sen'牌口气清新剂。我还为优质客户提供上等白兰地酒。我的很多客人都是熟客，人非常好。他们其实算是我的朋友了。这个店就像大家的聚会场所，直到最近才停业的。甚至肮脏的德国鬼子也进来买东西。"

众人走过裂口后，又开始再次往边缘爬。

皮诺说："和我讲讲你的妻子吧。"

皮诺身后是一阵沉默，他感觉到一阵阻力从路易吉手中的绳子传来："露丝是我见过最美的女人。我们十二岁在一个犹太教堂认识。她为什么选择了我，我永远也不会知道，但她做出了这样的选择。我们虽然生不了孩子，但共同度过了二十年的美好时光。有一天，她突然生病，病情日益加重，随后迅速恶化。医生说，她的消化系统已经紊乱，她被毒死，可是医生却无能为力。"

皮诺心中顿时一痛，不由想起贝尔特拉米尼太太，不知她现在病情如何，卡莱托和他的父亲又过得怎样。

"对不起。"皮诺说道，爬过盆地的边缘。

"都过去六年了，"路易吉说，皮诺把他拉上来后，又去帮年轻夫妇，"没有一个小时我不曾想起她。"

皮诺拍了拍雪茄贩的后背，笑嘻嘻地说："你成功了。我们到山顶了。"

"什么?"路易吉说，惊讶万分地左顾右盼。"这就到了?"

皮诺说："这就到了。"

路易吉松了一口气，望向天空说道："这路也没那么吓人。"

"我说的吧。我们可以在前面休息一下。我想先带你们看样东西。"

他把三人带到一处能俯瞰格罗佩拉峰背面的地方。

他说道:"欢迎来到瓦尔迪雷!"

相较于格罗佩拉峰的正面,这处阿尔卑斯山山谷的坡面要相对平缓,覆盖着各式各样的灌木,由于饱受山风摧残,基本都长得很矮小,锈红、橙色、黄色,叶子缤纷多彩。山谷下方是一处湖泊,正是此处得名之处。湖泊宽不到两百米,长八百米,自北朝南,流经雷神父说的那片三角形森林。

平日里银蓝色的湖面,那天五光十色,映染了秋日里火焰般的颜色。湖泊尽头竖着一片石墙壁垒,向南一直延伸至安杰洛加之阶的界碑,皮诺开始登山训练的第一天就是从那里折返的。他们沿着一条狩猎小道向下,小道下面是一条溪流,溪水从山峰最高处冰川的积雪融化而来。

"我做到了。"皮诺暗自道,内心充满愉悦和满足。"他们听我的话,然后我带着他们翻过了格罗佩拉峰。"

到了湖边,玛丽亚说:"我从未到过这么美的地方。这里太不可思议了,让人感觉到……"

里卡多道:"自由。"

路易吉说:"珍贵的一刻。"

玛丽亚说:"我们已经到瑞士了吗?"

"快了,"皮诺说,"进了森林,里面有路通到边界。"

皮诺从未到过湖的那边,他走向树林时有些许忧虑。他记得雷神父说的那条路的位置,很快就找到了。

浓密的冷杉云杉交织成一个迷宫。这里的空气更冷,土地更软。

几个人已经爬了近六小时的山路，但各个精神奕奕、不知疲倦。

一想到自己把三人带到瑞士，皮诺的心跳都不由快了一点。他成功带着他们逃脱了……

一个留着大胡子的男人从前方三米开外的一株树后钻了出来。他将双管猎枪的枪口对准了皮诺的脑袋。

第九章

皮诺吓得瞬间石化,举起手。三位委托人也吓得呆若木鸡。

皮诺开口说:"求求你……"

大胡子举着双管猎枪,吼道:"谁派你们来的?"

"神父,"皮诺结结巴巴地答道,"雷神父。"

大胡子目光掠过皮诺,盯着其他人看了好一会儿,才放下枪:"现如今再怎么小心也不为过,对吧?"

皮诺放下双手,两脚发麻无力,冷汗顺着后背流了下来。他之前从未体验过被人拿枪指着头的滋味。

路易吉说:"那你是来帮我们的……先生?"

"我叫伯格斯特龙,"大胡子说,"从这里开始,由我来带你们走。"

玛丽亚不安地问:"去哪儿?"

"穿过埃梅特山口,到瑞士的内费雷拉村去。"伯格斯特龙说,"到那里你们就安全了,我们可以考虑接下来你们到哪里去。"他朝皮诺点头示意,"代我向雷神父问好。"

"我会的。"皮诺应道,然后转过身对三位同伴说:"祝你们好运。"

玛丽亚和皮诺拥抱。里卡多和他握手。路易吉则从口袋里掏出一小只带着螺帽的铁管,交给他,说道:"这是古巴货。"

"我不能拿。"

路易吉像是被冒犯了:"你以为,我不知道你最后是怎么让我爬过去的吗?这样的好雪茄可来之不易,我不轻易送人的。"

"谢谢你,先生。"皮诺说,笑着取过雪茄。

伯格斯特龙对皮诺说:"注意隐蔽,才能安全。出林子时,小心一点。走之前,观察一下山腰山谷。"

"我会注意的。"

"那我们出发吧。"伯格斯特龙说着,转过身去。

路易吉拍了下皮诺的背,跟了上去。里卡多对他致以微笑。玛丽亚说:"祝你生活愉快,皮诺。"

"你也是。"

皮诺望着一行人在林中渐行渐远,听到路易吉对伯格斯特龙说:"希望我们不用再爬山了。"

伯格斯特龙答道:"爬山还是有的,只不过都是下山的路,不用往上爬了。"

那之后,能依稀听到枝丫折断,石头滚落的声响,接着,一切又重归平静,只有风吹过杉树的飒飒声。皮诺很高兴,一转身,准备回意大利,形单影只却让他莫名觉得不习惯了。

皮诺听了伯格斯特龙的话,出林木线前,先停下来观察一下山谷和高处,确定没有人在监视后,再次动身出发。他看了眼手表,快到中午了。连续走了九小时路,他已经非常疲惫了。

雷神父料到他旅途劳顿,事先嘱咐他沿西南方向走,那边山上有几间老旧的牧羊人棚屋，找一间过夜，不要当天返回。皮诺准备第二天早晨取道马德西莫返回"阿尔宾那之家"。

徒步向南穿过瓦尔迪雷，皮诺觉得志得意满。他们做到了。雷神父以及其他帮助难民来到"阿尔宾那之家"的人组成一个团队，帮助三个人死里逃生，他们成功了。他们秘密反抗纳粹，并且取得了胜利！

激动之情汹涌而来，他一下子觉得精神焕发，体力充足。他决定不在棚屋过夜，而是直奔马德西莫，去小旅馆睡觉，然后去找阿尔贝托·阿斯卡里。快爬到山脊的时候，皮诺停下来歇脚，同时垫垫肚子。

*

休息完，皮诺回过头朝瓦尔迪雷望去，只见四个小小的人影正顺着湖泊上方的裸岩缓慢朝南移动。皮诺用手遮住阳光，好看得清楚些。一开始什么也看不清楚，但之后能隐约辨认出四人，而且都带着步枪。

皮诺心中寒意顿生。他们是否看到他带着三个人进林子，然后一个人出来吗？他们是德国人吗？他们怎么会凭空出现？

没有答案，四人从视线消失后，这几个问题仍然困扰着皮诺。他沿着山羊常走的小路而下，穿过阿尔卑斯山草甸，回到马德西莫。走进村子时快到下午四点了。离旅馆不远的地方，一群小男孩正在嬉闹玩耍，其中一个正是旅馆老板的儿子尼科，也是他的小伙伴。皮诺正打算进旅馆问一下房间，突然注意到阿尔贝托·阿斯卡里急冲冲朝他跑过来，一副忧心忡忡的样子。

"昨天晚上有一伙游击队来了这里，"阿斯卡里说，"他们说他们反对纳粹，不过他们一直在打听犹太人的消息。"

"犹太人？"皮诺回道，把视线转向一边，只见尼科蹲在高高的草丛里，从地上捡起个什么东西，四十米开外，远远望去，那东西好似一枚大鸡蛋。"你怎么跟他们说的？"

"我们告诉他们，这里没有犹太人。你们怎么会觉得犹太人……"

他拿出那枚蛋向伙伴们展示。蛋突然爆炸，火光迸射，冲击波瞬间击中皮诺，皮诺感觉就像被骡子狠狠踢了一脚。

皮诺差点摔倒，一番摇摇晃晃，才恢复平衡。他晕头转向，不确定刚才到底发生了什么。耳朵里嗡嗡响，但依然能听到孩子们尖声惊叫。皮诺蹒跚着向他们靠近，离尼科最近的几个小男孩倒地不起。一个孩子被炸掉了一只手，其他几个孩子的眼窝也血淋淋的。尼科的脸有一部分被炸飞了，大半只右臂也被炸没了。小男孩的血汩汩而出，溅得四周都是。

尼科的父母一听到响动，就从旅馆前门破门而出。皮诺情绪异常激动。他搂起尼科，发现小男孩已两眼翻白，便立马抱起向旅馆飞奔。男孩突然抽搐起来。

"不！"尼科的母亲尖叫道，接过儿子。尼科又一阵抽搐，头一歪，死在了她的怀里。"不！尼科！尼科！"

尼科的母亲抽泣不止。她跪下来，放下儿子的尸体，又搂到怀里——尼科还是宝宝时，母亲就是这样守在婴儿床边。惊骇之下，皮诺茫然失措。看着尼科的母亲悲痛欲绝，他无能为力，只是呆呆地站在一旁。过了好一会，他朝下一看，才发现自己全身都是血污。环顾四周，村民们正急着救治其他孩子。而旅馆老板，则失魂落魄地定定地看着妻子和死去的儿子。

"对不起。"皮诺呜咽道，"我没能救他。"

孔特先生用低沉的声音喃喃道:"这不是你的错,皮诺。那些游击队昨晚肯定……但谁又会留一个手榴弹在……"他摇了摇头,哽咽道:"能帮我叫雷神父来吗?我想请他为尼科做弥撒。"

皮诺从昨天夜里到现在一直没合过眼,翻山越岭走了将近三十公里,却下定决心一路跑着回去。他奋力奔跑,仿佛这样就能摆脱刚刚目睹的惨状。跑到一半,皮诺想起尼科当初曾经大言不惭,说自己滑雪高他一筹。尼科的音容笑貌,此时仍然历历在目,可一阵刺眼的火光之后,男孩就没了。闻到衣服上扑鼻而来的血腥味,皮诺感到一阵强烈的恶心。他停下来,弯下腰,呕吐起来。吐得五脏六腑都快出来了。

接下来的路,他流着泪,步履蹒跚地往莫塔高原去,天色渐渐昏暗下来。

*

抵达"阿尔宾那之家"时,皮诺面色苍白,精疲力竭。他走进空荡荡的餐厅时,把雷神父吓了一跳。

"我嘱咐过你要留——"雷神父正要说教一番,突然注意到皮诺的衣服血迹斑斑,立马挣扎着站了起来。"出什么事了?你还好吗?"

"不好,神父。"皮诺说着,毫不顾忌地哭了起来,把发生的事情告诉神父,"怎么会有人做这种事?留一枚手榴弹下来?"

"我想不出来,"雷神父冷冷地回道,说着便去找外套,"你带的那些朋友怎么样了?"

路易吉、里卡多和玛丽亚走进林中的记忆,仿佛已时隔多年。"我把他们交给伯格斯特龙先生了。"

神父穿上外套,抓起拐杖:"这是值得祝福的事,值得感激的事。"

皮诺说自己还看到了四个带着猎枪的人。

"他们没看到你吧?"

皮诺回道:"我觉得没有。"

雷神父抬起手,放到皮诺肩上:"你做得很好。你做了好事。"

神父走了。皮诺坐在餐厅一张空桌旁的长椅上。他闭上眼,低下头,脑海中一下子浮现出尼科被炸烂的脸和手臂,那些被炸得双目失明的男孩,浮现出第一次遭遇轰炸的夜晚看到的断臂小女孩的尸体。这些画面不停地在脑海中重复出现,无论如何都无法摆脱,他感觉自己快被逼疯了。

"皮诺?"隔了一会,米莫问道:"你还好吗?"

皮诺睁开眼,发现自己的弟弟正蹲在一旁。

米莫说:"有人说,旅馆老板的儿子死了,还有两个男孩可能不行了。"

"我亲眼目睹,"皮诺说着,又哭了起来,"我把他抱了起来。"

看到哥哥流泪,米莫当下愣住了。他回过神说道:"好啦,皮诺。快去洗洗干净,上床睡觉去。小弟弟们不能看到你这样,你可是他们的榜样。"

米莫扶起他,穿过厅堂,来到浴室。皮诺脱掉衣物,在温热的水里坐了很久,擦洗掉尼科留在他手上、脸上的血污,但脑子却毫无意识。一切是如此离奇,却都是事实。

第二天上午十点左右,雷神父将皮诺轻轻摇醒。过了一会儿,皮诺才记起自己身在何处。记忆猛地涌了上来,他像是又被吓了一跳。

"孔特家怎么样了?"

神父的脸变得严峻起来:"对于父母来说,失去孩子是一个巨大的打击,无论是在何种情况下。更何况孩子死得那么惨……"

"他是个有趣的小家伙,"皮诺伤心地说,"这不公平。"

"这是场悲剧,"雷神父说,"其他两个男孩虽然活下来了,但再也不能像从前一样生活了。"

他们沉默了好久。

"我们该怎么办,神父?"

"我们要相信主,皮诺。相信主,坚持正确之事。我从马德西莫收到消息,今晚吃晚饭的时候,又有两位要赶路的客人来拜访我们。今天你就好好休息。明天早上需要你给他们带路。"

*

接下来的几周,这种带路成了一种模式。每隔几天,就会有两三个旅人拉响"阿尔宾那之家"门口的铜铃,有时多达四人。凌晨时分,皮诺带人出发,借着月光赶山路,只有月亮暂时消失或被遮蔽的时候,才会点起电石灯。每次把人交托给伯格斯特龙后,他就会去那间牧羊人的棚屋过夜。

棚屋原始简陋,地基是石砌的,嵌在山坡里,屋顶铺草皮,靠几根大原木支撑着,门装在皮质门轴上。屋里有一张草垫,一个炉子,旁边堆着柴火和一把短柄小斧头。皮诺在棚屋过夜。给火炉添柴火时,他时常感到寂寞。他不止一次回忆安娜,好聊以慰藉,但能记起的就是阻挡视线的电车驶入时发出的嘶鸣声。

紧接着,他开始思考抽象的问题:女孩与爱情。这两者他都渴望。他好奇自己的爱人会是什么样的。她是否会像他一样热爱阿尔卑斯山呢?她会滑雪吗?数以百计的问题萦绕着他,却毫无答案,让人发狂。

11月初,皮诺带一位英国皇家空军飞行员逃离意大利,这位飞行员在空袭热那亚时被击落。一周后,他把另一位被击落的飞行员领到伯格斯特龙那里。几乎每天都会有犹太人拜访"阿尔宾那之家",数量越来越多。

1943年12月的天总是阴沉沉的,在施普吕根山口上上下下的纳粹巡逻队人数陡增,雷神父的心情也随之忧虑起来。

"德国人起疑心了。"他对皮诺说,"名单上很多犹太人他们都没抓到。纳粹知道有人在帮忙了。"

"阿尔贝托·阿斯卡里说有人遇难了,神父。"皮诺说,"有几个帮犹太人的神职人员被纳粹杀害了。他们主持弥撒的时候从圣坛上被抓下来。"

"这事我也听说了。"神父说,"但我们不能因为害怕,就不再关爱同胞。心中没有仁爱,就一无所有。我们只需要变得更聪明一些。"

第二天,雷神父和一位来自坎波多尔奇诺的神父想了一个绝妙的主意。他们决定派人监视施普吕根山口的纳粹巡逻队。此外还临时设计了一套通讯方案。

"阿尔宾那之家"后有座小教堂,教堂尖塔里有条狭窄的通道,站在通道内,透过塔楼侧面的百叶窗,就能看到山下一千五百米处教区长在坎波多尔奇诺的房子的上层楼面,其中一扇窗户特别清楚。德国人在施普吕根山口巡逻的时候,这扇窗户的窗帘是放下来的。要是白天窗帘拉上去,或是夜里有灯亮,说明逃亡的犹太人能够藏在牛车的干草垛里,神不知鬼不觉,安然无恙地被送到莫塔高原。

来"阿尔宾那之家"寻求通向自由之路的人越来越多,有犹太人,有被击落的飞行员,还有政治避难者,要皮诺给所有人带路显然是不可能的,因此,他开始教几个年纪较大的男孩路怎么走,米莫也是其中之一。

1943 年的雪迟迟不下，直到 12 月中旬，气温骤降，大雪纷飞。格罗佩拉峰上的陡坡、盆地堆积起一层层羽毛般的细雪，仿佛随时会发生雪崩，大雪封闭了通向瓦尔迪雷的北线以及通向瑞士的埃梅特山口。

*

许多逃亡者之前从未遇过这样的冰天雪地，对登山更是一无所知，雷神父于是做了一个冒险的决定，他让皮诺、米莫和其他小向导取道"天使之阶"走比较轻松的南线。为了加快返程，他们装备起了带有兽皮防滑层的滑雪板。

12 月的第三周，两兄弟告别"阿尔宾那之家"，前往拉帕洛镇与家人团聚。战事胶着，何时结束，无人得知。莱拉一家殷切期盼盟军早日解放意大利。然而，德军筑起的古斯塔夫防线却固若金汤，碉堡、坦克陷阱等防御工事从卡西诺山开始，向东一直绵延至亚德里亚海。盟军慢慢停下来了，无法前进。

*

皮诺、米莫乘火车回阿尔卑斯山时，途中经过米兰。市区很多地方已无法辨认。皮诺这次回"阿尔宾那之家"，想到要在阿尔卑斯山过冬，心里非常高兴。

皮诺和米莫都喜欢滑雪，那时候两人都已成了滑雪高手。他们时常利用带有兽皮防滑层的滑雪板爬上学校后山，上山的过程中，落下的细雪在山坡上堆起了好一层，他们就从上面直接高速滑下来。两个男孩十分享受速度带来的紧张刺激，不过对于皮诺来说，滑雪的意义远不止于此。从山上俯冲而下，是与飞行最接近的体验。踩上滑雪板，他就成了一只飞鸟。这让他心里暖烘烘的。滑雪是最能让他感到自由的事。拖着疲惫、酸痛的身体，心想着第二天要再去滑雪，皮诺心满意足地进入梦乡。

阿尔贝托·阿斯卡里和他的朋友蒂蒂亚娜准备在马德西莫的孔特小旅馆办一场跨年派对。节日期间，来逃难的人一下子少了很多，皮诺想去参加跨年派对，雷神父同意了。

天地一片银装素裹，焕然一新。皮诺兴奋极了，给登山靴擦上鞋油，穿上最好的衣服，迎着一路微雪，走到山下的马德西莫。到的时候，阿斯卡里和蒂蒂亚娜正在给装饰工作收尾。皮诺陪了孔特夫妇一会儿。孔特夫妇还未走出丧子之痛。好在因为跨年派对，旅馆生意特别好，他们也乐得忙碌一阵，暂时把伤心事忘到一边。

当晚的跨年派对大获成功。到场的年轻女士的数量是男士的两倍，皮诺的邀舞卡列得满满当当。食物也很丰盛，有切片火腿，有马铃薯丸子，有加了新鲜蒙塔西欧奶酪的玉米粥，还有搭配番茄干、南瓜籽的狍子肉。啤酒、红酒都可畅饮。

夜深了，皮诺搂着弗雷德丽卡慢慢舞着，安娜早已被他忘到九霄云外。正想着今夜是否会以弗雷德丽卡的吻完美收幕的时候，旅馆的大门突然开了。四个不速之客闯了进来，扛着老旧的步枪和猎枪。四人衣衫褴褛，脖子上系着脏兮兮的红色领巾，凹陷瘦削的脸颊冻得通红。他们深陷的眼窝让皮诺不由想起轰炸开始以后米兰城里四处觅食、不放过一点余腥残秽的野狗。

"我们是对抗德国人解放意大利的游击队，"其中一人公然嚷道，舔了舔嘴唇左内侧，"为了继续作战，我们需要各位捐款。"他戴着一顶羊绒帽，个子比其他三个都高。他脱下帽子，向参加跨年派对的众人挥动。

大家站在原地没有动作。

"畜生！"孔特先生怒吼道，"你杀了我儿子！"

说着朝那个领头的猛地冲上去，对方抡起步枪枪托就砸，一下将他击倒在地。

领头的说："我们没做过这样的事。"

孔特先生躺在地上，头部血流不止，说道："蒂托，就是你干的。那个手榴弹不是你留的，就是你的人留的。我儿子以为是玩具，就捡了起来。他被炸死了，一个男孩被炸瞎了，还有一个被炸断了手。"

"我说了，"蒂托说，"我们完全不知道有这回事。捐款吧，有劳各位了。"

蒂托举起手中的步枪，开了一枪，子弹从天花板一穿而过。在场的众人一阵骚动，男士们纷纷翻开口袋，年轻女士们纷纷打开钱包。

皮诺从口袋里摸出一张十里拉的纸币，握在手里。

蒂托一把夺过，停下脚步，上下打量皮诺。"穿得挺好啊，"他说道，"把口袋翻过来。"

皮诺不为所动。

蒂托威胁道："不照做，我们就把你扒光。"

皮诺本想狠狠揍蒂托一拳，但还是拿出阿尔贝特舅舅亲手给他设计的磁扣皮夹，从中取出一叠里拉，不情不愿地交给蒂托。

蒂托得意地吹起口哨，一把夺过钱。他靠近皮诺端详起来，令人作呕的体臭和口臭扑面而来，空气中弥漫着危险的气息。他说："我认识你。"

"不，你搞错了。"

"不，我认识你。"蒂托再次确认道，把脸凑到皮诺脸附近，"我在双筒望远镜里见过你，我看到你和很多陌生人一起爬过安杰洛加之阶，然后穿过埃梅特山口。"

皮诺一言不发。

蒂托面露微笑，又舔了舔嘴角："把你的情况告诉纳粹，不知道能拿到什么奖励呢。"

"我本来还以为你们是打击德国人的，"皮诺说，"还是说，这只是抢劫聚会的借口？"

蒂托举起步枪枪托朝皮诺砸下来，将他击倒在地。

"不准靠近那些山口，小鬼，"蒂托说，"你把原话告诉神父。'天使之阶'，埃梅特，这些都是我们的。听懂了吗？"

皮诺躺在地上一直喘气，他拒绝回答。

蒂托踢了皮诺一脚："听懂了吗？"

皮诺点了点头，蒂托这下满意了，又上下打量皮诺。

"靴子不错啊，"他看了好久说道，"多大码的？"

皮诺口中嘟囔，说了码数。

"如果我多穿几双暖和的袜子，这靴子穿上正合适。把鞋脱了。"

"我只有这一双靴子。"

"要么活着把鞋脱了，要么死了由我来脱，你自己选。"

皮诺倍感屈辱，心里恨透了蒂托，但还是想活下去。他解开鞋带，脱下靴子。皮诺朝弗雷德丽卡看了一眼，弗雷德丽卡面色发红，把目光避开了。把靴子交给蒂托，皮诺觉得这是自己怯懦的表现。

蒂托打了两个响指，说："还有，那个皮夹也交过来。"

皮诺抱怨道："这是我舅舅给我做的。"

"要他再给你做一个。告诉他这么做是有充分理由的。"

皮诺面带愠色，把手伸进口袋，取出皮夹，甩给蒂托。

蒂托从空中一把接过："小鬼挺聪明啊。"

他朝自己的人点头示意。他们开始抢夺餐桌上的食物，装得大包小包鼓鼓囊囊，准备离去。

"不准靠近埃梅特。"蒂托再次警告，接着带人走了。

*

门被关上的一刻，皮诺真想一拳把墙打穿。孔特夫人已经冲到丈夫身边，拿着一块布按在他的伤口上。

皮诺问："你还好吗？"

"还活着，"旅馆老板说，"我当时应该拿枪，把这些家伙全杀了。"

"那是什么游击队？他叫'蒂托'？"

"是叫蒂托，从索斯特那边来的。这家伙不是什么游击队的，就是个搞走私的地痞流氓，他家祖辈就是干这个的。现在还杀人了。"

"我现在就去把我的靴子和钱包追回来。"

孔特夫人摇头说道："蒂托为人狡诈残忍。为了你好，别接近他了，皮诺。"

不敢直面蒂托让皮诺觉得自惭形秽。再在聚会待下去也没有什么意思了，都结束了。他想借双靴子或鞋子穿，但没人有他那么大的码数。没办法，他从旅馆老板那里拿了双袜子和低帮胶鞋穿上，深一脚浅一脚，顶着风雪跑回"阿尔宾那之家"。

他把蒂托的所作所为告诉了雷神父，还说有可能是蒂托或是蒂托的手下杀死了尼科、使其他的孩子致残，神父说："你做得很对，皮诺。"

"为什么我觉得这么不好呢？"皮诺还生着气，说道，"他还要我告诉你不准靠近'天使之阶'和埃梅特。"

"他有这么说？"雷神父板起脸说道，"那就不好意思了，这件事我们办不到。"

第十章

新年的第一天,"阿尔宾那之家"后面的群山覆盖上了一米深的积雪。休息一天后,结果雪又深了一米。积雪太厚了,一直等到一月的第二周,逃亡行动才得以继续进行。

皮诺找到替换的靴子以后,便开始和弟弟给犹太人、被击落的飞行员以及其他逃难的人带路,一般八人一组。他们选择无视蒂托的警告,继续取道安杰洛加之阶,走更加平缓的南线到瓦尔地雷,不过时不时需要改变出发的日期和时间,然后沿北线一路滑回马德西莫。

直到1944年2月初的一天之前,一切都进展得很顺利。这天,坎波多尔奇诺教区长房子二楼窗户里的灯亮着,逃难的人躲在牛车里,准备被运上"阿尔宾那之家",然后跟随皮诺或者其他任何一个男孩翻过格罗佩拉峰,最后逃到瑞士。

2月初的这天,皮诺晕头转向地抵达牧羊人小屋,发现墙上钉着一张纸条,上面写着:最后通牒。

皮诺将纸条随手扔进炉子,用它引燃了里面的柴火堆。他调整了一下炉门,然后出门多劈了些木柴。他希望蒂托这会儿正拿着双筒望远镜,在这茫茫的阿尔卑斯山的某个角落观察,正好看到他完全无视他的话……

轰隆一声巨响,房门被掀翻了。皮诺一头扑到雪里。他躺在雪地里,瑟瑟发抖,过了好几分钟,才壮着胆子进屋查看。火炉已经面目全非。炉膛四分五裂,底座千疮百孔,四处飞溅的高温金属碎片像一把把小匕首嵌进房梁、木门等木制品里,天知道火炉里到底是被装了炸弹、手榴弹,还是什么鬼东西。灼热的余烬把皮诺的背包烫得千疮百孔,还把草床烧着了。皮诺把背包、草床拖到外面的雪地里,扑灭上面的火。既然蒂托在棚屋的炉子里放炸弹,那么保不齐也会朝他开枪。皮诺顿时意识到自己完全暴露在别人的视线里。

是不是有人在拿枪瞄他?他打消了这个顾虑,踩上滑雪板,背上背包,捡起滑雪杖。既然牧羊人小屋不安全了,那么南线也不可行了。

当天晚上,男孩们和几位新来的访客正享用着波尔米奥修士做的另一道美食,皮诺在炉火旁对雷神父说:"现在只剩一条线路了。"

雷神父答道:"雪越积越厚,早晚都要启用那条线路,避免不了。你再走一趟,后天出发,到时山脊上的积雪都被风刮走了,是上山的绝佳时机。把米莫也带上,教教他怎么走那条线路。"

烟囱路,山羊走的小径,从格罗佩拉峰的峭壁间横穿而过的缆绳,一幕幕在皮诺脑海闪现,他心里顿时疑虑重重。在现在这种情况下,一脚踩空,摔下去就是粉身碎骨。

雷神父指了指那几位访客,说道:"那个年轻的家庭,还有那位带着小提琴箱的女士,由你来带路。那位小提琴手之前常在斯卡拉歌剧院表演。"

皮诺扭身望去,一脸茫然,接着他认出那位小提琴手,他是见过的。首次遭遇轰炸的那晚,在父母办的聚会上见过她,皮诺认出来了。当时她一副病恹恹的样子,看上去有点显老,实际上也就三四十来岁。但她叫什么名字呢?

皮诺将格罗佩拉峰置之脑后,叫上米莫一起,朝那位小提琴手走去。

皮诺问:"还记得我们吗?"

小提琴手似乎没认出他们。

"我父母是米凯莱·莱拉和波尔齐亚·莱拉,"皮诺说,"我们以前的家在蒙特拿破仑大街,你来参加过聚会。"

米莫说:"你之前在斯卡拉歌剧院门口,还大声说过我呢,说我是个小男孩,看不清身边的形势。倒是说对了。"

她脸上渐渐露出了笑容:"感觉过去好久了。"

皮诺问:"怎么了?"

"就是胃不舒服,有点恶心想吐,"她答道,"是高原反应。我之前从没到过海拔这么高的地方。雷神父说我过一两天就适应了。"

"我们该怎么称呼你呢?"米莫问,"你身份证明上的名字叫什么?"

"埃莱娜……埃莱娜·纳波利塔诺。"

皮诺注意到她戴着结婚戒指,便问道:"纳波利塔诺太太,你丈夫也在这吗?"

纳波利塔诺太太一副要哭的样子,抱着肚子,抽抽噎噎地说:"我们从公寓逃出来的时候,他跑去引开德国人。他们,他们把他抓到比纳里奥 21 号去了。"

米莫问:"那是什么地方?"

"犹太人只要在米兰被抓都会被带到那里。中央车站 21 号站台。他们会被装进运牲畜的车厢,从此人间蒸发,下落……不明。没有人逃回来过。"泪珠从她的脸颊滚滚而下,她的嘴唇抽搐不止,整个人沉浸在悲痛之中。

想到那次梅纳大屠杀,纳粹用机枪扫射湖中的犹太人,皮诺觉得恶心反胃,孤立无援:"你的丈夫,一定很勇敢。"

纳波利塔诺太太哭着点了点头:"何止是勇敢。"

纳波利塔诺太太情绪平复后,拿出手帕擦拭眼泪,声音嘶哑地说道:"雷神父说你们俩会带我去瑞士。"

"是的,不过雪这么大,可不容易啊。"

小提琴手说:"人生中值得做的事,没有哪件是容易的。"

皮诺低头看到她脚上穿着一双黑色的浅口帆布鞋:"你就穿着这爬上来的?"

"我把婴儿毯撕碎后,在鞋子外面包了一层。那些碎布我还留着呢。"

"没用的,"皮诺说,"要到我们去的地方这还不行。"

她说:"我没别的鞋子了。"

"我们替你从男孩那里要双靴子。你穿多大码的?"

纳波利塔诺太太如实相告。米莫赶在下午之前找到了一双。他给皮靴涂上一层松焦油和松香的混合物,做好防水处理。除此之外,他还给她找了一条羊毛裤,让她穿到裙子里面,还有一件大衣、一顶羊绒帽以及一双露指手套。

"来,"雷神父说着,拿出好几个白色的枕头,枕头上挖了洞,方便把头和肩膀套进去,"把这套上。"

纳波利塔诺太太问:"为什么呀?"

"路上有几处地方没有遮蔽。山谷下面可能会有人看到你穿的黑衣服。套上这些,你就和雪融为一体了。"

和纳波利塔诺太太搭伙的是迪·安杰洛一家——爸爸彼得，妈妈莉莎，七岁的弟弟安东尼，九岁的姐姐朱迪丝。这家人是从罗马南部山区阿布鲁奇来的，那里的人世代以务农为生，每天翻山越岭，因此都身强体壮。

纳波利塔诺太太的生活则截然相反，她平时都待在室内，坐着拉小提琴。她说自己在米兰很少坐电车，到哪儿都是靠走的，但皮诺知道，纳波利塔诺太太光是在"阿尔宾那之家"就气喘吁吁，无论对她还是对于皮诺来说，这次登山之旅都注定将是一次艰巨的考验。

*

与其杞人忧天，不如未雨绸缪。米莫背了包，带了冰镐、滑雪杖、滑雪板，皮诺又找波尔米奥修士要了九米长的绳子，让他斜挎在肩上，接着又往自己包里加了几个备用登山扣，他自己的背包沉甸甸的，装了备用冰镐、冰爪、滑雪板、止滑带、滑雪杖和一把岩钉。

凌晨一点，大家动身出发。在半轮明月的照耀下，雪地里亮闪闪的，不需要灯照明。开始的路段本来很难走，每走一步都会陷到雪里，要爬上山脊是很不容易的。好在雷神父前一天下午让"阿尔宾那之家"的男孩集体出动，一口气往上爬了122米，然后再爬下来。因此，整个山坡都遍布脚印。神父患有臀部慢性疼痛，但他还是带着大家把大多数路都走过了。

一条从格罗佩拉峰西侧直通山顶的路就这样开辟了出来。雷神父的做法救了纳波利塔诺太太一命。纳波利塔诺太太只背了小提琴箱，里面装着她心爱的小提琴。即便如此，光是最开始的那段坡路都费了她老大的劲。她走得异常困难。一路上时不时停下来，喘口气，摇摇头，双手抱紧小提琴箱，继续上路往前走。

那段坡路用了将近一个小时,皮诺却毫无怨言,只是不停说一些鼓励她的话:"对,就这样"、"你做得很好"、"再往上爬一点,我们就可以休息一下了"。

皮诺知道多说无益。这次的情况和老烟枪那次不同,不需要转移注意力,打破心理障碍。对于纳波利塔诺太太来说,攀登太吃力了,她就是身体素质不够。皮诺跟在她身后往上爬,祈祷意志和精神能弥补她体力的不足。

盆地里面裂缝遍布、积雪更深,道路因此变得更加艰难、危险。好在有皮诺相助,小提琴手一路上有惊无险。一行人沿着山脊抵达峰顶的时候,纳波利塔诺太太突然颤抖了起来。

"我不知道,我还行不行,"她说,"我还是和你弟弟回去吧。我在耽误大家。"

"你不能留在'阿尔宾那之家',"皮诺说,"那里太危险了,不是久留之地。"

小提琴手没有说话,只是转过身来,抱紧肚子,呕吐起来。

皮诺问:"纳波利塔诺太太?"

"没事的,"她说道,"很快就好。"

暗黑中,迪·安吉洛太太问:"你是不是有了?"

纳波利塔诺太太喘息道:"还是女人懂女人。"

她怀有身孕?皮诺顿时觉得肩上的压力大了起来。天哪?小宝宝?要是万一⋯⋯

"为了你的宝宝,你也应该爬下去,"迪·安杰洛太太对纳波利塔诺太太说,"不要想着回去了。那意味着什么,你是知道的。"

说完大家都陷入了久久的沉默。"皮诺?"米莫叫道。"我可以带她回去,让她再待段时间适应高原反应吧。"

皮诺正准备答应的时候,纳波利塔诺太太说道:"我还可以爬。"

要是因为高原反应,她的宝宝……该如何是好?

皮诺强迫自己不往下想。他不能让恐惧支配自己的思绪。害怕是无济于事的。他必须想一想,仔细想一想。

皮诺一遍又一遍给自己重复这句话。他从米莫那里拿来第二根绳子,在纳波利塔诺太太的腋窝下面打了一个结,接着攀登上山脊的顶峰。他准备让米莫在后面为纳波利塔诺太太提供支持,然后把她拉上来。米莫要帮她拿小提琴箱,但她就是抱着琴箱不肯撒手,让过程变得更加复杂难弄。

皮诺把打好的绳套扔下来,说道:"你得把小提琴留下来。"

"绝不,"她说道,"我的小提琴从不离身。"

"那我来拿吧。我在包里腾点地方,到了瑞士,我就还你。"

月光下,皮诺能看到纳波利塔诺太太的神情为此纠结。

"现在要爬的地方,你得把手脚腾出来,"他说,"非要带着小提琴,就是把宝宝置于危险之中。"

她停了一下,把小提琴交给皮诺,说:"这把小提琴是斯特拉季瓦里乌斯制作的。这是我现在所拥有的一切了。"

皮诺把小提琴箱装到背包一侧的外兜里面,说:"我会对小提琴上心的,就像我父亲那样。"

*

皮诺迅速把迪·安杰洛家的两个孩子拉上来。两个孩子把整件事当作是一场大冒险,他们的家长也很鼓励这样的想法。照例,皮诺用绳子把大家连在一起。他打头阵,纳波利塔诺太太紧随其后,接着是迪·安杰洛太太、两个孩子、迪·安杰洛先生,最后是米莫。

一行人动身离开山脊之际，小弟弟安东尼埋怨了一下，和姐姐斗起嘴来。

皮诺压低声音呵斥道："住嘴！"

安东尼说："这么高没人听得到的。"

"山听得到我们说话的，"皮诺没有改口，"你要是太大声，就会把它吵醒。它被窝里翻个身子，就会引发雪崩，把我们都给埋了。"

安东尼问："这山是妖怪吗？"

"这山就像一条龙，"皮诺答道，"我们现在在它的鳞背上往上爬，因此我们得小心安静。"

朱迪丝问："那它的头在哪儿呢？"

"在我们上面，"米莫说，"在云里面。"

两个孩子好像买账了，于是一行人再次上路。皮诺上次沿着这条难走的线路爬到这里，只用了不到一个小时，这次却用了快两个小时。众人抵达"烟囱"路时，已是凌晨三点半了。崖壁几乎呈垂直状，皮诺借着月光能隐约看清上面的凿槽，但众人若要攀登上去，就需要更强的光线。

皮诺把水倒进电石灯里，乙炔气迅速冒了出来，他赶紧把水门拧死。一分钟之后，他松开气门，按了下开关，没有反应。他又试了一次，一缕微小的蓝色火焰升腾而起，强光从反光罩里洒了出来，照亮前方的"烟囱"，挑战就在眼前。

"上帝啊，"纳波利塔诺太太叫苦道，"上帝啊。"

皮诺伸手按在她的肩膀上："实际没有看上去那么吓人。"

"实际比看上去更吓人。"

"没有，不可怕的。九月份，这里的岩石都是裸露的，那时才吓人呢。看到两边的冰了吗？结冰以后，烟囱变窄了，反而容易爬了。"

皮诺这时能指望的只有他弟弟了:"我等会砍劈台阶,会花一点时间。你让他们走动走动,暖暖身子。我要把冰镐送下来的时候,会吹口哨。你听到以后,就把绳子递上来,然后让迪·安杰洛先生爬上来。他上来能搭把手。你最后一个上来。"

米莫斜挎着绳子,像挂着一串弹链。难得他对此没有表示任何抗议。皮诺解开绳索,脱离队伍,放下行装,套上冰爪,接着拿起自己和米莫的冰镐,祈祷了一会儿,开始爬了起来。他背靠着山,提醒自己,在没有将冰爪的爪齿踢进山里、把冰镐的镐尖刺进头顶上方的冰层前,绝不能往下看一眼。

每爬半米,皮诺都得停一下,仔仔细细地为众人开辟出平坦的落脚点。进度异常缓慢,让人大为恼火。他爬得越高,就越能察觉到山下的灯火,一家又一家。如果这时有人用双筒望远镜观察,准能发现电石灯的光从冰烟囱里透出来,皮诺对此很清楚,但他别无选择。

四十分钟后,皮诺来到平台上,浑身都被汗水湿透了。他上次沿这条线路攀登时,曾在岩石里打了登山钉。他拿出登山扣,借着电石灯的光,将登山扣固定在登山钉上,接着将绳子的一头穿过登山扣,用力拉了一拉,看能否承受住自己的重量。支点固定得很牢。

皮诺将冰镐、冰爪系到绳子上,吹了声口哨,接着把绳子放了下去。几分钟后,听到米莫的口哨声,松垮的绳子被拉紧了。十五分钟后,迪·安杰洛先生来到平台上。两人一道将他的妻子儿女迅速拉了上来。

*

纳波利塔诺太太还没进冰缝,皮诺就能听到她惊恐的呜咽声。皮诺把电石灯吊下来给纳波利塔诺太太照明,灯光带来的光明反而让这位怀着身孕的小提琴手更加惶恐不安。纳波利塔诺太太接过冰镐，套上冰爪，从头到脚都在发抖。她迈着沉重的脚步爬进烟囱里。

米莫说："右手先抓。把冰镐凿进皮诺铲过的地方就好啦。"

纳波利塔诺太太勉强照做，冰镐一抓就脱落了，根本不能承受她的重量。

她道："我办不到。我办不到。"

米莫说："爬皮诺造的台阶，凿紧冰镐，刺牢冰爪，这样重复一下就上去了。"

"我会滑下去的。"

皮诺朝滑道下面喊道："不会的，我们抓着绳子呢。一定不会出问题的，只要你刺冰爪、挥冰镐的时候用心……就像你演奏传达狂乱 (*con smania*)[①] 时的琴弓那样。"

充满激情地演奏，最后这话似乎触动了纳波利塔诺太太。她用力挥出右手的冰镐，往上砸去。皮诺在上方的平台能听到镐尖牢牢凿进冰里的声音。皮诺回到迪·安杰洛先生身后和他一起握住绳子。迪·安杰洛先生让妻子卧在平台边缘，注意滑道下面的情况。每次纳波利塔诺太太要移动重心，向上爬的时候，都会告诉他们一声。之前的人每次都是半米、半米向上攀升，而纳波利塔诺太太的进度却是以厘米计算的。

爬到近四米高时，也不知为何，纳波利塔诺太太突然一脚踩空，尖叫一声，掉了下去。还好众人抓住了绳子。纳波利塔诺太太悬在半空中，哭哭啼啼，唉声抱怨。众人又哄又劝，过了好一会儿，她才肯

[①] Con smania＝with restlessness/craving/agitation，Smania 是音乐表情术语，这个词在此意为"狂怒、疯狂"。

再试着往上爬。让人紧张焦虑想咬指甲的三十五分钟后,众人费尽力气,终于将纳波利塔诺太太拽到了平台上。电石灯的灯光在风中摇曳。灯光下,纳波利塔诺太太的衣服结了一层白霜,脸上挂着一摊被冻住的鼻涕,看上去像是刚从极寒之地回来。

"我恨登山。每一秒都恨。"说着,整个人瘫倒下去。

"但你依然上来了。很多人都办不到,你办到了。都是为了你的宝宝。"

纳波利塔诺太太把戴着露指手套的手放到外套上,抚着肚子,闭上眼睛。众人休息和重新背起行囊又用了二十分钟,滑雪板、滑雪杖卡在两侧又让大家好一阵忙碌。等米莫爬上烟囱,又花了十五分钟的时间。

米莫说:"也还好啊。"

纳波利塔诺太太说:"你小时候肯定吃了很多苦头。"

皮诺手表的指针已快指向六点了。破晓迫在眉睫。他想赶在这之前带着众人离开格罗佩拉峰的正面。队伍再次系上绳子,开始往高处爬。

六点三十分,东边的天色本应发白之际,反而突然暗了下来,比这磨难重重的一路上任何时候都要暗沉。月亮不见了。皮诺发现风向也随之而变,刮起了更为猛烈的北风。

他说道:"我们动作要快点了,暴风雪要来了。"

纳波利塔诺太太叫道:"什么?在这么高的地方?"

米莫答道:"暴风雪就是在这种地方刮起来的。不过不用担心。我哥认路。"

皮诺确实认路。接下来的一个小时,阳光透过纷飞的雪花逐渐透射过来,众人的前行很顺利。皮诺觉得,下雪反而是件好事。雪正好能帮他们遮挡那一双双窥探的眼睛。

七点三十分左右,雪下大了。皮诺翻出一副左右两侧带防雪皮革眼罩的滑雪眼镜,这副眼镜是父亲送他的圣诞节礼物。格罗佩拉峰乌云密布。乌云遇到高处的冰封峭壁,大雪倾泻而下。皮诺一边用滑雪杖探索前进的道路,一边拼命抑制住内心的惊慌恐惧。他强烈地意识到,爬得越高,越可能失足丧命。风开始打转,四周一片白茫茫。能见度变得极低,几乎是闭着眼睛在爬了。皮诺惶惶不安。皮诺想要相信主,但怀疑和慌乱却在他心中滋生。要是路线走偏了怎么办?关键时刻失足摔下去了怎么办?他这么沉,大家都会被猛地拉下去的。皮诺发觉绳子往后一拽,他停下了脚步。

"我看不见了。"朱迪丝喊道。

"我也看不见了。"她的母亲说道。

"那我们就等一下。大家转过身背对风。"皮诺应道,尽量让自己的声音听起来从容不迫。

雪一直在下。要是一直刮强风的话,他们就不可能安然通过那条曲折的小路。还好,强风每隔几分钟就会变得很弱,乃至没有风。皮诺趁着这些间隙辨认线路,众人奋力往上爬,直到山脊线变得平缓狭窄起来。皮诺辨认出前方十五米处正是那条曲折的小路,两边积雪皑皑的凹口则是雪崩槽沟。

*

皮诺说:"这里我们要一个一个过去。注意到山脊两侧积雪的小坑了吗?不要踩那里。我踩哪儿,你们踩哪儿就好了。"

纳波利塔诺太太问:"积雪下面是什么?"

皮诺没有回答的意思。米莫答道:"空气。很多空气。"

她应道:"哦,哦……"

皮诺真想扇自己弟弟一巴掌。

"快过来啊,纳波利塔诺太太。好不容易都到这里了,更吓人的都挺过去了。我会紧紧抓住绳子的另一头的。"皮诺说道,尽量让自己听起来鼓舞人心。

纳波利塔诺太太"咻咻"地喘了口粗气,犹豫片刻后微微点头。皮诺解开将大家连结在一起的绳子,打了个结跟米莫的绳子接在一起,变成了一条很长的绳子。他一边忙着,一边低声对米莫说道:"从现在开始,把你的嘴闭上。"

"什么?"米莫道,"为什么?"

"有的时候,你知道越少反而越好。"

"在我们那里,都说知道得越多越好。"

皮诺发现和弟弟争论下去毫无意义,便将绳子系在腰间,想象自己是走钢丝的,把滑雪杖横在身前保持平衡。

每一步都凶险万分。皮诺会先试探一番,用冰爪的爪尖试一试,轻轻踢一踢,听到碰到石头或冰块的声音,后脚跟才踏上去。有两次皮诺摇摇晃晃,几乎要失去平衡。还好都稳住了,最终抵达前面狭窄的岩架。皮诺停下脚步,把额头靠在石头上。直到恢复镇定后,才把岩钉钉到岩面里。

皮诺把绳子固定在岩钉上。米莫在另一头向后拉,绳子立马绷紧得像扶手一样。狂风呼啸。眼前又是一片白茫茫。视线被阻隔了有一分多钟。等风静下来,皮诺这才重新看到小路的对面。众人的身影飘忽不定,仿佛幽灵一样。

皮诺使劲咽了一下口水:"先送安东尼过来。"

安东尼右手握住绷紧的绳子,靴子准确地踏在皮诺的脚印上。只用了一分钟他就过去了。朱迪丝握着绳子，踩着皮诺的脚印，跟在他后面。他们都比较轻松地过关了。

迪·安杰洛太太下一个。她突然在雪崩槽沟之间僵住了，神情恍惚起来。

这时她的小儿子大喊："快过来啊，妈妈。你可以的。"

她继续前进。等到了岩架，一把抱住两个孩子，放声大哭。再下来是迪·安杰洛先生。他只用了几秒钟就闯了过去，说是自己小时候练过体操。

纳波利塔诺太太即将出发之际，风又呼啸起来。皮诺心里暗骂。要闯过这种曲折小路，方法就是采取动作之前，绝不去想它。然而纳波利塔诺太太现在就开始胡思乱想了。

好在之前成功攀登烟囱的经历似乎给了纳波利塔诺太太信心。风弱下来，视线恢复后，不用皮诺提醒就自己出发了。行至四分之三处，风逐渐猛烈起来。她的身影消失在漫天纷飞的白雪中。

"千万别动！"皮诺向空中吼道。"等这阵风过去！"

纳波利塔诺太太没有应声。皮诺不停地轻拉绳子，感觉绳子那头的重量。风停了，纳波利塔诺太太全身都是雪，矗立在那里一动不动，仿佛一尊雕像。

纳波利塔诺太太一到了岩架，就紧紧把皮诺抱住，过了片刻，说道："我这辈子从来没有这么害怕过，也从来没有这么虔诚地祈祷过。"

"你的祈祷应验了。"皮诺说道，轻轻拍打她的背部。接着吹了声口哨提示米莫。

长绳的另一头紧紧绑在米莫的腰间。皮诺准备收紧松弛的绳子，问道："准备好了吗？"

"我打从娘胎里就准备好了。"米莫应着便动身了。他的动作很快,很有把握。

"慢点!"皮诺说道,尽可能快点把松弛下来的绳子从岩钉、岩扣之间收回来。

米莫即将来到两处雪崩槽沟之间时,说道:"知道为什么吗?雷神父说了,我身上有山羊的特性。"

话音未落,米莫就摔了一跤。他的右脚滑得太远,失去了控制。只听有个声响传来,仿佛有人蓦地扔下一个枕头。槽沟里的积雪打起旋来,向内凹陷,就像水流呈螺旋形从排水孔流出那样。米莫也跟着陷了进去,消失在白色的漩涡中。这一幕把皮诺给吓坏了。

第十一章

"米莫!"皮诺大喊,用力拉住绳子。米莫猛地停在半空中,巨大的力量差点把皮诺也拉扯下去。

"救命啊!"皮诺对迪·安杰洛先生喊道。

纳波利塔诺太太率先赶到。她来到皮诺身后,伸出两只戴着露指手套的手,一把拽住绳子,整个人向后倒去。绳子稳住了,没有继续往下掉。

"米莫!"皮诺呼喊道。"米莫!"

没有任何回应。风又呼啸了起来。雪崩槽沟上方的天地又是白茫茫一片。

"米莫!"皮诺尖叫道。

一阵沉寂之后,传来一个微弱颤抖的声音。"我在这呢。天哪,快把我拉上来吧。我下面是空的,除了空气什么都没有。我快晕了。"

皮诺使劲拽绳子,可丝毫不见绳子上升。

"我的背包被什么东西卡住了。"米莫说,"把我放下来一点。"

迪·安杰洛先生此时已换下了纳波利塔诺太太。在这种情形下,皮诺本来是怎么也不愿意把绳子往下放的,他不情不愿地松了松皮手套握着的绳子。

"搞定了。"米莫说道。

皮诺和迪·安杰洛先生于是连拉带拽,硬是将米莫拖到岩架的边缘。皮诺解开绳子,让迪·安杰洛先生压住他的两条腿,好让他伸手去抓米莫的背包。此时的米莫不见了戴着的帽子,头上多了一道血淋淋的伤口,让人不忍直视。看到弟弟的惨状,再加上之前亲眼目睹他从雪崩槽沟里掉下去,皮诺肾上腺素激增,一下就把米莫拉了上来。

两个男孩背靠着岩石,瘫坐在地上,胸口上下起伏。

"这样的事情不要再发生了。"皮诺最终开口说道,"爸爸妈妈不会原谅我的。我也不会原谅自己的。"

米莫喘着气说:"我觉得,这是你对我说过的最好的一句话。"

皮诺伸出手臂围住弟弟的脖子,狠狠地抱了一下他。

"好啦,好啦。"米莫安慰道,"谢谢你救了我。"

"你也会救我的。"

"当然,皮诺。我们是兄弟嘛。一辈子的兄弟。"

皮诺点点头,觉得自己从来没有像刚才那样爱怜自己的弟弟。

迪·安杰洛太太略懂急救。她先用雪清理米莫头皮上的伤口,然后止血。大家把一条围巾撕成碎片,包在他头部伤口周围,形成一顶简易的帽子。两个孩子开玩笑说,米莫看上去像个占卜师。

皮诺带领众人沿着峭壁的岩架继续往上爬。风力由强转弱,然而雪越下越大。

"我们爬不过去。"迪·安杰洛先生伸长脖子,望着上方直插云霄仿佛冰矛的峰顶说道。

"我们绕过去。"皮诺说。他把肚子紧紧贴在峭壁上,开始从侧面一步步挪过去。

转过下一个拐角,岩架的宽度会陡然减少十九到二十厘米。快要转弯的时候,皮诺朝纳波利塔诺太太等人转过头。

"那边有根缆绳。虽然冻住了,但是还能抓。我希望你们都把绳子握住。右手指节向上,左手指节向下,先上后下,记住了吗?到达另一头之前,不管发生什么事,都不要松开绳子。"

"什么的另一头?"纳波利塔诺太太问道。

皮诺向峭壁下面望去。下面好深、好深,如果掉下去的话,在纷飞的大雪中是根本看不到的。只要掉下去,就活不成了。

"等下你们前面就是崖壁。"皮诺说,"看前面,看两边。不要往后看,也不要往下看。"

纳波利塔诺太太问:"我肯定不会喜欢的,对吧?"

"我猜你也不喜欢自己在斯卡拉歌剧院第一晚的演出吧。既然你能完成演出,那这也能完成。"

纳波利塔诺太太脸上挂满冰霜,舔了舔嘴唇,打了个哆嗦,点点头。

*

经历了之前的艰难险阻之后,握着缆绳沿着岩架穿过崖壁比皮诺预料得要容易多了。峰顶这侧是东南朝向,背风。五位逃难者和米莫都有惊无险地过去了。

皮诺瘫倒在雪地里,感谢主的照看,希望这就是最难的一关了。风又吹了起来,这次不是一阵一阵地吹,而是连续不断地吹,寒冷的雪片打在脸上,像针一样扎人。一行人朝东北方向跋涉,暴风雪越来越猛烈。最终皮诺也不能确定究竟到了哪里。凌晨从"阿尔宾那之家"出发开始,这一路上已经遇到了重重险阻,可在皮诺看来,此刻顶着暴风雪在空旷的山脊盲目赶路却是最危险的。每年的这个时候,格罗佩拉峰沟壑遍布。一不小心就会掉进六米多深的沟里,来年开春才能找到尸体。即便避开了上述的外在危险,寒冷潮湿的天气也可能引发"低温症",导致死亡。

"我看不见了!"纳波利塔诺太太叫道。

迪·安杰洛的两个孩子哭了起来。朱迪丝手脚已失去知觉。就在皮诺心里也慌张起来的时候,前方的风雪中冒出一堆石头做的标记。看到那堆石头,皮诺立刻辨别出方向。前方就是瓦尔迪雷,但到那片森林还有四五公里的路要走。皮诺想起来,石标以北的小路上还有一间牧羊人棚屋,里面有炉子。

"我们得等风雪小了以后再走!"皮诺对众人喊道,"我知道一个地方,那里安全,可以暖和暖和,躲避暴风雪!"

众人如释重负,都点头表示同意。半小时后,皮诺、米莫开始趴在雪地里往下挖,棚屋的门就埋在下面。皮诺第一个钻进屋里,他打开了电石灯。米莫第二个,他去检查炉子,看里面是否隐藏着爆炸装置。检查好后,准备生火。点火之前,皮诺出去请雪地里的几位进屋,接着他爬上屋顶,检查烟囱,看烟囱是否被雪堵住。

皮诺把门关紧,吩咐弟弟生火。引火绒一碰到火柴就着了。木柴熊熊燃烧起来。在火光的映照下,众人一脸疲态。

外面风吹雪打。在这里躲避一下,等暴风雪过了再上路,看来是非常正确的决定。伯格斯特龙先生不会在瓦尔迪雷前面那片林子里等着吧?他应该能想到暴风雪会耽误他们的行程。他会等暴风雪过了以后再来吧?皮诺心里嘀咕。

没过多久,皮诺就将这些疑问放到一边去了。小火炉烧得发红,低矮的土棚屋里洋溢着满满暖意。迪·安杰洛太太脱掉女儿的靴子,开始给她揉脚,朱迪丝的两只脚都冻得没知觉了。

"好痛啊。"朱迪丝说。

"这是因为血液开始回流了。"皮诺说,"坐在离炉火再近些的地方,把袜子脱了。"

几个人纷纷脱下衣物。皮诺检查了一下米莫头上的伤口,已经不流血了。他拿出吃食,用炉子热茶。众人吃起奶酪、面包和蒜味香肠。纳波利塔诺太太赞叹说,这是她有生以来吃过的最好吃的一顿饭。

安东尼靠在父亲的腿上睡着了。皮诺关掉电石灯,点头打起瞌睡。皮诺也睡了,睡得很香很沉。等他醒过来时,发现周围的人都在打盹儿。他起身查看炉火,炉子里是烧剩的余烬。

又过了几个小时。"轰隆隆"的声音传来,仿佛火车头引擎发出巨响,睡梦中的皮诺被惊醒。感觉火车朝他们直冲而来,大地在震颤。接着是火车驶过后长长的沉寂,房梁偶尔吱嘎作响。皮诺内心深处明白,他们再次陷入了困境。

"发生什么事了,皮诺?"纳波利塔诺太太叫道。

"雪崩。"皮诺说道,努力抑制声音的颤抖,他摸索着寻找电石灯。"正好滑到我们棚顶上了。"

皮诺点亮电石灯。然后他赶到门口,想拉开门,结果让他大惊失色。棚屋唯一的出口已经完全被坚硬的雪块和残骸堵死了。

米莫来到皮诺的身边,看到面前这堵厚重的冰雪之墙,他惊恐地说:"圣母玛利亚呀。皮诺。我们被活埋了。"

*

棚屋里一片狼藉,众人惊慌失措、大声哭喊。皮诺置若罔闻,呆呆地凝视着堵在面前的积雪。他觉得自己以及棚屋里的人，都被圣母和圣子抛弃了。此时此刻，虔诚有什么用呢？大家只不过是想要找个安全的地方，躲避一下风雪，结果却落得如此下场——

米莫拽了拽他的胳膊，问道："我们现在该怎么办？"

皮诺看着弟弟，胆颤心惊的迪·安杰洛一家和纳波利塔诺太太也不约而同地把问题甩给他。他彻底懵了。不管怎么说，皮诺也才十七岁。他只想坐下来，靠在墙角，哭一场。

但接下来的一刻，他的瞳孔再次聚焦。电石灯的灯光下，众人神色慌乱。大家需要他。他是负责人。大家遇难的话，会是他的过失。皮诺一激灵，看了下手表：下午三点。

"空气。"想到这个，皮诺的头脑一下子清晰了，有了目标。

"大家都安静，不要动。"他说着，穿过棚屋，来到冷下来的炉子前，转动炉子的风门。风门动了，烟囱没被埋进雪里。他松了一口气。

"米莫，迪·安杰洛先生，你们来帮我一下。"皮诺说着戴上手套，开始忙活着把烟囱和炉子分离开来。

"你在做什么？"纳波利塔诺太太问道。

"想法子不让咱们闷死。"

"上帝啊。"纳波利塔诺太太说道，"经过了千难万险，没想到我和宝宝最后要在这个地方被活活闷死。"

"想办法，就不会这样。"

皮诺把炉子拆下来，移到一边。接着，三个人把天花板附近烟囱下面的金属板拆下来，也放到一边。

皮诺把电石灯带到烟囱口想要往里看，但看不清楚。他把手伸进烟囱洞里。如果能感觉到微风，那么空气还是流通的。然而，什么风也没有。皮诺心里发慌，但还是鼓起勇气，取来一根滑雪杖，拿刀把底部的皮革金属拦雪轮砍掉，露出里面的钢制杖尖。

皮诺把滑雪杖刺进堵塞的烟囱洞里。滑雪杖往里进了一半便停住了。皮诺用力戳了戳。雪从洞里掉了出来，落到地上。皮诺继续拿滑雪杖往里捣，雪不停地从通道里掉落下来。五分钟。十分钟。皮诺伸直整只手臂把滑雪杖往里捣，但感觉还是有东西堵着。

"没有空气我们能在这里坚持多久？"米莫问道。

"不知道，"皮诺说着，又用滑雪杖戳起来。

皮诺又取了一根滑雪杖，削掉拦雪轮，露出杖尖。他用皮带将两根滑雪杖首尾相接，一根的杖尖绑到另一根的握革上。衔接处不是不牢固，有些松松垮垮，捣起来不如只用一根滑雪杖使得上力气。

没有空气能坚持多久？四个小时、五个小时？还是更短？

皮诺、米莫、迪·安杰洛先生，三人轮番上阵，用力铲捅堵在烟囱里的雪。纳波利塔诺太太、迪·安杰洛太太则和孩子们蜷缩在角落，在一旁注视着。三人干得热火朝天，累得气喘吁吁。棚屋里也跟着热了起来。皮诺拿着滑雪杖不停往上捅，一点一点把积雪铲下来，不一会儿就满头大汗了。

开工两小时后，底下那根滑雪杖的握革快接近天花板了。杖尖像是顶到了什么东西，不动了。皮诺用力铲凿，只有零零星星的冰碴落下来。应该是被什么硬物堵住了。

"没有用。"米莫沮丧地说道。

"你接着来。"皮诺说着，退到一边。

棚屋里闷热得让人窒息。皮诺脱下衬衫，感到呼吸困难。**这就是所谓的缺氧反应吗？窒息会非常痛苦吗？**皮诺曾在拉帕洛附近的海滩上发现一条搁浅的鱼。鱼的嘴和鳃不停地一张一合，似乎迫切地想要喝水。张合的幅度越来越小，直至完全停止。他的脑海中突然闪现出这些画面。这就是我们的死法吗？就像那条鱼一样？

米莫和迪·安杰洛先生一个接一个铲凿堵塞的烟囱口。皮诺竭力抑制在心头不断萦绕的恐惧。"主啊，求求你。"他内心祈祷着，"不要让我们就这样死在这里啊。我和米莫在想办法帮助他们。我们不该这样死在这里。让我们逃出去继续帮助其他逃难者……"

"哐啷"一声，一个不明物体从烟囱洞里掉了下来，砸到米莫的手。

"啊——"米莫痛得大叫一声，"他妈的，好痛啊。什么东西？"

皮诺把电石灯对准地上。泥土里是一大块冰，足足有两个拳头那么大。皮诺注意到墙上的影子和冰块周围的影子在晃动。他来到烟囱管下，把手伸了上去。能感觉到一股寒流，很微弱，但很稳定。

"有空气了！"皮诺叫道。一把抱住弟弟。

迪·安杰洛先生说："我们现在挖出去？"

皮诺说："我们现在挖出去！"

纳波利塔诺太太问："你觉得可行吗？"

"没别的选择了。"皮诺说着。抬头向上望去，只见烟囱管上方微微泛着白光。他回想了一下烟囱管从房顶突出部分的高度。接着朝门口望去。门是开着的，外面是白色的雪和残骸。门框很矮——一米五左右？但烟囱管是弯曲向上的。这样会有多长呢？皮诺想象了一下。

"至少要挖三米。"米莫说道。想必他刚才也在思考这些。

"不止，"皮诺说，"我们不能笔直往上挖。要斜着挖，和门形成一个角度，这样才能爬上去。"

*

众人拿起冰镐、短柄小斧头和木炉自带的小铁铲，开始清理废墟。他们以和门框保持七十度的角度往上挖。通道挖得比较大,方便匍匐通行。刚开始的一米比较好挖。雪很松散。一挥动冰镐,就有冰碴残骸下来。

米莫一边把雪铲到棚屋最里面,一边说道:"我们天黑之后才能挖出去。"

皮诺的电石灯突然熄灭了,四周一片漆黑。

米莫骂道:"倒霉!"

安东尼呜咽起来:"妈妈。"

纳波利塔诺太太说:"挖的时候还有什么照明物吗?"

皮诺划了根火柴,把手伸进口袋里,摸出两根教堂祈祷用的蜡烛。这种蜡烛他带了三根,米莫也带了三根。皮诺点亮蜡烛,在门口上方放了一根,又在门口附近放了一根。明亮的头灯没了,烛光闪烁不定,但他们的眼睛很快就适应了。众人又凿又挖,再次清理起废墟。冰雪板结在一起,挖出来是一块一块的。雪崩过程中发生剧烈摩擦,出现过热反应,导致废墟的某些部分变得和混凝土一样坚固。

进度慢了下来,像蜗牛爬一样。每铲除一块冰雪都值得庆祝一番。渐渐地,一条宽度超过皮诺肩宽的隧道形成了。先是一米,接着快到两米了。一人在上面凿雪,两人把凿下的雪铲到棚屋里,皮诺、米莫、迪·安杰洛先生三个人轮着来。迪·安杰洛先生的家人和纳波利塔诺太太则聚在房间的一个角落看着。雪堆越积越高。

"这么多雪,屋子装得下吗?"纳波利塔诺太太问道。

"装不下的话,我们就把炉子生起来,化掉一些雪。"皮诺答道。

晚上十点,挖到距离门口四米远左右的时候,皮诺不得不叫停挖掘工作。他再也挥不动冰镐了,必须要吃点东西,休息一下。大家都需要吃点东西,休息一下。

米莫和迪·安杰洛先生把炉子重新组装起来的时候，皮诺分配好背包里剩余的补给。他把肉干、果脯、坚果和奶酪分为两份，又把其中一份分为六小份。大家吃了饭，又喝了很多茶，然后紧紧地挤在一起。皮诺点上炉子，吹灭倒数第三根蜡烛。

当晚，皮诺两次梦见自己躺在棺材里被活埋，吓得惊醒过来。醒来之后，听到的是其他人沉重的呼吸声，还有火炉"滋啦滋啦"的冷却声。身下的雪已经融化了，皮诺知道自己早已躺在寒冷的泥巴地里。但他全身乏力，肌肉酸痛，也不甚在意了，又一次睡着了。

几个小时之后，米莫把倒数第二根蜡烛点着了。他轻轻推搡皮诺。

"早晨六点了。"米莫说，"是时候出去了。"

好冷。皮诺醒来，觉得骨头好疼，每一个关节也都隐隐作痛。他起身把最后一份食物和昨晚用炉子烧好的雪水分给大家。

迪·安杰洛先生第一个进入隧道，坚持凿了二十分钟。米莫是第二个，他凿了三十分钟，从隧道里溜出来时，浑身上下都被汗水和冰雪浸透了。

"我把斧子和蜡烛留在上面了。"米莫说，"你要再点一下蜡烛。"

皮诺再次爬进隧道里。隧道长度现在估计有五米了。他挥动斧子砸在冰雪上，被反震得翻了个身子。他将仅剩的四根火柴中的一根划亮。烛光变得越来越微弱。

皮诺怒不可遏地向冰雪发起攻势。他又劈又刺，冰雪一大块一大块地剥落下来。他把冰冻的残骸铲下去，推下去，踢下去。

"慢一点！"皮诺这样折腾了半小时左右，米莫叫道，"我们在下面忙不过来了。"

皮诺停了下来。气喘吁吁，像是刚刚长跑完似的。望着烧剩的残烛。隧道顶部不时渗下水滴,溅到蜡烛上"噼里啪啦"作响。

皮诺走上前,拿起蜡烛。放到用斧头凿出来的架子上。接着他又凿起隧道来。这一次,他的节奏比上次慢了,但更有技巧了。他专挑表面有裂缝的地方往里凿。冰雪开始大块地剥落下来,有三角形的,也有更奇形怪状的,有的厚达十厘米,有的厚达十二厘米。

颗粒状的雪花从皮诺手掌间滑落。"这里的雪不一样了。"他心想。雪变得容易破碎了。这些雪花晶体棱角分明,像母亲最珍贵的珠宝似的。皮诺坐下思考。这雪应该是从上面陷下来的。一路上光顾着铲凿坚硬的冰块和雪块,皮诺从未考虑过隧道顶层可能会坍塌。现在,他一停下来,满脑子都想着这事,越想越怕。

"出什么事了?"米莫喊道。从隧道下面爬上来。

皮诺还没说话。残烛"毕剥"一声,熄灭了。四周又陷入一片黑暗。皮诺捂住脸,满脑子被一个可怕的想法攫住了:他的生命危在旦夕,就像那根奄奄一息的残烛一样。害怕、失落、怀疑,种种情绪夹杂在一起,像潮水一样向他袭来。

"为什么?"他呢喃道,"我们做了什么?"

"皮诺!"米莫喊道,"皮诺,往上看!"

皮诺抬起头,发现隧道里并非完全漆黑。一道淡淡的银色光辉穿过隧道的顶部透射进来。绝望的泪水瞬间变成了惊喜的泪水。

他们已经接近地表了。但正如皮诺之前所担忧的,隧道顶层的灰白色的雪两次崩塌下来,逼得他只好后退,重新开挖。终于,皮诺向前劈出一斧,感觉自己打破了最后一层阻碍。

当他把斧子收回来的时候,耀眼的阳光直射进来。

"我出来了!"他大喊道,"我出来了!"

*

纳波利塔诺太太、迪·安杰洛太太、孩子们都欢呼起来。皮诺挣扎着从雪层中伸出头和肩膀。风雪过后,山上的空气冷冽清新,呼吸起来沁人心脾。钴蓝色的天空格外晴朗。东方,太阳刚越过山脊线。雪崩过境留下的废墟约五十米宽、一千五百米长,覆盖着一层十五厘米厚的新落的细雪。皮诺在雪中往上望去,格罗佩拉峰的峰顶是一道锯齿状的缺口。

部分山体在积雪滑落后露了出来。新雪里混杂了乱石、泥土和小树。在见证了雪崩巨大的破坏力并对其威力有所了解后,皮诺觉得众人能幸存下来简直是个神迹。

迪·安杰洛太太以及在孩子后面出来的迪·安杰洛先生也深以为然。米莫在纳波利塔诺太太后面出来。皮诺再次进入隧道去取滑雪板和背包。他将行李沿着隧道一路推上来。

当皮诺最后一次从隧道里钻出来的时候,他觉得筋疲力尽,但心中充满了感恩之情。

这都能死里逃生,不是神迹,还能是什么呢?

"那是什么地方?"安东尼指着山谷下方问道。

"那里就是瓦尔迪雷啊,朋友。"皮诺说,"至于那两座山呢,一座是埃梅特峰,另一座是帕吕峰。那两座山下面的森林,就是瑞士的地界了。"

朱迪丝说:"看上去挺远的。"

皮诺说:"大概五公里吧?"

"我们可以的,"迪·安杰洛太太说,"只要互帮互助。"

纳波利塔诺太太说:"我不行。"

皮诺转过头,只见纳波利塔诺太太坐在一块积雪覆盖的大石头上,一手搭着肚子,一手握着小提琴箱。衣服上裹着一层霜雪。

皮诺说:"你肯定可以的。"

纳波利塔诺太太摇了摇头,哭了起来。"到极限了。不行了。我在出血。"

皮诺一开始没有听懂。直到迪·安杰洛太太说:"说的是宝宝,皮诺。"

皮诺顿时心里一慌。难道她要流产了?在这种荒郊野外?

天啊。不要啊。千万不要啊。

米莫问:"你不能动了?"

纳波利塔诺太太说:"我根本就不该动。"

"但你也不能留在这里啊,"米莫说,"会死的。"

"我要是现在动了,孩子可能就没了。"

"你也不能确定就是这样啊。"

"我能感觉得到,我的身体是这样告诉我的。"

米莫坚持说:"留在这里,你们都会死的。"

"这样更好。"小提琴手说道,"我的宝宝没了,我也活不下去了。你们走吧!"

"不行。"皮诺说,"我们答应过雷神父的,要把你安全送到瑞士。"

纳波利塔诺太太突然歇斯底里地大喊起来:"我一步也不会动的!"

皮诺决定留下来陪纳波利塔诺太太,让其他人跟着米莫先走。他环顾四周,想了片刻后,说道:"也许你一步也不用动呢。"

皮诺放下背包,给很长的木制双板滑雪板装上固定器,固定器是用钢铁和皮革制作的，外形神似捕熊陷阱。他摆弄了一下，确保靴子和滑雪板扣紧。

"准备好了吗？"他对纳波利塔诺太太说道。

"准备好什么？"

"到我背上来，"皮诺说，"我背你过去。"

"上滑雪板？"纳波利塔诺太太惊恐地说道，"我这辈子从来没有上过滑雪板。"

"你之前也从来没有被雪崩埋过啊。"皮诺说，"而且你也不用上滑雪板。我上就行。"

纳波利塔诺太太怀疑地盯着皮诺。"要是我们摔倒怎么办？"

"我不会让这种事发生的。"皮诺信心满满地说道。皮诺今年十七岁，自打他学会走路起，就差不多开始滑雪了。

纳波利塔诺太太没有动。

"保住孩子，获得自由，我在给你创造机会。"皮诺说道。他从背包里抽出小提琴箱。

"你拿我的斯特拉季瓦里乌斯小提琴做什么？"纳波利塔诺太太问。

"用来保持平衡。"皮诺说着，将琴箱放到胸前，就像车的轮子似的。"你的小提琴会引领我们，就像引领交响乐队那样。"

*

纳波利塔诺太太犹豫片刻，抬头望向天空。她瑟瑟发抖着从雪里站了起来。

"抓住我的肩膀，不要抓我的脖子。"皮诺说道，把背转向纳波利塔诺太太。"两腿夹住我的腰，夹紧了啊。"

纳波利塔诺太太紧紧抓住皮诺的肩。皮诺蹲下身子,手臂放在她的膝盖后面,帮着把纳波利塔诺太太托到背上。纳波利塔诺太太背起来也不比他的背包重多少。

"想象你是赛马手,现在在马背上。"皮诺说着,将小提琴箱竖起来置于身前,"别松手。"

"松手?不,绝不松手。我脑子里现在一点也没有松手的念头。"

皮诺心里虽有一丝疑虑,但马上打消这样的念头了。他拖着脚走,朝着三十米开外雪崩外层的边缘,从山坡滑了下去。雪地里有各种各样崎岖不平的突出冰块。皮诺一边加速,一边躲避。前方一大块冰隐隐挡住去路,似乎避无可避。他们冲到冰块上,一跃而起,飞到半空中。

"啊啊啊!!!!"纳波利塔诺太太大声尖叫起来。

皮诺的滑雪板有些歪,落地很不稳当。他一度以为滑雪板要脱离了,自己和纳波利塔诺太太一转,就要狠狠摔到冻结的残骸中。

就在这时,他注意到,他们很快就要撞上一个树墩。他本能地单脚往左跳,避开树墩。接着又如法炮制避开另一个树墩。这两下跳跃让他恢复了平衡,滑雪板加速前进。皮诺和纳波利塔诺太太冲出残骸现场,进入蓬松的细雪。

皮诺伸出小提琴箱,咧嘴一笑,同时搅动两条腿。腿深深陷入雪中。接着又放松双腿,两只脚随即升到他的臀部下面,正如雷神父教他的。每转一个弯,都会让他暂时失重,从而轻而易举地实现重心转移和转向。滑雪板时而向左,时而向右,划出一道道连续的弧线。高速滑行冲过雪堆,"砰"的一声扬起一大片雪,刷刷落在他们脸上。

纳波利塔诺太太一语不发已经很久了。皮诺料她早闭上了眼,仅凭求生的信念在支撑。

"哇喔!"纳波利塔诺太太在他耳旁喊道,"我们像鸟一样,皮诺!我们在飞翔!"

每当他们从雪丘上滑下来,纳波利塔诺太太就咯咯直笑,发出"哇喔!"的欢呼声。皮诺发觉纳波利塔诺太太把下巴抵在他的右肩上。原来他控制着滑雪板沿着长长的"S"形弯道向下缓缓漂移,朝着前方结冰的湖泊、森林以及自由接近时,纳波利塔诺太太的眼睛其实一直是睁着的。

前面的路平缓下来,皮诺知道很快就不能垂直下滑了。大腿虽然火辣辣地疼,但皮诺还是坚持挂着滑雪杖从最后一个陡面垂直而下,正对着三角形林地尖上的瑞士。

皮诺没有转弯,也没有任何回转。俯身半窝着,抱着保持平衡的小提琴,直直地从雪坡上滑了下去。"嗖"的一声,滑雪板冲上雪坡顶端。两人以时速三四十公里,甚至是五十公里的速度,从最后一个坡上猛地冲刺下来。膝盖这时要是稍微抽搐一下,就会有灾难发生。看到前方的山地变为平地,皮诺两腿再次上升,主动缓解受力。

两人迎风从湖上低速掠过,就快到林木线了。滑到大概扔一个雪球就能砸到林木线的地方,他们停了下来。

*

两人沉默了片刻。

纳波利塔诺太太笑了。她松开皮诺的腰和肩,从他背上下来,跪在松软的雪地里,托着肚子,哈哈大笑,仿佛从未这样开心过。纳波利塔诺太太哼哧哼哧地格格笑,笑声很有感染力,皮诺也被带着笑了起来。皮诺笑得倒地,眼泪都笑出来了。

我们干了多么疯狂的事啊。谁敢——?

"皮诺!"一个男人的声音喝道。

皮诺吓了一跳,抬头一看。伯格斯特龙先生正背着猎枪,一脸关切地站在林木线内。

"伯格斯特龙先生,我们成功了!"皮诺喊道。

"你们迟了一天。"伯格斯特龙说,"快从空地里离开。把她带到树林里,免得被人看到。"

皮诺清醒过来,脱掉滑雪板,归还小提琴。纳波利塔诺太太坐起来抱住小提琴,说道:"我觉得接下来一切都会很顺利的,皮诺。我能感觉得到。"

"你能走吗?"皮诺问。

"我可以试试,"纳波利塔诺太太答道。皮诺扶她起来。

皮诺搀着纳波利塔诺太太的手和手肘,穿过雪地,走到路上。

两人艰难地走进林中。"她怎么了?"伯格斯特龙问道。

纳波利塔诺太太面色红润,讲了一下孩子和出血的事。"不过现在,你要我走多远,我觉得我都行。"

"倒没那么远,也就几百米。"伯格斯特龙说,"进入瑞士,我就给你生堆火。我到时下山给你找个雪橇。"

"几百米的话,我应该还行。"她说。"有火就再好不过了。你滑过雪吗,伯格斯特龙先生?"

伯格斯特龙看着纳波利塔诺太太,以为她有点糊涂了,但还是点点头。

"滑雪是不是很棒?"小提琴手说,"是不是你做过最厉害的事?"

皮诺发现伯格斯特龙先生露出笑容。皮诺和纳波利塔诺太太在林木线内等着。他们一边向伯格斯特龙讲述暴风雪和雪崩的事,一边望着米莫和迪·安杰洛一家人缓慢地从山坡上下来。迪·安杰洛太太拉

BENEATH A SCARLET SKY 139

着女儿朱迪丝,迪·安杰洛先生背着皮诺的背包和滑雪杖,小儿子安东尼落在后面。一行人用了快一个小时才穿越厚厚的积雪,来到湖泊上方的平地。

皮诺从树林里滑出去接他们。他背上朱迪丝,把她先带到树林。很快,大家都安全进了林子。

"这里就是瑞士吗?"安东尼问。

"不远了。"伯格斯特龙说。

短暂的休息过后,众人朝着意瑞边界线再次出发。皮诺扶着纳波利塔诺太太沿着这条老路穿越森林。众人抵达一处小树林后停下来。从这里开始就是瑞士的国土了。

"到了,"伯格斯特龙说,"没有纳粹了,你们现在安全了。"

迪·安杰洛太太的脸上流下了泪水。

迪·安杰洛先生一把抱住妻子,吻掉她脸上的泪水。"亲爱的,我们安全了,"他说,"我们是幸运的,这么多同胞都……"

他说着哽咽起来。迪·安杰洛太太轻轻抚摸丈夫的脸。

"我们怎么才能报答你们呢?"纳波利塔诺太太对皮诺和米莫说道。

"报答什么?"皮诺说。

"报答什么!你带我们躲避了可怕的暴风雪,又带我们从棚屋里逃出去。你还带我从山上滑下来!"

"不这样怎么办?丧失信仰?放弃努力吗?"

"你?绝不会!"迪·安杰洛先生说着,打了皮诺的手一下。"你这牛性子,不会轻言放弃的。"

接着迪·安杰洛先生给了米莫一个拥抱。迪·安杰洛太太和孩子们也拥抱了米莫。纳波利塔诺太太拥抱皮诺的时间最久。

"年轻人，祝福你，保佑你，感谢你教我飞翔。"纳波利塔诺太太说，"这段记忆我永生难忘。"

皮诺粲然一笑，眼睛湿润了。"我也不会忘记的。"

"有什么我可以为你做的事吗？"纳波利塔诺太太问道。

皮诺正要拒绝，纳波利塔诺太太的小提琴箱引起了他的注意。"我们回意大利的路上给我们拉一曲吧。你的音乐会让我们一路跋涉时精神振奋的。"

纳波利塔诺太太听到这个请求很开心，看着伯格斯特龙问道："可以吗？"

伯格斯特龙说："没人会拦你的。"

纳波利塔诺太太站在瑞士阿尔卑斯山脉高处的雪林之中，打开琴箱，给琴弓抹上松香。"你想听什么曲子？"

不知为何，皮诺想起今年八月，他自己、父亲、图利奥以及贝尔特拉米尼一家人乘火车去米兰郊区躲避轰炸的那个夜晚。

"《今夜无人入眠》。"皮诺说。

"这首曲子我做梦都会拉，但我还会为你拉狂乱的。"她说道，泪水夺眶而出，"现在就出发吧。朋友之间无需道别。"

这首咏叹调的开场纳波利塔诺太太拉得很好，犹如天籁，皮诺甚至都想留下来听完。但前方还有漫长艰难的返程等着他和弟弟，谁又知道他们会面临怎样的挑战呢？

两个男孩扛上背包，启程穿越雪林。转眼间纳波利塔诺太太等人的身影就消失在视野中。然而，小提琴慷慨激扬的独奏却不绝于耳，美妙的音符响彻阿尔卑斯山稀薄清爽的空气。两人走到林木的边界线，穿上滑雪板。这时，纳波利塔诺太太突然加快了拍子，咏叹调的旋律一下欢快了起来，仿佛无线电波，直击皮诺的心灵，扣动他的心弦。

远方的音乐逐渐抵达高潮，皮诺在湖上头驻足倾听。琴声止住后，皮诺震撼不已。

"这是爱的声音。"皮诺心想，"当我陷入爱河时，一定会是这种感受。"

在冬日明媚的阳光下，心情舒畅的皮诺使用双板滑雪板绑带跟着米莫往山上爬去，朝格罗佩拉峰北边的盆谷地而去。

第十二章

1944 年 4 月 26 日

*

皮诺被一阵"叮叮当当"的声音吵醒。距离他把纳波利塔诺太太和迪·安杰洛一家带到瑞士已经差不多过去两个半月了。他惬意地从床上坐起来，难得雷神父因为他刚带完一次路而允许他赖床多睡一会儿。皮诺站起身来，一点也不觉得身体酸痛，感觉很好，身体强壮，前所未有地充满着力量。一点也不奇怪，那次纳波利塔诺太太为他和米莫演奏之后，他又先后带队前往瑞士十二次。

"叮叮当当"的声音又响了起来，皮诺向窗外望去。只见七头脖子系着铃铛的牛在互相推搡，争先恐后地够身前的干草垛。

皮诺看着看着觉得没劲了，这才把衣服穿上。前脚走进空荡荡的餐厅，后脚便听到屋外有几个男人大嚷大叫的威胁声。波尔米奥修士警觉地从厨房走出来。两人一块儿来到门口，打开前门。雷神父站在入口不远处，正面色平静地面对着一杆猎枪的枪口。

拿枪对着雷神父的是蒂托。他这次戴了一条新的红色领巾。蒂托的跟班也在，就是跨年派对跟在他后面的那三个无赖。

"我和你的小子们说了，埃梅特山口冬天禁止通行。如果想要通行，就要捐款支持意大利的解放事业。"蒂托说，"我是来收捐款的。"

"勒索神父，"雷神父说，"你真了得啊，蒂托。"

蒂托对雷神父怒目而视，扳开保险，说道："这钱是用来支持抵抗运动的。"

"我支持游击队，"雷神父说，"我也认识'加里波第第九十旅'，但你不是游击队的，蒂托。你们几个都不是。你们戴红领巾，只不过是为了勒索钱财罢了。"

"把我要的东西交出来，老头子。否则就别怪我一把火烧了你的学校，把你连同那些小鬼都杀了。"

雷神父迟疑了一下。"钱，还有食物，我都给你。把枪收起来。"

蒂托凝视雷神父片刻，右眼角抽搐了一下，伸出舌头舔了下嘴角。他笑了，放下枪，说道："你去拿，别想着糊弄我。否则我亲自进去搜，看你都有些什么东西。"

雷神父说："在这里等着。"

雷神父转过身，看到波尔米奥修士还有他身后的皮诺。

雷神父进门说道："给他们拿三天的口粮。"

"神父？"波尔米奥修士说。

"修士，请照我说的做吧。"雷神父说着，继续往前。

波尔米奥修士不情不愿转过身，跟在雷神父身后，留皮诺一人在门口。蒂托瞥见皮诺，狡诈地诡笑道："哟，这是谁啊。不是跨年派对上的老朋友嘛。怎么不出来呢？也不和我还有我的兄弟们打声招呼？"

"我不出来为好。"皮诺说。他的声音里充满了愤怒和不甘。

"不出来为好?"蒂托说完,把枪口指向皮诺。"你没有选择,现在可想出来了吧?"

*

皮诺狠了狠心。他恨透蒂托了。他走出门,离开小门廊。皮诺面朝蒂托站着,冷漠地盯着他和他手中的枪。"你还穿着从我这里抢去的靴子,对吧,"皮诺说,"这次又想要我的什么?内衣吗?"

蒂托闻言舔了下嘴角,扫了眼脚上的靴子,微微一笑。他朝前走来,挥动枪托,狠狠地凿了过来。枪托打中皮诺的睾丸,皮诺痛苦至极,倒了下去。

"我想要什么,小鬼?"蒂托说,"对从纳粹肮脏的手里解放意大利的英雄,就不能表示一下敬意吗?"

皮诺在雪泥里缩成一团,忍住想要呕吐的冲动。

"快说。"蒂托胁迫道。

"说什么?"皮诺想应付过去。

"说你尊敬蒂托。蒂托是游击队领袖,施普吕根山口都归他管。至于你,小鬼,你会听从蒂托的命令。"

皮诺虽痛得不行,但依然摇头拒绝。他咬着牙说:"这里只有一个管事的人,那就是雷神父。除了主之外,我就听从他一个人的命令。"

蒂托举起猎枪,枪托板正对着皮诺的头上。皮诺知道,蒂托这架势是要把他的脑袋砸开花。皮诺松开下体,用手护住脑袋,准备承受这雷霆一击,只是这一击并没有落下来。

"住手!"雷神父吼道,"住手,否则我向主发誓,一定会叫德国人来,把你们的藏身之处告诉他们。"

雷神父从门廊走出来。蒂托把步枪举到肩上,对准雷神父。

"告发我们?这样对吗?"蒂托说。

皮诺穿着靴子猛地踹了一脚蒂托的膝盖骨,痛得他面色涨红。蒂托扣动扳机,开了一枪。子弹从雷神父身旁呼啸而过,打到"阿尔宾那之家"的一边。

皮诺一下跳到蒂托身上,狠狠地揍了他一拳,拳头正好砸到他鼻梁上。只听"嘎吱"一声,血汩汩而出。皮诺抢过猎枪。站起。上膛。拿枪直指蒂托的脑袋。

蒂托的手下见状立马将枪口对准皮诺。"都住手,该死!"雷神父说道,上前护住皮诺,挡住枪口。"我说了给你们捐款,援助你们的事业,还有三天的食物。识时务的话,就把东西拿走,别等到不好收场。"

"开枪杀了他!"蒂托尖叫道,用袖子擦掉脸上的血,怒视着皮诺和雷神父。"开枪把他们都杀了!"

那一瞬间,空气凝滞,寂静无声,谁也不知道接下来会发生什么。在这之后,蒂托的手下一个接一个放下手中的猎枪。皮诺长舒一口气。皱眉蹙额,这才又感觉到两腿之间火辣辣的疼痛。移开原本应面对着蒂托的枪口。皮诺卸下弹夹,拉开枪栓,最后一枚子弹蹦了出来。

蒂托的手下取过食物和钱的时候,皮诺在一旁候着。其中两个手下不顾蒂托对他们的厉声咒骂和侮辱,托住腋窝把他架走了。皮诺将蒂托的空枪交给第三个手下。

"填弹!我要杀了他们!"蒂托勃然大怒地叫嚣着,血从他的嘴唇和下巴渗了下来。

"算了,蒂托。"其中一人劝道,"他是神父,看在基督的份上饶了他吧。"

两个手下架住蒂托的肩膀,费尽周折把他拖离"阿尔宾那之家"。恶棍头子却还拼命回头。

"我跟你们没完,"蒂托大喝道,"特别是你,小鬼。事情可没完!"

*

皮诺站在雷神父身旁,浑身发抖。

"还好吗?"雷神父问道。

皮诺沉默了好一会儿,说:"雷神父,我一直在问自己,我怎么没有把那家伙杀掉。这是一种罪过吗?"

雷神父说:"不,你没错。不杀生,也是对的。"

皮诺闻言直点头,下唇却不住颤抖。情绪涌上他的喉头,他使出全力去咽下这口气。这一切发生得太快了,太……

雷神父拍了拍皮诺的背。"要相信主。你做的是对的。"

皮诺再次点头,却不敢正视雷神父的目光,害怕自己会哭。

"你从哪儿学的枪法?"雷神父问。

皮诺擦掉眼泪,清了清嗓子,声音嘶哑地说道:"我舅舅阿尔贝特有一支打猎用的毛瑟步枪,和刚才那支有点像。是他教我的。"

"我不知道是说你勇敢好,还是说你莽撞好。"

"我不会放任蒂托向你开枪的,神父。"

雷神父露出了微笑,说:"祝福你的一片好心。我今天还不想死呢。"

皮诺咧开嘴笑道:"我也不想。"

两人回到校舍里。雷神父给皮诺取来冰块,让他敷在伤口上。波尔米奥修士做了早餐,皮诺大快朵颐。

"你身体再长下去,我们饭都不够吃了。"波尔米奥嘟囔道。

"其他人都去哪儿了?"皮诺问。

"和米莫一起滑雪去了。"雷神父说。"他们会回来吃午饭。"

皮诺吃第二份鸡蛋、香肠、黑面包时,两个女人和四个孩子怯生生地走进屋里,身后跟着一个三十来岁的男人,还有两个小男孩。皮诺瞬间就认出来,这些是新来的逃难者。他已经能从表情神色辨认出被追捕的人了。

"凌晨再走一趟可以吗?"雷神父问。

皮诺挪了个身子,腰隐隐作痛,但还是说:"可以。"

"很好。能帮我一个忙吗?"

"什么忙都行,神父。"皮诺说。

"你去小教堂的钟楼,留意一下坎波多尔奇诺有没有发信号。"雷神父说,"把书也带上吧,顺便完成学习任务。"

二十分钟后,皮诺小心翼翼地顺着梯子爬上小教堂的钟楼。他背了个书包,还觉得蛋疼。艳阳高照,钟楼暖烘烘的,穿得有些多了。

皮诺站在钟楼塔尖内的狭窄通道里,瞥了一眼,本应该有钟的地方,却是空荡荡的。雷神父还没给钟楼装钟。皮诺拉开狭小的百叶窗,向下望去。透过悬崖上的狭缝,他能看到千米之下,坎波多尔奇诺教区长家二楼的两个窗户。

皮诺放下书包,翻出雷神父事先给他的双筒望远镜。透过双筒望远镜,教区长的房子仿佛就在眼前。他再次惊叹于望远镜的神奇。皮诺开始观察。两扇窗户的窗帘都是拉下来的。这说明德国人正在施普吕根河盆附近巡逻。他们好像是沿着公路来回巡逻。他们大约正午时分到达山口,提前或推后约莫一个小时。

皮诺看了下表:十一点差一刻。

皮诺站在楼顶，感受着春日的和煦微风，看着鸟儿掠过杉树林。皮诺打了个呵欠，一种非常强烈的睡意向他袭来。他赶紧摇摇头，打起精神，拿起望远镜继续观察。

三十分钟后，窗帘拉了上去。皮诺松了口气。巡逻结束了，德国人朝山谷下方的基亚文纳去了。皮诺打了个呵欠。也不知道今晚莫塔高原会来多少逃难的人。如果来的太多，那就要分开行动了。他带一组，米莫带另一组。

几个月过去了，皮诺的弟弟成长了许多。米莫不像过去那么顽劣了，像山里人一样强悍。皮诺第一次意识到，他已将弟弟视作自己最好的朋友，甚至比卡莱托还要亲近。

说到卡莱托，也不知道他过得怎么样了，还有他的母亲以及贝尔特拉米尼先生。皮诺的眼睛开始打架。他可以躺在这里，确保自己别掉下去，在这温暖舒适的地方打个盹……

不，皮诺决定还是算了。从这掉下去，可是会把背给摔断的。他沿着梯子爬下来，找了一排教堂的长椅，躺了上去。这里没有那么暖和，但是他穿着外套，头上还戴着帽子。只有二十分钟的时间可以闭一会儿眼睛了。

皮诺睡着了，一个梦也没有做。一个声音吵醒了他。他不知道自己睡了多久，也不知道睡了多深。环顾教堂四周，抬头往塔上望去……

他隐约听到一阵"叮叮咚咚"的声音从远处传来。这是什么声音？从哪儿传过来的？

*

皮诺起身，打了个呵欠，那"叮叮咚咚"的声音也停了。接着，声音又响起来，像是锤子砸在金属上面的声音。皮诺想起自己把书包、望远镜、手电筒都忘在上面的通道了。他赶紧爬上梯子，拿上书包。伸手正要把百叶窗拉上的时候，那"叮叮咚咚"的声音又响了起来。皮诺突然意识到，这是下面坎波多尔奇诺教堂里的钟声。

皮诺看了一下表，想知道自己究竟睡了多久。十一点二十？教堂的钟通常是正点才响的啊。那现在响个不停。这到底是？

皮诺赶紧拿起望远镜，朝两扇窗户望去。左边那扇窗户的窗帘拉上了。右边窗户里的灯一闪一闪的。皮诺凝视着右边窗户，思索这一闪一闪的灯光代表着什么。他突然注意到，第二次亮的时间比第一次久一些。灯灭了，又亮了。皮诺意识到这是信号。是摩尔斯电码吗？

皮诺取出手电筒，闪了两次。窗户里的灯光也跟着闪了两次，然后暗了下来。钟声停了。灯光又时长时短地闪烁了起来。信号灯停止闪烁后，皮诺赶紧从书包里抓了支笔和几张纸，等信号灯再次亮起来。信号再次出现，皮诺开始完整地记录闪烁持续时间的长短频率。

皮诺虽然不懂摩尔斯电码，也不清楚坎波多尔奇诺那位负责放哨的人到底想表达什么，但他知道肯定不是什么好事发生了。他打开手电筒闪了两次。接着，收起手电筒，手脚并用爬下梯子，向学校飞奔而去。

"皮诺！"皮诺听到米莫冲他喊。

米莫正从学校后面的雪坡上滑下来，一边激动地挥舞着手中的滑雪杖。皮诺置若罔闻，飞奔着跑进"阿尔宾那之家"。雷神父和波尔米奥修士在入口处，正和逃难的人说话。

"神父，"皮诺上气不接下气地说，"出事了。"

从钟声，到窗帘，再到闪光灯，皮诺把前前后后都讲了一遍。他拿出笔记给雷神父看。雷神父看后，一脸疑惑："他们怎么会认为我懂摩尔斯电码呢?"

"您不必懂摩尔斯电码,"波尔米奥修士说,"我懂就行啊。"

雷神父把笔记交给波尔米奥修士,问道:"你怎么会懂?"

"我学过,之前在……"波尔米奥修士还没说完,瞬间变得面无血色。

米莫冲进屋里,一身的汗。与此同时,波尔米奥修士说道:"纳粹到莫塔高原来了。"

"我刚在上面看到他们了!"米莫喊道,"马德西莫来了四五辆卡车,德国兵在挨家挨户地搜索。我们见状就赶紧回来了。"

雷神父向一众逃难者看去。"我们必须把他们藏起来。"

"德国兵会搜查的。"波尔米奥修士说。

逃难者中的一位母亲全身颤抖地站起来:"我们该逃吗,神父?"

"德国兵会追捕的。"雷神父说。

不知为何,皮诺想起今早把他吵醒的那群牛。

"神父,"皮诺慢慢说道,"我有个主意。"

*

一小时后,皮诺在小教堂的钟楼上拿着雷神父的望远镜紧张不安地观望。就在此时,前方的树林中出现了一辆德军桶车,沿着牛车驶过的车辙前进,激起一片雪泥。一大波德军车队轰隆隆地紧随其后。皮诺没有被车队吸引,而是想透过溅满泥泞的挡风玻璃往这辆领头小车的里面看。

桶车侧行过来。这下能清楚看到副驾驶座上那位德国军官的脸了,还有他身上的制服。即便隔了一段距离,皮诺还是一眼就认了出来。这位德国军官他见过,而且当时还离得很近。

BENEATH A SCARLET SKY 151

皮诺惊恐万状，手脚并用爬下梯子，从圣餐台的后门跑了出去。身后牛脖子上的铃铛发出"叮叮当当"的声音，皮诺置若罔闻，冲进"阿尔宾那之家"的后门，经过厨房，来到餐厅。

"神父，是劳夫上校！"皮诺倒抽一口气："意大利北部的盖世太保头子！"

"你怎么……"

"我之前在我舅舅的皮具店里见过他，"皮诺说，"就是他。"

皮诺忍住想要逃走的冲动。劳夫上校曾下令屠杀整个地区的犹太人。既然他能下令杀害无辜的犹太人，那他以救助犹太人的罪名处死一位神父和一群男孩时，恐怕连眉头都不会皱一下吧？

雷神父出了门，来到外面的门廊。皮诺在门厅踌躇不前，不知如何是好。他的主意会奏效吗？还是说纳粹会找到犹太人，然后把"阿尔宾那之家"的所有人都杀掉？

劳夫的座驾在融雪里滑行了一段距离后停了下来，离蒂托今早施行勒索的地方不远了。盖世太保头子的样貌和皮诺记忆里别无二样：秃瓢，中等身材，宽下巴，尖鼻子，薄嘴唇。黑眼睛空洞洞的，不透露一点信息。脚上穿着一双黑色中筒靴，身上套着一件沾着泥点子的双排扣皮夹克，头上戴着一顶有"骷髅师"图案的有檐军帽。

劳夫的目光锁定在雷神父身上。从车里出来时，嘴角似乎笑了一下。

"要见你一面是不是总这么费劲啊，雷神父？"盖世太保头子问道。

"春天是挺麻烦的，"神父说，"你认识我，可我还不知道你的尊姓大名。"

"党卫军分队长瓦尔特·劳夫，"劳夫说道，两辆卡车在他身后停下。"米兰盖世太保负责人。"

"你这可是远道而来啊,上校。"雷神父说。

"我们远在米兰都听说了有关你的传闻啊,神父。"

"我的传闻?谁传的?什么内容?"

"你还记得一位神学院学生吗?叫乔瓦尼·巴尔巴雷斯基?之前是在红衣主教舒斯特手下,现在,好像是你的人?"

"巴尔巴雷斯基曾在这短暂侍奉过,"雷神父说,"他怎么了?"

"我们上周逮捕了他,"劳夫说,"他现在被关在圣维托雷监狱里。"

皮诺努力抑制住战栗的冲动。即便是在被纳粹占领之前,米兰的圣维托雷监狱也一直臭名昭著。

"因为什么罪名?"雷神父问。

"伪造罪。"劳夫说,"他伪造了很多公文。在这方面他很擅长。"

"我对这件事一无所知。"雷神父说,"巴尔巴雷斯基在我们这儿就带孩子远足,或在厨房打下手。"

劳夫像是乐了。"我们到处都有眼线。这你是知道的,神父。盖世太保是无所不知的,就像上帝一样。"

雷神父脸色一板:"上校,无论你怎么想,你们和主还是不一样,哪怕你们是主按他那慈爱的形象创造出来的。"

"别搞错了,神父。我可以让你活,也可以让你死。"

"这也不会让你成为主。"雷神父毫无惧色地说。

劳夫凝视了雷神父好一会儿,转向手下的一位军官:"散开,给我搜,这个高原的每一厘米都别放过。这里,我亲自来。"

德国士兵纷纷从卡车里跳下来。

"你要找什么,上校?"雷神父问,"也许我能帮上忙。"

"你有没有窝藏犹太人,神父?"劳夫冷不丁地问道,"有没有帮助他们逃往瑞士?"

皮诺喉头一酸,膝盖发抖。

劳夫知道。皮诺心中惶然。**我们死定了!**

雷神父说:"上校,我会向任何处于危难的人施以仁爱与庇护,这是天主教的教义,也是阿尔卑斯山的习俗。登山人向来会朝需要帮助的人施以援手。不管对方是意大利人、瑞士人,还是德国人,我都一视同仁。"

劳夫好像又乐了。"那你今天有没有向他人施以援手呢,神父?"

"今天就只有你,上校。"

皮诺艰难地咽了下口水,克制住颤抖的冲动。**他们怎么知道的?**他想破了脑袋。**难道巴尔巴雷斯基告密了?不会的。这不可能,**皮诺不相信有这种可能性。**那怎么会……**

"那就帮我个忙吧,神父。"劳夫说,"带我去你的学校转转。每个角落我都不想错过。"

"乐意奉陪。"雷神父说着,站到一旁。

劳夫上校走上门廊,踢掉靴子上的雪泥,拔出一把鲁格手枪。

"这是做什么?"雷神父说。

"将恶人就地正法。"劳夫说着走进门厅。

皮诺没有料到劳夫会进来。在盖世太保头子的注视下,他显得紧张慌乱。

"我见过你。"劳夫说,"我对长相过目不忘。"

皮诺结结巴巴地说:"我舅舅和舅妈在圣巴比拉大街开的皮具店里?"

"你叫什么名字?"

"朱塞·莱拉，"皮诺说，"我舅舅叫阿尔贝特·阿尔巴纳斯。他老婆，也就是我舅妈，叫格蕾塔，是奥地利人。你和她说过话的，我记得。我之前在那里打工。"

"哦，"劳夫说，"是的。你怎么到这儿来了？"

"我爸送我来的，一来躲避轰炸，二来到这里学习，这里的男孩都是这样的。"

"哦。"劳夫说着，迟疑了一下，继续往前走。

雷神父落到劳夫后面，面色僵硬，看了皮诺一眼。盖世太保头子走到餐厅入口处。入口很宽敞，餐厅里空无一人。

劳夫环顾四周："地方挺干净的，神父。我喜欢。其他男孩去哪了？这里一共有多少个男孩？"

"四十个。"雷神父说，"有三个患了流感卧床休息，两个在厨房打下手，还有十五个外出滑雪去了，其余的都去抓牛了。马德西莫有个农家的牛群跑散了。不赶在融雪之前抓回来的话，那些牛就会变成山里的野牛。"

"牛群。"劳夫上校口里说着，将整个餐厅尽收眼底：餐桌、长椅，还有为晚餐摆好的银质餐具。他推开厨房的门，波尔米奥修士正和两个年纪比较小的男孩在里面削土豆皮。

"整洁无瑕。"劳夫赞许地说着，把门带上。

"我们是经松德里奥省批准的学校。"雷神父说，"我们的很多学生都来自米兰的名门望族。"

盖世太保头子又瞥了一眼皮诺，说道："看得出来。"

劳夫上校顺便看了宿舍以及皮诺和米莫的房间。皮诺在房间的一块地板下藏了短波收音机。当劳夫上校踩上那块松松垮垮的地板时，皮诺感觉自己要犯心脏病了。那一刻可谓惊心动魄。还好劳夫继续往前走了。每间储藏室乃至波尔米奥修士的卧室劳夫全部看了一遍。最后,劳夫来到一扇关上的门前,门上着锁。

"这里面是什么?"劳夫问。

"我的房间。"雷神父说。

"打开。"劳夫说。

雷神父在口袋里摸出一把钥匙,打开门。皮诺从未见过雷神父的卧室。其他人也都没见过。这个房间总是关上的,上着锁。劳夫把门推开。房间很小,只有一张窄床,一个很小的衣柜,一盏灯,一套粗制的桌椅,一本圣经。墙上挂着一副圣母玛利亚像,旁边是耶稣受难十字架。

"你就住这里?"劳夫问,"就只有这些东西?"

"除了这些,上帝的信徒还需要什么别的吗?"雷神父说。

劳夫上校一瞬间陷入了沉思,转身说:"生活如此朴素,却目标坚定,懂得拒绝,这是真正崇高的品质,你让我深受启发啊,雷神父。我的很多同僚都可以向你学习。意大利社会共和国军的大部分军人也可以向你学习。"

"我不知道你在说什么。"雷神父说。

"我说的是你这种斯巴达人式的生活。"劳夫诚挚地说,"它让我很钦佩。只有艰苦卓绝的生活才能塑造出最强大的战士。你其实是个战士对吗,神父?"

"我为主而战,上校。"

"我明白了。"劳夫说道,把门关上,"不过近来关于你以及你这所学校,确实有一些流言蜚语啊。"

"无凭无据。"雷神父说,"你到处都看了。如果你愿意,我们贮藏用的地窖你也可以检查。"

盖世太保头子没有说话，过了一会儿说："我会派人去检查的。"

"我会教他从哪里进入的。"雷神父说，"不用挖得很深。"

"挖？"

"地窖的门上至少积了一米深的雪。"

"带我去看看。"劳夫说。

两人从屋里出去。皮诺跟在后面。雷神父刚转过墙角，只听教堂前面的杉树林里传来男孩们的哄然大笑。四个党卫军士兵已闻声而去。

一头牛从林木线内挣脱出来，发出低沉粗粝的声音，缓慢沉重地穿过雪地。"这是在干什么？"劳夫上校见状立刻质问道。

米莫和另一个男孩握着鞭子，正在把牛往学校对面的围栏里赶，四个党卫军士兵在一旁看着。

米莫气喘吁吁，笑容满面地喊道："其他的牛都在悬崖后面的林子里，雷神父。都被我们围起来了，但没能像这只这样赶出来。"

雷神父还没回话，劳夫上校说："你们必须呈'V'字队形排开，先让一头牛按照你们想要的方向前进，其他的就会跟上来。"

面对雷神父的目光，劳夫答道："我在农场长大的。"

米莫迟疑地看着雷神父。

"我教你。"劳夫说道。听到这话，皮诺觉得自己要晕倒了。

"不必了。"雷神父立马反应道。

"不，会很有趣的。"劳夫说，"我有年头没这么玩过了。"劳夫转向那几位士兵。"你们四个跟我来。"接着，他看着米莫，"林子里有多少男孩啊？"

"二十个？"

"够用了。"劳夫说道，往杉树林走去。

"帮他一下,皮诺!"雷神父低声说。

皮诺心里虽不情愿,但还是跑着跟上去。

"男孩们应该怎么站位,上校?"皮诺问道,希望自己的声音没有发抖。

"牛现在在哪儿?"劳夫说。

米莫说:"呃,在悬崖下的一个角落。"

接近牛群所在的林地时,可以听见哞哞的叫声。皮诺心里虽想立刻转身逃命,但不得不继续前进。牛的不安分让盖世太保头子更来劲了。劳夫原本空洞的黑眼睛睁得大大的,光彩熠熠,脸上露出兴奋的笑容。皮诺向四周扫视,观察脱身的路线,一旦局势恶化,他就能夺路而逃。

*

林地呈月牙状,从悬崖处向高原突出。劳夫进入林地。

"牛在右边,在那里。"米莫说

劳夫将手枪放进手枪套内,跟随米莫穿越雪地,地上积雪和林地外的雪一样厚。牛群曾从这里经过,因此雪都被踩得严严实实的,牛粪也随处可见。

先是米莫,然后是盖世太保头子,两个人低头钻过几根树枝,从一株大云杉树下经过。皮诺看得心里发慌。党卫军士兵跟在劳夫身后,皮诺落在队伍的最后。皮诺弯腰从那株大云杉下通过,一簇散落的针叶从空中旋转落下,引起了他的注意。皮诺抬眼一瞥,并没有发现任何藏在树上的犹太人。足迹也被牛蹄印覆盖了。

谢天谢地。皮诺心想。劳夫大步流星地朝"阿尔宾那之家"的男孩所在方向走去。男孩们大约呈一字在林中排开。他们把剩下的六头牛逼到了山崖下的一个角落。牛群摇头晃脑，哞哞直叫，正寻找着出路。

"我一声令下，你就让中间六个男孩三人一组向后退。"劳夫说着，将双掌抵在一起，伸开五指。"排成像这样的'V'字形。牛一动，其他男孩就向前跑，把牛往围栏的方向引。两边要保持'V'字阵型。牛啊，其实就像犹太人——是群跟屁虫。你往哪里，他们就跟到哪里。"

皮诺忽略了劳夫最后说的几句话，向中间的几个男孩大声重复了一遍指令。六个男孩迅速后退，向两边散开。第一头牛冲出去后，其余的牛也发疯似的狂奔起来。牛群从林中奔腾而过。行进中，发出低沉的吼叫，折断无数的枝桠。男孩在两侧大声喊叫，向牛群施压。牛的队伍逐渐拉成，呈一字向前跑。

皮诺隔了一段距离跟在盖世太保头子后面穿越林子。牛群从林中冲出，两侧是男孩，后面是纳粹分子。劳夫全程没有往后看一眼。皮诺这才停下往另一株高大的冷杉的上方望去。十二米之上，在树桠之中，能隐约看到一个人影正紧紧抱着树干。

皮诺从林子里慢慢溜达出来。只见牛群已回到围栏中，正从干草垛里取食。

皮诺走上前。劳夫上校喘着粗气，微笑地看向雷神父，感慨道："啊。真有趣。我小时候像这样玩过很多次。"

"你看起来很享受啊。"雷神父说。

盖世太保头子干咳一声，哈哈大笑，点点头。接着望向中尉助理，用德语大声嚷了几句。中尉助理大喊几句，吹了声口哨。之前派去搜查学校附属建筑以及莫塔高原零星几家住户的士兵闻声跑了回来。

"我还是心存怀疑，神父。"劳夫上校伸出手说道。

皮诺屏住呼吸。

雷神父握了握手："欢迎你随时回来，上校。"

劳夫坐进桶车里。雷神父、波尔米奥修士、皮诺、米莫以及一众男孩站在原地，沉默不语地望着一辆辆德军卡车掉头驶离。直到劳夫和他的手下开出五百米远，沿着泥泞的车辙往山下的马德西莫开去时，众人这才一下热烈地欢呼起来。

*

几小时之后，皮诺、雷神父以及一众如释重负的逃难者上了饭桌。正吃着，皮诺说："我还以为他肯定知道你们都藏到林子里了。"

其中那位两个男孩的父亲说："我看着那个上校一路过来的。他从我们的树下面经过了，整整两次！"

大家都笑了起来。这是刚死里逃生之人才会发出的笑声，是难以置信的笑声，是由衷感激的笑声，也是感同身受的笑声。

"为这个绝妙的计划，"雷神父拍着皮诺的肩膀，举起酒杯说道，"大家敬皮诺·莱拉一杯。"

逃难者齐齐举起酒杯敬他。突然成为全场的焦点让皮诺有些尴尬。他笑道："因为有米莫，计划才成功的。"

皮诺其实很自豪，甚至可以说是得意洋洋。像这样愚弄纳粹让他觉得自己也能有所作为了。皮诺在用自己的方式反抗纳粹。大家都在反抗纳粹，这是蓬勃发展的抵抗运动的一部分。意大利不是德国，也永远不会是德国。

阿尔贝托·阿斯卡里没有拉门铃就闯进了"阿尔宾那之家"。他赶到餐厅的入口处，手里拿着一顶帽子，说："不好意思，雷神父，我有紧急消息要告诉皮诺。他父亲打电话到我叔叔家里，要我来找皮诺，向他传达这个消息。"

皮诺心里顿时一沉。发生什么了？谁遇难了？

"怎么了？"皮诺问。

"你爸想要你尽快回家，"阿斯卡里说，"回米兰。他说事关生死。"

"谁的生死？"皮诺起身问。

"好像事关你的生死，皮诺。"

第三部分

人的大教堂

第十三章

十二个小时之后,阿斯卡里的菲亚特牌汽车开足马力向前行驶,皮诺坐在副驾驶座上。蛇形公路从马德西莫向坎波多尔奇诺波蜿蜒而下,侧面便是绵延不绝的陡坡,但是皮诺完全没有在意这些,他既没看到春天的浅黄绿色嫩叶,也没有闻到空气中鲜花的芬芳。皮诺的思绪还停留在"阿尔宾那之家",还沉浸在离别的依依不舍之中。

"我想留下来帮忙。"皮诺前一天晚上对雷神父说。

"我确实需要你帮忙。"雷神父说,"但事情紧急,皮诺。你得听你父亲的,必须回家。"

皮诺朝着逃难者做了个手势。"那谁带他们去瓦尔迪雷呢?"

"米莫,"雷神父说,"你把他训练得很好,其他男孩你也训练得很好。"

皮诺很伤心,那一觉睡得断断续续的。阿斯卡里开车来接他,送他去基亚文纳的火车站时,皮诺的情绪很低落。虽然只在"阿尔宾那之家"待了半年多一点,但感觉像是过了很多年。

"什么时候方便了能回来看看我吗?"雷神父问。

"当然,神父。"皮诺说道。两人拥抱了一下。

"相信主对你的安排。"雷神父说,"时刻注意安全。"

波尔米奥修士早已帮他备好旅途上的干粮。两人也拥抱了一下。

车子行至谷底,皮诺一路上说的话不超过十个字。

"还算有件好事。"阿斯卡里说,"你教会了我滑雪。"

皮诺的脸上这才露出笑容。"你进步很快。要是我能把车学完就好了。"

"你车真的已经开得非常好了,皮诺。"阿斯卡里说,"你有车感,这是很难得的。"

阿斯卡里大肆夸奖了皮诺一番。阿斯卡里的车技非常高超。只要他握着方向盘,总能使出一些独门绝技,让皮诺啧啧称奇。仿佛是为了印证这话,阿斯卡里从山谷一路飙到基亚文纳,皮诺激动到差点无法呼吸。

进入车站,皮诺说:"你要真开赛车的话,想想都吓人啊,阿尔贝托。"

阿斯卡里咧嘴一笑:"走着瞧吧,我叔叔老这么说。今年夏天回来吗?回来把车学完?"

"好啊,"皮诺握着阿斯卡里的手说,"路上注意安全,朋友。别翻进沟里。"

"这种事我每天都当心着呢。"阿斯卡里说完把车开走了。

海拔骤降,基亚文纳的气温比莫塔高了三十多度。四处开满了五彩斑斓的鲜花,空气中弥漫着馥郁的花香和花粉味。阿尔卑斯山南部的春日并非总这么宜人,皮诺真的不想离开,一想到自己还要买票,要向德军士兵出示身份证明,才能登上南往的列车,经过科莫抵达米兰,他更是犹豫起来。

走进一节车厢,里面到处都是法西斯士兵,皮诺转身便走,找了一节人少的车厢。由于前一晚没休息好,皮诺很困。他收好行李,枕着背包就睡了过去。

*

三小时后,列车驶进米兰中央车站。车站虽遭受了好几次轰炸,但依然屹立不倒,和记忆中的样子相比变化不大。唯一不同的是,守卫这座交通枢纽的不再是意大利士兵。现如今,里里外外都在纳粹的掌控之下。皮诺走下站台,往车站外走去。他时刻注意与那些同车下来的法西斯士兵保持距离。这些德国军人用轻蔑的目光睨视着墨索里尼治下的意大利人。

"皮诺!"

父亲和舅舅迎了过来。两人的鬓角变得更苍白,面色变得更暗沉,脸颊也显得更瘦削了。相比去年圣诞节的时候,两个男人看上去老了很多。

米凯莱大声说道:"看到他的大个头了吗,阿尔贝特?"

阿尔贝特舅舅张口结舌地瞪着皮诺。"七个月不见,小男孩就长成大小伙了!雷神父给你喂了什么好吃的?"

"是波尔米奥修士的饭做得好。"皮诺咧嘴傻笑道。两人上看下瞧,惹得他也很高兴。见到父亲和舅舅,皮诺乐不可支,差点都忘了要发脾气的事。

"我为什么一定要回家啊,爸爸?"三人离开车站,皮诺问道,"我们在'阿尔宾那之家'有好事要做,是很重要的事。"

阿尔贝特舅舅脸色一沉,摇摇头,压低声音说:"在这儿不说好事坏事。等会儿再说,明白吗?"

三人搭上一辆出租车。历经十个半月的炮火摧残,米兰看上去更像一个战场而非一座城市。一些街区百分之七十的建筑已夷为废墟。让人惊讶的是,街道竟然依然畅通。皮诺很快找到了原因:街道上,一批批穿着灰色制服的人正在麻木茫然地清理着砖块瓦砾。

"这是些什么人?"皮诺问,"这些穿灰衣服的?"

阿尔贝特舅舅把手搭到皮诺腿上,伸出一根手指指向司机,摇了摇头。皮诺注意到出租车司机正透过后视镜在观察他们,便立马闭上嘴,在回到家之前,大家都一语不发。

离米兰大教堂和圣巴比拉大街越近,建筑物就保存得越完好。许多楼甚至毫发无损。经过德国大使馆,一辆纳粹官员的车就停在大使馆的前面,从汽车引擎罩上的旗帜可以看出,那是一位将军的车。

大教堂附近的街道,随处可见德军的高级军官以及他们的车辆。要进入圣巴比拉大街,他们必须下车,通过一处垒着沙袋、戒备森严的检查站。

出示完身份证明,三人沉默不语地穿过米兰受损程度较小的一块区域。这里的商店、餐馆和酒吧都在营业,里面挤满了纳粹军官和他们的女人。皮诺的父亲带着他来到科尔索利托里奥,这里距离他们之前住的地方大约有四个街区,依然属于时尚区,不过离斯卡拉歌剧院、长廊以及米兰大教堂广场更近一点。

"把你的证明再拿出来。"父亲拿出自己的证明说道。

三人走进一栋楼里,迎面而来就是两个持枪的党卫军士兵,这让皮诺大为吃惊。难道圣巴比拉每栋公寓楼都有纳粹士兵在看守?

两个哨兵认识米凯莱和皮诺舅舅,因此只匆匆扫了一眼他们的证明。但皮诺的证明他们盯着看了很久才同意放行。他们乘上一架鸟笼式电梯。电梯升到五楼的时候,皮诺发现一扇门外还站着两名党卫军守卫。

他们乘到六楼后下了电梯。走廊很短，走到尽头便是莱拉家的新公寓。新家虽远不如原来位于蒙特拿破仑的那个家大，但里面已然装修得很舒适了，到处都能看出母亲的风格。

父亲和舅舅都一言不发，用动作示意皮诺先把行李放下，然后跟在他们后面。三人经过一道落地双扇玻璃门，上到屋顶的天台。东边，米兰大教堂的尖塔直指苍穹。阿尔贝特舅舅说："现在说话安全了。"

皮诺说："为什么大厅里，还有我们楼下，到处都是纳粹士兵？"

父亲指向天台墙壁下方大概一半处的一根天线。"那根天线和公寓楼楼下的一个短波收音机连在一起。今年2月，德国人把原本住在里面的牙医撵了出去。他们派工人进来，把里面重建了一遍。我们听说，纳粹的重要人物来米兰时，会住在里面。希特勒来的话，就住里面。"

"就和我们隔了一层楼？"皮诺一想便觉得不安，说道。

"现在世道变了，到处都是危险，皮诺。"阿尔贝特舅舅说，"对你来说尤其如此。"

"这也是我们为什么要让你回来的原因。"皮诺还没来得及回话，父亲说道。"再过二十天不到，你就十八了，可以参军入伍了。"

皮诺眯起眼。"我知道。那又怎么样呢？"

舅舅说："如果你被他们招集入伍，他们会把你安排进法西斯的军队。"

"所有的意大利新兵都被德国人派到俄罗斯前线去了。"米凯莱揉着手说道，"你去了就是炮灰，皮诺。会没命的。我们不能让这种事情发生，尤其是现在，战争的结束指日可待。"

战争就快结束了。皮诺知道这是真的。就在前一天晚上，他才从留给雷神父的短波收音机里听到这个消息。盟军再次向卡西诺山修道院发起了攻势。这座修道院位于悬崖峭壁之上,德军在里面装了很多火力强劲的大炮。修道院连同驻守德军都被盟军的轰炸机炸得灰飞烟灭。修道院下方的小镇也顺带被夷为平地。罗马南部的古斯塔防线多处告急,马上就要被盟军突破了。

"那你们想要我做什么?"皮诺问,"藏起来?那我还不如留在'阿尔宾那之家'呢,一直待到盟军把纳粹赶出意大利。"

父亲摇了摇头。"征兵官来这里找过你了。他们知道你在山上。你过生日的那几天,就会有人去'阿尔宾那之家'带你走。"

"那你们说我该怎么办?"皮诺再次问道。

"我们想要你参军。"阿尔贝特舅舅说,"只要你入伍,我们就要想办法确保你不会受到伤害。"

"加入萨洛[①]军队?"

父亲和舅舅相互对视一眼,这才说道:"不,是加入德军。"

皮诺觉得胃里一酸。"加入纳粹?戴万字饰?不行,绝对不行。"

"皮诺。"父亲开始劝道,"这……"

"你知不知道我过去半年都在干什么?"皮诺生气地说,"我一直在给犹太人和逃难者带路,翻越格罗佩拉峰逃去瑞士,帮他们逃避纳粹的追捕。纳粹分子滥杀无辜,杀人不眨眼!我不能加入纳粹,也永远不会加入纳粹。"

父亲和舅舅凝视着皮诺沉默了好一会。

阿尔贝特舅舅终于开口了:"你长大了,皮诺。不仅长得像个男

[①] 萨洛:意大利社会共和国的政府所在地。意大利社会共和国是第二次世界大战末期墨索里尼在希特勒的扶植下于意大利建立的法西斯傀儡政权,正式成立于1943年9月23日,灭亡于1945年4月25日。

人,说话也像个男子汉。所以,我想说,如果你不想一个人逃到瑞士坐等战争结束后的话,摆在你面前有两条路。第一条路,被动等待应征入伍。你会接受三周的军训,然后被运到北边前线去对抗苏联,那里每年入伍满一年的意大利士兵的阵亡率接近百分之五十。你只有二分之一的几率迎接你的十九岁生日。"

皮诺试图打断,但舅舅抓起他的手:"我还没说完呢。要么,我认识人,能把你分配进'托特组织',又叫'OT'。这支德军部队不参与作战,只负责修建防御工事。你会很安全,还能学些东西。"

"我想对抗德军,而不是与德军为伍。"

"以防万一啊。"父亲说道,"你也说了,战争很快就会结束。很有可能你在新兵训练营还没接受完培训,战争就已经结束了。"

"那我怎么和大家说?"

"没人知道。"阿尔贝特舅舅说,"有人问,我们就说你还在阿尔卑斯山,和雷神父在一起。"

皮诺没有说话。他明白其中的逻辑了,但他感觉很不是滋味。这完全不是抵抗,而是佯装生病、逃避现实,完全是懦夫的做法。

"我现在就要去应征吗?"皮诺问。

"不用。"父亲说,"但就这一两天。"

阿尔贝特舅舅说:"应征之前这两天跟我去店里吧。图利奥有事情需要你帮忙。"

皮诺的脸一下笑开了花。图利奥·加林贝蒂!和这家伙已经——七个月没见了吧?不知道他是不是还在米兰到处跟踪劳夫上校,是不是又有了什么风流逸事。

"我去。"皮诺说,"不过你有什么事要我做吗,爸爸?"

"没有,去吧。"米凯莱说,"我还要记账呢。"

*

皮诺和舅舅离开公寓,再次乘上电梯,经过五楼时看到门外的守卫。两人离去时,大厅里的哨兵跟他们点了点头。

他们沿着七弯八拐的街道来到"阿尔巴纳斯皮具箱包店",一路上阿尔贝特舅舅都在问皮诺阿尔卑斯山的事。他看上去对雷神父发明的信号系统特别感兴趣,对皮诺好几次在困境中化险为夷所表现出来的镇静和智慧尤其赞叹。

万幸皮具店内并没有什么客人。阿尔贝特舅舅放了"休息中"的招牌,还拉下了窗帘。格蕾塔舅妈和图利奥·加林贝蒂从店后面走了出来

"看看他这个大个头儿!"格蕾塔对图利奥说道。

"壮得像牛。"图利奥说,"再看脸,全变了。要是不和我站一块儿,准有女孩说他帅。"

图利奥还是爱打趣,以前有些介于自信和自负之间的性子倒是被艰难的生活磨平了不少。图利奥看上去瘦了很多,眼睛总是凝视前方不远不近的地方,一根烟接着一根烟抽个不停。

"我昨天见到你一直跟踪的那个纳粹军官劳夫上校了。"

图利奥脸色大变。"你昨天见到劳夫了?"

"我还和他说话了。"皮诺说,"你知道他是在农场长大的吗?"

"不清楚。"图利奥说着,猛地朝阿尔贝特舅舅瞥了一眼。

阿尔贝特舅舅犹豫片刻,说:"我们相信你能保守秘密,对吗?"

皮诺点点头。

"劳夫上校想对图利奥进行审讯。图利奥如果被抓了,一定会被带到蕾佳娜酒店严刑拷打,然后关进圣维托雷监狱。"

"和巴尔巴雷斯基一起?"皮诺说,"那个伪造犯?"

"你怎么会认识他?"图利奥质问道。

房间里的众人都目瞪口呆地盯着皮诺。

皮诺解释一番,又补充说:"劳夫说他被关在圣维托雷。"

图利奥这才微笑着说道:"那是从前的事情了。巴尔巴雷斯基昨天晚上逃出来了!"

这让皮诺难以置信。皮诺想起,自己认识巴尔巴雷斯基,还是在轰炸开始的第一天,难以想象这位神学院的学生之后会因为伪造罪入狱,然后又成功越狱。那可是戒备森严的圣维托雷监狱啊,主啊!

"这可是好消息。"皮诺说,"那你现在是藏在这里吗,图利奥?这样是聪明的做法吗?"

"我每天晚上,"图利奥又点了一根烟说道,"都在四处转移。"

"我们现在很难办。"阿尔贝特舅舅说,"在劳夫对图利奥产生兴趣之前,图利奥可以在米兰市四处活动,执行各种抵抗纳粹的任务。现在就不行了。我之前和你说过,有事情可能需要你帮我们一下。"

皮诺顿时激动起来。"只要是抵抗纳粹的事都没问题。"

"我们有一些文件必须在今晚宵禁之前移交。"阿尔贝特舅舅说,"我们会给你一个地址。你把文件带到那里,然后交上去。你能做到吗?"

"什么样的文件?"

"这你就不用管了。"舅舅说道。

图利奥直言不讳地说:"如果纳粹士兵从你身上发现这些文件,然后知道上面写了什么,他们会立刻处决你。他们之前还为比这更小的事杀过人。"

皮诺朝舅舅递来的包裹看去。与前一天相比,与尼科误捡手榴弹被炸死那天相比,皮诺已经并不那么惧怕纳粹了。然而,米兰如今到处都是德国士兵,其中任何一个都可能会把他拦下来搜身。

"这些是非常重要的文件,对吧?"

"是的。"

"那我就不能被抓住。"皮诺说着接过包裹。

一小时后,皮诺骑着舅舅的自行车离开了皮具店。皮诺在圣巴比拉检查站和大教堂西侧的检查站出示身份证明时,并没有人拍他肩膀,或对他表现出兴趣。

直到午后,皮诺才骑过大半个市区,来到米兰市东南区的一个地址。离市中心越远,破坏就越严重。他时而骑上车,时而推着车,穿过满目疮痍、焦土遍地的街道,到处是废墟,到处是匮乏的景象。他看到一个弹坑,放慢了脚步,在弹坑的边上停下来。前一天晚上下过雨,弹坑里面还残存着一些脏水,散发出腐烂的臭味。他听到几个孩子的笑声,只见一座焚毁的废墟里,有四五个孩子,浑身泥泞,黑乎乎的,正在四处攀爬、玩耍。

他们本来就住在这里吗?他们经历了轰炸吗?看到熊熊的大火了吗?他们有父母吗?还是说他们都是街头流浪儿?他们住哪儿?就这里吗?

看到孩子们生活在废墟之中,皮诺倍感难过,他继续顺着图利奥跟他说的方向前进。皮诺穿过被大火焚毁的区域,来到一个建筑物损毁情况不是那么严重的住宅区。眼前的场景让他想起一架坏掉的钢琴,一些琴键坏了,一些不见了,还有一些红色和黄色的建筑矗立在焦黑的大背景中。

皮诺找到两栋并肩排列的公寓楼。按图利奥说的,皮诺进了右边的那栋,里面充满了生命活力。被煤烟熏黑的孩子们在门厅里四处跑动。许多公寓的门都开着，里面的住户看上去都饱经磨难。其中一间在放录音，皮诺听出是咏叹调《蝴蝶夫人》。这首曲子他的表姐利西亚曾经演奏过。

"你找谁？"一个邋里邋遢的小男孩问。

"我找'16-B'。"皮诺说。

男孩听了下巴一缩，用手指向走廊的尽头。

皮诺敲门，房门轻轻地开了，只露出一个缝，里面还挂着门链。一个男人带着很重的意大利口音问："什么事？"

"图利奥派我来的，巴卡。"皮诺说。

"他还活着？"

"我两小时前还见过他。"

那个男人似乎买账了。他放下门链，把门推开窄窄的一条缝，只容皮诺一人进来。里面只有一个房间。巴卡是斯拉夫人，长得矮，但很敦实，头发乌黑浓密，眉毛很粗，鼻子很扁，胳膊和肩膀很粗壮。皮诺比巴卡高很多，但站在他面前，依然感到忐忑不安。

巴卡凝视了皮诺片刻，说："你有没有带什么东西？"

皮诺从裤子里摸出信封，递了过去。巴卡接过，一言不发，走开了。

"喝水吗？"巴卡问，"那里有水。喝完就走。赶在宵禁之前回去。"

皮诺骑了一路的车，早已口干舌燥，连着喝几大口，这才注意房间里的摆设，反应过来巴卡是做什么的。狭窄的床上放着一只鞣制过的皮革手提箱，扣搭和带子都开着。箱子内部经过改造垫着一个短波收音机，手动发电机，两根天线，一些工具和替换晶体。

皮诺指着那个收音机："你用这和谁通话吗？"

"伦敦。"巴卡看着文件咕哝道,"这是全新的,我们三天前才拿到的。老的那台坏了,我们已经两周没消息了。"

"你在这里待了多久?"

"十六周前,我在城外迫降后,步行来到米兰。"

"你这段时间一直都躲在这间公寓里?"

巴卡哼了一声。"如果真像你说的,那我十五周之前就是死命一条了。纳粹有设备可以追踪无线电。他们会用三台这样的设备,怎么说来着,用三角测量法定位出我们的信号传送位置,然后杀死我们,毁掉无线电设备。你知道现在私藏收音机会面临怎样的处罚吗?"

皮诺摇摇头。

"不用问,没别的。"巴卡笑着用手指在喉咙上划了一下,嘴里发出"咔嚓"的一声。

"所以你要四处转移?"

"每过两天,正午的时候,我都会寻个机会,提着手提箱走很长一段路,再去寻找一间空的公寓。"

皮诺还有很多各式各样的问题想问,但他也觉得自己逗留得太久了,再待下去就不受欢迎了,于是问道:"我们还会见面吗?"

巴卡听了,浓眉往上一挑,耸耸肩:"这谁能说得准呢?"

*

皮诺火速离开公寓房,走出公寓楼,找到自行车,再次骑了起来。春日的午后,阳光和煦。骑车再次经过被焚毁的废墟,皮诺觉得自己派上了用场,心情又舒畅起来。尽管只是一件小事,但他知道自己做了正确的事情。反抗纳粹,承担风险,这让皮诺感觉更好。他不会加入德军,而是要加入抵抗运动,就是这样。

皮诺朝着北边的洛雷托广场骑去。抵达果蔬摊时，贝尔特拉米尼先生正在把遮阳棚放下来。相比上次见面，卡莱托的父亲老了很多。一脸忧心忡忡的样子。

"嗨，贝尔特拉米尼先生。"皮诺说，"是我，皮诺。"

贝尔特拉米尼眯眼看着皮诺，盯着他上下打量了一会儿，脑袋向后一仰，哈哈大笑起来。"皮诺·莱拉？你像是把皮诺·莱拉吃到肚子里面去了！"

皮诺笑道："真好笑。"

"啊，我年轻的朋友，如果你不会笑，不懂爱，你怎么受得了生活对你的摧残？难道笑和爱不是一回事吗？"

皮诺闻言想了想："是的吧。卡莱托在家吗？"

"在楼上照顾他妈妈呢。"

"贝尔特拉米尼太太情况怎么样了？"

贝尔特拉米尼先生脸上的笑容顿时消失了，摇摇头："不太乐观。医生说估计半年，也可能更短。"

"很遗憾，先生。"

"我现在珍惜和她在一起的每分每秒。"果蔬店老板说，"我上楼去叫卡莱托下来。"

"谢谢。"皮诺说，"请代我向贝尔特拉米尼太太问好。"

贝尔特拉米尼往门口走去，突然停下脚步，说道："我儿子很想你。他说你是他遇到过的最好的朋友。"

"我也想他。"皮诺说，"我本来应该给他写封信。但太困难了……我们在山上。"

"他会理解的，你会一直当卡莱托是朋友，对吗？"

"我答应过的。"皮诺说，"我从来不违背诺言。"

贝尔特拉米尼先生摸了下皮诺的二头肌和肩膀。"天啊,你壮得像匹赛马!"

四五分钟后,卡莱托走出家门。"嘿。"

"嘿,"皮诺说道,轻轻打了卡莱托肩膀一拳,"见到你很开心。"

"哦?我也是。"

"你怎么听上去不太确定呢。"

"我妈妈今天情况很糟。"

皮诺心里痛了一下。自从圣诞节以后,他一直没见过自己的母亲。他突然分外想念波尔齐亚,还有希希。

"我没想到。"皮诺说。

他们说说笑笑聊了半个小时,直到天色渐渐变暗才回过神来。皮诺之前从来没有经历过宵禁,因而想尽早赶在夜幕降临之前回到新公寓。两人约好过几天再见,握手道别。

皮诺骑车离去时为卡莱托感到心痛。他的老友失魂落魄,魂不守舍。轰炸开始之前,卡莱托就像他父亲一样风趣机敏。现在,死气沉沉的,内心变得像街上清理工的制服一样灰白。骑到圣巴比拉检查站,德军守卫认出皮诺,挥手便放行了。"我身上都可以带把枪了。"皮诺蹬上脚踏板心里暗道。就在这时,他听到身后传来叫喊声。

皮诺转头一看。哨兵正从检查站里追出来,腰上挂着机枪。皮诺吓傻了,停车举起双手。

一众士兵从皮诺身边跑过,转过街角。皮诺的心剧烈地跳动起来,简直要晕厥了。过了好一会儿,皮诺才继续上路。刚才发生什么事了?他们要往哪儿去?紧接着,皮诺听到尖锐的鸣笛声响了起来。是救护车?还是警车?

他扶着车来到街角,转头望去,只见三个纳粹兵正在对一个三十多岁的男人进行搜身。那个男人双手抵在银行的墙上，两腿张开。他很紧张，当一个德国士兵从他腰间搜出一把左轮手枪时，更是忐忑不安。

"饶命啊！"他喊道，"我只有在保卫自己的商店和去银行的时候才带枪。"

其中一位士兵用德语大声说了几句，所有士兵往后退了几步。其中一位举起步枪，朝那个男人的后脑勺开了一枪。男人中枪之后在墙边瘫倒了下去。

皮诺惊得往后一跳。一位士兵发现了他，大嚷大叫起来。皮诺立马跳上自行车，疯了似的踩脚蹬子，一路迂回到科尔索利托里奥的公寓楼，成功逃脱。

大厅里的党卫军哨兵换人了，他们对他更警觉了。其中一位把皮诺拦下，他们上上下下仔细对他进行搜身，还两次查看他的证明文件，然后才同意放行，让他去乘电梯。鸟笼电梯上升时，那个男人被枪杀的画面在皮诺的脑海里一遍又一遍地反复浮现。

皮诺整个人呆滞麻木。直到伸手敲门，才闻到新家里飘来的美味香气。阿尔贝特舅舅开门让皮诺进来。

"我们都担心死了。"舅舅关门说道，"你去了这么久。"

"我去看了我朋友卡莱托。"皮诺说。

"谢天谢地。没出什么乱子吧？"

"我看到德国兵因为一个人持枪就把他给杀了。"皮诺呆呆地说，"他们肆意行凶，视人命如草芥。"

舅舅还没说话，波尔齐亚来到大厅，伸出双臂叫道："皮诺！"

"妈妈？"

*

皮诺激动万分,一下冲到母亲跟前,一把把她从地上抱起来,又转又亲。波尔齐亚尖叫不止,又乐又怕。皮诺又要抱着她转起来。

"好啦,好啦,够啦!放我下来!"

皮诺轻轻把她放到小地毯上。波尔齐亚理了理皱掉的裙子,这才仔细打量起儿子。她摇头说道:"你爸说你长大了。那……多梅尼科呢?他个子也和你一样大了吗?"

"个子没长高,身体倒是壮了很多,妈妈。"皮诺说,"米莫现在可是硬汉了。"

"哦。"波尔齐亚笑容满面,眼睛湿润了,"新家有大儿子陪我,我太开心了。"

父亲从厨房出来。

"这个惊喜你还喜欢吗?"米凯莱问,"你妈妈专程从拉帕洛坐车回来看你。"

"喜欢。希希呢?"

"希希病了。"波尔齐亚说,"我的朋友在照顾她。希希向你问好。"

"格蕾塔呢?"米凯莱问,"晚饭快好了。"

"她在关店门。"阿尔贝特舅舅说,"马上就来。"

一阵敲门声传来。皮诺的父亲打开门。

格蕾塔舅妈冲了进来,一副心烦意乱的样子。关门倒锁后,她才抽噎起来:"图利奥被盖世太保抓了!"

"什么?"阿尔贝特舅舅喊道,"怎么回事?"

"他决定早点离店,准备今晚去他妈那住。我估计,是在路上,离我们店不远的地方被抓的,他被送到蕾佳娜酒店了。我关店门的时候,那个新奇纽扣店的老板桑尼·马斯科洛告诉我的,他从头到尾都看到了。"

屋子里顿时一片愁云惨雾。图利奥被抓到盖世太保总部去了。此刻,他正在遭受怎样的折磨,皮诺难以想象。

"他们是从店里开始跟踪图利奥的吗?"阿尔贝特舅舅问。

"图利奥是从巷子里出去的,我觉得应该不是。"格蕾塔舅妈应道。

她的丈夫摇了摇头。"哪怕不是,也只能防患未然。我们可能现在就在被党卫军监视。"

皮诺顿觉恐惧万分。他发现其他人也是如此。

"那么也别无他法了。"波尔齐亚仿佛站在高处宣布诏令似的说,"皮诺,明早,你就去找应征官报道,加入德军,战争结束之前,不要再以身犯险了。"

"那之后怎么办,妈妈?"皮诺喊道,"因为穿过纳粹制服,被盟军处决吗?"

"盟军到来的时候,你就把制服脱了。"母亲瞪着皮诺说道,"我心意已决。你现在还是未成年人,我替你做决定。"

"妈妈,"皮诺抱怨道,"你不能。"

"我当然能,"母亲严厉地说道,"讨论结束。"

第十四章

1944 年 7 月 27 日
意大利摩德纳

*

皮诺被父母勒令加入德军。十一周过后，皮诺扛着 G43 半自动步枪齐步朝摩德纳火车站走去。皮诺穿着"托特组织"的夏装，脚踩黑色中筒皮军靴，身着橄榄绿长裤、衬衫，头戴尖顶帽，腰系黑皮带，枪套里装着瓦尔特手枪。左臂上戴着表示他身份的红白相间的臂章。

臂章上方的白色部分刺着"托特组织"（ORG. TODT）的字样。下方的红圈内是很大的黑色"卍"字，十分醒目。右肩上袖着他的军衔———一等兵。

一等兵莱拉对主的安排已不抱信念。走进车站的时候，心里还在为这般窘境火冒三丈。母亲千里迢迢而来，就是为了这一安排。在"阿尔宾那之家"，他一直在做有意义的事，正确的好事，不顾个人安危的英勇之事。但自那以后，他的生活被限制在新兵训练营里，无穷无尽的阅兵式、体操训练、德语课,净在学习没有意义的东西。每次看到万字饰,皮诺心里都会升起将它撕掉然后跑进山里加入抵抗游击队的冲动。

"莱拉,"皮诺的排长喊道,打断他的思绪,"带普里托尼去守三号站台。"

皮诺无精打采地点点头,和普里托尼往岗位走去。普里托尼是个小胖子,从热那亚来的,之前从未离家出过远门。车站的拱顶很高,三号站台位于两条使用最频繁的轨道之间,两人来到站台上站岗。德国士兵正在将一箱箱武器装到停在一条轨道上的空车厢里。另一条轨道是空的。

"在这里熬夜值勤真难受。"普里托尼说道。点了根烟,抽了一口。"我的脚和脚踝会又肿又痛。"

"靠在屋顶的支柱上,把一只脚移向另一只。"

"我试过。脚还是会痛。"

普里托尼没完没了地抱怨,皮诺只当没听见。阿尔卑斯山教会皮诺在困难面前不要唉声叹气,那样只会浪费精力。

皮诺转而思考战事。在新兵训练营里,一点外界的消息也没有。但自从这周被派来守车站,皮诺得知马克·克拉克中将率领的美国第五集团军已于6月5日解放罗马。但随后,盟军朝北只往米兰挺进了十六公里。尽管如此,皮诺估计战争10月就会结束,最晚不超过11月。午夜时分,皮诺哈欠连连,思忖战后何去何从。是继续上学?还是去阿尔卑斯山?什么时候他才能去找位姑娘?

防空警报哀鸣了起来。高射炮发射了。炸弹像愤怒的大黄蜂嗡嗡作响,向摩德纳中部倾泻而下。起初,炸弹都是在远处引爆。接着,一枚炸弹在货物转运站外爆炸。之后,三枚炸弹接连不断地击中火车站。

一阵闪光过后，皮诺被冲击波猛地向后推下站台，甩到空中。皮诺背着包，重重地落在空荡荡的轨道上，顿时晕了过去。爆炸又一次发生，皮诺惊醒，本能地缩成一团，玻璃残骸哗啦啦落在他身上。

空袭过后，皮诺挣扎着爬起身。四周火光冲天，能闻到很浓的烟味。他头晕目眩，耳朵里嗡鸣不止。眼前的一切像破碎的万花筒一样四分五裂。他在身后的轨道上发现了普里托尼的尸体。这个热那亚来的孩子在爆炸中首当其冲。大半个脑袋被一大块飞溅的弹片割了下来。

皮诺一边呕吐，一边缓慢地爬开。头痛欲裂。找到枪，挣扎着重新爬到站台上，然后又吐了起来。耳朵里的嗡嗡声更大了。看到其他死伤的士兵，皮诺不知所措，分外虚弱，马上就要晕过去了。他伸手一把抓住一根孤零零的车站拱顶支柱。

右臂瞬间传来一阵火烧般的剧烈疼痛。皮诺这才注意到右手的食指和中指快要断掉了。两根手指悬吊着，仅仅靠韧带和外皮连着。中指的趾骨露出。血从伤口喷出。

皮诺又一次晕了过去。

*

皮诺被抬进战地医院。德军外科医生给他接上手指，治疗脑震荡。他在医院里躺了九天。

8月6日出院那天，皮诺得知自己被认定为暂时无法工作，因而获得了回家疗养十天的机会。阴雨绵绵、潮湿闷热的夏日，皮诺搭乘一辆送报纸的卡车返回米兰。当初那个踌躇满志、兴致高昂离开阿尔卑斯山的大男孩，此刻心灰意冷、精神萎靡。

"托特组织"的制服也有便利之处。皮诺经过检查站,哨兵挥手放行,很快就走上他心爱的圣巴比拉大街。他遇到了好几位多年未见的父母的老友,跟他们打了招呼。然而,对方看到他的制服还有万字饰臂章,要么装作不认识,要么就闪躲开了。

皮诺在到家之前会先到"阿尔巴纳斯皮具箱包店",于是决定先去那儿看看。走在蒙特拿破仑大街的人行道上,他注意到一辆戴姆勒-奔驰 G4 型号越野车,那是一辆六轮驱动的纳粹官员用车,就停在皮具箱包店前面。汽车的引擎盖子打开着,驾驶员在引擎盖下冒雨鼓捣着汽车引擎。一位纳粹军官披着战壕风衣从商店陈列室里出来,用德语严厉地说了几句话。那位司机猛地抬头看,然后摇了摇头。那位军官一脸生气的表情,重新回到皮具店里。

皮诺向来对车感兴趣,便停下搭话。"什么问题?"

"关你什么事?"司机说。

"不关我的事。"皮诺说,"但我对引擎略懂一二。"

"我对引擎差不多是一无所知。"司机承认,"今天这辆车的引擎要么是发不起来,要么就总回火。换挡就放炮,空转吓死人。"

皮诺想了想,开始在引擎盖下四处检查,他小心地保护着自己的手,毕竟还没有完全愈合。这辆 G4 的引擎是八缸的。皮诺检查了一下火花塞和点火线的顶端,两者之间的缺口也是对的。检查空气过滤器,发现上面很脏,便清理干净。燃料过滤器也堵住了。皮诺接着仔细检查汽化器,他发现螺钉头闪闪发光。近期有人动过这辆车。

皮诺从司机那里要了把螺丝刀,用没受伤的那只手握着,捣鼓了一下几个螺丝,然后说:"试试吧。"

司机进车打火。引擎启动后,排气管立刻回火爆响,喷出一股黑色的浓烟。

"看到了?"

皮诺点点头。若是换了阿尔贝托·阿斯卡里,他会怎么办呢?皮诺又一次调节了汽化器:"再试一次。"皮诺说着,听到舅舅皮具店正门被打开的声响。

这一次,引擎"轰"的一声复活了。皮诺开心地咧起嘴,放下工具,关上引擎盖。他回过神时,发现那位德国军官正和阿尔贝特舅舅以及格蕾塔舅妈站在一旁的人行道上。那位军官脱下了战壕风衣。通过徽章,皮诺知道他的军衔是少将。

格蕾塔舅妈用德语跟那位将军说了几句话,对方回了话。

"皮诺,莱尔斯将军想和你说几句。"舅妈说。

*

皮诺咽了下口水,从车头走过去,向莱尔斯敬礼,敷衍地喊了声"希特勒万岁",尽管他意识到他和莱尔斯身着相同的制服,带着相同的标志性万字饰臂章。

格蕾塔舅妈说:"皮诺,他想看你的兵衔,还想知道你属于哪里的'托特组织'。"

"摩德纳。"皮诺说道。摸了摸口袋,把显示他兵衔的文件交给莱尔斯。

莱尔斯看后,开口说德语。

"他想知道以你目前的情况是否还能开车。"格蕾塔舅妈说。

皮诺抬起下巴,扭了扭手指,说:"毫无问题,先生。"

舅妈把话翻译给莱尔斯。莱尔斯听后又问。舅妈又回应。

莱尔斯看着皮诺,问:"你会说德语吗?"

"会一点。"皮诺说,"我听力比口语好。"

"你会说法语吗,一等兵?"莱尔斯用法语问他。皮诺也用法语回答说:"会,将军,没问题。""好,从现在起,你就是我的司机了。"莱尔斯说,"那个家伙就是个蠢货,对汽车一点不懂。你手都这样了,确定能开车?"

"能。"皮诺说。

"明早六点四十,到国防军总部报道。你能在车辆调配场里找到这辆车。我会在'手套箱'① 里留一个地址。你开到这个地址来接我。明白了吗?"

皮诺频频点头:"好的,将军。"

莱尔斯将军十分生硬地点点头,爬进指挥车的后座,严厉地说了几句。那位司机气愤地看了皮诺一眼。汽车缓缓驶出路缘。

"快进来,皮诺!"阿尔贝特舅舅喊道,"天啊!快进来!"

"他对那个司机说了什么?"皮诺问舅妈。两人跟在舅舅身后。

格蕾塔舅妈说:"他骂他是头一无是处的蠢驴,只配去扫厕所。"

舅舅关上店门,把指示牌"休息中"的一面挂在外面,高兴地挥了挥拳头。"皮诺,你知道你自己干了什么吗?"

"不知道。"皮诺说,"不太清楚。"

"那是汉斯·莱尔斯少将!"阿尔贝特舅舅听上去有些飘飘然了。

格蕾塔舅妈说:"他的正式头衔是'Generalbevollmächtigter fur Reichsminister für Rüstung und Kriegsproduktion für Italien',翻译过来就是'意大利纳粹德国军备、军需及军火部全权大使'。"

看到皮诺还不明白,舅妈接着说:"'全权大使'就是'独断专

---

① 手套箱(Glove compartment):早期汽车没有方向助力和加热功能,方向盘又冷又重,须戴上手套操作。因此,早期汽车副驾驶仪表板上的贮物箱常常会用来放手套。

BENEATH A SCARLET SKY　187

权'的意思。这个头衔只授予位高权重之人,拥有纳粹德国某个部门的全权,可以借战争之由做任何事。"

阿尔贝特舅舅补充道:"莱尔斯将军在意大利德军中的地位仅次于陆军元帅凯塞林。他和纳粹德国军备、军需及军火大臣阿尔贝特·施佩尔共事,距离'元首'一职仅两步之遥!莱尔斯想怎么样,就可以怎么样。国防军在意大利需要什么,莱尔斯就能搞到。还能强迫意大利的工厂给他造,或者直接从我们这里偷过去。纳粹的所有枪支、大炮、弹药、炸弹都是他在这里造的。所有的坦克,还有所有的卡车。"

皮诺的舅舅顿了顿,突然想明白了什么,说道:"天啊,皮诺,米兰和罗马之间所有的坦克陷阱、掩体、地雷以及防御工事,莱尔斯肯定一清二楚,都是他造的,对吧?肯定是啊。明白了吗,皮诺?你现在就是这位将军的私人司机啊。莱尔斯去了哪里,看到什么,听到什么,你都清楚。你就是我们安插在德国指挥官身边的间谍!"

第十五章

1944 年 8 月 8 日,皮诺一大早就从床上爬起来,命运突如其来的剧变仍然让他感到头晕目眩。父亲还没起床,皮诺已把衣服熨好吃起早餐来。他啜着咖啡,吃着吐司,想起阿尔贝特舅舅的决定:除了他本人和格蕾塔舅妈外,不能告诉任何人自己的隐藏身份是汉斯·莱尔斯少将身边的间谍。

"不要告诉任何人。"阿尔贝特舅舅说,"包括你的爸爸、妈妈和米莫,还有卡莱托。任何人都不能说。一传十,十传百,很快盖世太保就会来你家,把你抓去严刑拷打。你明白吗?"

"你必须凡事小心。"格蕾塔舅妈说,"当间谍常常是命悬一线。"

"就像图利奥一样。"阿尔贝特舅舅说。

"他怎么样了?"皮诺问,努力不去想被抓住,而后被严刑拷打的事。

"纳粹上周允许图利奥的姐姐去探望他。"舅妈说,"他姐姐说图利奥被打得遍体鳞伤,但死活不松口。人瘦了很多,还得了胃病,但听说精神头很好。图利奥还说要越狱加入抵抗游击队。"

图利奥要越狱参战。皮诺急匆匆穿过刚刚苏醒的圣巴贝拉大街,一边走一边想。我现在是间谍。那我也是抵抗运动的一员了，不是吗？

上午六点二十五分，皮诺赶到"罗马门"附近的国防军总部大楼。他被领到停车场。莱尔斯的戴姆勒-奔驰指挥车的引擎盖下，一位修理工模样的人正在忙活。

"你在干什么？"皮诺质问道。

那位四十来岁的意大利修理工沉下脸说道："干活啊。"

"我是莱尔斯将军的新司机。"皮诺说道，看向汽化器的设置。有两处被动过了。"你别弄乱汽化器啊。"

那位修理工吓了一跳，结结巴巴地说："我才没有做这样的事。"

"你做了。"皮诺说着，从修理工的箱子里取出一把螺丝刀，做了几处调整。"好了，这下车子的轰鸣声能像母狮子一样了。"

修理工瞪着皮诺。皮诺打开驾驶座车门，踩着踏脚板，爬到座位上。他环顾四周，车篷是可折叠的，座椅是真皮的，前面是斗式座椅，后面是长条座椅。这辆 G4 毫无疑问是皮诺开过的最大的车子。这辆车有六个车轮，底盘离地间隙又高，几乎可以无所不至。或许这就是关键吧。

一位对军需全权负责的将军会去哪里呢？开着这样的车，又有这样大的权力，应该想去哪儿就去哪儿吧。

皮诺想起昨天的吩咐，往手套箱里看去，在里面找到一处位于但丁大街的地址，这个地方很好找。为了不加重伤情，皮诺用换挡杆辅助，保证手放的位置和抓的力道正确，接着试了试离合器，找到不同的档位。皮诺用右手的无名指和大拇指操纵汽车。引擎的动力使方向盘震颤不止。

皮诺放松离合器。离合器被猛地松开。他的手从方向盘上滑落下来。戴姆勒指挥车往前一冲,熄火了。皮诺朝那位修理工瞄了一眼,对方露出讥讽的笑容。

皮诺不理他,再次发动汽车。这一次,慢慢松开离合器。他挂一挡从停车场缓缓开出去,然后换成二挡。米兰市中心的道路是马车时代铺设的,因而狭窄无比。皮诺坐在戴姆勒指挥车里,沿着蜿蜒曲折的小路前进,像是在驾驶一辆迷你坦克。

皮诺在路上遇到两辆车。车主一见戴姆勒指挥车前翼子板两侧飘扬的红色纳粹将军旗,便立马倒车开出车道。皮诺将指挥车停在莱尔斯留给他的那处地址前面的人行道旁。

皮诺招来好几个路人的目光,但没有人敢于向飞扬的纳粹将军旗表示不满。皮诺拔下钥匙,爬出车,走进一栋小公寓楼的大厅。楼梯边有扇关上的门,门边有个凳子,一个丑老太婆坐在上面。那个老太婆戴着一副厚厚的眼镜,一路盯着他,好像看得很费力。

"我要去 3-B。"皮诺说。

老太婆什么也没说,只是点点头,隔着眼镜片朝皮诺眨眨眼。皮诺觉得毛骨悚然,爬楼梯上了三楼。皮诺看了看手表,上午六点四十分,时间刚好,便用力敲起门来。

皮诺听到一阵脚步声。门被拉开的那一刻,他的人生随之改变。

一位女仆,睁着一双深蓝灰色的眼睛,亮闪闪的,看着皮诺微笑道:"你就是将军的新司机吗?"

皮诺想说话,但震惊之下却说不出话来。他的心在剧烈地跳动。皮诺张了张口,但什么声音也发不出来。他脸红得发烫,伸手整理领口。最后只是点点头。

"希望你开车不像你讲话这样。"她笑道。一手抚弄着棕褐色的发辫,一手示意皮诺进来。

BENEATH A SCARLET SKY 191

皮诺从她身边经过，闻到她的味道，觉得头晕目眩，差点要跌倒。

"我是多莉的女仆。"她在身后说，"你可以叫我——"

"安娜。"皮诺说。

*

皮诺转身看着她。门已关上，女仆的脸上失去了笑容，她审视着他，好像他代表着某种威胁。

"你怎么会知道我的名字？"她说，"你是谁？"

"皮诺，"皮诺结结巴巴地说，"皮诺·莱拉。我爸妈在圣巴贝拉开了一家女包店。我去年在斯卡拉歌剧院旁边的一家面包店曾经邀请你一起看电影，你还问我多大了。"

安娜眼睛放松了下来，仿佛在回忆一些模模糊糊的陈年往事。接着她笑了，她捂住嘴，重新打量起皮诺。"你和之前那个傻小子长得不一样了呢。"

"十四个月里能发生很多变化。"

"看得出来。"安娜说，"过了这么久了吗？"

"恍如隔世啊。"皮诺说，"《现在的你最可爱》。"

安娜皱起眉头，恼怒地说："什么意思？"

"那部电影。"皮诺说，"是弗雷德·阿斯泰尔和丽塔·海华丝主演的。你放了我鸽子。"

安娜的下巴不再高高扬起，她的双肩也耷拉下来："是的，我的确放了你鸽子。"

气氛一时间尴尬起来。皮诺说："还好你放了我鸽子。那天晚上电影院被炸了，我和弟弟当时就在里面。还好我们都逃出来了。"

安娜抬头看着皮诺:"真的吗?"

"百分之百。"

"你的手怎么了?"安娜问。

皮诺看着打着绷带的手,说道:"缝了针而已。"

一个口音很重的女人叫道:"安娜!安娜!我需要你帮忙,请过来好吗?"

"就来啦,多莉。"安娜喊道。她指着门厅里的一排长椅说:"莱尔斯将军叫你之前,你可以坐在这里等他。"

皮诺站到一旁。门厅很狭窄,安娜与他擦身而过。皮诺屏住呼吸,从后面注视着安娜扭动着臀部消失在公寓的深处。他坐下,才想起要呼吸。空气中还弥漫着安娜身上的少女气息和茉莉花香。皮诺想起身在公寓里转转,看能不能碰到安娜,再闻闻她的味道。皮诺觉得不能自已,一定要冒一下这个风险,他的心开始剧烈跳动起来。

就在这时,皮诺听到一男一女用德语说说笑笑的声音逐渐接近。他立刻警觉起来。一个四十出头的女人出现在小门厅的另一头。身着一件象牙色的蕾丝缎子长袍,脚踩一双缀有珠子的金色拖鞋,摇曳多姿地走来。她的双腿像歌舞女演员的一样纤细修长,乳房微微下垂,眼睛是绿色的,一头浓密的红褐色长发非常飘逸地散落在面庞前和肩上。虽然时间尚早,但她已经化好妆。她一边抽烟一边打量皮诺。

"你当司机?个子太高,相貌太帅。"她操着一口有很浓德国口音的意大利语说,"可惜了。战场上死的总是高个子,活靶子。"

"看来我得把头低下来。"

"嗯。"她说道,吸了口烟,"我叫多莉。多莉·斯特梅耶。"

"一等兵莱拉,皮诺·莱拉。"皮诺答道,这次他一点也不结巴了。

多莉似乎没什么兴趣,她大喊道:"安娜?将军的咖啡你准备好了吗?"

"马上来了,多莉。"安娜大声回道。

安娜和莱尔斯将军同时来到小门厅。皮诺马上立正敬礼,目光却投向朝他走过来的安娜。安娜递来一只保温杯。皮诺沉浸在她的气息里,看着她的双手和手指。这手和手指多么完美啊,多么……

"把保温杯带上。"安娜低声说。

皮诺如梦方醒,接过保温杯。

"还有将军的手提箱。"安娜嘟囔道。

皮诺脸色涨红,尴尬地向莱尔斯鞠躬。拿起那只装得鼓鼓囊囊的大皮箱。

"车停在哪里?"莱尔斯用法语问道。

"外面正前面,将军。"皮诺回答。

多莉用德语对莱尔斯说了几句。莱尔斯点点头,回应了几句。

接着,莱尔斯的目光锁定皮诺,吼道:"你还在这里像个傻子一样盯着我干什么?把我的包拿到车里。后座,中间位置。我马上下来。"

皮诺心慌意乱地答道:"好的,将军。后座,中间位置。"

离开前,皮诺大着胆子想最后看安娜一眼,却失望地发现对方正用看神经病的目光看着他。他离开公寓,一边把莱尔斯的皮箱搬下楼,一边回忆上一次想起安娜是什么时候?五个月前,还是六个月前?千真万确的是,对于再次见到安娜,他早已不抱希望了,可现在,她却出现了。

皮诺经过那个眼神不太好使的丑老太婆,走出公寓楼,满脑子想的都是安娜。她身上的香味,她的一颦一笑。

安娜。皮诺心想。多美的名字啊。可以脱口而出的名字。

莱尔斯将军是不是总在多莉这里过夜？皮诺非常希望如此。或者不常来？一周左右一次？皮诺非常希望不是这样。

皮诺意识到，如果自己还想再见安娜，那么最好要全神贯注。他必须要当一个无可挑剔的司机，绝不能让莱尔斯辞退他。

皮诺来到戴姆勒指挥车，把手提箱搬进后座，这时他才好奇里面装了什么。皮诺当下就要把箱子打开，但接着他意识到周围步行的人逐渐多了起来，而且附近还有德国士兵。

皮诺放下手提箱，关上车门，绕到指挥车驾驶座所在的一面，方便回头观察公寓楼的情况。皮诺打开后车门，把手提箱移到附近。察看搭扣，上面有一个锁孔。皮诺抬头往公寓楼四楼望去，心里寻思着莱尔斯多久才会吃好早饭。

现在应该分秒必争。皮诺心想。他试了下搭扣，锁着呢。

皮诺望向四楼的窗户，看到窗帘似乎动了一下，好像被人放了下来。皮诺立刻关上后车门。片刻之后，多莉公寓楼的大门打开了，莱尔斯走了出来。皮诺快步绕到车的一侧把门打开。

德军军备全权大使莱尔斯正眼也没瞧皮诺一眼，爬进车，坐到手提箱旁。上车就检查搭扣。

*

皮诺在莱尔斯后面把门关上，心突突地跳着。要是他在这个纳粹分子出门的时候，正巧打开了手提箱往里看呢？一想到这里，皮诺的心跳得更厉害了。他悄无声息地坐到方向盘后，目光瞟向后视镜。军帽被莱尔斯放到一边。这位将军从领口后面摸出一条很细的银项链，上面挂着一把钥匙。

"我们去哪里,将军?"皮诺问。

"没问你话之前,不准出声。"莱尔斯厉声斥责,同时用钥匙打开了手提箱。"清楚了吗,一等兵?"

"是,将军。"皮诺说,"非常清楚。"

"你会看地图吗?"

"会。"

"很好。接下来往科莫开。开出米兰后,停车把我的旗子放下来。装到手套箱里。在此期间,保持安静。我要专心工作。"

汽车开动后,莱尔斯将军带上老花镜,开始聚精会神地处理堆在大腿上的一叠厚厚的文件。昨天在"阿尔巴纳斯皮具箱包店",今早在多莉·斯特梅耶家,皮诺慌里慌张的,都没机会细看莱尔斯。现在他开着车,不时朝身后瞥一眼,这才开始真正打量起来。

皮诺估摸着莱尔斯五十五岁左右。身材健壮,肩膀宽阔,健壮的脖子绷得紧紧的,穿着洁白的衬衫和夹克。他的额头比一般人要宽,发际线有些后移,灰白色的头发涂着发油,朝后梳得油光滑亮。眉毛又浓又粗,像是给眼睛蒙上一层阴影。莱尔斯边扫读报告,边涂涂写写。之后将文件放到一边,整理后再一起堆在后座上。

莱尔斯似乎全神贯注。皮诺开着戴姆勒指挥车离开米兰市区,莱尔斯全程都没有抬头,注意力不曾从面前的工作转移。即便是皮诺停车收下将军旗的时候,莱尔斯还是继续工作。莱尔斯腿上摊了一幅蓝图,正在细看。这时皮诺说:"科莫到了,将军。"

莱尔斯调整了一下眼镜,说道:"体育场。绕一圈再回来。"

几分钟后,皮诺开着车沿着朱塞佩西尼加利亚足球场长长的西侧绕行。体育场的门口站着四个全副武装的守卫。他们一见指挥车,便立刻立正。

"把车停在背阴的地方。"莱尔斯说,"在车边等着。"

"好的,将军。"

皮诺停下车,从车里冲出来,打开后门,只用了几秒钟,但莱尔斯似乎不曾注意。他拎着皮箱从皮诺身边经过,仿佛皮诺并不存在一样。莱尔斯用相同的态度对待几位守卫。他走进足球场,然后就不见了。

时间尚早,但八月份的天气已开始升温。皮诺能闻到足球场另一头科莫湖的味道。他很想下去,往西眺望阿尔卑斯山和"阿尔宾那之家"。他想知道雷神父过得怎么样,米莫过得怎么样。

皮诺想到他的母亲,不知道她设计的最新款女包是什么样的,是否知道儿子在经历什么。皮诺感到伤感,知道自己这是想念波尔齐亚了,想念母亲对生活一往无前的态度。据皮诺所知,轰炸开始以前,没有什么东西能吓倒母亲。但自轰炸开始后,母亲和希希就一直待在拉帕洛,每天用收音机收听战报,祈祷战争彻底结束。

这是被动、逃避,皮诺很庆幸自己没有和母亲待在一起。他没有东躲西藏,而是成为意大利纳粹权力中心的间谍。皮诺心头涌上一阵激动和兴奋。他第一次认真考虑如何当一名间谍,不是以男孩玩间谍游戏的心态,而是以真正的战争参与者的心态。

他应该找些什么或看些什么?应该去哪里找呢?那个手提箱里面的东西毫无疑问很重要。皮诺猜测,莱尔斯将军在科莫这里和在米兰那边肯定都有办公室。但会同意他进入办公室吗?

皮诺看不到这种事发生的可能性。他知道现在除了等莱尔斯外,事实上没有什么事能做。皮诺的思绪转移到安娜身上。他曾如此确定,此生不会再与安娜相见,但现在安娜就出现在他眼前,还成了莱尔斯将军情妇的女仆!这种事的可能性有多大?难道不像是……

十几辆德军柴油卡车冒着滚滚黑烟，隆隆从皮诺身边驶过，在街北边缓慢停下。一群全副武装的"托特组织"士兵从一辆卡车上跳下来，呈扇形排开，在其他卡车后面摆弄他们的武器。

"出来！"他们呵斥道，放下车门，拉开帆布，里面是四十个茫然四顾的人。"出来！"

这些人骨瘦如柴，脏兮兮的，胡子拉碴，头发蓬乱。许多人目光呆滞空洞，穿着破破烂烂的灰色衣裤。他们胸前有字，但皮诺看不太清。这些灰衣人戴着镣铐，拖着脚慢吞吞地走着。守卫用枪托狠狠地砸了几人，他们才加快了步子。守卫一辆卡车接着一辆卡车清人，很快就下来了三百个乃至更多的灰衣人，成群结队地往足球场北边走去。

皮诺想起之前在米兰中央火车站的火车调度场见过类似的人，当时他们是在清理满是炸弹残骸的街道。这些人是犹太人吗？他们从哪里来的？

*

皮诺已经习惯于把这些人称为灰衣人。这些灰衣人转过足球场的西北角，往东边科莫湖的方向前进，随后消失在视线中。皮诺想到莱尔斯将军命令他在戴姆勒指挥车这里等候，但又想到阿尔贝特舅舅希望他成为一名间谍。皮诺快步朝门口处的四名守卫走去。其中一位守卫用德语说了什么，皮诺没听懂。他只是点点头，打了个哈哈，继续往前，想着假装自信就真的自信了。

皮诺转过一个角落。灰衣人消失了？这怎么可能？

皮诺发现足球场东边上方的卷帘门被拉了上去。门口有两个持枪的守卫。皮诺想起图利奥·加林贝蒂过去常对他说，事情如果很难完成,技巧就是假装自己是另一个人。他要假装自己就是这里的一员。

皮诺向守卫敬了个礼,右转进入一条通向足球场的通道。皮诺料想,如果要拦他,应该就是这里的守卫。但这些守卫一言未发,他赌成功了。皮诺很快就发现了原因。通道两侧有很多门厅,里面有很多像他一样穿着"托特组织"制服的人在堆叠箱子。那些守卫肯定以为皮诺也是这堆人中的一员。

接近通道口,皮诺在阴影中却步,向外张望。只见那些灰衣人排成一列列就站在附近。前方足球场南边的地方,伪装网已拉起并安装就位。伪装网下是装着榴弹炮的托车,皮诺估摸着有六车。此外还有几十挺重机枪以及数也数不清的木箱。这是一处军火库。可能还有很多弹药。

皮诺将注意力转移到"托特组织"士兵上。他们催促着最后几个灰衣人就位后,莱尔斯将军从五十米开外的另一条通道里走出来,穿过整个场地。身后跟着"托特组织"的一位上尉和一位中士。

皮诺将身体紧紧贴到通道的墙上,这时才真正开始考虑如果自己被抓到四处窥探,会面临怎样的下场。毫无疑问,他会被审问,遭到一顿毒打,甚至更惨。皮诺想沿原路返回,一直等到莱尔斯回来,今天暂且就这样吧。

但就在这时,腰杆挺得笔直,威风凛凛的纳粹德国部长级少将莱尔斯大步走到灰衣人面前。这群灰衣人排成十列、三十行,每列相距一米,每行相距三米。莱尔斯打量了第一个灰衣人一会儿,随后宣布了什么决定,皮诺没听清楚。

那位上尉在便签上匆忙写了什么。第一个灰衣人被那位中士用枪口指着离开了队列。他拖着沉重的步伐穿过球场,转身望着莱尔斯。莱尔斯从灰衣人跟前一个一个经过。每次,都会审视一番,随后宣布什么。那位上尉在本子上记下，紧接着中士用枪指挥。一些人去和第一个灰衣人站到一起，另一些则被分为其他两组。

莱尔斯在对他们进行分门别类。

其中一个小组人数最少，当中的俘虏都是身材很高大和强壮的。第二个小组人数较多，里面的俘虏看上去饱受摧残，但依然勉强保持着尊严。第三个小组人数最多，他们似乎已经达到极限，瘦得皮包骨头，随着暑热的攀升，好像随时会倒地身亡。

莱尔斯在给囚犯分类的过程中展现了德军的雷厉风行。他评价任何人都不超过五秒钟，宣布完决定就继续向前。只用了不到十五分钟就看到了第三百个人。莱尔斯对上尉和中士说了什么，后者立正，行了个表示"胜利"的军礼，莱尔斯十分有力地回了个纳粹礼，随后大步朝出口走来。

他在朝车的方向走！

*

皮诺嘴里泛起一股铁锈味，他咽了下口水，转身就想跑。但他必须得逼迫自己像莱尔斯一样坚定不移、威风凛凛，大步流星地走。皮诺走出北门，一位守卫用德语向他问话。皮诺还没回话，他们的注意力就迅速转移到跟在皮诺身后拖着脚发出声响的灰衣人身上去了。他们在后面走着，仿佛皮诺在前面领队似的。

皮诺转过角落。跑到足球场一半处，莱尔斯也出来了，朝戴姆勒指挥车的方向走去，皮诺瞬间爆发出全部力气全速冲刺。

莱尔斯走出足球场的大门时，两人相距七十五米。在莱尔斯离指挥车仅有十二步之遥时，皮诺追上了。他从莱尔斯身边跑过，滑行一段后停下。皮诺敬礼，打开车门，努力把气顺下来。汗珠子顺着他的发际线流了下来，流到两眼之间的鼻梁上。

莱尔斯将军肯定注意到了。他没有进车而是停下，仔细观察皮诺。皮诺这下汗冒得更厉害了。

"我和你说了在车边等着。"莱尔斯说。

"是，将军。"皮诺喘道，"不过我得撒尿。"

莱尔斯面露些许嫌恶，爬进车里。皮诺在后面关上车门，感觉自己像是蒸了个桑拿。皮诺用两个袖子擦了下脸，坐上驾驶座。

"瓦伦纳。"莱尔斯问，"你知道吗？"

"在科莫湖东岸，将军。"皮诺边说边给汽车挂挡。

在前往瓦伦纳的途中，他们遇到了四个检查点，但每次被拦下来，只要哨兵看到是莱尔斯坐在指挥车后座，便立即挥手放行。莱尔斯中途让皮诺在莱科的一间小咖啡馆停下，点了一杯浓咖啡和一块油酥点心，吃完后再次上路。

行至瓦伦纳郊区，莱尔斯将军指示皮诺开出城镇，驶入南部阿尔卑斯山的丘陵之中。道路很快消失，剩下一道车辙，通向一处牧场的大门。莱尔斯吩咐皮诺往门里开，再穿过牧场。

"你确定这辆车能行吗？"皮诺问。

莱尔斯像看傻子一样看着皮诺。"这是辆六轮车。我想让它去哪儿，它就能去哪儿。"

皮诺将变速箱挂到满挡，指挥车开进门内，行驶在凹凸不平的路面上，竟然像一辆小坦克一样平稳自若。莱尔斯吩咐皮诺把车停在牧场的偏远角落，附近有六辆空卡车，两个"托特组织"的士兵在守着。

皮诺把指挥车停下，关掉引擎。

皮诺还没下车，将军便问："你会不会做笔记？"

"会的,将军。"

莱尔斯在皮箱里翻找了一会儿,拿出速记用的笔记本和钢笔。接着将挂着钥匙的项链收进衬衫里,然后扣上箱子。

"跟我来。"莱尔斯说,"我说你记。"

皮诺赶紧接过笔记本和钢笔,从车上下来,打开后车门。莱尔斯下了车,健步如飞地从卡车边经过,沿着一条小道走进林中。

时间大概是上午十一点。蟋蟀在高温下发出瞿瞿的叫声。森林中的空气闻起来有一股沁人心脾的盎然绿意,让皮诺回想起轰炸时他和卡莱托一起躺过的那片郁郁葱葱的小山坡。小道突然向下,变得又陡又急,裸露出许多树根和岩架。

几分钟后,两人走出林子,沿着一条弯曲的铁轨往一处隧道走去。莱尔斯快步走进隧道。皮诺这时才听到钢铁敲击岩石的嘈杂声,几百个铁锤一起敲击隧道的内部。空气中弥漫着爆炸残余物的恶臭。

看到莱尔斯经过,隧道外的哨兵马上立正敬礼。皮诺跟在后面,觉察到哨兵的目光落在他身上。隧道越深入,灯光就越暗。每走一步,锤击声就越近,听起来也就越刺耳。

莱尔斯停下脚步,翻找了一下口袋,拿出棉球。递给皮诺一个,示意他撕成两半,塞进耳道内。皮诺塞好后,噪音弱了很多,如果莱尔斯将军不在他耳边大喊大叫,根本什么也听不到。

两人拐了个弯。前方的天花板上挂着明亮的电灯泡,投射下炫目的光,露出一小批灰衣人的剪影。这些灰衣人挥动铲子和大锤敲击隧道的两侧,发出爆炸的恶臭。大块的石块随着猛烈的敲击脱落,落在脚边。他们把碎石踢到身后,让其他人将岩屑装进轨道上的矿车。

人间炼狱,皮诺心道,他只想马上逃离。然而莱尔斯将军毫不停留继续向前,期间一位"托特组织"的士兵递给他一只手电筒。莱尔斯将手电筒的光射向轨道两侧的挖掘工事。灰衣人已将岩壁向内挖了一米,清理出一个两米半高、二十四米长的区域。

两人经过挖掘现场,继续向前。前方十五米外,轨道两侧的墙壁已经被挖到四米半深、两米半高、长达三十米。轨道两侧堆满了大量的大木箱。其中几个是打开的,里面露出一串串弹药。

莱尔斯抽查了一些木箱,然后用德语向中士问了些什么,那位中士交给莱尔斯一个夹着文件的笔记板。莱尔斯扫视了几页,然后抬头看向皮诺。

"记下来,一等兵。"莱尔斯命令道,"七点九二乘以五十七毫米毛瑟步枪弹六百四十万发,准备运往南方。"

皮诺匆忙记下,抬起头。

"九点一九毫米巴拉贝鲁姆弹,"莱尔斯说,"二十二万五千发运往米兰党卫军,四十万发运往摩德纳南部,二十五万发运往热那亚党卫军。"

皮诺全速做笔记,才勉强跟上。他记完抬头,莱尔斯说:"给我念一遍。"

皮诺念完,莱尔斯微微点头。继续向前,一边看着一些木箱上的印字,一边大声发令。

"铁拳反坦克火箭筒,"莱尔斯喊道,"六——枚——"

"抱歉,将军。"皮诺说,"我不知道这个词,'铁——'?"

"一百毫米火箭榴弹炮,"莱尔斯不耐烦地说,"七十五箱运往哥特防线,应凯塞林将军之令。八十八毫米坦克炮弹、四十个发射器和一千发火箭弹运往哥特防线,也是应凯塞林将军之令。"

莱尔斯大声报出各类军火的命令和目的地,从全自动手枪、毛瑟98k步枪,到国防军标准步枪,再到索罗通长距离步枪以及对应的二十乘以一百三十八毫米子弹,像这样报了足足二十分钟。

一位中士从隧道的另一头走来,向莱尔斯敬礼说了什么。莱尔斯转身掉头往另一个方向走去。那位中士跑上前,和莱尔斯并排齐驱,嘴里简要地说些什么。皮诺隔了一段距离跟在后面。

中士说完。莱尔斯垂下头,精确地转向他,激动地说起德语。中士想要回应,但莱尔斯滔滔不绝不给机会。中士向后退了一步,莱尔斯反而更被触怒。

莱尔斯环顾四周,看到皮诺站在一旁,便怒目而视。

"你,一等兵。"莱尔斯说,"到石头堆旁边等着。"

皮诺低下头,急忙从旁边走,听到莱尔斯又吼了起来。前方传来铁锤敲击石头的声音,他更想去那里等莱尔斯。皮诺刚有这样的念头,挖掘的嘈杂声就弱了下去,换成工具落地的声音。皮诺到了挖掘现场,灰衣人们拿着锄头和铲子背靠着墙坐着。许多人把头埋进手里,其他的则茫然地抬头望着隧道的天花板。

这样的人皮诺自觉从未看到过,简直是惨不忍睹:上气不接下气,汗水喷涌而出,他们伸长舌头舔着干裂的嘴唇。皮诺环顾四周,发现墙边有一个很大的奶罐,里面装了水,旁边还有一个水桶,里面有一只长柄勺。

守卫在一旁冷眼旁观,没有一个主动给灰衣人水喝。不管这些人是谁,也不管他们做过什么,他们都有喝水的权利,皮诺越想越气。他走到牛奶罐旁,把罐子倾斜过来,将水桶装满水。

皮诺走到最近的一个挖掘工旁,给他舀了一些水。那个挖掘工整个人都虚脱了,颧骨和下巴非常突出,整张脸看起来像个骷髅头。他斜过脑袋,张开嘴。皮诺直接把水倒进他喉咙里。他喝完后,皮诺一个接一个地喂水。

很少有挖掘工看皮诺一眼。皮诺在给第七个挖掘工蘸水的时候，挖掘工盯着脚边的石头，口里嘟囔着，竟然在用意大利语骂皮诺。

"我是意大利人，蠢货。"皮诺说，"你还想不想喝水了？"

那个人抬起头。皮诺才发现他年纪很轻。他们可能同岁，虽然他看上去难以想象得未老先衰并且面容扭曲。

"听你口音像是米兰人，你怎么会穿纳粹的衣服。"他沙哑地问。

"事情很复杂，"皮诺说，"喝水吧。"

那人喝了一小口，迫不及待地咽了下去，就像其他几个挖掘工一样。

"你是谁？"皮诺等他喝完后问，"这里其他人是谁？"

那人盯着皮诺，像是在看一只臭虫。"我叫安东尼奥。"他说，"我们是奴隶。我们所有人都是。"

第十六章

奴隶？想到这，皮诺既感到嫌恶，又感到同情。

"你怎么会落到这里？"皮诺问，"你是犹太人吗？"

"有些是犹太人，但我不是。"安东尼奥说，"我参与了抵抗运动。在都灵作战。被俘获后，纳粹没有派行刑队枪决我，而是把我判到这里。这里还有一些波兰人、斯拉夫人、俄罗斯人、法国人、比利时人、挪威人和丹麦人。胸上绣的字表明了人是从哪儿来的。纳粹每侵略占领一个国家，就会把所有体格健全的男人抓起来做奴隶。号称是'强制劳动'，还是什么狗屁玩意。但无论怎么看，就是奴隶制。不然你以为那么多东西纳粹是怎么在这么短的时间内造起来的？法国海岸那么多的防御工事？南边的巨大防线？这些都是靠希特勒手下的奴隶大军，这种行为和埃及法老的没两样——天呐，那是法老的奴隶主！"

安东尼奥说着声音小了下去，惊恐不安地将目光越过皮诺，朝隧道深处移去。皮诺转身。莱尔斯将军正朝他们走来，眼睛盯着水桶还有皮诺手中的勺子。莱尔斯用德语朝守卫吼了几句。其中一个守卫赶忙夺回水桶和勺子。

"你是给我开车的，"莱尔斯一跺脚，从皮诺身边经过，说道，

"不是伺候劳工的。"

"对不起,将军。"皮诺说,赶忙追上莱尔斯,"他们看起来很渴,也没人给他们水喝。这样其实……嗯,很愚蠢。"

走在轨道上的莱尔斯一听转身直面皮诺。"什么很愚蠢?"

"不给干活的人喝水,身体会虚弱。"皮诺结巴道,"如果想让活干得更快,就该多给些食物和水。"

莱尔斯站在原地,鼻子对着鼻子,注视着皮诺的双眼,仿佛要看穿他的灵魂。皮诺费尽心力才敢直面莱尔斯的目光不回避。

"我们对劳工是有规定的,"莱尔斯终于开口说道,"目前要弄到食物很困难。水这方面我倒是可以想想办法。"

不等皮诺眨眼,莱尔斯已转过身,大步流星地走了。皮诺跟在他身后走出隧道,膝盖一路都在发抖。外面是炎炎夏日。走到戴姆勒指挥车,莱尔斯要来笔记本,把皮诺做过笔记的那几页撕下来,装到手提箱里。

"萨洛北边加尔达湖的加尔尼亚诺。"莱尔斯说完从手提箱里取出文件夹,再一次投身到仿佛无穷无尽的报告中。

皮诺以前去过一次萨洛,但怎么走的已经记不太清了。他查看起莱尔斯放在手套箱里的意大利北部详细地形图。加尔尼亚诺位于加尔达湖西岸,萨洛以北二十公里,皮诺找到并规划出路线。

皮诺发动指挥车。指挥车隆隆往回驶过牧场。行至贝尔格蒙,天气炎热,空气都微微发着光。中午时分,他们开到一处国防军营地,停下加油,补充食物和水分。

莱尔斯坐在后座边吃边工作,居然一点食物碎屑都没掉到身上。皮诺驶离公路,沿着加达尔湖西岸往北开。风平浪静,湖面宛若抛光镜面,映射并放大加尔达湖北边巍峨耸立的阿尔卑斯山脉。

他们穿过一片金色的花海，经过一座古老的千年教堂。皮诺瞥了一眼后视镜里的莱尔斯，感到一阵恨意。自己是给纳粹开车的奴隶。莱尔斯想要摧毁意大利，然后按照希特勒的理念重建。天啊，自己是在为希特勒的设计师效力。

皮诺想找个隐秘的地方，下车拔枪，杀了莱尔斯。然后往山里跑，随便加入一支加里波第游击队分队。位高权重的莱尔斯将军被干掉了。这肯定算大事，对吧？还会改变战局，对吧？一定程度上？

然而，皮诺内心深处也知道自己并不是什么杀手。并没有能力杀人，即便是杀像……

"开到萨洛之前，把我的旗子挂起来。"莱尔斯在后座说道。

皮诺靠边停车，把将军旗重新挂到前翼子板上，然后继续向前开。指挥车驶过萨洛，将军旗一路迎风招展，猎猎作响。天气热得令人窒息。望着清冽的加尔达湖，皮诺只想靠岸一头扎进去，也不管身上还穿着衣服、手上还绑着绷带了。

莱尔斯脱了夹克，但没有松领带，似乎并不觉得天气很热。到了加尔尼亚诺，莱尔斯指示皮诺偏离加尔达湖，穿过一连串狭窄的街道，开到一个山庄大门。门口有许多拿着全自动手枪的黑衫军士兵在把守。他们看了戴姆勒指挥车和红色纳粹旗一眼，便打开了大门。

车道拐到一座被藤蔓鲜花环绕的巨大庄园前。这里的黑衫军守卫更多。一位守卫打手势示意皮诺停车。皮诺停车，打开后车门。看到莱尔斯下车，这些法西斯士兵像是被赶牛棒戳了一下，立马挺直腰杆，目不转睛地注视他。

"我还是在车旁边等吗，将军？"皮诺问。

"不，你随我来。"莱尔斯说，"我没有安排翻译，不过也花不了几分钟。"

皮诺不知道莱尔斯在说什么,但还是跟着莱尔斯经过黑衫军,穿进一道拱廊。石阶下面是一栋别墅,别墅两侧是盛开着朵朵鲜花的花坛。他们沿着别墅前的柱廊向下,朝一处石头露台走去。

莱尔斯拐了个弯。上露台前,才将脚跟碰在一起,脱掉帽子,故作尊敬地垂下头。

"领袖。"

皮诺跟在莱尔斯身后,瞪大了眼睛,一副难以置信的样子。

贝尼托·墨索里尼就站在皮诺面前,不足五米。

这位意大利的独裁者穿着一条硝皮马裤和一双锃亮的中筒靴。身上的白色短上衣一直开到胸口。头发发白,肚腩微微鼓起,顶到衬衫下面的扣子,俨然一副初显老态的样子。领袖的大光头还有他那闻名遐迩的下颌涨得通红。他手里端着一杯红葡萄酒。身后桌上是一个倒得半空的酒瓶。

"莱尔斯将军。"墨索里尼点点头说道,一双泪汪汪的红眼睛落到皮诺身上,"你又是谁?"

皮诺结结巴巴地说:"我今天给莱尔斯将军做口译,领袖。"

"问他今天过得如何,"莱尔斯用法语对皮诺说,"再问他今天我有什么可以做的。"

皮诺用意大利语转述了一遍莱尔斯的话。墨索里尼脑袋向后一仰,哈哈大笑,然后讥笑道:"领袖过得如何?"

一个深褐色头发的女人,穿着无袖白衬衫,胸部异常突出,走进露台。她带着太阳眼镜,揣了一瓶红酒。朱唇中间叼着一只燃着的香烟。

墨索里尼说:"告诉他们,克拉拉。墨索里尼过得如何。"

那个女人抽了一口烟,吐出一阵烟雾,说:"贝尼托这段日子过得很不好。"

皮诺竭力克制住惊讶的神情。这个女人不仅他知道，而且所有的意大利人都知道。她就是独裁者墨索里尼臭名昭著的情妇克拉拉·贝塔西。她的照片总是出现在报纸上。皮诺不敢相信克拉拉此刻就站在他面前。

墨索里尼止住笑声，突然严肃起来，看着皮诺说："告诉莱尔斯将军。告诉他领袖这段日子过得很不好。问他能不能把让领袖觉得不好的事情给解决了。"

皮诺翻译后，莱尔斯怒气冲冲地说："告诉他，我们可以互相帮助。再告诉他，如果他能处理米兰和都灵的罢工运动，那我就为他做我能做的事。"

皮诺一字不差地把原话翻译给墨索里尼。

墨索里尼哼了一声，"我可以中止罢工运动，前提是你必须用硬通货支付我工人的工资，并且保障他们的安全。"

"我会付他们瑞士法郎，但是轰炸机我控制不了。"莱尔斯说，"我们已将许多工厂作业转移到地下，但隧道的数量还不足以保证所有工人的安全。总之，包括意大利战场在内，我们目前正处于战争的关键点。最新情报显示，盟军有七个师的部队已撤出意大利转而入侵法国。也就是说，只要补给充足，哥特防线就能守过这个冬天。然而，如果没有能干的机工生产出武器和零件，我不确定到时会怎样。因此，你能否为我中止罢工运动，领袖？我相信'元首'一定会为你的支持而感到高兴的。"

"一个电话的事。"墨索里尼说。打了个响指，往杯里又倒了些红酒。

"很好。"莱尔斯说，"我还能为你做些什么呢？"

"意大利的控制权如何？"墨索里尼愤恨地说。端起酒杯，一饮而尽。

皮诺翻译后，莱尔斯深吸一口气，说："你依然很有控制权，领袖。不然我为何来求你解决罢工运动呢。"

"领袖很有控制权？"墨索里尼用满是挖苦的语气重复道，看了一眼他的情妇。克拉拉点头怂恿他继续说下去。"那为何我的士兵要么是到德国挖战壕，要么是到东部前线送死？为什么不见凯塞林？为什么不经我这个台面上的首相就对意大利做各种决定？为什么希特勒连个电话也不接？"

墨索里尼吼完最后一个问题。皮诺翻译给莱尔斯听，莱尔斯似乎无动于衷，显得非常平静。

莱尔斯说："领袖，'元首'为什么不接你的电话，我不好妄加揣测。但三线作战势必会忙得不可开交。"

"我知道希特勒为什么不接我电话！"墨索里尼吼道，砰的一声，把酒杯摔到桌上。对莱尔斯怒目相视，接着又将目光转向皮诺。皮诺被盯得毛骨悚然，想着是否要往后退个一两步。"整个意大利最遭人恨的是谁？"墨索里尼把这个问题抛向皮诺。

皮诺惊慌失措，不知如何作答，只好再次翻译起墨索里尼的话。

墨索里尼打断皮诺，还是对着他，捶胸顿足地说："意大利最遭人恨的是领袖，就像德国最遭人恨的是希特勒。你看到了，希特勒不在乎。但领袖在乎人民对他的爱戴，希特勒觉得人民狗屎也不如。他只担心战败。"

墨索里尼像是直抒胸臆，皮诺竭尽全力跟上他的语速。"克拉拉，你知道为什么意大利最遭人恨的人丧失了对国家的控制权吗？"

墨索里尼的情妇掐灭烟头，吐出一口烟，说："因为阿道夫·希特勒。"

"没错!"领袖墨索里尼大喊道,"因为德国最遭人恨的人痛恨意大利最遭人恨的人!因为希特勒对他的纳粹牧羊犬都比对意大利的首相好!一直把我关在这……"

"我没时间听他发神经。"莱尔斯厉声对皮诺说,"告诉他,我会在接下来几天安排他与凯塞林元帅会面,并且在本周内让'元首'和他通话。我目前只能做到这些。"

皮诺翻译完,等着墨索里尼再次大发脾气。

然而,墨索里尼似乎对莱尔斯的妥协感到满意,扣起上衣扣子,问:"多久能见到凯塞林?"

"我现在正要去见他,领袖。"莱尔斯说,"我会让助手傍晚之前打电话。但要转移希特勒先生的注意力要多花点时间。"

墨索里尼点点头,俨然一副政坛巨擘的派头,仿佛已经收回一些虚假的权力,正准备撼动世界。

"很好,莱尔斯将军,"墨索里尼边整理袖口边说,"我会让罢工运动在傍晚之前结束的。"

莱尔斯啪地立正,低头说:"我相信元帅和元首都会很满意。领袖,再次感谢您抽出时间,动用您的影响力。"

莱尔斯说完,转身大步离开。皮诺停顿不前,一时不知如何是好。眼见莱尔斯拐了个弯走进柱廊没影了,皮诺赶忙向墨索里尼和克拉拉鞠了个躬,拨腿逃窜。皮诺追上莱尔斯,跟在他的右侧。快接近指挥车的时候,皮诺急忙上前打开后车门。

莱尔斯止住步伐,打量了皮诺几秒后,说:"干得好,一等兵。"

"谢谢,将军。"皮诺慌乱急促地回道。

"现在把我从这座疯人院里送出去。"莱尔斯说道,走进车里。

"带我去米兰电话局。你知道电话局吗?"

"当然,知道,将军。"皮诺说。

莱尔斯打开手提箱,再次专心致志地工作起来。皮诺开着车沉默不语,眼睛不停地瞟向后视镜,内心剧烈挣扎。莱尔斯刚刚表扬他时,皮诺心里竟然涌起一阵骄傲。现在他才开始思考为什么。莱尔斯是纳粹分子,是残酷的监工,更是战争工程的设计师。受到这样的人表扬,皮诺怎么能感到骄傲呢?皮诺不能,也不应该。但皮诺确实产生了这样的情绪,这让他感到心烦意乱。

然而,开到米兰郊区,皮诺还是不禁为这小半天做莱尔斯将军司机经历的事骄傲不已。自己当面和墨索里尼以及克拉拉对过话!说出来,舅舅也不会相信。意大利有多少间谍敢夸下这样的海口。

皮诺沿着汉尼拔战象大军行过的路线,提前开到了洛雷托广场。皮诺沿着环岛绕行,看到贝尔特拉米尼先生正站在果蔬店的摊位前招呼一位老太太。皮诺打算经过打声招呼。正要右转的时候,一辆德国卡车突然加塞抢道。两车差点相撞。关键时刻,皮诺猛地急转变道。

那个司机竟然敢超车,皮诺都不敢相信自己的眼睛。难道他没看到?

将军旗。皮诺开进米兰忘记把将军旗挂起来了。他不得不沿着环岛又绕了一圈。绕行时,皮诺看到卡莱托在人行道上朝着他最喜爱的咖啡馆走去。

皮诺加快车速,平安无事地转弯开进阿布鲁奇大街,很快便开到重兵把守的电话局停下。看到这么多纳粹士兵,皮诺一开始还有些困惑,但随即反应过来,任何人只要控制了电话局,就控制了通信。

"我在这里有两个小时的公务要处理。"莱尔斯说,"你不必等我。车停在这里没人敢碰。下午五点回来。"

"是，将军。"皮诺说道，打开后车门。

皮诺等到莱尔斯进去后，才掉头往洛雷托广场上的"贝尔特拉米尼新鲜果蔬店"走去。皮诺还没走完一个街区，就招来无数双白眼和鄙夷的目光。皮诺意识到取下万字饰臂章塞进后兜会是明智之举。

取下臂章后，情况果然好多了。几乎再没人看皮诺一眼。虽然穿着军装，但只要看不出是党卫军还是国防军，就不会有人操心。

贝尔特拉米尼先生就在前面，正在把葡萄装进一个袋子里。皮诺看到后小跑起来。当然他真正想见的是卡莱托。四个月不见，他有好多话想对老友说。

皮诺当着一列德军卡车队，从街道横穿而过，然后右转。皮诺扫视了下人行道，发现卡莱托正背对着他坐在前面。

皮诺露出灿烂的笑容，走上前，发现卡莱托正在看菜单。他拖来一把椅子，坐下说："希望你并不是在等一位优雅的年轻女士。"

卡莱托抬起头，满脸都是愁容和疲倦，甚至比皮诺记忆中四月末时的状态更差。但好友还是马上认出了皮诺，大声惊呼："天呐，皮诺！我还以为你死了呢。"

卡莱托跳起来，一把将皮诺紧紧抱住，接着，又推开，泪眼模糊地看着他。"我真以为你死了。"

"谁说我死了。"

"有人告诉我爸说，你在摩德纳火车站值勤时遇到了轰炸。还说你大半个脑袋都被炸掉了！我听了悲痛欲绝。"

"不是，不是！"皮诺说，"那说的是和我在一起的人。不过，我差点也死在那了。"

皮诺给卡莱托看他那只缠着绷带的手，摆了摆接上的手指。

卡莱托拍了拍皮诺的肩膀一下，破涕为笑。"就知道你还活着。"卡莱托说,"我觉得自己从来没这么开心过。"

"从死人堆里回来真好。"皮诺微笑道,"你点了什么?"

"就点了杯浓缩咖啡。"卡莱托说道,再次坐下。

"我们吃点东西。"皮诺说,"我出院前,收到了工资。这顿我请。"

老友一听更开心了。两人点了熏火腿蜜瓜球、蒜味香肠、面包、橄榄油大蒜和冰镇番茄汤,这么闷热的天气喝这个最合适。他们等餐的时候,皮诺问了卡莱托过去四个月的经历。

贝尔特拉米尼先生在城外有货源,因而果蔬店一直生意兴隆。他们家是米兰城为数不多有稳定供货的果蔬店,常常还没打烊就销售一空了。然而,卡莱托母亲的情况却截然相反。

"虽然有好有坏,但身体始终都很虚弱。"卡莱托说道。皮诺能从他脸上读出紧张二字。"上个月病得特别严重。肺炎。我爸当时心都碎了,觉得我妈要走了,但后来居然又好了。"

"那很好啊。"皮诺说道。服务员开始上菜。皮诺的目光从卡莱托身上移开,望向身后的水果摊。透过德军卡车队的间隙,皮诺瞥到贝尔特拉米尼先生正在招呼一位客人。

"对了,这件是新的法西斯制服吗,皮诺?"卡莱托问。"我觉得我之前没见过。"

皮诺咬起腮帮子内侧的肉。当初加入德军让皮诺羞愧难当,他从未和朋友提起过"托特组织"。

卡莱托继续说。"而且你当时为什么会在摩德纳?我认识的人都往北边前线去了。"

"事情很复杂。"皮诺说道,想要转移话题。

"这话是什么意思?"卡莱托边吃蜜瓜球边问。

"你能保守秘密吗?"皮诺说。

"死党是做什么的?"

"好。"皮诺说道,身子往前一倾,悄声说,"今天下午,卡莱托。不到两小时之前。我和墨索里尼还有克拉拉说过话。"

卡莱托往后一坐,不信道:"你在编故事。"

"没有,我没说谎。我发誓。"

环岛传来一声汽车的喇叭声。

一个人影背着邮差包从两人身边飞快骑过,几乎贴着他们那桌。要不是卡莱托猛地侧身躲避,差点就撞上去了。

"傻瓜!"卡莱托在座位上扭过身,说道,"在人行道上逆向骑行。肯定会有人被他撞伤的!"

皮诺望着那个骑手的背影,注意到他黑衬衫领口处有一块红布伸出。那人在拥挤的行人中间左穿右突向前骑行。这时又有三辆德军卡车缓缓拐进拥堵的阿布鲁奇大街。那人从肩膀上扯下邮差包。左手握着把手,右手抓着包袋,拐弯驶入阿布鲁奇大街,朝一辆卡车后面冲去。

皮诺感觉要出事,跳起来大喊道:"不!"

那人将邮差包抛向空中,眼见包越过帆布车篷,落进卡车后面,便飞速撤离。

贝尔特拉米尼先生也目睹了这一切。他就站在附近不到六米远的地方。他刚要举手,那辆卡车就瞬间爆炸,变成一个巨大的火球。

爆炸的冲击波猛地向一个街区之外的皮诺和卡莱托袭来。皮诺扑倒在地,双手护头,抵御飞来的碎片残骸。

"爸爸!"卡莱托尖叫道。

火光之中,那辆部队卡车烧得只剩下车架子,卡莱托的父亲瘫倒在人行道上,人被压在破损不堪的果蔬摊遮阳篷下。爆炸碎片像雨点一样落在洛雷托广场,伤痕累累的卡莱托全然不顾,飞奔而去。

其他卡车上的国防军士兵纷纷下车,卡莱托赶在他们分散控制住这块区域之前冲到父亲身边。其中两个士兵拦住皮诺的去路,他只好拿出红色的万字饰臂章戴上给他们看。

"我是莱尔斯将军的副官,"皮诺用德语结结巴巴地说,"我必须过去。"

两人给皮诺放行。皮诺顶着卡车熊熊燃烧的高温冲过去,四周有人在痛苦地尖叫和呻吟,但他心心念念的只有卡莱托。卡莱托跪在人行道上,父亲被烧焦、流着血的头枕在他的大腿上。贝尔特拉米尼先生的工作服被炸得焦黑,沾满了血污。他睁着眼,艰难地呼吸着。

卡莱托抑制住眼泪,抬头看向皮诺说:"叫救护车。"

皮诺听到警报器的哀鸣声从四面八方传来,不断接近洛雷托广场。

"救护车在来的路上。"皮诺蹲下说。贝尔特拉米尼先生呼吸紊乱,浑身抽搐。

"别动,爸爸。"卡莱托说。

"你妈妈,"贝尔特拉米尼先生说着,眼神变得呆滞,"你要照顾好……"

"别说了,爸爸。"卡莱托边哭边说,抚摸着父亲微微烧焦的头发。

贝尔特拉米尼先生剧烈咳嗽起来,痛苦得撕心裂肺。皮诺试着说些愉快的往事转移他的注意力。

"贝尔特拉米尼先生,你还记得那次在山坡上你给你太太唱歌,我父亲拉小提琴给你伴奏的那晚吗?"皮诺问。

"《今夜无人入眠》。"贝尔特拉米尼先生呢喃道。他陷入遥远的回

BENEATH A SCARLET SKY 217

忆中，嘴角微微翘起。

"你唱了**狂乱**的词，唱得前所未有的好。"皮诺说。

那一刻，他们仿佛到了一个独立的空间，隔绝了外界的痛苦和恐慌，重新回到乡间的山坡上，再次分享那段纯真的时光。皮诺听到救护车的鸣笛声越来越近。皮诺想起身找一个医生。他正要站起来的时候，贝尔特拉米尼先生一把拽住他的袖子。

卡莱托的父亲注视着皮诺手臂上鲜艳的臂章，一副不可思议的样子。

"纳粹？"他哽咽道。

"不，贝尔特拉米尼先生……"

"叛徒？"水果贩震惊道，"皮诺。"

贝尔特拉米尼先生再次剧烈咳嗽起来，吐出暗红色的血，血顺着下巴流下来，贝尔特拉米尼先生将头依靠在卡莱托身上，他望着自己的儿子，双唇再动，但发不出声音。紧接着，整个人就放松下去，仿佛灵魂已经接受死亡。贝尔特拉米尼先生弥留之际，没有挣扎，但也并不急着离去。

卡莱托失控抽噎起来。皮诺也是如此。

卡莱托轻轻摇晃父亲，悲痛地哭泣。卡莱托每次呼吸，都会感到丧父之痛在不断加剧，直到全身的骨骼和肌肉都被这种痛苦控制。

"对不起，"皮诺喊道，"卡莱托，真的对不起，我也很喜欢他的。"

卡莱托停止摇晃父亲。被仇恨蒙蔽的他看向皮诺。"不准你这么说！"他吼道，"不准你这么说！你这个纳粹！你这个叛徒！"

皮诺感觉自己的下巴像被狠揍了一拳。

"不！"皮诺说，"事情不是看上去那样……"

"离我远点！"卡莱托尖叫道，"我父亲看到了。他知道你是什么。

他给我看了!"

"卡莱托,那只是个臂章而已。"

"别待在我身边!我再也不想看见你!永远!"

卡莱托低头伏在父亲的尸体上嚎啕大哭,肩膀不停颤抖,胸腔不断发出痛苦的咳嗽声。皮诺整个人都懵了,一个字也说不出来。最后,只好起身后退。

"走开。"一位德国军官说,"给救护车让出人行道。"

皮诺最后望了一眼卡莱托,然后往米兰电话局走去。他感觉刚才那次爆炸把他的心切成了两半。

七小时后,皮诺把戴姆勒指挥车停在多莉家的公寓楼前,依然感到怅然若失。莱尔斯下车,把手提箱交给皮诺,说:"你第一天上班就经历了很多事啊。"

"是的,将军。"

"你确定看到了那个投弹手脖子围了一条红色的领巾?"

"虽然被他塞到衬衫里了,但我确定。"

莱尔斯脸色一沉,走进公寓楼,皮诺提着手提箱跟在后面。手提箱比早上的时候更沉了。那个丑老太婆还在离开时的地方,坐在凳子上,透过厚厚的眼镜眯眼看他们。莱尔斯看都不看她一眼,冲上楼梯,来到多莉的公寓前敲门。

安娜开门。一见到安娜,皮诺的心情就好了一些。

"多莉在等您吃晚饭,将军。"安娜说。莱尔斯从她身边经过。

虽然那天发生了这么多事,但再次看到安娜还是跟前两次一样让皮诺欣喜激动。目睹贝尔特拉米尼先生遇难的痛苦暂时减轻,失去友人的痛苦也暂时忍住,皮诺相信,如果自己把事情都和安娜说,她一定有办法的。

"你要进来吗,一等兵?"安娜不耐烦地问,"还是说你要站在这里一直盯着我看?"

皮诺吃了一惊,从安娜身边经过,说:"我没有看你。"

"你刚才明明就在看。"

"没有,我刚才灵魂出窍了。我在想事情。"

安娜什么也没说,关上门。

多莉从门厅的另一头走出来。她穿着黑色的细高跟鞋、黑色的丝袜、黑色的紧身裙和珍珠色的短袖衬衫。头发像是刚刚精心打理过。

"将军说你看到爆炸袭击了?"多莉点了根烟说道。

皮诺点点头,将手提箱放到长椅上,感觉到安娜也在注意他。

"死了多少人?"多莉问,抽了一口烟。

"死了很多德国人,还有……还有几个米兰人。"皮诺说。

"肯定很可怕。"多莉说。

莱尔斯将军再次现身。他没戴领带,用德语对多莉说了什么。多莉点点头,看向安娜,"将军想要吃饭了。"

"没问题,多莉。"安娜说着,又看了皮诺一眼,然后急忙走出门厅,不见了。

莱尔斯走向皮诺,仔细端详,然后拿起手提箱。"明天上午7点准时过来。"

"是,将军。"皮诺立正说道。

"你可以离开了,一等兵。"

皮诺虽还想逗留一会,看看安娜是否会再次现身,但敬了个礼,便离开了。

皮诺开着戴姆勒指挥车回车辆调配场,脑海里试图回放一遍这天的经历,但来来回回就是弥留之际的贝尔特拉米尼先生、悲愤交加的卡莱托,还有离开门厅前安娜看他的眼神。

接着,皮诺想起见到墨索里尼以及他的情妇的遭遇。皮诺将戴姆勒指挥车的钥匙交给夜班哨兵,穿行在圣巴贝拉的街道上往家走,还不禁怀疑这段离奇遭遇是否是自己臆想出来的。八月的夜晚很温暖,空气中洋溢各色美味佳肴的香气,很多纳粹军官坐在小咖啡馆的室外,喝酒作乐。

皮诺走到"阿尔巴纳斯皮具箱包店",拐弯绕进缝纫室的入口。舅舅听到敲门声应声后,皮诺情绪激动起来。

"嗯?"阿尔贝特舅舅等皮诺进来后说,"怎么样?"

皮诺心里涌起一阵悲伤。他哭喊道:"我都不知道从何说起。"

"好啦,好啦。你舅妈做了番红花烩饭等你呢。吃了以后再说,从头说起。"

皮诺擦掉泪水。他觉得在舅舅面前哭是很难堪的,但情绪袭来,就像水管爆裂一样,一下从他内心深处冲了出来。皮诺一言不发吃了两份烩饭,然后把今天和莱尔斯将军一起经历的事情从头到尾讲了一遍。

虽说舅舅他们之前听过德军把军工厂转移到地下的消息,但两人听到皮诺对隧道里的奴隶工惨状的描述还是大为震惊。

"你真去了墨索里尼家?"格蕾塔舅妈说。

"他的别墅。"皮诺说,"他和克拉拉都在那儿。"

"不会吧。"

"千真万确。"皮诺坚持道。还把墨索里尼用中止罢工运动换来凯塞林会议桌一席之地,以及和希特勒通话的承诺,这些顺带听到的事重复了一遍。接着,又讲述了今天的遭遇中最惨烈的部分:贝尔特拉米尼先生死了,而且至死都以为皮诺是叛徒,死党耻于与纳粹为伍而发誓再也不想见他。

"你不是叛徒。"阿尔贝特舅舅从笔记本上抬起头，说道，"能获得这些情报，你真的很了不起。我会把情报送给巴卡，让他把你亲眼目睹的事情发给盟军。"

"但我却不能告诉卡莱托真相，"皮诺说，"还有他的父亲……"

"皮诺，我不想这么直截了当，但我也不在乎了。你现在的身份非常宝贵，告诉任何人都会很有风险。你现在要做的就是守口如瓶，等到你能说出真相的时候，他自然会回到你身边，你要相信你们的友谊。我是认真的，皮诺。你现在就是盟军在敌阵中的间谍。无论别人如何侮辱你，都要忍受住，无视掉。能和莱尔斯多亲近，就多亲近，能维持多久，就维持多久。"

皮诺无精打采地点点头，"所以，你觉得我的发现有用？"

阿尔贝特舅舅哼着鼻子说："我们现在知道了科莫附近有一条隧道，里面装了一大批军火。我们知道了纳粹奴役劳工。我们还知道了墨索里尼现在就是个无权无势的政治'阉人'，因为希特勒不接他电话而恼怒。这才第一天，能知道这么多还不够吗？"

皮诺听到这心情好了一些，打了个哈欠。"我要睡了。他明天要我早起。"

皮诺拥抱了舅舅、舅妈一下，走下楼梯，穿过小工厂。通往巷子的门开了。无线电接线员巴卡走了进来，看到皮诺，打量起他身上的军装。

"事情很复杂。"皮诺说完，离开了。

公寓楼大厅的安检很迅速，皮诺回到家，父亲已经上床睡了。皮诺调了下闹钟，脱光衣服，瘫倒在床上。可怕的画面、消极的想法和负面的情绪在他的脑海里刮起一阵旋风。皮诺确信自己是睡不着了。

脑海中盘旋的思绪终于定格在安娜身上，皮诺感到慰藉。想着魂牵梦萦的安娜，他在黑暗中渐渐沉睡。

第十七章

1944年8月9日
上午六点四十五分

*

皮诺将戴姆勒指挥车停在但丁大街,下车,走进多莉的公寓楼,匆忙经过那个喜欢眯眼看的丑老太婆,急切地敲响莱尔斯将军情妇家的大门。

听到是多莉应门,皮诺大失所望。莱尔斯将军已经到了门厅,正端着一个陶瓷杯在喝咖啡,一副急于离开的样子。

皮诺上前拿起手提箱,还是不见安娜的身影,转身朝往公寓门走去,更为失落了。

多莉大喊:"安娜?把将军吃的拿来。"

片刻之后,安娜拿着保温杯和棕色纸袋出现了,皮诺既紧张又高兴。莱尔斯朝公寓门走去。皮诺来到安娜跟前,说:"我来拿。"

安娜把水杯递给皮诺,竟然对他露出了笑容。皮诺将水杯夹在胳膊下,随后接过便当袋。

"一路顺风。"安娜说,"注意安全。"

"一等兵!"莱尔斯大声嚷道。

皮诺一激灵,赶紧转身,抓起手提箱,追向莱尔斯。多莉撑着门,皮诺经过时,向他使了一个会意的眼神。

当天上午,莱尔斯在德国国防军总部和陆军元帅凯塞林开了四小时的会。皮诺没有获邀参会。中午开完会出来,莱尔斯怒气冲冲,一脸不快,吩咐皮诺送他去电话局。

皮诺懒洋洋地靠着戴姆勒指挥车,无聊得要发疯。他想找个地方吃饭,但是又不敢离开车。离洛雷托广场只有几个街区,皮诺内心挣扎要不要去找卡莱托,向他解释一番,卡莱托就不会再以为他是叛徒了。这会让皮诺好受一些,但他应该……

皮诺听到广播的声音响起,并不断接近。

一辆军车载着五台扬声器缓缓驶过阿布鲁奇大街。

"这是给米兰全体市民的警告。"一个刺耳的男声用意大利语大声说,"昨天发生了针对德军的炸弹袭击,我们不会容忍这种卑劣的行径。今天之内若不检举揭发投弹者,我们明天将会施行严厉的惩罚。再重复一遍:这是给米兰全体市民的警告……"

皮诺饿得四肢乏力,心里发慌,望着那辆广播车驶过。沿着洛雷托广场四周的街道上上下下,传来一阵一阵扩音器的回声。下午三点左右,一群德军士兵从皮诺身旁经过,将印着上午广播警告的告示,要么钉在电话线杆上,要么张贴在墙上。

三小时后,莱尔斯气冲冲地走出电话局,怒火中烧,坐上戴姆勒指挥车的后座。皮诺从早上六点以后就没吃过东西了,坐上驾驶座,觉得晕头转向,心神不宁。

"一群该死的蠢货。"莱尔斯尖刻地骂道,"一群该死的蠢货。"

皮诺一头雾水，透过后视镜看到莱尔斯挥动拳头狠狠地砸了座椅三下。发泄完后，莱尔斯面红耳赤，汗津津的。皮诺赶紧转移视线，免得莱尔斯把气头撒到他身上。

莱尔斯坐在后面深呼吸。过了好一会，皮诺又瞥了眼后视镜，发现这位将军双眼紧闭，两手交叉在胸前，呼吸平稳而缓慢。他睡着了？

皮诺饿得浑身发颤，直吞口水。他只能干等着，什么也不敢干。

十分钟后，莱尔斯开口说道："领事馆，你知道吗？"

皮诺看向后视镜，莱尔斯难以捉摸的脸色已恢复正常。"是，将军。"皮诺很想问何时能停车让他买点东西吃，但还是没说出口。

"把我的旗子放下来，这不是正式访问。"

皮诺听到命令放下旗子，发车挂挡，猜想着莱尔斯去领事馆是要见谁。皮诺东拐西绕往帕塔林大街开去，一路不停观察莱尔斯。莱尔斯不动声色，似乎陷入了沉思。

开到领事馆门口，太阳已经落下。门口没有守卫，莱尔斯吩咐皮诺停到领事馆里面。庭院内铺了鹅卵石，两侧是双层柱廊。皮诺开进庭院，关掉引擎下车。庭院中央是一座汩汩喷涌的喷泉。闷热的傍晚，死气沉沉。

皮诺打开后车门，莱尔斯下车说："我可能会用到你。"

皮诺寻思他们今晚会和谁谈话。很快一切都变得明了起来，皮诺的心突突地跳起来。他们要和舒斯特谈话。这位米兰的红衣主教过目不忘。就像劳夫上校会记得皮诺一样，红衣主教舒斯特也会记得，但区别是舒斯特还记得他的名字。红衣主教舒斯特会看到皮诺佩戴的卍字饰，然后对他鄙夷万分，很有可能会让他痛苦到永生难忘。

莱尔斯将军上了台阶左转，来到了一扇厚重的木门前，敲了敲门。一位老神父开了门。他似乎认识莱尔斯,表情有些厌恶,但还是站到一旁让莱尔斯进来。皮诺经过时,老神父狠狠地瞪了他一眼。

他们穿过一条镶嵌了木板的走廊,走进一间装饰得富丽堂皇的客厅,十五世纪的挂毯上绣着天主教的肖像画,十三世纪的耶稣受难十字架上也刻着天主教的肖像画,每一处不是铸金的,就是镀金的。这间屋子里唯一不是意式风格的东西就是那张桌子。桌子旁坐着一个矮小的秃头,穿着朴素的米色神父长袍,戴着红色小帽,正背对着皮诺和莱尔斯在写东西。红衣主教舒斯特似乎并没有觉察到他们两人的到来。直到老神父敲了敲门框,他才停下笔来,但随后又抓起笔写了四五秒钟。他整理完思绪,这才抬头转身。

莱尔斯脱掉帽子。皮诺也不情愿地脱掉帽子。莱尔斯边朝舒斯特走去,边对皮诺说:"告诉红衣主教,我很感激他这么匆忙还愿意见我,不过确实是大事。"

皮诺想躲在莱尔斯肩膀后面,这样红衣主教就看不清他。他把莱尔斯的话翻译成意大利语。

舒斯特往前弯了下身子,想看到皮诺,"问莱尔斯将军,有什么需要我做的。"

皮诺看着地毯,把舒斯特的话翻译成法语。红衣主教舒斯特打断他说:"我可以叫一位会说德语的神父来,如果他想要沟通更容易的话。"

皮诺转述给莱尔斯。

莱尔斯摇头,"我想没有必要占用他和我的时间。"

皮诺告诉舒斯特,莱尔斯能接受目前这种状况。

舒斯特耸了耸肩。莱尔斯说:"'红衣主教阁下',想必您也听说了,昨天有十五位德军士兵因洛雷托广场发生的游击队炸弹袭击而丧生。想必您也知道劳夫上校和盖世太保想要米兰市民在傍晚之前检举揭发那名投弹者，否则米兰将面临严厉的惩罚。"

"我知道。"红衣主教舒斯特说，"将有多严厉？"

"游击队对德军士兵的任何暴行，都将以同等程度的暴行转移到米兰当地男性市民身上。"莱尔斯说，"这个决定不是我下的，我向您保证。声名狼藉的是沃尔夫将军。"

皮诺边翻译边感到震惊无比，他可以从舒斯特的神情变化上看出这次打击报复会有多恐怖。

舒斯特说："纳粹若走这条路，就是站在人民的对立面，只会加剧抵抗运动。人民最后不会饶过你们的。"

"我同意，'红衣主教阁下'，我也是这么说的。"莱尔斯说，"但我的意见在米兰和柏林都没人听。"

舒斯特说："那你想要我做什么？"

"除了要求那位投弹者自首以免惩罚来临之外，尊敬的阁下，我也想不出来你能做什么。"

舒斯特陷入了沉思中，片刻之后说："惩罚会在何时来临？"

"明天。"

"很感谢您亲自来通知我，莱尔斯将军。"舒斯特说。

"谢谢，'红衣主教阁下'。"莱尔斯说道，低下头，啪地立正，转身向门走去。皮诺暴露在舒斯特的视线中。

舒斯特望着皮诺，似乎对他有一丝印象。

"'尊敬的红衣主教'，"皮诺用意大利语说道，"请不要告诉莱尔斯将军您认识我。我不是您想的那样。求求您了，请宽恕我的灵魂。"

红衣主教舒斯特怔怔望着皮诺，点点头。皮诺频频点头，转身离去，跟随莱尔斯回到领事馆的庭院，脑中不停思考刚刚在里面听到的事情。

明早会有报复行动？肯定不是好事。但德国人会怎样报复？对成年男性施以同等程度的暴行？他是这么说的，对吧？

到了车边，莱尔斯说："你最后在和红衣主教说什么？"

皮诺说："我祝他晚上好，将军。"

莱尔斯打量了皮诺一下，说："去多莉家吧。我已经尽我所能了。"

即将到来的惩罚让皮诺心烦意乱，但一想到安娜，皮诺还是飞快开过大教堂附近弯弯曲曲的街道，开到多莉的公寓楼。皮诺停下车，打开后车门，准备去拿手提箱。

"我自己拿上去。"莱尔斯说，"留在车里。我等下可能会出去。"

这话吹熄了皮诺的小心思。

为了不被莱尔斯抓到自己失望的情绪，皮诺等到他走进前门没影后才表现出来。这时皮诺又感到饥肠辘辘。接下来该怎么办？不吃不喝吗？

皮诺闷闷不乐，抬头望向公寓楼，多莉家拉着窗帘的窗户里透出微微的光辉。

安娜失望吗？嗯，她早上确实对他笑了，那笑容绝不是普普通通平淡无奇的笑，对吗？在皮诺眼里，安娜的微笑里既充满魅力，也含有期盼。她和皮诺说要注意安全，还叫了他的名字，对吗？

无论如何，皮诺是见不到安娜了。今晚肯定不行。今晚，皮诺要睡车里，还要忍饥挨饿。车外雷声滚滚，皮诺的心情愈发沉重起来。支起帆布遮雨篷后，大雨如注而下。皮诺颓然倚靠在驾驶座上，除了暴雨声外，什么也听不到，只觉得形单影只。今晚难道就睡这里了？不吃不喝？

就这样，一个半小时过去了。雨势减弱，雨水落在车篷上啪嗒啪嗒作响。皮诺饿得胃痛。他想过开车去舅舅家汇报情况，顺便吃点东西。但要是莱尔斯这时下来，发现他人不在了呢？要是……

副驾驶座的车门被打开。

安娜提着一篮香气扑鼻的食物坐进车里。

"多莉想到你可能饿了。"安娜关上车门说道，"她派我来陪你吃点东西。"

皮诺面露笑容，"是将军的命令吗？"

"是多莉的命令。"安娜环顾四周说，"我觉得，在后座吃东西更方便。"

"那是将军的专座。"

"他现在正在多莉房里忙着呢。"安娜说道，下车，打开后车门，坐进去。"他应该会在里面待很长一段时间，整晚也不一定。"

皮诺笑了，推开车门，弯腰躲雨，坐进后座。安娜把篮子放在莱尔斯平日里放手提箱的地方。她点亮一只小蜡烛，放到盘子上。烛光摇曳，指挥车里照得金灿灿的。安娜拿掉篮子上盖的毛巾，里面是两个香烤大鸡腿、现烤的面包、天然黄油以及一杯红葡萄酒。

"我重获新生了。"皮诺说。安娜被他逗笑了。

换别的时候，皮诺一定会目不转睛地看着安娜笑。但他实在是太饿了，轻笑一声后，吃了起来。皮诺边吃边跟安娜聊天。他了解到，安娜是从的里雅斯特来的，已经给多莉做了十四个月的女仆了。当初是安娜的一位朋友在报纸上看到多莉登的招聘广告。

"你不知道我有多需要吃的，"皮诺吃完说到，"我快饿成头饿狼了。"

安娜笑道："我之前好像听到某人在外面号叫呢。"

BENEATH A SCARLET SKY 229

"安娜?"皮诺问,"这是你的全名吗?"

"你也可以叫我安娜玛尔塔。"

"没有姓吗?"

"没有。"安娜说道,语气冷了下来,收拾起篮子,"我必须走了。"

"等等,"皮诺说,"你不能再多待一小会吗?我从未遇到过像你一样可爱优雅的人。"

安娜不屑地一摆手,微笑道:"你听听你说的。"

"我说的是真的啊。"

"你现在多大啊,皮诺?"

"大到可以穿军装佩枪了!"皮诺恼道,"大到我可以做一些不好说的事了。"

"比如呢?"安娜饶有兴致地说。

"我不好说。"皮诺没有松口。

安娜吹熄蜡烛,车里陷入一片黑暗。"我真得走了。"

不等皮诺抗议,安娜下了戴姆勒指挥车,关上车门。

"晚安,一等兵莱拉。"安娜说道,走进屋里。

雨停了,皮诺久久矗立在原地,望着安娜消失的地方,回味着刚才在指挥车后座共度的美妙时光。周围还有安娜的气息。食物被拿走后,皮诺才注意到这个气味。他当时狼吞虎咽的样子把安娜都逗笑了。这世间还有什么闻起来像安娜这样迷人吗?还有哪位女人长得像安娜一样动人吗?安娜,美丽而又神秘。

皮诺坐进驾驶座,拉下帽檐遮住眼睛。脑子里还想着安娜,想着她说过的每句话,分析她说过的每个字,仿佛这些字句是安娜之谜的线索。贝尔特拉米尼先生的死,叛徒的污名——这些都从皮诺的意识里消失。直到入睡前，他想的都只有安娜。

车窗被敲响发出刺耳的声音，吵醒皮诺。天蒙蒙亮。车后门开了。皮诺心头一喜，一个念头就是安娜又下来送他吃的了。皮诺转过头，看到莱尔斯将军的身影。

"把旗子升起来，"莱尔斯说，"送我去圣维托雷监狱。时间不多了。"

皮诺边忍住哈欠边去手套箱找旗子，说："现在几点，将军？"

"上午五点。"莱尔斯嚷道，"动作快点！"

皮诺跑下车，升起将军旗。因为将军旗，他们快速地经过检查点，一路畅通无阻，很快就到达臭名昭著的圣维托雷监狱。圣维托雷监狱建于十九世纪七十年代，由一栋中央建筑和六栋三层附属建筑组成。圣维托雷监狱刚开的时候，一切井然有序，但七十四年后，由于长期疏忽管理，牢房的环境变得极其恶劣，囚犯们无时无刻不在挣扎求生。现如今又落入盖世太保之手，皮诺想除了蕾佳娜酒店，没有比圣维托雷监狱更可怕的地方了。

行至监狱东面高墙外的维科大街，有两辆卡车堵住了监狱的门。一辆卡车要从门里开出来，另一辆则停在街上阻塞了道路。

晨曦初现，莱尔斯将军走下车，砰的一声把门关上。皮诺赶紧下车跟在后面。穿过街道，走进大门，守卫立刻敬礼。他们走进一个很大的三角形庭院，离中央建筑越近，监狱两侧附属建筑高墙之间的距离就越小。

走近四步，皮诺将监狱尽收眼底。有八个全副武装的党卫军士兵站在他左侧十点钟方向、二十五米开外。那几位士兵前面站着一位党卫军上尉。上尉身边是盖世太保上校瓦尔特·劳夫，他身后别着一根短马鞭，正饶有兴致地看着。莱尔斯向劳夫和那位上尉走去。

皮诺畏畏缩缩，不想让劳夫注意到他。

那辆卡车的门帘拉开了，一小队黑衫军混编旅鱼贯而出。这些法西斯精兵是墨索里尼的疯狂信徒，尽管天气暖和，他们还是穿着黑色高领套头衫，帽子上和胸前绣着没有下颚的骷髅头标志。

"准备好了吗？"党卫军上尉用意大利语说道。

一位黑衫军士兵从皮诺身边擦身而过，喊道："把他们带出来。"

党卫军守卫四人一组去打开监狱侧翼建筑里的牢门。囚犯们拖着沉重的步伐，相继出来。皮诺移动了下位置，想看得更清楚一些。一些囚犯看上去随时会跌倒；还有一些状态好一点的囚犯长了胡子，还留了长发，即便是之前认识的人现在也不一定能认出来。

一个高大健壮的年轻男子从左边的牢门走出来。皮诺认出，此人就是之前给红衣主教舒斯特作助手，后来因伪造罪而被捕的神学院学生巴尔巴雷斯基。巴尔巴雷斯基肯定是越狱后又被抓了。周围的囚犯三三两两走着，不敢正视黑衫军，但巴尔巴雷斯基无所畏惧地走在前排。

"多少人？"劳夫问。

"一百四十八个。"一位守卫大声回道。

"还差两个。"劳夫说。

最后一人从右侧牢门走出来，甩了甩眼睛前面的头发。"图利奥！"皮诺倒抽一口冷气低呼道。

图利奥没有听到皮诺的声音。皮诺的声音淹没在囚犯的脚步声中。图利奥蹒跚着消失在卡车后面。黑衫军的指挥官向前走去。莱尔斯将军正在与劳夫上校和那位党卫军上尉对质。皮诺能听到他们争辩的声音。劳夫拿着马鞭指向黑衫军说了什么，莱尔斯闭嘴了。

黑衫军的指挥官指向他最左边的那个人喊道："从你开始，从一到十报数。报到十的人出列。"

那人犹豫片刻后说:"一。"

"二。"第二个人说道。

就这样往下报数,直到队伍中一个看起来虚弱不堪的男人报到"十",然后有些迟疑地走出队列。

"一。"第十一个人说道。

"二。"第十二个人说道。

过了一会,巴尔巴雷斯基报道:"八。"

紧接着,第二个、第三个报到"十"的人走出队列。之后又多了十二个。这些报到"十"的人肩并肩站在众人面前。报数继续持续下去。

一个囚犯突然对法西斯士兵和行刑队大吼大叫。皮诺踮着脚尖站着看,想起莱尔斯与舒斯特的对话。

听到图利奥报到"十",成为第十五个出列的人,皮诺心里一凉。

"你们十五个上卡车。"一位黑衫军士兵说,"其余的各自回到原来的牢房。"

皮诺在去莱尔斯还是去图利奥那边之间挣扎,不知如何是好。如果去找莱尔斯,告诉他图利奥是他的好朋友,但图利奥是因抵抗运动的间谍活动被捕入狱的,莱尔斯会不会也开始怀疑——?

"你在这里做什么,一等兵?"莱尔斯质问道。

莱尔斯正站在一旁怒视着皮诺。皮诺太过沉浸在自己的想象中,没有注意他的动向。

"对不起,将军。"皮诺说,"我以为您需要翻译。"

"快去车那里。"莱尔斯说,"那辆卡车开出去以后,追上去。"

皮诺敬礼,接着跑出监狱的门,找到戴姆勒指挥车坐进去。停在圣维托雷监狱外的卡车缓缓驶离。就在皮诺发动指挥车的时候,第一道阳光照射到监狱的墙上,落到拱门上方。下方的阴影中,那辆载着图利奥和其他十四位囚犯的卡车开了出去。

皮诺和莱尔斯在车里坐了片刻,皮诺问:"将军?"

"见鬼!"莱尔斯说,"跟上,一等兵。"

卡车隆隆行驶在米兰市区,戴姆勒轿车很快追了上去。皮诺想问莱尔斯到底是什么情况,然后告诉莱尔斯图利奥的事,但他没有这个胆量。

皮诺绕行米兰大教堂前面的广场时,向教堂尖顶最高处瞥了一眼。教堂尖顶最高处沐浴在阳光下,而教堂下方两侧的滴水兽却依然笼罩在深深的黑暗中。眼前的景象让皮诺感到非常不安。

"将军?"皮诺说,"我知道您说了不准说话,但您能不能告诉我那辆卡车里的囚犯会怎么样。"

莱尔斯没有答话。皮诺扫了眼后视镜,吓得张口结舌,原来莱尔斯将军正冷眼看着他。

莱尔斯说:"接下来要发生的事是你祖先发明的。"

"将军?"

"古罗马人称之为'十一抽杀律',一等兵。这是古罗马帝国时期沿用的惩罚。但不是长久之计。"

"我不懂。"

"'十一抽杀律'是一种心理战术,"莱尔斯解释道,"以可悲的恐惧来减弱叛乱的威胁。但历史已经证明,用暴行来报复平民只会滋生更多的仇恨,而不会让他们诚服。"

暴行?皮诺心道。报复?莱尔斯警告过红衣主教的暴行?他们要对图利奥等人做什么?如果告诉莱尔斯将军图利奥是他的挚友的话,会帮上忙吗，还是会……

隔壁的街道传来扩音器刺耳的声音。一个男的用意大利语对洛雷托广场喊道："全体市民请注意！"

两群黑衫军士兵已在广场环岛周围拉起警戒线。那几辆卡车及莱尔斯将军的指挥车驶来时，他们挥手放行。卡车开到"贝尔特拉米尼新鲜果蔬店"附近停下，倒车掉了个头，背对那堵将几栋建筑连在一起的空白墙。

"绕着环岛继续开。"莱尔斯说。

皮诺驶过果蔬店。残破的遮阳篷让他一下想起爆炸的事。卡莱托从店门里走出，注视了卡车一会儿，而后转移视线。看到好友，皮诺心头一震。

皮诺踩了一脚油门，赶紧躲开卡莱托的视线。绕着环岛开到四分之三的地方，莱尔斯命令皮诺把车停到埃索石油加油站。这里的加油泵上吊着很大的钢梁。一位服务员紧张不安地走出来。

"告诉他把油箱加满，我们要停这儿。"莱尔斯说。

皮诺转告了那位服务员。他看到将军旗，便急忙跑开了。

广播不停地响。开始有几个好奇的米兰市民稀稀拉拉过来，接着不断有新人加入，最终汇聚成持续不断的人潮，从四面八方向洛雷托广场涌来。

黑衫军在果蔬店向西三十米和火车两侧向北四十五米处立起木栅栏。卡车附近空出一大片场地。栅栏外围观的人群逐渐增加。

很快就来了一千多人。戴姆勒指挥车和装着图利奥的卡车离了一百五十米，又一辆纳粹指挥车半道开了出来，停在环岛路边。从皮诺站的位置和角度看不见车里的人。越来越多的人涌入洛雷托广场，很快就挡住了皮诺的视线。

"我看不见了。"莱尔斯说。

"我也看不见了,将军。"皮诺说。

莱尔斯停顿了下,看向窗外,说:"你能爬上去吗?"

一分钟后,皮诺踩着加油泵爬上那根比较低矮的钢梁。皮诺紧紧抓住一根钢柱,另一根钢梁则位于头这么高的位置。

"你能看见吗?"下面的莱尔斯站在车边问道。

"能,将军。"皮诺下方人头攒动。在一千五百人之上,视线很清晰,不会被挡住。几辆卡车还停在那里,车后面的门帘紧闭。

"拉我上去。"莱尔斯说。

皮诺向下看去。莱尔斯已爬上加油泵,伸来一只手。皮诺帮忙把莱尔斯拉上来。莱尔斯依附在钢梁上的交叉处,皮诺则抱着一根钢柱。

上午九点整,远方,米兰大教堂的钟声敲响了。从监狱庭院来的黑衫军指挥官从一辆卡车的驾驶室里爬了下来,来到那辆装着囚犯的车后面,消失在皮诺的视线里。

很快,十五名囚犯一个接一个鱼贯而出,肩并肩,面对着围观人群,朝果蔬店右边那面墙走去。周围的人神色愈发紧张不安。图利奥第七个出来。皮诺这时心里已然清楚接下来要发生什么,即便不确定是以何种形式。他紧紧环抱着钢柱,以免到时掉下去。

那辆空卡车开动了,人群让出位子,车子很快就开到了环岛上。一群带着兜帽的持枪黑衫军士兵从另一辆卡车后面涌了出来。接着,这辆卡车也开走了。这群装备着全自动手枪的法西斯士兵在离囚犯不到十五米的地方站成一排。

一位黑衫军士兵吼道:"共产党游击队每杀害一名德军士兵或萨洛军士兵,我们都将严惩不贷。"

广场立马鸦雀无声,只有难以置信的窃窃私语声。

一名囚犯突然对法西斯行刑队大喊大叫起来。

那人是图利奥。

"你们这群懦夫!"图利奥怒吼道,"你们这群叛徒!替纳粹干脏活,还知道遮脸。你们就是一堆……"

全自动手枪开火了,图利奥第一个被射倒。他淹没在枪林弹雨中,跌跌撞撞地向后退去,最后四肢无力地横躺在人行道上。

第十八章

皮诺窝进自己的臂弯里,尖叫连连。枪声不止,囚犯陆续倒下。围观人群惊恐万状,发了疯似的狂喊大叫,蜂拥逃离大肆屠杀的刽子手。枪声停下后,十五位烈士倒在血泊之中,洛雷托广场的墙上鲜血淋漓。

皮诺双眼紧闭,抱着钢珠滑了下来,跨坐在下面那根钢梁上。耳中,呼喊声变得模糊不清,似乎是从十分遥远的地方传来。"这世道不该如此,"皮诺自言自语,"不该这样惨无人道。"

皮诺想起雷神父曾以更高的使命召唤他,不知不觉背诵起往生祷告词《万福玛利亚》。他背到最后一句,"天主圣母玛利亚,求您现在和我们临终时,为我们罪人祈求天主……"

莱尔斯吼道:"一等兵!天杀的!你听到我说话了吗?"

皮诺茫然失措,四处张望,抬头才发现纳粹将军莱尔斯冷着脸面无表情还站在钢梁上。

"下去。"莱尔斯说,"我们要走了。"

皮诺的第一个念头就是拽住莱尔斯的脚拉他下来,使他从四米多高的地方背面朝地摔到下面的水泥地上。自己再跳下去,亲手勒死他，以防万一。莱尔斯对暴行不加制止。他坐视……

"我说了，'下去'。"

皮诺爬了下去，觉得自己大脑的一部分似乎永久性烧毁了。莱尔斯在皮诺之后爬下去，上了戴姆勒指挥车后座。皮诺关上车门，悄无声息地坐到方向盘后。

"去哪儿，将军？"皮诺麻木地问道。

"里面是不是有你认识的？"莱尔斯问，"我听到你尖叫了。"

皮诺热泪盈眶顿了一下。"没有。"他开口说，"我只是之前从没见过这种场面。"

莱尔斯透过后视镜打量了皮诺片刻，说："走吧。这里没别的事了。"

皮诺发动戴姆勒指挥车，另一辆德军指挥车已经掉头往检查点开去。那辆指挥车后座的车窗摇了下来。皮诺能看到劳夫上校正从车里望着他们。皮诺想将油门一脚踩到底，迎面朝盖世太保头子劳夫的车撞过去。劳夫的车肯定不是戴姆勒轿车的对手。如果能就此除掉劳夫，那么这个世界肯定会美好很多。

莱尔斯说："等他们先开出去。"

看到劳夫的身影消失在米兰市区，皮诺发动戴姆勒指挥车。

"去哪儿，将军？"皮诺再次问道。他忍不住回想起图利奥勃然大怒、朝刽子手破口大骂，然后跌跌撞撞死在枪林弹雨中的样子。

"蕾佳娜酒店。"莱尔斯说。

皮诺发动汽车朝酒店的方向开去。"恕我冒昧，将军，那些尸体怎么处理？"

"曝尸示众，天黑后家属可来认领。"

"从早到晚吗？"

"劳夫上校想要米兰市民,特别是游击队的,看看伤害德军士兵会是什么下场。"莱尔斯在驶出检查点时说道,"一群野蛮的蠢货。难道不知道这样只会让想杀德军士兵的意大利人越来越多吗?我说,一等兵,你想不想杀德国人?你想不想杀我?"

皮诺听到这个问题大吃一惊,难道莱尔斯会读心术不成。他赶紧摇头说:"不,将军。我和所有人一样都想过和平富足的生活。"

回盖世太保总部的路上,莱尔斯沉默不语,陷入沉思中。莱尔斯下车后说:"给你三小时。"

虽然担心接下来的任务,但皮诺还是下了戴姆勒指挥车。他脱下万字饰臂章,来到家里新开的女包店。女店员告诉皮诺,他父亲去"阿尔巴纳斯皮具箱包店"了。

皮诺推门走进皮具店,店内只有米凯莱、阿尔贝特舅舅、格蕾塔舅妈三人。

阿尔贝特舅舅一见到皮诺,就从柜台后面冲出来。"你到底去哪了?我们都担心死了!"

"你没回家。"父亲说,"谢天谢地,你总算回来了。"

格蕾塔舅妈看了下皮诺问:"出什么事了?"

皮诺一时之间不知如何开口,接着,忍住泪水道:"纳粹和法西斯为了报复炸弹袭击,在圣维托雷监狱弄了一次'十一抽杀律'。报数报到'十'的人出列,一共有十五个人。然后把人运到洛雷托广场,用全自动手枪枪决。我在里面看到……"皮诺失控痛哭,"图利奥了。"

阿尔贝特舅舅和父亲神色大变,像是中了一枪。

格蕾塔舅妈说:"不会的!你肯定看错人了。"

皮诺哭诉道:"是他。图利奥很英勇。他对着那些朝他开枪的人大声喊骂，骂他们是懦夫……然后……天啊，场面太……可怕了。"

皮诺来到父亲跟前，一把将其抱住。阿尔贝特舅舅抱着已经有些歇斯底里的格蕾塔舅妈。"我恨纳粹！"格蕾塔说，"我恨法西斯，人民痛恨他们。"

等格蕾塔舅妈冷静下来后，阿尔贝特舅舅说："我必须去告诉图利奥的母亲。"

"日落之后她才能认领图利奥的尸体。"皮诺说，"他们把曝尸示众当作对游击队杀死德军士兵的警告。"

"猪猡。"舅舅骂道，"这是没用的。这只会让我们更强大。"

"莱尔斯将军也是这么说的。"

中午时分，皮诺坐在斯卡拉歌剧院门口的台阶上，看着正对面的蕾佳娜酒店，还有停在附近的戴姆勒指挥车。皮诺悲伤到麻木了。望着街对面伟人列奥纳多·达芬奇的雕像，听着匆匆而过的路人叽叽喳喳的私语，皮诺又想哭了。所有人都在讨论早上发生的残忍暴行。有好几个人现在都称洛雷托广场为不祥之地。残忍暴行在皮诺的脑海里一遍又一遍重演。皮诺也觉得洛雷托广场是不祥之地了。

下午三点整，莱尔斯终于从盖世太保总部出来。他上车后吩咐皮诺再开到电话局去。到了电话局，皮诺等待的时候又想起了图利奥。夜幕终于降临。想到好友的遗体可以被领回下葬，皮诺的心情好了一点。

晚上七点，莱尔斯出了电话局，回到指挥车后座，说："多莉家。"

皮诺把车停在多莉家门前。莱尔斯让他拿上锁着的手提箱。两人经过大厅时，那位丑老太婆戴着眼镜、眯眼看着他们。等他们爬楼梯去多莉的公寓时，丑老太婆在后面似乎用鼻子吭声冷笑了一下。安娜打开房门,看得出她脸色不太好。

"晚上在家吗,将军?"安娜问。

"不,"莱尔斯说,"我想带多莉出去吃晚餐。"

多莉穿着睡袍,手里端着一只装着酒的高脚杯,走进门厅说:"好提议。人家从早到晚坐家里等你,都快憋疯了,汉斯。我们上哪儿去?"

"拐过街角那个店。"莱尔斯说,"我们可以走过去。我现在很想走走。"他犹豫了下,看向皮诺。"你可以留在这里,一等兵,吃点东西。等我回来了,我会告诉你今晚是否还有你的事。"

皮诺点点头,坐到长椅上。安娜一副闷闷不乐的样子,手忙脚乱地穿过餐厅,从皮诺身边经过,无视他的存在,说:"今天要给你准备什么,多莉?"

莱尔斯跟了上去,三人消失在公寓深处。对皮诺来说,一切都如此不真实。莱尔斯仿佛今天早上不曾目睹十五人倒在冰冷的血泊中,竟然还寻欢作乐。他简直和爬行动物一样冷酷无情。在看了活人被子弹射得抽搐不止,目睹他们在生命垂危的时刻鲜血汩汩而流,莱尔斯竟然还能和情妇一起出去吃饭。

安娜回来了,以一种应付苦差事的口吻说道:"你饿了吗,一等兵?"

"别麻烦了,我不饿,女士。"皮诺看着别处说道。

安娜停顿了一会儿,叹了口气,以另一种口吻说道:"不麻烦,皮诺。我可以给你热点吃的。"

"谢谢。"皮诺说道。眼睛还是没有看安娜。此刻,他关注的是莱尔斯留在他脚边的手提箱,心想,要是自己会撬锁就好了。

皮诺听到有人大着嗓门说话的声音模模糊糊地传来,好像是莱尔斯和情妇在争吵还是什么的。皮诺抬起头,安娜已经不在了。

门砰的一声打开了。多莉经过皮诺座位旁的门厅,喊道:"安娜?"

安娜急忙跑进餐厅和客厅。"在这里,怎么了,多莉?"

多莉用德语对安娜说了什么,安娜听完很快就走了,似乎听得懂德语。莱尔斯又出现了,穿着军装裤、鞋子和无袖背心。

皮诺立刻起立。莱尔斯没有看他,直接走进客厅,然后用德语对多莉说了什么。多莉的回应很唐突。莱尔斯离开了几分钟,多莉又给自己灌了一杯威士忌,站在窗边抽起烟来。

皮诺心里觉得很古怪,莱尔斯刚刚的行为好像引起了他的注意,但他又没有完全理解其中的含义。到底什么情况?

莱尔斯回来了,穿了一件刚熨过的衬衫,系了一条领带。夹克被他甩在肩膀上。

"我们几小时以后回来。"莱尔斯从皮诺身边走过,说道。

皮诺望着莱尔斯和多莉的背影,心中再次升起那种古怪的感觉。他努力回忆,莱尔斯几分钟之前,没穿衬衫,然后……

天啊,皮诺心道。

*

门关上了。皮诺听到门木板发出的嘎吱声。他转过头,看到安娜站在门口。

"我听食品杂货店老板说,今天早上有十五位抵抗运动的成员在洛雷托广场被枪决了。"安娜绞扭双手说,"这是真的吗?"

皮诺再次感到全身不适:"我亲眼目睹了。里面有一个是我朋友。"

安娜捂嘴道:"啊,太可怜了……快到厨房来。厨房有炸小牛肉片、马铃薯丸子和蒜香黄油。我给你开一瓶将军最好的红酒。他不会发现的。"

很快,一尘不染的厨房尽头的小桌子就腾出了一个位子。上面还点了一根蜡烛。安娜坐在皮诺对面,呷着一杯红酒。

小牛肉?皮诺坐下闻到餐盘里飘来的迷人香味。他上一次吃小牛肉是什么时候了?轰炸开始之前?皮诺尝了一块。

"哇。"皮诺呻吟道,"这太好吃了。"

安娜露出了笑容。"是我祖母教我做这道菜的,愿她安息。"

皮诺边吃,边和安娜说话。讲到洛雷托广场的惨状,安娜听了垂头丧气,两只手撑着脑袋。但她抬头再看向皮诺时,眼睛红红的,还有一层朦胧的水雾。

"怎么有人能想出这么邪恶的事?"安娜问道。蜡油从蜡烛上滴落下来,在烛台下方凝结在一起。"他们不担心自己的灵魂吗?"

皮诺想到劳夫还有那些戴着兜帽的黑衫军士兵。

"我觉得他们并不在意自己的灵魂。"皮诺吃完小牛肉,说道,"这些人本来就是穷凶极恶之徒,再坏一点也无所谓了。"

安娜看向他,说:"一位意大利男孩怎么会成为德军将军的司机的?"

听到这个问题,皮诺不开心了,说:"我不是男孩。我十八了。"

"十八啊。"

"那你多大?"

"快二十四了。你还要吃东西吗?酒?"

"我能先用下卫生间吗?"

"门厅往里走,右手第一个门。"安娜说道,伸手去拿酒。

皮诺穿过客厅，走进门厅。门厅的地上铺着地毯，只有两只低瓦数的灯泡亮着，灯光昏暗。皮诺打开右手边的第一扇门。开灯走了进去。卫生间的地上铺着瓷砖，有一个浴缸、一个堆满化妆品的梳妆台以及另一扇门。皮诺走到那扇门前，踌躇片刻。接着，轻轻试了试门把手。门把手转动了。

推开门，里面黑漆漆的。给人的感觉很像是莱尔斯和情妇的房间，皮诺停下脚步。内心有一个声音在警告他，不要再往前了，回厨房去，去找安娜。

皮诺打开灯。

房间里他目光四下扫视了一下，离得较远的最左边，收拾得整整齐齐，干干净净，应该是莱尔斯的。离得较近的右边则杂乱无章，活像剧院的服装间，应该是多莉的。多莉这边有两个衣架子，上面挂满了各式各样精致华美的连衣裙、短裙和女式衬衫。抽屉里塞着各式各样的羊毛毛衣，多得都溢了出来。衣橱里的彩色丝巾、吊袜束腰带和紧身胸衣挂得乱七八糟，多得都关不上门。床边放着一排排鞋子，这是多莉这边唯一整齐有序的。鞋子前面，在一堆堆书籍和帽盒之间，是一张孤零零的桌子。桌上是一个开着的大珠宝盒。

皮诺先到房间里比较整洁的那一边，仔细检查了一组抽屉的上方，发现里面装着一个放着袖扣的托盘、一个衣刷、一个鞋拔以及一套剃须用具，但并没有看到他要找的东西。床头柜里外也没有。

"可能是我看错了。"皮诺心想，接着又摇头否认。"我没有看错啊。"

但莱尔斯这样的人会把那东西藏到哪儿去呢？床垫下面、床下面都看了。就要去搜莱尔斯的剃须用具时，皮诺突然注意到镜子里的什么东西。那东西就在多莉那堆杂乱的衣物中。

为了不踩到多莉的东西,皮诺踮着脚尖小心翼翼地绕过床头,最终来到珠宝盒前。一簇簇珍珠、黄金项圈以及各式各样的项链挂在盒盖里面的挂钩上。

皮诺把这些华贵的珠宝推到一边,寻找那条更为朴实的……

找到了!皮诺从挂钩上取下带着莱尔斯手提箱钥匙的细项链,心头感到一阵激动。他将项链塞到裤子口袋里。

"你在干什么?"

皮诺心惊胆颤,猛的一回头,只见安娜站在卫生间门口,两臂交叉,手里端着一杯酒,脸上露出怀疑的神情。

"没事到处看看。"皮诺说。

"看多莉的珠宝盒?"

皮诺耸肩道:"看看而已。"

"不光是看!"安娜怒道,"我看到你把什么东西塞到口袋里了。"

皮诺不知如何回应。

"原来你是小偷。"安娜嫌恶道,"我本该想到。"

"我不是小偷。"皮诺走向她说道。

"不是?"安娜向后退了一步,说道,"那你是什么?"

"我……我不能告诉你。"

"说吧,否则我就告诉多莉在哪儿抓到了你。"

皮诺不知如何是好。是该把安娜击倒,然后逃跑,还是……

"我是盟军的……间谍。"

安娜轻蔑地笑道:"间谍?就凭你?"

皮诺怒了。

"谁比我更合适?"皮诺反问道,"他去哪儿我就跟去哪儿。"

安娜安静下来,面上仍有疑色。"把你做间谍的经过告诉我。"

皮诺犹豫片刻后，把最初在"阿尔宾那之家"援救犹太人，而后父母因担心其安危逼迫他加入"托特组织"，随后在摩德纳火车站值守遭遇空袭受伤躺到德军医院的病床上，最后在舅舅的皮具店外偶遇莱尔斯将军，以及机缘巧合之下成为指挥车司机的经历从头到尾说了一遍。

"我不在乎你信不信我，"皮诺最后说道，"但我的命现在就在你手里。莱尔斯要是知道了，我就没命了。"

安娜打量了下皮诺。"你往口袋里装了什么？"

"莱尔斯手提箱的钥匙。"皮诺说。

这话像是解开了安娜的心锁，安娜态度立刻转变，原本疑虑重重的脸绽放出温柔的笑颜。"我们把箱子打开！"

皮诺松了一口气。安娜相信他了，不会告诉莱尔斯了。安娜也参与打开箱子的行动，莱尔斯发现的话，她也会没命的。

皮诺说："我今晚还有一个计划。"

"什么计划？"

"跟我来。"皮诺说道，带着安娜回到厨房。

餐桌上的烛火依然在跳动。皮诺举起烛台，往桌上倒了一小滩蜡油。

"别这样做。"安娜说。

"马上会弄下来的。"皮诺说道，摸索口袋，拿出那根带着钥匙的项链。

皮诺从项链上解下钥匙。等蜡油凝结成白色软脂状后，将钥匙轻轻地往里压。"现在，我就能配一把备用钥匙，随时想打开手提箱就可以打开。"皮诺说，"你有牙签和抹刀吗？"

安娜开始对皮诺另眼相看，她从橱柜里拿来一根牙签。皮诺将钥

BENEATH A SCARLET SKY 247

匙从蜡中轻轻挑出来,用热水洗净。安娜把抹刀放在桌上,皮诺用抹刀将凝固的蜡从桌子表面刮下。用纸巾包住冷却的模子,放到衬衫口袋里。

"接下来呢?"安娜眼睛里闪着光,问道,"太刺激了!"

是很刺激,皮诺咧嘴一笑。"我打算开箱看一下,然后把钥匙放回多莉的珠宝盒里。"

皮诺以为安娜会很高兴,没想到她却撅起嘴来。

"怎么啦?"皮诺问。

"嗯。"安娜耸肩道,"就像你说的,一旦配了钥匙,你随时想开箱就开箱。我在想,我们不如把钥匙放回去,然后……"

"然后呢?"

"你可以亲我。"安娜一本正经地说,"你很想亲我,对吗?"

皮诺本打算否认,但坦言道:"是的,超出你的想象。"

皮诺放回钥匙,关上多莉卧室的门。安娜忍俊不禁,正在厨房里等他。安娜指了指一把椅子。皮诺坐下后,她将酒杯放到一旁,坐到皮诺大腿上。安娜用双臂搂住皮诺的肩膀,开始吻他。

怀里抱着安娜,感受着她柔软的双唇,闻着她身上芬芳的味道,那感觉就像是小提琴在演奏优美悦耳的旋律。皮诺的身体随着美妙的音乐而颤抖。

安娜停止接吻,将额头靠在皮诺的额头上。

"和我想的一样。"安娜低语道。

"第一次看到你,"皮诺气喘吁吁地说,"我就希望可以这样。"

"我很幸运。"安娜说完,又吻起皮诺来。

皮诺把安娜抱得更紧了,感觉好得让他惊讶,仿佛大提琴加入到小提琴中,仿佛找回了自己身体遗失的一部分。安娜的触摸,她嘴唇的味道，还有她眼睛中的温柔，让他的身体完整。除了抱着安娜，他什么也不想要，他愿意一直抱着她，能抱多久就抱多久。他们第三次热吻起来。皮诺用鼻子蹭安娜的脖子，安娜似乎很喜欢这样。

"我想了解你的全部。"皮诺低语道，"你从哪来的，还有……"

安娜微微后缩。"我说了，的里雅斯特。"

"那你小时候是怎么样的？"

"我是很古怪的小女孩。"

"不会吧。"

"我妈这么说的。"

"那你妈是什么样的？"

安娜手指交叉放到皮诺嘴上，凝视着他的眼睛，说："有一位智者曾经告诉我，放下心防的同时也会揭开伤疤，暴露我们的人性、缺陷和全部身心。"

皮诺发现安娜眉头紧蹙。"嗯？"

"我还没准备好让你看我的伤疤。不想让你看到我的人性、缺陷和全部。我希望这……我们……是我们共同的幻梦，让我们暂时逃离这场战争的梦幻。"

皮诺伸手摩挲着安娜的脸。"美丽的幻梦，美妙的逃离。"

安娜第四次轻吻皮诺。皮诺听到木管乐器的声音加入到他胸膛之中震动的弦乐器中，他的思维和身体都完完全全沉浸在这首名为安娜玛尔塔的乐曲之中了。

第十九章

莱尔斯将军和多莉吃完晚饭回来,皮诺笑容满面坐在前厅的长椅上。

"你就在这儿坐了两小时?"莱尔斯问。

喝醉的多莉被逗笑了,朝皮诺望去。"这对安娜来说,是个灾难。"

皮诺面红耳赤,避开多莉的目光。多莉低声轻笑,从他身边大摇大摆走过去。

"你可以走了,一等兵。"莱尔斯说,"把车停在车辆调配场,明天下午四点准时过来。"

"是,将军。"

宵禁将至,皮诺开着戴姆勒指挥车穿行在大街上,忍不住想自己这辈子最美好的一夜竟然是在最糟糕的一天的末尾度过的。在过去的十二个小时内,他经历所有可能的情绪,从惊恐,到悲痛,再到亲吻安娜的激动。安娜虽然比皮诺大六岁左右,但他毫不在意,反而觉得安娜更有魅力。

皮诺把指挥车停在车辆调配场,往科尔索利托里奥的新家走去,心情又一次在见到图利奥死去的惊恐痛苦和亲吻安娜的陶醉乐曲之间不停切换。皮诺乘坐鸟笼电梯经过纳粹哨兵，心想：“主的恩赐，主的惩戒，有时就在同一天内发生。”

父亲如果不和朋友们一起演奏音乐的话，常常会很早上床睡觉。皮诺打开公寓前门。家里应该很安静，只亮着一盏灯等他。没想到窗帘把光遮住了，家中其实灯火通明，地板上放着他熟悉的手提箱。

"米莫！"皮诺轻呼道，"米莫，你在这里吗？"

米莫闻声从厨房跑了出来，喜笑颜开，给了皮诺一个熊抱。皮诺离开"阿尔宾那之家"有十五周了，米莫只长高了一英寸左右，但身体无疑结实了很多。皮诺能感受到他肩背上虬结隆起的肌肉。

"能见到你太好了，皮诺，"米莫说，"真是太好了。"

"你来这里做什么？"

米莫压低声音。"我和爸爸说自己想回家住一段时间，但其实是因为我在'阿尔宾那之家'实在躲不下去了，我们在上面做的事确实很有意义，但一想到下面正在进行真正的战斗，我就受不了了。"

"那你接下来有什么打算？要加入抵抗游击队？"

"没错。"

"你年纪太小了。爸爸不会答应的。"

"你不说，爸爸就不会知道。"

皮诺仔细打量米莫，对他的胆大妄为感到惊讶不已。弟弟才十五岁，就似乎无所畏惧，无论将自己置于何种境地都毫无顾虑。但加入游击组织对抗纳粹也太过凶险了。

米莫突然面无血色，指着皮诺裤子口袋里露出的红色万字饰臂章，忍不住颤抖起来。他问道："这是什么？"

"啊。"皮诺说，"这是我制服的一部分，不过事情不是你想的那样。"

"怎么不是我想的那样?"米莫怒道,他退后拿起整套制服:"你在为纳粹作战,皮诺?"

"作战?没有。"皮诺说,"我是司机。仅此而已。"

"德国人的司机?"

"是。"

米莫差点把吐沫吐到他脸上。"你为什么不参加抵抗运动,为意大利而战?"

皮诺犹豫了下,开口道:"那样的话,我就得逃离战场,我会成为一名逃兵的。纳粹这些日子在杀逃兵,你还没有听说吗?"

"所以,你是说你现在是纳粹分子,意大利的叛徒吗?"

"这件事并不是非黑即白的。"

"就是非黑即白。"米莫对皮诺吼道。

"这是阿尔贝特舅舅和妈妈的主意。"皮诺也吼道,"他们不想让我在俄罗斯前线丧命,才让我加入了'托特组织'。这个组织负责建筑工程的。我就是为一位军官开开车,等待战争结束就不干了。"

"安静!"父亲走进房间呵斥道,"楼下的哨兵会听到你们说话的!"

"这是真的吗,爸爸?"米莫压低声音问,"其他人为了解放意大利前赴后继的时候,皮诺却穿着纳粹的衣服苟且偷生?"

"你这话说得太重了。"米凯莱答道,"不过,确实如此,你妈妈、阿尔贝特舅舅,还有我都觉得这是最好的方案。"

父亲的话似乎并没能安抚二儿子。米莫对哥哥讥笑道:"谁能料到啊?皮诺·莱拉竟然是苟且偷生的懦夫。"

皮诺抡起拳头狠狠打了米莫一拳,米莫猝不及防之下摔倒在地上,鼻子被打出血来。"你根本不知道自己在说什么!"皮诺气道,"完全不知道。"

"住手!"米凯莱分开二人说道,"不准再动手了!"

米莫看了眼手中的血,轻蔑地看着皮诺:"继续啊,来打我啊,我的纳粹哥哥。这不是你们德国人唯一擅长的吗?"

皮诺想狠狠地扇他的嘴巴,同时把自己为祖国所做的、所看的事告诉弟弟。但他不能。

"你爱怎么想就怎么想吧。"皮诺说着离开了。

"德国佬。"米莫在后面叫道,"希特勒的小男孩会平安无事吗?"

皮诺浑身颤抖,走进卧室关门上锁。他脱掉衣服,爬上床,调好闹钟。皮诺关上灯,感觉手指有些肿胀。他躺在床上,觉得生活又来了一次大反转,往不好的方向发展。这就是主对他的安排吗?在一天之内接连经历失去英雄的悲痛、获得爱情的喜悦以及被兄弟奚落的无奈?

这一夜,皮诺脑海里再次思绪万千,最终,他还是想着安娜迷迷糊糊地睡着了。

*

十五天后,在意大利中部城市阿雷佐北部的亚平宁山脉,六只骡子正拖着两门重炮艰难无比地沿着一座干旱陡峭的山坡向上攀登。一位党卫军士兵挥鞭猛抽骡子,抽打得骡子的腹部皮开肉绽。骡子吃痛受惊,发出刺耳的嘶鸣,蹄子死命刨地,扬起阵阵尘土。

"把这些骡子赶开,动作快点,一等兵。"坐在后座处理公务的莱尔斯将军抬头说道,"我有水泥要浇筑。"

"是,将军。"皮诺回道。骡队从道路被赶离后,皮诺加快了车速。他一个接一个地打哈欠,疲倦不堪,恨不得直接躺在地上睡个够。

莱尔斯工作出差的节奏令人震惊。在洛雷托广场执行枪决后的这段日子里,他和皮诺一天有十四五个小时乃至十六个小时在路上。莱尔斯尽可能选择在夜间出行,还给前车灯套了中间有一条缝的帆布罩子。皮诺只能借助非常微弱的光线辨认道路,开车上路时必须长时间集中注意力。

经过那群可怜的骡子时,已经过了下午两点。皮诺从天不亮一直开车到现在。自从那次和安娜在厨房接吻后,皮诺一直在长途奔波之中,几乎再没和安娜独处过。这使他烦上加烦。想起安娜依偎在他怀里与他嘴唇相碰的美妙感受,皮诺总会忍不住想念她。皮诺打了个哈欠,想到那段美妙的时光,脸上露出了微笑。

"往那里开。"莱尔斯指着挡风玻璃外崎岖干旱的土地命令道。

直到道路被丛生的乱石彻底堵塞后,皮诺才停下车。

"我们从这里开始步行。"莱尔斯说。

皮诺下车,打开后车门。莱尔斯下了车,说道:"把你的笔记本和笔带上。"

皮诺朝后座的手提箱瞟了一眼。得益于阿尔贝特舅舅的朋友,皮诺一周多前就配好了备份钥匙,可惜一直没有机会试一下。皮诺从手套箱里取出压在地图下的笔记本和笔。

山上的岩石很疏松,两人往上爬的时候,不时有碎石子在脚下滑落。到了山顶,向下俯瞰,山谷两侧是绵延的山脊,从地图上看,宛若一只张开的蟹螯。往南是一大片辽阔的平原,分布着农场和葡萄园。往北,在蟹螯内侧上方,一大群人正顶着炎炎烈日在干活。

莱尔斯朝山脊上那批人走去,没有丝毫犹豫。皮诺落在后面,被山脊上惊人的人数吓到了。看上去就像一处蚁丘裂了，蚂蚁密密麻麻、成群结队地涌出来，遍地都是。

走近看那些所谓的"蚂蚁"，其实是穿着灰衣、疲惫不堪的人。一千五百多个俘虏，甚至更多。有的人在为修建机枪堡垒和炮台而混合、运输和浇筑水泥，有的在山谷里设置坦克陷阱，有的在从山坡的一侧往另一侧拉起一道带刺铁丝网，还有的在用锄头和铲子为德国步兵挖掘掩体。

在皮诺看来，眼前的场景就像是法老时代奴役他人为其修建陵墓的翻版。莱尔斯在一处可以俯瞰四周的高地停下，凝视着下方一大群任其驱使的俘虏。至少从表情上判断，他对俘虏们艰苦的处境是无动于衷的。

"法老的奴隶主。"皮诺心道。

这是从都灵被抓来的游击队战士安东尼奥当时对莱尔斯的称呼。

"他确实是奴隶主。"

*

对莱尔斯的恨意再次从皮诺内心深处涌了出来。一个曾对圣维托雷监狱灭绝人性的大屠杀表示强烈反对的人，奴役这一大群俘虏，竟然可以内心毫无挣扎和谴责。皮诺对此无法理解。莱尔斯看着推土机把陡坡上的树干和巨石堆在一起，脸上毫无表情。

莱尔斯看了眼皮诺，指向下面道："盟军士兵进攻时，这些障碍物会迫使他们直面我们的机枪。"

皮诺故作激动地点头。"是，将军。"

两人穿过一连串相互连通的机枪堡垒和炮台，皮诺跟在莱尔斯身后做笔记。走得越远，看得越多，莱尔斯就变得越发生硬和焦虑。

"记下来，"莱尔斯说，"很多地方的水泥都是劣质的。很有可能是意大利水泥商搞的鬼。山谷上方的防御工事还不够牢固。通知凯塞林我还需要增派一万名劳动力。"

一万名奴隶。皮诺边记边厌恶地想到。这些人对他来说如同草芥。

莱尔斯随后与"托特组织"以及德军中的高级军官开了一次会。皮诺在指挥部掩体外能听到他咄咄逼人、大喊大叫的声音。会议结束后，皮诺看到军官吼自己的下属，下属再吼比自己职位低的人，看上去就像一阵越来越汹涌的海浪。这阵浪潮最后到了党卫军士兵那里。他们得知莱尔斯的命令后，就让重担落到奴隶的肩上。党卫军士兵拿鞭子抽，拿脚踹，不择手段地驱使奴隶们更卖力地干活。皮诺很清楚，这预示了什么——德军认为盟军很快就要来了。

莱尔斯看到焕然一新的工作节奏，似乎大为满意，对皮诺说："我们在这里的任务完成了。"

沿着山坡走回去的路上，莱尔斯除了时不时停下来观察工事进展外，一直大步流星地向前，就像一台不可阻挡的机器。他有心吗？他有灵魂吗？皮诺怀疑。

接近那条通往指挥车的小路时，皮诺看到在党卫军的监视下，七名灰衣人正挥舞着锄头在凿石头。其中几个灰衣人疯疯癫癫的，样子就像皮诺曾经见过的疯狗。

距离皮诺最近的奴隶位于其他几个奴隶上方，正在软弱无力地挖掘着。他停下来，把双手撑在锄把的另一头，仿佛要虚脱了。一个党卫军士兵立刻呵斥，从山的另一头大步走来。

那个奴隶移开目光，发现皮诺正站在上方看他。他的皮肤饱经日晒，已变成烟黄色，胡须比记忆中更蓬乱了，人也瘦了很多。但皮诺非常确定，眼前之人正是安东尼奥。皮诺担任莱尔斯的司机的第一天，曾在地下隧道里给他送过水。两人相互凝视，皮诺感到既同情又羞愧。从侧面过来的党卫军士兵抡起枪托朝安东尼奥的脑袋砸了下去。安东尼奥被砸倒在地，从陡峭的土坝上滚落下去。

"一等兵！"

皮诺吓了一跳，转头望去。只见莱尔斯站在上方五十米高的地方，正怒气冲冲地回头看着他。

皮诺最后看了一眼躺在地上不省人事的安东尼奥，向莱尔斯小跑过去。他觉得这是莱尔斯的罪过。尽管不是莱尔斯本人下令将安东尼奥击倒，但在他看来，莱尔斯难辞其咎。

*

皮诺穿过后门，走进阿尔贝特舅舅的皮具店的裁缝室时，天已经黑了。

"我今天不仅看到了丑恶的事情，"皮诺说道，再次情绪激动起来，"而且还听到了类似的事情。"

"和我说说。"阿尔贝特舅舅说。

皮诺竭尽所能地向阿尔贝特舅舅描述自己和莱尔斯一起看到的场面，以及纳粹因为安东尼奥休息一下就将其杀害的残忍行径。

"党卫军就是一群刽子手。"阿尔贝特舅舅正埋头查看皮诺记的笔记，抬起头来说道，"自从报复法令施行后，现在每天都听说有暴行发生。党卫军在斯塔泽马的圣安娜用机枪屠杀了五百六十个无辜的人，还焚毁了尸体。卡萨利亚有一位神父在圣餐台上做弥撒的时候被枪杀了，同时遇害的还有三位老人。他们把剩下的五百四十七个教区居民抓到教堂墓园里，用机枪扫射处决他们。"

"什么?"皮诺惊道。

格蕾塔舅妈说:"还在继续。就在前几天,圣特伦佐的巴迪纳有五十多个意大利小伙子,都和你年纪差不多大,被党卫军用带刺铁丝活活勒死,然后挂在树上。"

皮诺对纳粹分子已是深恶痛绝。"必须阻止他们。"

"如今,抵抗纳粹的人一天比一天多。"阿尔贝特舅舅说,"你的情报因而非常重要。你能帮我在地图上把你到过的地方指出来吗?"

"这一整片区域,莱尔斯说这里的混凝土质量差,不牢固。"皮诺对着地图示意道,"莱尔斯非常担忧。盟军攻打这块阵地前,应该首先轰炸这里,清理掉这块区域。"

"漂亮。"阿尔贝特舅舅在皮诺所说的那块区域的经纬线上,边做记号边赞道,"我会把你的消息传出去。对了,你之前和莱尔斯一起去过的那条隧道,好像是你第一次见到那些奴隶?那条隧道昨天被摧毁了。游击队等里面只剩下德军后才采取行动,把隧道两头都炸毁了。"

听到这个消息,皮诺心情好了一些。他还是发挥了作用的。

"如果我能够打开那个手提箱,一定会大有帮助的。"

舅舅说:"对的。还有,我们考虑帮你弄一台微型相机。"

听到微型相机,皮诺很兴奋。"我间谍的身份,都有谁知道?"

"你、我,还有你舅妈。"

"还有安娜。"皮诺心里暗道。但他嘴上说道:"盟军不知道吗?游击队呢?"

"他们只知道你的代号。"

听到代号,皮诺更兴奋了。"真的吗?我的代号是什么?"

"观察者。"阿尔贝特舅舅答道,"'观察者注意到某某地点有机枪堡垒'，'观察者注意到有向南运输的军队物资'。我们特意取了一个不会引人注目的代号。这样一来，就算德军截获了情报，他们对你的身份也毫无线索。"

"观察者，"皮诺说道，"简单明了。"

"我就是这么想的。"阿尔贝特舅舅站起来说道，"你可以把地图收起来了，不过我要先把上面用铅笔做的标记擦掉。"

*

皮诺收起地图，又待了一会儿后动身离开。饥肠辘辘、心力交瘁的皮诺往家的方向走去。也许是因为多日不见安娜，他不自觉地就转向多莉住的公寓楼。

等到了公寓楼前，皮诺才惊讶不已，自己怎么到这里来了。快到宵禁的时间了。皮诺当然不能直接上去敲门要求与安娜见面，对吧？莱尔斯的命令是让他回家睡觉。

就要离开的时候，皮诺想起安娜说过，在她房间不远处的厨房下有个后楼梯。她在里面吗？是在洗盘子，还是在洗多莉的衣服？

皮诺捡起一把石子，往后一仰，尽数朝窗户上扔去，想知道安娜在不在里面。十秒过去了，又等了十秒。皮诺正欲离去之际，听到窗框拉上去的响声。

"安娜！"皮诺轻声呼道。

"皮诺？"安娜轻声呼应。

"让我从后门进去。"

"将军和多莉还在里面。"安娜有些顾虑地说道。

"我们保持安静。"

安娜停顿了好一会儿，开口道："稍等片刻。"

安娜打开杂物间的门,两人蹑手蹑脚地爬上后楼梯,安娜领头,每走几步就要停下来听一听动静。终于,两人到了安娜的卧室前。

"我饿了。"皮诺嘀咕道。

安娜打开门,把皮诺推进去,低声回道:"我去给你找点吃的,你就待在这里,不要出声。"

很快,安娜就带着剩菜回来了。今晚吃的是肘子和炒面,都是莱尔斯最喜欢的。安娜在房里点了根蜡烛,皮诺借着一点烛光,把剩菜一扫而光。安娜坐在床上,在一旁一边喝酒,一边看皮诺大快朵颐。

"肚子饱了。"皮诺吃完说道。

"那就好。"安娜说,"你知道吗,对我来说,幸福是一门学问。快乐地度过余生的每一天,这就是我的追求。幸福有时会悄然而至,但需要一双会发现的眼睛。这是我从什么地方读到的一段话。"

"这就是你追求的吗?幸福?"

"还有什么比幸福更重要的吗?"

"那你怎么找到幸福呢?"

安娜犹豫了一下,说道:"就从身边找起,找到没有注意到的幸运,然后心怀感恩。"

"雷神父也是这么说的。"皮诺说,"他说,无论生活多难,都要对每一天心怀感恩。相信主,相信明天会更加美好。"

安娜微微一笑。"前面说的对。后面我就不知道了。"

"为什么?"

"对于美好的明天,我失望过太多次。"安娜说完,亲了下皮诺。皮诺把安娜搂进怀里吻了起来。

这时,隔墙传来争吵声——是莱尔斯和多莉。

"他们在吵什么?"皮诺低声问。

"吵来吵去还不是同一件事啊。都是为了莱尔斯在柏林的老婆。皮诺,你得走了。"

"真的吗?"

"走吧。"安娜说道,她亲了下皮诺,嫣然一笑。

*

1944年9月1日,英国第八集团军攻破哥特防线中位于阿雷佐北部鳌状山脊的薄弱部分,随后向东挺进亚得里亚海海岸。这场战役是继卡西诺山战役和安齐奥战役之后意大利战场最血腥惨烈的一场战役。被阻隔在意大利东北部港市里米尼的盟军对防御工事狂轰滥炸,投下超过一百万发迫击炮和加农炮弹。

血雨腥风的九天之后,美国第五集团军击退位于斯泰尔维奥山口高地的纳粹部队,英军加强对哥特防线东头的攻势。盟军呈钳形攻势向北推进,试图在节节败退的德国第十集团军再次成形之前对其形成合围之势。

皮诺和莱尔斯曾到泰拉奇纳附近的制高点,亲眼目睹了科里亚诺小镇和周围驻扎的大量德军遭遇狂轰滥炸的情形。盟军地面部队发动攻势之前,投下了七百多发重型炮弹。经过长达两天残忍无比的白刃战后,科里亚诺失守了。

两周之内,此处战死的盟军士兵总计约有一万四千名,德军士兵总计约为一万六千名。尽管德军装甲师和步兵师伤亡惨重,但还是成功撤退,并在北面和西北面开辟出一条新的战线。莱尔斯哥特防线其余部分则固若金汤。在此期间,皮诺一直在提供情报,但由于西线的法国战场兵力物资损失惨重,盟军在意大利战场再次停滞不前。

九月底,米兰技工集体罢工。一些技工离开工厂时还顺带破坏了设备,造成坦克停产。

十月初,莱尔斯耗费数日终于使坦克生产线重新启动,却听说米拉菲奥的菲亚特汽车工厂将要罢工。莱尔斯和皮诺直奔远离都灵市区的米拉菲奥。工厂的生产线仍然在运转,只不过速度极为缓慢,莱尔斯和菲亚特管理层在生产线上方的一间房间里谈判,皮诺担任翻译。会议室里的氛围紧张到凝滞。

"我需要更多的卡车,"莱尔斯说,"更多的装甲车,还有更多用于战场上替换的零部件。"

工厂经理卡拉布雷塞是个汗津津的胖子,但面对莱尔斯却毫无惧色。

"我的工人不是奴隶,将军,"卡拉布雷塞说,"他们工作是为了谋生——应该付给他们谋生的钱。"

"我会付的,"莱尔斯说,"言出必行。"

"要真那么简单就好了。"卡拉布雷塞脸色勉强露出一丝微笑,一副不相信的样子。

"十七号工厂的事难道我没帮你吗?"莱尔斯问,"我下令让人把那里的每台机器都搬走运回德国。"

"这还有意义吗,有吗?十七号工厂已经在盟军的攻击中摧毁殆尽了。"

莱尔斯对卡拉布雷塞摇头。"道理你懂的。互帮互助、互利互惠,才能生存。"

"既然你都这么说了,那么好吧,将军。"卡拉布雷塞说。

莱尔斯朝卡拉布雷塞走近一步,看向皮诺,说:"提醒他,我有权迫使生产线上的任何人参加'托特组织',否则就面临被遣返到德国的风险。"

卡拉布雷塞脸色一沉道："你的意思是要抓人做奴隶？"

皮诺犹豫了下，还是翻译了。

"迫不得已的话。"莱尔斯，"但这取决于你是要把这座工厂留给自己，还是拱手让给我。"

"我需要职位比你高的人做出支付我们工资的保证。"

"你知道我是谁吗？我的职责是什么？要造多少辆坦克，我说了算。要缝多少条短裤，也是我说了算。我……"

"你是给阿尔伯特·施佩尔做事的。"卡拉布雷塞说，"他的权力比你大。让施佩尔打电话来。如果是你上司向我保证，我们可以考虑。"

"施佩尔？你觉得那个软蛋是我上司？"莱尔斯说道，像是受到了冒犯。说完，他找菲亚特经理借用了电话。莱尔斯打了好几分钟的电话，好几次情绪激动地用德语争吵起来。最后他频频点头地对着电话说："是，尊敬的元首。"

*

莱尔斯拿着电话继续说着德语，皮诺以及房间里的其他人都目不转睛地注视着。通话进行了大约三分钟的时候，莱尔斯猛地拔下耳侧的听筒。

希特勒的咆哮声响彻房间。

莱尔斯看着皮诺，冷冷笑道："告诉卡拉布雷塞先生，元首愿意亲自向他保证支付工资。"

卡拉布雷塞接起电话，那表情比要抓电线还要痛苦。他把听筒放到距离耳侧几厘米的地方。希特勒继续暴跳如雷的演说，仿佛是遭人背叛，他这时很可能嘴里唾沫星子横飞。这位菲亚特经理满头冒汗，双手发颤，意志变得不再坚定。

卡拉布雷塞把电话塞回莱尔斯手中，对皮诺说："让他转告希特勒，我们接受他的保证。"

"明智的决定。"莱尔斯说道，又拿起电话，用宽慰的口吻说："是，尊敬的元首。是，是，是。"

过了一会儿，莱尔斯挂了电话。

卡拉布雷塞浑身汗湿，瘫坐在椅子上。莱尔斯放下电话，看着他说："你现在知道我是谁了吧？"

卡拉布雷塞不敢正视他，也不接话，只是唯唯诺诺，不住点头。

"很好，那么，"莱尔斯说，"我就等着你每周两次的生产报告了。"

莱尔斯把手提箱交给皮诺，便迈步往外走。

外面天快黑了，但天气还算温暖舒适。

"去多莉家。"莱尔斯上车说，"不要说话。我要思考。"

"是，将军。"皮诺说，"顶篷是关上还是开着？"

"开着吧。"莱尔斯说，"我喜欢呼吸新鲜空气。"

皮诺找出帆布遮光罩装在车前灯上，然后发动戴姆勒指挥车，借着缝隙里透出的光线往东边的米兰开去。开了不到一小时，一轮又大又圆的月亮从东边升起，洒下一片柔光，路况变得容易看清了。

"这是蓝月。"莱尔斯说，"一个月里的第二次满月。是第二次吗？我记不太清了。"

离开都灵后，莱尔斯首次开口说话。

"我觉得月亮黄澄澄的，将军。"皮诺说。

"蓝月指的不是颜色，一等兵。通常，一个季度会出现三次满月，一季因而有三月，比如现在的秋季。但今年，此时此刻，在三次满月

264　猩红色的天空下

一循环之中出现了第四次满月。这种现象极为罕见,天文学家因而称之为'蓝月'。"

"是,将军。"皮诺沿着一段笔直的路段向前开去,一边回答,一边望着地平线上升起的月亮出神。这月亮就像是某种征兆。

两人开到一处路段,路段两旁是高耸参天的大树,排列间隔整齐均匀,远处则是大片的田野。皮诺没有再想蓝月的事,而开始想希特勒的事。电话那头真的是那位元首本人吗?那人的声音听上去倒是像希特勒一样亢奋。他又想起莱尔斯问菲亚特汽车厂经理的问题:你现在知道我是谁了吧?

皮诺偷偷瞄了一眼坐在后座的莱尔斯,心中暗道:"我不知道你是谁,但我现在知道你为何人做事。"

皮诺还没回过神,隐约听到身后的西面传来引擎的嗡嗡声。他看向后视镜和侧视镜,一点灯光也没有,没有来车的迹象。但那嗡嗡声更响了。

皮诺转过头,看到莱尔斯转过身,在他对面,后方那片树林上方有一团巨大的阴影。月光下,一架战斗机显露出机翼和机头,朝他们径直飞来,引擎的嗡嗡声逐渐加强。

*

皮诺猛踩刹车,指挥车六轮制动滑行。战斗机向两人俯冲而来,宛若一只夜莺。战斗机飞行员扣动机枪扳机,将还在滑行中的指挥车前方的公路扫射得千疮百孔。

射击停止。战斗机向高处飞去,往皮诺的左侧倾斜,随即在树梢后消失了。

"扶好,将军!"皮诺叫道,挂上倒挡,往后倒车。接着,向右打方向盘，切换成低挡位，直至一挡，关闭前灯，加大油门。

指挥车越过沟渠，上到另一边，接着，穿进树林的一处缺口，来到一块像是刚犁过的田里。皮诺开车冲到一簇树丛下方，停车熄火。

"你怎么……"莱尔斯惊恐万分问道，"你究竟在……"

"听，"皮诺低声道，"飞机又回来了。"

战斗机顺着第一次出现的那条公路，再次从西方俯冲而来。它似乎是想追上指挥车，然后从后面将其摧毁。由于视线被树枝遮蔽，皮诺有好几秒都看不到战斗机。那只银色的夜莺从两人身边掠过，飞到高速公路上方，轮廓映衬在罕见的蓝月下。

皮诺注意到机身上的黑白同心圆机徽说："这是英国的。"

"喷火式战斗机，"莱尔斯说，"配备.303勃朗宁机枪。"

皮诺发动戴姆勒指挥车。在等候的同时，耳听八方，眼观六路。战斗机一个急转弯，再次飞回林木线上空，在他们头顶上方六百米处盘旋。

"他知道我们躲在这附近。"皮诺说道，突然意识到指挥车的引擎罩和挡风玻璃很可能在月下熠熠生辉。

战斗机距离他们大概两百米远的时候，皮诺将戴姆勒指挥车挂挡，开到一处长满带刺灌木的篱墙下，试图遮住左前侧板。皮诺低下头，感觉到战斗机从他们头顶飞过，然后离开。

戴姆勒指挥车碾过犁过的车辙和土块，一路加速从田间驶过。皮诺不确定战斗机是否会第三次经过，因而不时回头。皮诺开到田地的一个角落，驶入树林的另一个缺口后停下，车头向下，面朝公路的沟渠。

皮诺关掉引擎，第二次开始听周围的动静。战斗机的嗡嗡声已经远去了。莱尔斯放声大笑，拍起皮诺的肩膀。

"你天生就是个玩躲猫猫的好手！"莱尔斯说，"哪怕没有枪向我射击，我也想不到这样。"

"谢谢，将军！"皮诺笑容满面地说道，同时发动戴姆勒指挥车，再次朝东开去。

但很快，他的内心陷入纠结之中。一方面，皮诺再次因为受到莱尔斯的表扬而洋洋得意，对此他感到惊骇。但不管怎么说，皮诺表现得很聪明，很机灵，对吧？皮诺毫无疑问战胜了那位英国飞行员，对此他非常欢欣鼓舞。

二十分钟后，两人开到山顶上，一轮满月当空升起。夜空中，喷火式战斗机的身影从月亮前掠过，向他们径直俯冲而来。皮诺急踩刹车。戴姆勒指挥车的六个轮子又一次进入滑行状态，发出尖厉的嘎吱声。

"快跑，将军！"

指挥车还没停稳，皮诺就夺门而出，一个踉跄的大跨步，跳进沟里。与此同时，喷火式战斗机的机枪开火了，子弹噼里啪啦地打在沥青碎石上。

子弹击中指挥车，玻璃破裂震碎，皮诺落进沟里，上气不接下气。碎片残骸密密麻麻地打在背上，他抱头缩成一团，气喘吁吁。

射击停止后，喷火式战斗机朝西飞去。

第二十章

战斗机的嗡嗡声远去以后,皮诺才顺过气来,在黑暗中压低声音问:"将军?"

无人回应:"将军?"

还是没有回应。他死了?皮诺觉得自己应该为此高兴,但转而想到不好的一面。莱尔斯要是死了,间谍活动也就终止了,就没有更多的情报提供给……

皮诺突然听到一阵响动,接着是一声呻吟。

"将军?"

"是,"莱尔斯声音微弱地说道,"这里。"他在皮诺身后挣扎着坐起来。"我肯定晕过去了。最后只记得自己跳进沟里……发生了什么事?"

皮诺边说边扶着莱尔斯上车。戴姆勒指挥车回火爆响,哆哆嗦嗦,踌躇不前,居然仍在运转。皮诺关闭引擎,指挥车终于安静下来。他从后备箱里取出手电筒和工具箱。按下手电筒开关,将光束移过车顶,莱尔斯目瞪口呆地站在一旁看着。机枪子弹从前往后将指挥车彻底撕裂,被击穿的引擎罩着烟,挡风玻璃破裂震碎,前座和后座也被打穿了，后备箱更是千疮百孔。右前轮胎瘪了。左后轮胎的外胎也是如此。

"您能拿着这个吗，将军？"皮诺递出手电筒问道。

莱尔斯看着手电筒茫然了一会儿，接了过来。

皮诺掀开引擎盖，发现发动机机体遭受了五轮枪击，好在.303轻机枪的连续射击虽然穿透了引擎盖，但明显后劲不足，并未造成任何实际损伤。火花塞有一处分火线断了，另一处也差不多了。散热器上头有个洞。但只要不是动力装置出了问题，用阿斯卡里的话说，都是可堪一用的。

皮诺用刀将两截断开的火花塞分火线刮开，拧在一起，再拿出医用胶带将这处断开的以及那处快断的分别包住。接着，取出修补轮胎工具，找出补丁和橡胶，用补丁和橡胶将散热器上的洞密封。皮诺拆下瘪掉的右前轮胎和右后外胎相互替换。他取下瘪掉的左后外胎，弃掉。皮诺发动了戴姆勒指挥车。指挥车开的时候还是有些颠簸，但已经不再像个老烟枪似的边咳嗽边颤抖了。

"我觉得它能坚持到将我们运回米兰，将军，至于之后，就难说了。"

"开到米兰之后就不重要了。"莱尔斯似乎神志清醒了许多，爬进后座说道。"戴姆勒指挥车太过引人注目，容易成为靶子，我们之后换辆车。"

"是，将军。"皮诺说着，给车挂挡。

指挥车一阵抖动，熄火了。皮诺再次尝试，加大油门，车动了。原本六个轮子的戴姆勒指挥车变成了四个轮子，平衡差了很多，走在路上摇摇晃晃，颤颤巍巍。二挡没了。皮诺把引擎转速加到最大后，才敢换到三挡。车速到达一定程度后，车身震动有所缓解。

开了八公里,莱尔斯要来手电筒,在自己的手提箱里翻翻找找,最后拿出一瓶酒来。他打开瓶盖,灌了一大口,递向驾驶座。"给,"莱尔斯说,"苏格兰威士忌。这是你的奖励。你救了我一命。"

皮诺却并不是这样想的,说道:"我只是做了每个人都会做的事。"

"不。"莱尔斯嗤之以鼻道,"大多数人都会吓得呆住,继续往前开,然后被机枪射成筛子。但你——你没有惊慌失措,依然保持理智。你就是我常说的'有作为的年轻人'。"

"您能这么说我很高兴,将军。"皮诺说道,再次沉浸在莱尔斯的赞许之中。接过酒瓶,喝了一口。酒水下肚,胃里火辣辣的。

莱尔斯拿回酒瓶。"到米兰之前不能再喝了。"

莱尔斯低声轻笑。戴姆勒指挥车摇摇晃晃,皮诺听到莱尔斯对着酒瓶又喝了好几口苏格兰烈酒。

莱尔斯惆怅地笑了笑。"一等兵莱拉,某些方面,你让我想起一个人。确切来说,是两个人。"

"是吗,将军?"皮诺说,"那两人是谁?"

纳粹将军突然安静下来,抿了一口酒,说:"我儿子和我外甥。"

皮诺对此毫无预料。

"我不知道您还有个儿子,将军。"皮诺答道,望向后视镜,除了能看到后座上有个人影,其他什么也看不见。

"他叫汉斯·尤尔根,快十七了。像你一样足智多谋。"

皮诺不知如何回应是好,就接着问:"那您外甥呢?"

莱尔斯沉默了一会儿,叹了口气。"他叫威廉。我们都唤他的小名,威利。是我姐姐的儿子。曾在陆军元帅埃尔温·隆美尔手下服役。在阿拉曼战役中牺牲了。"说到这里,莱尔斯停顿了一下,"因为某些原因，他母亲一直把独子的死怪到我头上。"

皮诺能听出莱尔斯话声中的悲痛之情，宽慰道："对此我很难过，将军。但您的外甥曾与有'沙漠之狐'之称的隆美尔一起服过兵役！"

"威利是个有作为的年轻人。"莱尔斯嘶哑地附和道，又喝了一口酒。

"威利开过坦克吗？"

莱尔斯清了清嗓子，说："第七装甲师。"

"幽灵师。"

莱尔斯竖起脑袋道："你怎么知道这些的？"

"听英国国家广播电台啊。"皮诺心想，但这样回答肯定不会有好下场，便撒了个谎说："我特别喜欢看报纸，而且也看电影院播放的新闻短片。"

"看报纸，"莱尔斯说，"像你这样的年轻人也是少见。不过，尤尔根和威利也很喜欢看报纸，特别是体育版块。我们以前经常一起看体育比赛。威利和我看了柏林奥运会田径比赛。黑人战胜了我们最好的运动员，元首那天可是暴跳如雷。一等兵，那个黑人确实是运动天才。威利总这么说，他说得很对。"

"您还有别的孩子吗？"皮诺隔了好久问道。

"还有个小女儿，叫英格丽德。"莱尔斯容光焕发地说道。

"他们现在在哪里？汉斯·尤尔根和英格丽德？"

"在柏林。和我妻子安纳莉丝一起。"

皮诺点点头，就专注地开车了。莱尔斯一口一口不紧不慢地喝着苏格兰威士忌。

"多莉是我的红颜知己。"过了一会儿，莱尔斯少将突然坦言道，"我认识她很久了，一等兵。我很爱她，也很亏欠她。我在乎她，永远在乎她,但像我这样的男人是不会离开妻子去娶多莉这样的女人的。那就如同一只山羊把一只精力旺盛的老虎束缚到笼子里。"

莱尔斯笑了,笑声中带着仰慕和苦涩。接着,他又喝起酒来。

八周以来,莱尔斯一直沉默寡言、冷若冰霜,两人的年龄和地位又千差万别,莱尔斯居然向他敞开心扉,皮诺震惊了。皮诺希望莱尔斯继续说下去。谁知道他接下来会透露什么呢?

莱尔斯却沉默不语,呷起酒来。

"将军?"皮诺终于开口道,"我可以问您一个问题吗?"

莱尔斯说:"什么问题?"他的声音听上去有些沙哑。

皮诺在交叉路口放慢车速,戴姆勒指挥车回火爆响,让他直皱眉头。皮诺瞥了一眼后视镜,说:"您真的在为阿道夫·希特勒做事吗?"

莱尔斯没有回话,那一刻仿佛成了永恒。过了一会儿,莱尔斯有些不利索地说:"很多,很多次,一等兵,我都坐在元首的左手边。因为我们两个人的父亲都当过海关查验员,所以有人说我们有交情。这话没说错。但我是能做事的人,靠得住的人。希特勒也敬重我这一点。他确实如此,但是……"

皮诺瞟向后视镜,莱尔斯又喝了一口苏格兰威士忌。

"但是?"皮诺重复道。

"但是,我现在在意大利也是件好事。如果你离希特勒这样的人太近,总有一天也会引火上身的。所以,我要保持一定距离。我做好自己的工作,获得他的尊重,如此而已。你明白了吗?"

"是,将军。"

四五分钟后,莱尔斯又喝了一大口酒,说:"我学的是工科,一等兵。我拿了博士学位。一开始,我年轻的时候,经手的款项达到百万。我学会了如何与克虏伯、弗利克等工业大亨打交道。在这一过程中，这些大人物也没少欠我人情。"

莱尔斯停顿了下，说道："我要给你一个忠告，一等兵。一个能改变你人生的忠告。"

"是，将军？"

"与人为善。"莱尔斯说，"这是自然的法则。"

"是吗？"皮诺。

"是的。"莱尔斯说。"这样你永远也不会走错路，每当你需要帮助时，就会有人恰好施以援手。这不止一次救过我的命。"

"我会牢记在心的。"

"你很聪明，像汉斯·尤尔根一样。"莱尔斯笑道。"简简单单的一个道理，与人为善，因为懂得这个道理，希特勒上台前，我过得很好，希特勒上台后，我还是过得很好，我相信，希特勒下台后，我还是会过得很好。"

皮诺看了眼后视镜，黑色的人影端起酒瓶一饮而尽。"最后再给你一条来自老人的建议？"

"是，将军？"

"在人生这场游戏里，永远不要想着做出头鸟、做前台角色、做人人为之侧目的人。"莱尔斯说，"威利就是犯了这个错误。他做了前台角色，暴露在聚光灯下。看到了吧，一等兵，在人生这场游戏里，能够躲在阴影做后台角色总是好的，哪怕是在黑暗中。如此一来，就算逃跑，也绝对不会被人发现。就像是歌剧里演的幽灵……就像是……"

酒瓶掉在地上。莱尔斯嘴里含糊地骂着。片刻之后，他把手提箱搂在怀里当作枕头，呼哧呼哧地低声呜咽，打起呼噜，而且还放了个屁。

抵达多莉的公寓楼时,已经快到半夜十二点了。皮诺把昏睡中的莱尔斯留在指挥车里,心里担心这辆车再也无法发动,下车就跑了起来。皮诺跑过大厅,经过丑老太婆的那只空凳,冲上楼梯,来到多莉家。砰砰连敲了三遍门,安娜才来应门。

安娜穿着睡袍,睡眼惺忪的样子可爱迷人。

"我找多莉!"

"发生什么事了?"多莉穿着黑底金纹的家居服从门厅里走来。

"将军,"皮诺说,"他喝——"

"喝多了?"莱尔斯提着手提箱进门说道,"荒唐,一等兵。我还要喝呢,你也要喝。你要加入吗,多莉?"

皮诺注视着莱尔斯,仿佛看到了起死回生的拉撒路。莱尔斯从身旁经过时,嘴里散发出一股难闻的酒精味,眼睛里布满了红血丝,不过说话倒是没有不利索,脚步也很稳健。

"有什么好事要庆祝啊,汉斯?"多莉高兴道。安娜说过,多莉无时无刻不准备着参加聚会。

"蓝月。"莱尔斯放下手提箱说道。接着,强吻了多莉一下,张开双臂,搂住她的肩膀,回头看着皮诺。"还有件事要庆祝,一等兵莱拉救了我一命,一定要为此好好喝一杯。"

安娜望着皮诺,脸上露出困惑的微笑。"你救了他吗?"

"我是自救。"皮诺嘀咕道,"他相当于无意间搭救的。"

"一等兵!"莱尔斯在另一个房间叫道,"喝一杯!安娜美女,也来喝一杯!"

两人走进客厅,莱尔斯喜笑颜开,端来装着威士忌的酒杯。多莉在给自己猛灌。皮诺好奇莱尔斯居然还能站立,但莱尔斯喝了一口,就开始滔滔不绝地讲起故事："在一个蓝月之夜，驾驶喷火式战斗机卑鄙狡诈的飞行员与驾驶戴姆勒指挥车英勇无畏的一等兵之间展开了一场对决。"

讲到故事的最后，莱尔斯举起酒杯，说道："敬一等兵莱拉，我欠你一份人情，算两份也行。"

多莉和安娜鼓起掌来。在大家的注目下，皮诺双颊泛红，微笑着举起酒杯，回礼道："感谢您，将军。"

门口传来一阵急促的敲门声。安娜放下酒杯，走到门厅。皮诺跟着她。

打开门，外面站着的是楼管丑老太婆，穿着一件破破烂烂的睡衣，提着一盏灯笼。

"鬼哭狼嚎的，邻居还睡不睡了。"她戴着眼镜眨巴着眼睛训斥道，"外面街上有辆卡车还是什么在回火爆响，你们大半夜还喝个烂醉如泥！"

"我忘了。"皮诺说，"我马上下去把车关了。"

多莉和莱尔斯来到门厅的一头。

"出什么事了？"多莉问。

安娜解释过后，多莉说："我们正要睡觉呢，普拉斯蒂诺太太。影响你睡觉了，很抱歉。"

丑老太婆哼哼唧唧了一声，还是一副愤愤不平的样子，转过身，把灯笼举得高高的，拖着脏兮兮的睡衣下摆，摸着楼梯下去了。皮诺走在后面，跟她保持一段安全距离。

皮诺关掉指挥车的引擎。等到莱尔斯和多莉都喝得酩酊大醉回房休息后，这才再次与安娜在厨房独处。

安娜热了道香肠、西兰花和大蒜做的菜，给皮诺和自己分别倒了杯红酒，然后坐到皮诺对面，手托着下巴，东问西问起来。她问了战斗机的事，被人拿着机枪扫射是何种感受，有人想杀你又是何种感受。

"当时很害怕。"皮诺吃着美味的饭菜，想了一想，说道，"但事后有空再想的时候，其实更觉害怕。当时发生得太快了，你懂吗？"

"我不喜欢枪。"

"为什么？"

"枪能杀人，而我是人。"

"很多东西都能杀人。那你怕爬山吗？"

"怕。"安娜说，"你不怕吗？"

"不怕。"皮诺喝着酒说道，"我喜欢爬山和滑雪。"

"还有与飞机决斗？"

"如果有需要的话。"皮诺咧嘴笑道，"这也太好吃了吧，顺便一说。你真的很会做菜。"

"这是家传秘方，谢谢你。"安娜说道，两肩往前一倾，端详起皮诺的脸庞。"你总是能带来惊喜，你知道吗？"

"是吗？"皮诺说道，把盘子往后一推。

"我觉得大家都低估你了。"

"说得好。"

"我是认真的。我就低估你了。"

"真的吗。"

"真的。我为你骄傲，说完了。"

安娜这番话讲得皮诺脸红发烫。"谢谢。"

安娜的目光久久地凝视皮诺，让皮诺觉得自己快要坠入她的目光之中，他们仿佛创造了一个只属于他们的二人世界。

"我觉得我从没有见过像你这样的人。"安娜终于开口道。

"我希望没有。我的意思是,这是件好事,对吗?"

安娜向后倚靠。"说句老实话,是又好又让人害怕。"

"我让你害怕了?"皮诺皱眉道。

"嗯,是的。在某方面。"

"那哪方面?"

安娜看向别处,耸了耸肩。"你让我希望自己有所不同,希望自己更美、更年轻。"

"我就喜欢你现在的样子。"

安娜犹疑地望着皮诺。皮诺伸出手。安娜看了好一会儿,微笑着将皮诺的手握住。

"你很特别,"皮诺说,"就像一场美好的幻梦,我想说。"

安娜脸上的笑意更浓了,起身来到皮诺身边,坐到他腿上。

"让我看看我到底怎么特别。"安娜说着亲吻皮诺。

亲吻停下来后,两个人额头相抵,五指相扣。皮诺说:"你知道关乎我性命的秘密,但我却对你所知甚少。"

过了好一会儿,安娜似乎下了某种决心,卸下心防道:"我和你说过我有一处伤疤,一处旧伤疤。"

安娜说她的童年是美好快乐的。父亲是的里雅斯特本地人,以捕鱼为生,拥有自己的渔船。母亲来自西西里岛,虽然非常迷信,但心地善良。他们在码头附近有个温馨的家,餐桌上总放着丰盛的食物。因为母亲多次流产,安娜是家中的独生女,深受父母的溺爱。安娜喜欢和母亲一起在厨房做菜,喜欢和父亲一起坐船出海,特别是生日那天。

"爸爸和我会在黎明前出门去亚得里亚海,"安娜说,"我们会在黑暗中向西航行好几公里。父亲会把船头掉转向东,然后让我来掌舵。我开着船向日出的方向驶去。我很喜欢这样。"

"你当时多大?"

"嗯,第一次出海,大概五岁吧。"

安娜九岁生日那天,她和父亲早早起床。那天风雨交加,没有办法迎着太阳航行,但安娜还是一心想去。

"我们于是出发了,"安娜说道,沉寂下来,清了清嗓子,"暴风雨变得异常猛烈。父亲把救身圈套在我身上。巨浪滔天,我们的船被撞得东倒西歪。一个大浪把船掀翻,我们掉进了海里。那天晚些时候,我被的里雅斯特的渔民救了。但没人找到父亲。"

"天啊,"皮诺说,"太可怕了。"

安娜点点头,泪水从她眼里滑落,落在皮诺的胸口。"我母亲的更惨。但她这条伤疤下一次再告诉你。我要睡了。你得走了。"

"又这样?"

"是的。"安娜微笑道,再次亲吻皮诺。

皮诺无比渴望留下来。凌晨两点,离开多莉公寓时,皮诺内心喜悦而激动。安娜把门关上了。看不到她的脸,皮诺很伤心,但安娜期待着与他再见也让他很开心。

公寓楼下的大厅空无一人,丑老太婆的凳子也空着。皮诺走出公寓楼。检查着遍布弹孔的戴姆勒指挥车,皮诺十分惊讶自己居然能活下来。他准备回家睡觉,第二天早上去找舅舅。他有很多事情要和舅舅讲。

*

第二天一早,格蕾塔舅妈把排了几小时队买的面包切片烘烤,阿尔贝特舅舅边做笔记,边听皮诺讲述自上次会面以来发生的事情。皮诺讲到莱尔斯将军喝醉才终于结束。

阿尔贝特舅舅坐了好一会儿，开口问道："你刚刚说菲亚特生产线每天下线的卡车和装甲车有多少辆？"

"七十辆。"皮诺。"如果没有消极怠工的话，数量会更多。"

"这是个好消息。"阿尔贝特匆忙记下说道。

格蕾塔舅妈把吐司、黄油，以及一小罐果酱端上桌。

"黄油和果酱！"阿尔贝特舅舅惊呼道。"你从哪儿弄来的？"

"谁都有秘密。"格蕾塔微笑道。

"即便是莱尔斯将军，也是如此。"阿尔贝特舅舅说。

"尤其是莱尔斯将军，"皮诺说，"你知道他直接向希特勒汇报工作吗？他开会就坐在元首的左手边！"

舅舅摇摇头。"莱尔斯的地位比我们想得要高多了，因此我就特别好奇他那只手提箱里装的是什么。"

"那只手提箱他总是随身携带，或是放在不容易丢的地方。"

"但他会留下蛛丝马迹。既然他花了大半周的时间处理罢工怠工问题，那就说明，罢工怠工是有用的。也就是说，工厂要更加消极怠工。我们要一个齿轮接着一个齿轮让纳粹崩溃。"

"德国人支付工资也有困难，"皮诺说，"菲亚特汽车厂运行靠的不是钱，而是希特勒的担保。"

阿尔贝特舅舅仔细看着皮诺，思考着他说过的话。"短缺。"阿尔贝特舅舅想了半天说道。

"什么？"格蕾塔舅妈问道。

"排队买食物是不是越来越难？"

舅妈点点头。"不管买什么，队伍都越排越长。"

"每况愈下。"阿尔贝特舅舅说，"纳粹付不出钱，经济就会开始崩溃。他们很快就会一家一家占领我们的商店，米兰人将面临供不应求的悲惨境地。"

"你真这样想吗？"格蕾塔揪着围裙忧心忡忡道。

"短缺不见得是件坏事，长远考虑的话。愈发苦难的境地只会让更多的米兰人想要反抗，直至将意大利的所有德国人消灭或是赶走。"

*

1944年10月中旬，种种迹象表明阿尔贝特舅舅的预言开始显现了。

美好的秋日早晨，皮诺开着莱尔斯将军的新指挥车，一辆菲亚特四门轿车从米兰出发，向东南方驶去。城外的波河河谷平原正值秋收季节。人们拿着镰刀在田里收割庄稼，在果园菜园里采摘果蔬。莱尔斯坐在菲亚特后座上，照例开着手提箱，腿上堆着一叠报告。

上次从机枪扫射中死里逃生之后，莱尔斯对皮诺态度友好了不少，但也没有再像那晚那样推心置腹、惺惺相惜。皮诺也再没见过莱尔斯喝酒。依照莱尔斯的指示，不到一小时，他们便来到郊外的一处大牧场。牧场上停着五十辆德军卡车以及德国坦克和装甲车，还有七八百名德军士兵，一整营的部队。大部分都是"托特组织"的人，但后面还有一大群党卫军士兵。

莱尔斯走下车，神情肃穆。看到莱尔斯的身影，全营部队立即立正。一位中尉上校上前迎接，把莱尔斯领到一堆装着武器的板条箱前。莱尔斯爬到板条箱上，用德语急促有力地开始演讲。

皮诺只能听懂只言片语，比如"祖国""同胞兄弟的需求"等。不管莱尔斯说了什么，他的话无疑使军心大振。莱尔斯疾呼敦促，士兵们挺胸收肩，深受蛊惑。

莱尔斯在演讲结束之际高呼希特勒的名讳，然后高举右臂，敬了个纳粹礼。"胜利万岁!"他吼道。

"胜利万岁!"台下传来雷鸣般的回应。

皮诺怔怔站在原地,心中愈发困惑。莱尔斯究竟对他们说了什么?发生什么事了?

莱尔斯与几位军官一同走进一处营帐。八百名士兵爬进卡车。一半卡车空着,一半卡车载满人。柴油引擎嗒嗒嗒的发动了。一辆满人的车后面跟着一辆空着的车,卡车队呈蛇形从牧场蜿蜒而出。好几对卡车沿着乡间小路继续向北行驶,其余则掉头向南,隆隆驶向远方,宛如一只出征的战象大军。

莱尔斯走出营帐。喜怒不形于色,坐上菲亚特指挥车的后座,吩咐皮诺往南开,穿过富饶肥沃的波河河谷。开了大约三公里,皮诺看到一个小女孩坐在一个小农场的车道上,农场旁是一个大筒仓。小女孩在啜泣。她的母亲双手捂着脸,坐在前门门廊上。

前方不远处,皮诺看到一具男尸面朝下趴在道路一侧的沟渠里,身上的白短袖被干掉的血污染成紫黑色。皮诺看了眼后视镜。莱尔斯视若无睹,毫无反应,低着头,继续看报告。

顺着道路蹚过溪水,来到广阔的平原,两侧是收割好的田地。前方不到一公里处,有一座大粮仓,周围是一片农舍。

德军卡车停在路边和农家庭院里。党卫军士兵将农民成群结队赶到前院,迫使他们双手抱头,双膝跪地。一共约有二十五人。

"将军?"皮诺说。

后座的莱尔斯抬起头,骂了一句,命令皮诺停车。莱尔斯下车后,朝党卫军士兵大声呵斥。一个"托特组织"士兵扛着大袋粮食从农舍率先出来,其余满载而归的"托特组织"士兵从他身后鱼贯而出,一共有二十多人。

党卫军听了莱尔斯的命令,让农户们都起身,允许他们坐在一起,眼睁睁地看着自己赖以为生的粮食被抢走,扔进纳粹的卡车后面。

一位农民不肯坐下,朝莱尔斯喊道:"你行行好,至少给我们留些口粮啊。"

不等莱尔斯说话,一位党卫军士兵举起枪托就朝那位农民头上抡去,将他击倒在遍布足印的地上。

"他刚才对我说什么?"莱尔斯问皮诺。

皮诺转告莱尔斯。莱尔斯听完,想了一想,向一位"托特组织"士兵喊道:"Nehmen sie alles!"

莱尔斯说完,朝指挥车走去。皮诺心烦意乱,赶紧跟上。即便是以他的德语水平也能听明白莱尔斯这道命令。"Nehmen sie alles",就是"全部拿走"的意思。

皮诺当下只想杀了莱尔斯。但他办不到。他只能咽下怒火,强装镇定。莱尔斯有必要全部拿走吗?

皮诺悄无声息坐进车里,心里再次暗暗发誓,一定要把自己的所见所闻牢记于心,等到战争结束以后,将莱尔斯奴役俘虏、劫掠农民的丑恶行径都公诸于盟军。

一直开到下午,沿路可见越来越多的农场遭到德军士兵的大肆洗劫,他们按照莱尔斯的命令,窃取了原本送去碾磨的粮食,抢夺了原本送去市场的蔬菜,偷走了原本送去屠宰的牲畜。牛被击中头部,挖掉内脏,整只整只扔进卡车里。天气清凉,它们的尸骸冒出热腾腾的白雾。

每次开了没多久,莱尔斯就让皮诺停下,然后下车与一两个"托特组织"的军官交谈。在那之后,莱尔斯就命令皮诺继续开车,自己则再次埋头于报告之中。皮诺时不时瞥向后视镜，对判若两人的莱尔斯感到大为诧异。"他怎么能对所见所闻无动于衷呢？他怎么能……"

"你觉得我很邪恶吗，一等兵？"莱尔斯的声音从后座出来。

"不，将军。"皮诺只能强颜欢笑。

"不，你觉得我很邪恶。"莱尔斯说，"我今天迫不得已做出这样的决定，如果你不因此痛恨我，我反而会感到诧异。我其实也痛恨我自己。但我有军令在身。冬天要来了，我的祖国正处于包围之中。没有这些食物，我的同胞就会饿死。在意大利，在你眼中，我是罪人。但回到德国，我却是无名英雄。所谓善恶，不过是视角不同罢了，对吗？"

皮诺凝视着后视镜里的莱尔斯，想不到他残忍无情，而又善于狡辩。莱尔斯这种人，只要给他个由头，就能义正词严地为任何事辩解。

"是，将军。"皮诺说完，再也忍不住了，"现在，我的同胞就要饿死了。"

"可能有一些吧，"莱尔斯说，"不过，我也是听从上级的命令。如果我这里对任务有丝毫懈怠的话，那就会有把柄给……好了，真的这样，我也无能为力。送我回米兰，去中央火车站。"

第二十一章

火车站周围的道路拥堵不堪,到处都是德军的卡车,上面满载着纳粹从意大利的农场、果园和葡萄园掠夺来的赃物。皮诺跟随莱尔斯将军走进火车站,来到铁路装卸站台。德军士兵正将一袋袋粮食、一桶桶葡萄酒、一筐筐满满一蒲式耳①的蔬菜水果装进一节节车厢里。

莱尔斯迈着大步在装卸站台走来走去,一边连珠炮似的向下属提问,一边大声说出皮诺需要做笔记的内容,似乎对一切了若指掌。

"今晚,九列火车向北驶过布伦纳,"莱尔斯一度说道,"上午七点到达因斯布鲁克。下午一点到达慕尼黑。下午五点到达柏林。届时总计三百六十节车厢的食物将……"

莱尔斯突停止发号施令。皮诺抬起头。

七名党卫军士兵挡住了他们的去路。前方远处,站台旁的轨道上是七节首尾相连的老旧牲畜运载车厢。这些车厢本来像谷仓一样是红色的,但由于油漆起泡剥落,木头开裂破损,看上去摇摇欲坠,已不堪旅途奔波。

---

① 蒲式耳(英文:bushel)是计量单位。一蒲式耳等于 27.216 公斤。

莱尔斯气势汹汹地对那几个党卫军士兵说了什么,几个士兵赶紧让道。莱尔斯朝着那列老旧的货车车厢走去。皮诺跟在后面。抬头看到上面印着"比纳里奥 21 号"的字样。

皮诺有些困惑,觉得自己好像之前听说过,但具体什么场合却想不起来了。火车站里很嘈杂,充斥着装货的声音。直到皮诺走到最后一节车厢,他才听到里面传来儿童的哭声。

听到哭声,莱尔斯瞬间僵住了,站在原地,怔怔望着破损开裂的牲畜运载车厢墙壁。一双双绝望的眼睛正透过墙壁上的缝隙回望他和皮诺。皮诺这时终于想起纳波利塔诺太太的话,失踪的犹太人都在 21 号站台搭上开往北方的火车。

"行行好。"牲畜车厢里的一名妇女啜泣道,"你们要把我们带到哪儿?经历了牢狱之灾之后,你们不能就这样把我们留在这里!这里一点空间也没有。这里……"

莱尔斯脸色难看地看着皮诺,问道:"她在说什么?"

皮诺如实转告。

莱尔斯额头直冒汗。"告诉她,她会去波兰的一处'托特组织'劳动营。那里……"

火车头的发动机发出一声呜咽,列车往回退了一步。一时间,货车车厢里号啕大哭,数以百计的男人、女人和儿童大呼小叫,又是追问目的地,又是哀求告饶。

"你们会去波兰的一处劳动营。"皮诺对那位哭泣的女人说道。

"为我们祈祷吧。"她说道。铁轨上的车轮嘎吱作响,列车缓缓驶离"比纳里奥 21 号"。

最后一节牲畜车厢里伸出三根小小的手指。列车逐渐加速,那三根手指似乎在向皮诺依依挥别。皮诺望着列车的背影,三根手指已从视线消失,但依然深深印在他的脑海里。皮诺内心很想追上那列火车,把上面的人都放了。他失魂落魄、孤立无援地站在原地,努力抑制住想要大哭一场的冲动,那几根手指的画面一直挥之不去。

"莱尔斯将军!"

皮诺转身的同时,莱尔斯也转过身。莱尔斯面色苍白。难道他也看到那几根手指了吗?

在两人前方的站台下,盖世太保上校瓦尔特·劳夫怒气冲冲,面色通红,迈着缓慢沉重的步子向他们走来。

"劳夫上校。"莱尔斯说道。

皮诺远离莱尔斯,假装观察脚下的站台。皮诺不想让劳夫认出他,想起曾在"阿尔宾那之家"见过他这位意大利男孩,以免劳夫对他成为莱尔斯将军司机一事起疑心。

劳夫冲莱尔斯大喊大叫,莱尔斯也反过来冲劳夫大喊大叫。皮诺听不懂他们的话,但听到劳夫提到约瑟夫·戈培尔的名字。莱尔斯相应地提到阿道夫·希特勒。加上两人的肢体语言,皮诺明白了个大概。劳夫听命于纳粹德国宣传部长戈培尔,莱尔斯则听命于元首本人。

经过好几分钟咄咄逼人、针锋相对的争论后,怒气冲冲的劳夫退后敬礼。"希特勒万岁!"

莱尔斯也敬了个礼,但有些兴味索然。劳夫离去之际,突然盯着皮诺看了好几秒,皮诺可以感觉到劳夫的目光在他全身上下游移。

"一等兵,"莱尔斯叫道,"我们要走了。把车开过来。"

"遵命,将军。"皮诺用自己最标准的德语答道,匆忙从两位德军高官身边经过。他始终没有看劳夫一眼,但却能感觉到劳夫毫无波动的黑眼睛锁定在他身上。

皮诺每往前一步,都有预感会被叫回去。但劳夫始终一言不发。

皮诺离开21号站台，心里希望永远不要再回来了。

莱尔斯将军上了指挥车，脸上的神情恢复到难以捉摸的状态。

"多莉家。"他吩咐道。

皮诺瞥了一眼后视镜，发现莱尔斯正眯着眼望着地平线。皮诺知道这时候应该把嘴闭上，但还是没忍住。"将军？"

"什么事，一等兵？"莱尔斯问道，依然望着窗外。

"货车车厢里那些人真的是去波兰的'托特组织'劳动营吗？"

"没错。"莱尔斯说。"那个劳动营叫奥斯维辛。"

"为什么是波兰？"

莱尔斯闻言睁开眼睛，气急败坏道："哪这么多问题，一等兵？你知道自己的身份吗？你知道我是谁吗？"

皮诺感觉后脑像是被人扇了一巴掌。"是，将军。"

"那就把你的嘴闭上。你以后不准问与我或是与任何人有关的问题，我说什么你就做什么。明白了吗？"

"是，将军。"皮诺浑身颤抖道，"很抱歉，将军。"

到了多莉的公寓楼前，莱尔斯说自己拿手提箱上去，命令皮诺把菲亚特开回车辆调配场。

皮诺很想尾随莱尔斯上楼，或是绕到公寓楼后面，让安娜放他进去。但现在天色还亮，他担心会被抓到。皮诺望着多莉家的窗户看了好一会儿后，才开车驶离。他多想把今天的所见所闻都告诉安娜啊，对她说说德军的残暴行径，说说纳粹的目无法纪，说说人民的绝望痛苦。

那个夜晚，还有此后的无数个夜晚，皮诺常常会做关于21号站台上那列红色火车的噩梦。皮诺在梦里反复听到那个女人要他为她祈祷的哀求声，反复看到那几根可怜的小手指对着他摇晃。那几根手指的主人是个孩子,这个孩子的脸千变万化,这个孩子没能被救下。

接下来的数周,皮诺开车带莱尔斯走遍了意大利北部。他们睡得很少。皮诺握着方向盘,常常想起那个没看到脸的孩子,还有那个在21号站台和他说过话的女人。他们是去了波兰在那里劳累而死?还是说把他们随便带到某个地方用机枪扫射杀死?纳粹之前就是这样亵渎过梅纳以及意人利好多地方。

不开车的时候,皮诺无力麻木地看着莱尔斯从工厂劫掠来的机床和数量惊人的建材、汽车和食物。整个城镇的基本物资被搜刮得干干净净,要么通过火车运到德国,要么分配给哥特防线的士兵。莱尔斯从始至终表现得冷酷无情、坚忍克己、恪尽职守。

1944年10月末某夜,皮诺对舅舅说:"我对你说了很多次了,盟军得把布伦纳山口的铁路炸了,必须将这里截断,否则我们什么食物都剩不下。冬天就要来了。"

"这个消息我让巴卡发过两次。"阿尔贝特舅舅沮丧道,"但全世界都在关注法国,把意大利忘到脑后了。"

*

1944年10月27日,皮诺开车和莱尔斯再次来到贝尼托·墨索里尼位于加尔尼亚诺的乡间别墅。在那个温暖的秋日,阿尔卑斯山脉上方的阔叶树的树叶已变成火红色。天空蔚蓝澄澈。加达尔湖湖面映照着蓝天红树的倒影。皮诺情不自禁地想,这世上是否还有比意大利北部更美的地方呢。

皮诺跟着莱尔斯走进庄园的柱廊,来到露台。露台空荡荡的,洒满了落叶。通往墨索里尼办公室的法式落地窗敞开着,他们发现领袖就在里面。领袖站在桌边,马裤的吊裤带垂在身体两边,短上衣的扣子没扣好,电话贴在耳朵上,面容扭曲狰狞。

"克拉拉，雷切尔疯了。"领袖说道，"她要来找你。不要和她说。她说她要来杀你，把门关上，还有……好的，好的，回我电话。"

墨索里尼挂了电话，连连摇头，这才注意到站在一旁的莱尔斯将军和皮诺，就对皮诺说道："你问将军，他老婆是不是遇到多莉就疯了。"

皮诺问了这个问题。莱尔斯很惊讶领袖竟然知道他情妇的事，答道："我老婆遇到大部分事都会疯，但她完全不知道多莉的事。有什么我能为您效劳的吗，领袖？"

"为什么凯塞林元帅总是派你来见我，莱尔斯将军？"

"他信任我。你也信任我。"

"我信任你？"

"我有做任何让您质疑我信誉的事吗？"

墨索里尼给自己倒了些酒，摇了摇头。"将军，为什么凯塞林不信任我的军队？为什么不动用我的军队呢？我有如此之多忠心耿耿、训练有素而且愿意为萨拉共和国而战的真正的法西斯战士，但他们却干坐在军营里。"

"我也不理解，领袖。不过，元帅的军事智慧胜我百倍，我不过是个工程师。"

电话响了。墨索里尼接起电话，说："雷切尔？"

独裁者扯下听筒，皱眉蹙额。妻子尖锐刺耳的声音响彻房间，异常清晰。"游击队！给我送诗了，贝尼托！'我们会把你们都带到洛雷托广场！'这句话出现了很多次。他们怪到我头上，怪到你头上，还怪到你那个婊子情妇头上了！因为这件事，她总算要没命了！"

墨索里尼浑身发颤，把电话猛扣在听筒支架上。他盯着皮诺看，看他听到了多少内容。皮诺咽了下口水，装作看地毯上的刺绣看入

BENEATH A SCARLET SKY 289

迷了。

莱尔斯说:"领袖,我行程很忙。"

"准备撤军的事?"墨索里尼讥笑道,"轮到你去布伦纳山口了?"

"哥特防线还守得住。"

"我倒是听说哥特防线已经千疮百孔了。"领袖说完将酒一饮而尽,"实话告诉我,将军,希特勒是不是真的在建最后的藏身之所?在德国的阿尔卑斯山脉某处的地下,到时他会和绝大部分亲信撤退到那里?"

"这种谣言太多了。不过,我从来没有直接听他说过。"

"如果真有的话,那个地下堡垒里有没有我的一席之地?"

"我不能替元首说话,领袖。"

"这和我听说的倒不一样。"墨索里尼说,"但至少,你可以替阿尔伯特·施佩尔说话吧。希特勒的建筑师肯定知道有没有这样的地方。"

"下次与军火部长谈话时,我会代您请教的,领袖。"

"我要一个双人间。"独裁者说完,又给自己倒了些酒。

"充分了解了您的意愿。"莱尔斯将军说,"我必须要走了。我在都灵有会议。"

墨索里尼还想争论一番,但这时电话响了。他皱了个眉头,接起电话。莱尔斯转身离开。皮诺动身跟去,只听到墨索里尼说:"克拉拉?你关门了吗?"顿了一会,领袖吼道:"雷切尔在?让你的警卫把她从门上弄下来,免得她伤到自己!"

两人离开露台下楼梯的时候,还能听到喊叫声不断传来。

回到菲亚特里,莱尔斯将军摇头说道:"为什么每次离开,我都觉得自己像是去疯人院走了一遭。"

"领袖说了很多奇怪的话。"皮诺说。

"但他在治国上强过我。"莱尔斯说,"有人说,领袖如日中天的时候,意大利的铁路系统和德国钟表一样井井有条。"

"阿尔卑斯山脉真的有地下堡垒吗?"皮诺问。

"只有疯子才会信这种话。"

皮诺很想提醒莱尔斯,阿道夫·希特勒的精神状况也并不稳定,但想想还是不说为好,就继续向前驶去。

*

1944年10月31日,周二,日落不久后,莱尔斯将军吩咐皮诺开车送他去米兰东北十五公里外的蒙扎市的火车站。皮诺已精疲力竭。这些天差不多一直在路上,他想睡觉,想见安娜。自从遭遇战斗机扫射的那夜之后,他和安娜共处的时间加在一起不足十分钟。

但皮诺还是服从命令,将菲亚特车头掉转向北。这个月的第二个满月——真正的蓝月——升起来了,洒下一片清辉,整个乡间宛如一颗绿松石。到了蒙扎火车站,莱尔斯下车,"托特组织"的哨兵立刻立正。这些士兵都是意大利人,像皮诺一样的年轻人,试图在这场战争中存活下来。

"告诉他们,我来这里是要监督火车调度场的中转情况。"莱尔斯将军说。

皮诺说完,那几位士兵点点头,用手指了指站台的尽头。

一辆小卡车慢慢停下。两个"托特组织"的士兵和四个衣衫褴褛的灰衣人下了车。这些灰衣人胸口打着补丁。三人胸口都写着"OST"的字样,一人胸口写着"P"的字样。

"在这等着,一等兵。"莱尔斯将军亲切地对皮诺说,"我不会很久,不超过一小时。之后,我们就可以好好补觉,去见我们的女友。

好吗？"

皮诺迷迷糊糊的，微笑着点点头。他现在只想找个长椅躺下，立马睡上一觉。但看到莱尔斯从一位士兵手中接过手电筒，带头朝站台的尽头走去，皮诺立刻警觉起来。

莱尔斯没把手提箱带在身上！

手提箱就在火车站前的菲亚特里。莱尔斯说了，不到一小时。但这个时间足以把手提箱检查一遍了，对吗？阿尔贝特舅舅答应的微型相机一直没给他弄来。但皮诺有莱尔斯将军的相机，还知道里面有一卷全新的胶卷。莱尔斯坚持要把相机留在车里，为了找到适合设置大炮的地方后方便拍照。莱尔斯只要拍了照片，就一定会取下里面的胶卷，换上一卷新的，哪怕还没用完。

皮诺暗自决定，只要发现任何看上去重要的文件，就拿相机拍下来，取下胶卷，从手套箱里拿一卷新的换上。

皮诺朝菲亚特的方向走了两步，突然感到一阵不安，不是因为累了，而是与刚刚领着那四个奴隶和两个"托特组织"士兵离开的莱尔斯有关。他心里虽然不确定，但很想知道莱尔斯借着满月的光辉会转移什么东西？为什么莱尔斯不想让他看到转移的东西？此事必有蹊跷。莱尔斯一般去哪里，都会让皮诺跟着去的。

一列火车在不远处发出鸣笛声。皮诺怀着纠结矛盾的心情，大着胆子、悄无声息地朝莱尔斯离去的站台尽头走去。皮诺跳下站台，来到火车调度场，走了好一段距离，一路上也没有看到莱尔斯或是与他同行的人。就在这时，一列货运火车隆隆的驶进站台，嘎的一声停了下来。

皮诺手忙脚乱爬到货运火车的车厢之下，沿着铁轨向前缓慢爬行。到了火车另一头，皮诺听到说话声。他从火车下往外看去。右方,在莱尔斯手电筒的照射下,能看到两个"托特组织"士兵的影子正朝着皮诺的方向过来。

皮诺立马把身体紧紧贴在货车车厢的车轮上,看着那几个士兵经过。皮诺再次向外看去,右方,能看到莱尔斯背对着他站在六十米开外的地方。莱尔斯正监视那四个灰衣人接力从货运火车的一节车厢里将货物搬到临近轨道上一列孤零零的货运火车上。那些货物体积不大,但很沉重,几个奴隶搬的时候必须很卖力才行。

如果不能告诉舅舅在莱尔斯手提箱看到了什么,皮诺至少希望能够告诉他莱尔斯趁着夜色在转移什么,以及莱尔斯为何要亲自当监工。

皮诺爬到货运列车的另一侧,尽可能放轻脚步向前移动,毕竟他与莱尔斯只隔着货运车厢。还好,靠近后,能听到沉重金属物件的哐啷声:铛,铛,铛。

皮诺把握好节奏跟着一起动,一步一步往前,感觉来到与众人水平的方位后,他爬到货运车厢下方,手脚并用一下一下挪过去。他从车厢的另一侧往外瞥去,发现莱尔斯就站在离他不到十米的地方。

莱尔斯用手电筒指着铁轨之间的煤渣,几个奴隶借着脚下的光亮搬运着东西。皮诺看到一个人从莱尔斯上方的车厢里搬出一块块狭窄的方形物体递给下一个人,如此通过接力的方式把东西搬到对面锈迹斑斑的红褐色车厢里。他们转移时东西在腰下的位置,皮诺看不太清楚。

那东西究竟是什么?

队列中的第三人手忙脚乱,差点掉了一块。莱尔斯挪动手电筒的光线,照亮那人手里拿着的东西。皮诺强忍住想倒抽一口气的冲动。

是一块砖头,一块金子做的砖头。

"Das is genug（够了）。"莱尔斯用德语对他们说道。

四个奴隶殷切地看着莱尔斯。莱尔斯握着手电筒向货运车厢挥了挥，示意他们把车厢关上锁好。

皮诺意识到黄金已转移完毕，也就是说莱尔斯很快就会往车站和菲亚特的方向走去。皮诺手脚并用慢慢往回爬。听到头顶上方车厢的门滑动关上的声响，赶紧加快速度。

第二节车厢的门关上时，他已到了火车的另一头，站起身，踮着脚尖蹦蹦跳跳来到煤渣旁杂草丛生的地方，掩盖逃离的脚步声。

不出一分钟，皮诺已在往火车站台上攀爬。铁轨尽头，货运列车火车头发出隆隆声。列车车轮嘎嘎作响，开始提速。穿过一块块枕木，发出一连串有力的砰砰声。尽管如此，皮诺依然能听到清晰低沉的枪响。

皮诺听到第一声枪响时，还不敢相信。但紧接着，第二声、第三声、第四声，每隔两到四秒，枪声就从莱尔斯的方向不断传来。从枪声响起到结束一共用了不到十五秒。

莱尔斯下令离开黄金转移现场的那两个"托特组织"的士兵也回到站台上。他们似乎也听到了枪声。

四个奴隶因目击黄金转移而被枪杀。 皮诺恍然大悟，惊恐万分的同时，也愈加怒火中烧。莱尔斯扣动了扳机，冷血无情地杀人灭口。而早在今晚之前，他就预谋好了一切。

最后一节货运列车的车厢经过站台，载着估计是掠夺来的黄金，发出砰砰的声响，驶入夜色之中。火车调度场上应该还有黄金。会有多少？

足以将四个无辜的人灭口。皮诺心想。也足以……

皮诺听到靴子嘎吱嘎吱的脚步声，看到莱尔斯的身影在月光下从站台外走来。莱尔斯打开手电筒，照到站台上的皮诺。皮诺抬起前臂挡住手电筒的光束，惊慌之中心头闪过莱尔斯可能会顺带将他灭口的念头。

"你在这里啊，一等兵。"莱尔斯将军说。"你有听到枪声吗？"

皮诺决定此时最好装糊涂。"枪声，将军？"

莱尔斯爬上站台，连连摇头，十分困惑的样子。"四个人。全跑没影了。我开枪怎么从来打不中呢？"

"将军？我不知道您在说什么？"

"我刚才在外面把一些对意大利来说至关重要的货物从这里运出去，我在保护那些货物。"莱尔斯说，"等我转过身来，那四个劳工抓到机会就逃跑了。"

皮诺皱眉。"您朝他们开枪了？"

"与其说我朝他们开枪，"莱尔斯说，"倒不如说，我朝他们的上头和后头开枪。我枪法烂得吓人。但我不在乎，真的。我不在乎。祝他们好运吧。"莱尔斯鼓掌道："送我去多莉家，一等兵。今天可真够受的。"

皮诺开车回米兰时想，莱尔斯若是真杀了那四个奴隶，然后还能面不改色地说谎，那他要么是演技超卓，要么是丧尽天良。不过，莱尔斯上次看到21号站台的犹太人也大为震惊。或许，他只对一些特定事有良心，对其他的则不讲良心。一路上，莱尔斯似乎心情极好，每隔一会儿就暗自发笑，或是心满意足地砸吧嘴。为何不呢？他可是刚刚藏匿了一笔黄金。

莱尔斯说自己这么做是为了意大利，是为了保护那笔财物，但皮诺将菲亚特停在多莉家前时，心中却依然满腹怀疑。莱尔斯已从意大利窃取了如此之多的东西，又怎么会为这个国家保护任何东西呢？只要一涉及黄金，人就会做出种种古怪诡异、毫无理智的行为，皮诺听过无数类似的鲜活案例。

到了但丁街的公寓楼下，莱尔斯提着手提箱下了车。

"你明天放一天假，一等兵。"莱尔斯说。

"谢谢您，将军。"皮诺频频点头道。

皮诺急需休假，也急需见安娜。然而，显然并没有人邀请他上楼喝一杯威士忌。

莱尔斯动身向前门走去，但又停下了脚步。

"你明天可以用这辆车，一等兵。"他说道，"带那个女仆去你想去的地方吧。玩得开心。"

*

第二天早上，安娜下楼来到大厅时，皮诺正好从前门走进来。两人冲坐在凳子上眨巴着眼睛的丑老太婆迟疑地点点头，然后说说笑笑地离开了，沉浸在对方陪伴的喜悦之中。

"真不错。"安娜坐到皮诺旁的副驾驶座上，说道。

不用穿"托特组织"的制服，皮诺心情很好。他整个人都不一样了，安娜也是如此。她穿着蓝色的连衣裙、黑色的尖头细高跟鞋、精致的羊毛披肩。擦了口红，涂了睫毛膏，还……

"怎么了？"安娜说。

"你太美了，安娜。你都让我想唱歌了。"

"你嘴真甜。"安娜说，"要不是担心弄花了多莉昂贵的法国口红，我一定亲你一口。"

"我们去哪儿？"

"去美丽的地方，能让我们忘记战争的地方。"

皮诺想了想，说："我正好知道这样的地方。"

"不过，在我忘记之前，"安娜把手伸进手提包，拿出一个信封交给皮诺，说道，"莱尔斯将军说这是一封通行信，上面有他的签名。"

开往切尔诺比奥的途中遇到拦路的哨兵，只要出示莱尔斯的亲笔信，对方就会态度剧变，令人震惊。皮诺开车带安娜来到靠近科莫湖西边湖汊南端的一个小公园，这是他最喜欢的科莫湖景点。秋日，天晴气爽，暖风吹拂。天空是浅蓝色的，高处的悬崖积雪皑皑，崇山峻岭与湖中的倒影宛若两幅连在一起的水彩画。皮诺觉得有些热，脱掉外面的厚衬衫，露出里面的白背心。

"好美啊。"安娜说，"我知道你为什么喜欢这里了。"

"我不知多少次曾在这里驻足，但依然觉得这里的风景美不胜收，此景只应天上有，天下难寻的好地方，你明白吗？"

"我明白。"

"让我给你在这拍张照片吧。"安娜拿出莱尔斯将军的相机说道。

"你哪来的相机？"

"手套箱里的。我会留下胶卷，把相机放回去的。"

皮诺犹豫了下，耸了耸肩，说道："好吧。"

"侧身站好。"安娜说，"下巴抬起来，把头发拨到后面，我要看到你的眼睛。"

皮诺尝试把头发拨到后面，可微风一直把他的卷发吹到眼睛前。

"等一下。"安娜说着，把手伸进包里，拿出一条白色的束发带。

"我才不戴这东西呢。"皮诺说。

"但我想看你露出眼睛的照片。"

若是执意不从，安娜定会大为失望，皮诺只好接过束发带绑在头上，做了个鬼脸，把安娜逗笑了。皮诺侧身站着，抬起下巴，脸上露出微笑。

安娜咔嚓咔嚓按了两下快门。"完美。我会永远记住你这个样子的。"

"带着束发带?"

"这样,我才能看到你的眼睛啊。"安娜抗议道。

"知道了。"皮诺说道,抱住了她。

两人分开后,皮诺遥指科莫湖的北方。"在那上面,看到雪线下面了吗?那里就是莫塔,雷神父的'阿尔宾那之家'就在那里。我和你说过的。"

"我记得。"安娜说,"你觉得他还在帮助犹太人吗?雷神父?"

"当然。"皮诺说,"没什么能阻止雷神父的信念。"

紧接着,皮诺想起21号站台,脸上的神情沮丧起来,安娜见状问:"怎么了?"

皮诺将自己在21号站台的所见所闻都告诉了安娜。望着红色的牲畜运载列车驶离时的愧疚,还有看到那几根挥别的小手指的痛苦。

安娜叹息一声,轻抚皮诺的后背,说道:"你不能总逞英雄,皮诺。"

"你说得对。"

"我是说的对。你不能把什么问题都扛到自己身上。你要找到属于自己的幸福,其余的事尽力就好。"

"我和你在一起就很幸福啊。"

安娜似乎有些矛盾,但还是微笑道:"你知道的,我也是如此。"

"和我讲讲你母亲的事吧。"皮诺说。

安娜的脸变得僵硬了。

"很痛的伤疤?"

"是最痛的伤疤之一。"安娜答道。两人沿着湖畔向前走去。

安娜告诉皮诺,父亲在海中溺亡而自己幸存下来后,母亲逐渐神志不清。母亲对安娜说,父亲的死以及生了她以后反复流产都是安娜的错。

"她觉得我有一双邪恶的眼睛。"安娜说。

"你?"皮诺说完哈哈大笑起来。

"这不好笑。"安娜严肃认真道,"我母亲对我做了非常可怕的事,皮诺。她让我觉得关于我自己的一切都不是真的。她甚至请神父来为我驱邪,赶走我身体里的恶魔。"

"不会吧。"

"不骗你。我后来一有机会就离开了家。"

"的里雅斯特?"

"离家出走,之后很快离开了的里雅斯特。"安娜说道,将视线转向科莫湖。

"你去了哪儿?"

"因斯布鲁克。我接了应征广告,遇到了多莉,然后来到了这里。生活总是会把你带到你该去的地方,让你遇到该遇到的人,多不可思议啊?"

"你认为我是你应该遇到的人吗?"

湖面吹来一阵风,将安娜的几缕秀发吹到面前。"我觉得是的。"

皮诺想,自己与莱尔斯将军相遇是否也是主的安排呢,但是看到安娜将秀发撩到脑后露出微笑的样子,皮诺彻底忘了这个问题。

"我不喜欢巴黎的口红。"皮诺说。

安娜笑道:"我们接下来去哪里?还有哪里很漂亮?"

"你挑吧。"

"的里雅斯特附近的话,我能带你去很多地方。但这里,我不熟悉。"

皮诺想了想,不情愿地看着科莫湖,然后说道:"我知道一个地方。"

一小时后,皮诺开着指挥车压过铁轨,沿着农场的车道来到父亲和贝尔特拉米尼先生表演过《今夜无人入眠》的那处山坡。

天上黑云滚滚。"为什么是这里?"安娜有些顾虑地说道。

"我们爬上去,我会证明给你看的。"

两人下了车,开始往山坡上爬。皮诺讲起 1943 年的那个夏天。每天一到晚上,他们一行人就会乘火车离开米兰,来这里避难,睡在茂盛繁密、芬芳扑鼻的草丛里,他和卡莱托见证了米凯莱和贝尔特拉米尼先生宛若神迹般的小提琴表演和歌唱表演。

"他们怎么办到的?"

"爱。"皮诺说,"他们富有激情地演绎了狂乱的部分,那股激情源于爱。其他都无法解释。一切伟大的东西都源于爱,对吗?"

"我想是的。"安娜说道,移开视线,"最糟糕的东西,也是如此。"

"这话是什么意思?"

"往事罢了,皮诺。此时此刻,我很快乐。"

两人抵达坡顶。十五个月前,这里的草地苍翠欲滴、郁郁葱葱、纯洁美好。如今,植被都已枯萎成棕褐色。长草暗淡无光,只剩下茎秆,果园里的果树光秃秃的。天空阴沉下来,飘起毛毛雨,雨势大了起来,两人不得不往山下的车子跑去。

进到车里后,安娜说:"我不得不说,皮诺,如果要我选,是这里还是切尔诺比奥的话。我选切尔诺比奥。"

"我也是。"皮诺透过布满雨痕的挡风玻璃望向浓雾渐升的山顶,说道,"这里不像我记忆中那么美好了,但不论如何,我的家人朋友曾来过这里。我的父亲曾在这里演绎了他人生中最好的小提琴曲,贝尔特拉米尼先生曾在这里为他的妻子歌唱。还有图利奥、卡莱托,他们……"

皮诺突然情绪激动起来,将头靠在抓着方向盘的手上。

"皮诺,你怎么了?"安娜担心道。

"他们都离开了我。"皮诺哽咽道。

"谁离开了你?"

"图利奥,我最好的朋友,甚至我弟弟。他们觉得我是纳粹,是叛徒。"

"你不能告诉他们你是间谍吗?"

"我本来甚至都不该告诉你。"

"唉,你要承受的实在是太多了。"安娜抚着他的背说道,"不过,他们最终会明白的,卡莱托和米莫,等战争结束的时候。还有图利奥?为失去的所爱之人伤心过后,就该去迎接,就该去爱生活送到你面前的新人。"

皮诺把头抬了起来。两人良久相互凝视,安娜把手放进皮诺手里,身体往前倾斜,说道:"我不在乎口红了。"

第四部分

最严酷的寒冬

第二十二章

  1944年11月,东北风呼啸而来,意大利北部气温骤降。英国陆军元帅亚历山大发布公告,请求零零星星的被称为"爱国行动团体"(GAP)的意大利抵抗势力加入游击队,并向德军发起进攻。从天而降的不再是炸弹而是无数的宣传单,呼吁米兰街头的市民参加起义。抵抗运动的情绪高涨,纳粹频遭袭击。

  12月,阿尔卑斯山脉被积雪覆盖。一阵阵暴风雪从山上刮下来,将米兰笼罩在风雪之中。往南的风雪最远波及到了罗马。莱尔斯和皮诺开始在亚平宁山脉哥特防线的防御工事和米兰之间来回奔波。

  在烟幕弥漫的水泥机枪掩体里、在火炮阵地中、在临时用帆布搭建的帐篷下,两人都发现了蜷缩在篝火旁的德军士兵。"托特组织"的军官告诉莱尔斯,士兵们需要更多的毯子、更多的食物、更多的厚羊毛夹克、更多的厚羊毛袜。严冬逼近,山上的每一位纳粹士兵都在忍饥受冻。

  莱尔斯似乎十分体恤德军士兵的艰难处境,努力迫使自己和皮诺去满足他们的需求。莱尔斯下令从热那亚的一家工厂征来毯子,从米兰和都灵的工厂征来羊毛袜和羊毛夹克。他将这三座城市的市场洗劫一空，极大加剧了意大利人民的苦难。

12月中旬，莱尔斯决定大肆抓牛屠宰。在圣诞节那天，这些牛肉连同从整个托斯卡纳大区的酒厂抢来的一箱箱酒，一起被送给他的部队享用。

1944年12月22日，周五，一大清早，莱尔斯命令皮诺开车再次带他去蒙扎火车站。莱尔斯带着手提箱下了车，吩咐皮诺等他。光天化日之下，皮诺担心被抓到就没有跟上。莱尔斯回来后，手提箱像是沉了不少。

"去卢加诺的瑞士边界线。"莱尔斯说。

皮诺开着车，心想手提箱里现在装了至少两块金条。到了边界线，莱尔斯再次吩咐皮诺等他。天上正下着大雪，莱尔斯穿过边界线进入瑞士，人影消失在风雪之中。寒冷刺骨的八小时后，莱尔斯终于返回，命令皮诺开车回米兰。

"你确定他把金子带到瑞士了？"阿尔贝特舅舅说。

"他去火车调度场还能干别的吗？"皮诺问道。"掩埋尸体吗？都过去六周了！"

"你说得对。我只是……"

"出什么事了？"皮诺问。

"纳粹负责追踪无线电的人业务越来越熟练了。他们三角定位广播的速度越来越快。巴卡上个月差点两次被抓。你也知道抓到是什么下场。"

"那你们要怎么办？"

格蕾塔舅妈停止清洗洗碗槽里的餐具，转身看向正在打量自己外甥的丈夫。"阿尔贝特，"她说，"我觉得你问都不该问。孩子已经做得够多了。让别人试试吧。"

"我们没别人了。"舅舅说。

"你都没和米凯莱商量过这件事。"

"我本来就打算让皮诺去做这件事。"

"做什么?"不明就里的皮诺问道。

舅舅犹豫了下,开口道:"你爸妈楼下那个公寓间?"

"纳粹权贵住的地方?"

"是的。现在,你肯定会觉得这个主意很不可思议。"

格蕾塔说:"阿尔贝特,你第一次提出这个主意,我就觉得很疯狂,现在我觉得更加疯狂,简直是疯狂至极。"

"我想我还是让皮诺自己做决定吧。"

皮诺打了个哈欠道:"不管你们告诉我还是不告诉我到底想要我做什么,再过两分钟,我就要回家睡觉了。"

"你家楼下那个公寓间里有一台纳粹的短波电台。"阿尔贝特舅舅说,"电台的电缆从窗户里伸出来,向上一直连到安装在你家露台外墙上的天线上。"

皮诺想起来了,但还是一头雾水,不确定会要他做什么。

"所以,"舅舅继续道,"我就想,德国追踪无线电的人,如果是从非法天线入手来寻找非法无线电广播的话,我们或许可以将我们的非法无线电接到纳粹的合法天线上,这样就可以骗过他们。明白了吗?我们把自己的无线电连上去,通过这个已知的德国天线发送信号。即便追踪无线电的人来了,也会说'这是自家的天线',然后离开。"

"要是他们知道那个纳粹电台里没人,难道他们不会起疑心到露台上来吗?"

"我们会等他们停止广播时,将自己的信号顺带发射出去。"

"如果在我家的公寓间里发现无线电装置,结果会怎么样?"

"不会是好事。"

"我爸知道你的主意吗?"

"所以,第一步,我想让你告诉米凯莱,你身上穿的虽然是德军制服,但实际上是在做什么。"

尽管当初勒令他加入"托特组织"的是父母,但父亲每次看到皮诺佩戴的万字饰臂章,都会转移视线,羞愧地撇撇嘴,这些皮诺都看在眼里。

能告诉父亲真相让皮诺很高兴,但他还是说道:"我想,越少人知道越好。"

"我也是这么想的。但是如果米凯莱知道你在为抵抗运动承担何种危险,他肯定会接受我的计划。"

皮诺通盘考虑了下说:"假如我爸同意了。那你怎么把无线电送上去呢?我的意思是,如何经过大厅的警卫?"

阿尔贝特舅舅微微一笑。"所以就要轮到你上场了,孩子。"

*

当晚,在自家公寓里,父亲怔怔地看着皮诺。

"你真的是间谍?"

皮诺点头道:"我们之前不能告诉你,但现在不得不说了。"

米凯莱摇摇头,示意皮诺过来,尴尬地将儿子抱住。

"对不起。"他说。

皮诺强忍下涌上喉头的激动,说道:"我明白。"

米凯莱松开胳膊,抬起头,眼睛发亮地看着皮诺。"你很勇敢,比我勇敢,我从来没想到你这么能干。我为你感到骄傲,皮诺。这场战争结束之前无论发生什么事,我都希望你明白这一点。"

父亲的理解对皮诺来说意义非凡,他哽咽起来:"爸爸……"

皮诺说不出话来,父亲用手抚着他的脸。"如果你能带无线电通过哨兵,就由我来保存无线电吧。我也想尽一份力。"

"谢谢你,爸爸。"皮诺哽咽良久说道,"我会等到你去和妈妈、希希一起过圣诞节的时候再行动。这样你就可以说自己对此事一无所知了。"

米凯莱脸色一沉,说道:"你妈妈会生气的。"

"我就不去了,爸爸。莱尔斯将军需要我。"

"如果我与米莫取得联系,能把你的事告诉他吗?"

"不行。"

"但他以为……"

"我知道他是怎么想的,但在好日子到来之前,我必须一直背负这个污名。"皮诺说,"你最后一次听说他的消息是什么时候?"

"三个月前吧?他当时说他要去南方的皮埃蒙特受训。我尝试阻止他,但你弟弟那牛脾气倔起来谁也拦不住。他从你房间的窗户爬到窗台上跑了。六层楼高啊。谁能干出这种事?"

皮诺想起自己年少无知时也用过同样的逃跑伎俩,忍住笑说道:"多梅尼科·莱拉。独一无二。我想他了。"

米凯莱擦干泪水,说道:"天知道那孩子现在处于何种境地。"

*

第二天深夜,在给莱尔斯开了一整天的车后,皮诺坐在多莉家的厨房里,吃着安娜做的美味烩饭,望着空气发呆。

安娜轻轻踢了皮诺的小腿一脚。

皮诺吓了一跳。"什么事?"

"你今天晚上心不在焉的。"

皮诺叹了口气，低声说道："你确定他们都睡了吗？"

"我确定他们都在多莉房里。"

皮诺继续低声说道："我本来不想让你卷进来的，但这件事至关重要，我越想越觉得你能帮上大忙，不过我们可能都会遇到危险。"

安娜激动地凝视皮诺，听着听着，表情严肃起来，露出担忧的神色。"如果我不答应，你是不是会单干？"

"是。"

过了好一会，安娜说："我需要做什么？"

"你不想知道我需要你做什么之后，再决定吗？"

"我相信你，皮诺。"安娜说，"要我做什么就直说吧。"

*

即便是在充斥着绝望和毁灭的战争之中，圣诞前夕依然是一个充满希望和善意的日子。一大早，皮诺就看到莱尔斯扮作圣诞老人，沿着哥特防线视察面包、牛肉、红酒和奶酪的分配状况。皮诺当天夜里看到了类似的场景，他和安娜站在米兰大教堂后，看着前方数以千计的米兰人涌进大教堂的三个巨型半圆壁龛中参加守夜弥撒。纳粹并没有因午夜庆祝的习俗而解除宵禁。

红衣主教舒斯特主持了这场弥撒。安娜完全看不到这位宗教领袖，还好皮诺长得高能清楚地看到他。舒斯特布道讲起耶稣降生的种种磨难，然后向聚集的信众发出战斗的号角。

"'你们不要忧虑'。"米兰红衣主教说，"我们的救世主基督耶稣的这六字，威力胜过任何子弹、大炮和炸弹。相信这句话的人强大无畏。'你们不要忧虑。'相信这句话的人将推翻残暴的独裁者，打败他们的恐惧大军。一千九百四十四年以来一直如此。我向你们承诺，未来也将如此。"

周围的人听了红衣主教舒斯特勇敢无畏的布道词大为振奋,在唱诗班开始放声歌唱后,纷纷加入大合唱中。即便是在无数人悲多喜少的此时此刻,皮诺依然能看到一张张肝肠寸断、疲于战争的脸上浮现希望和喜悦的神情。

弥撒结束后,离开大教堂,安娜问:"你刚刚有做感恩祷告吗?"安娜将购物袋从一只手换到另一只手上。

"我做了。"皮诺说,"我感谢主把你送到我身边。"

"听你说的。真会说话。"

"我说的是真的。你让我不再害怕,安娜。"

"但我还是像以前一样担惊受怕。"

"别害怕。"皮诺伸出手臂勾住安娜的肩膀,说道,"你可以像我一样,害怕的时候,想象自己是另一个人,一个比自己更勇敢、更聪慧的人。"

两人经过斯卡拉歌剧院漆黑残破的废墟,朝皮具店的方向走去。安娜说:"表现得像另一个人,我觉得我能做到。"

"我知道你可以。"皮诺边说边朝阿尔贝特舅舅的皮具店走去。有安娜在身边,皮诺觉得无所畏惧。

两人敲响小巷里的后门。阿尔贝特舅舅打开通往工厂缝纫间的门,他们走了进去,四周弥漫着硝过的皮革的味道。门关好后,舅舅打开灯。

"这位是?"阿尔贝特舅舅问。

"我朋友,"皮诺说,"安娜玛尔塔。她是来帮我的。"

"我觉得我说过那件事最好单独行动。"

"既然是我要以身犯险,我想按自己的方式来。"

"以怎样的方式?"

"我不会说的。"

阿尔贝特舅舅有些闷闷不乐，但还是给了皮诺面子。"我有什么能帮忙的？你需要什么？"

"三瓶酒。打开一瓶，然后把瓶塞塞上。谢谢。"

"我去拿。"舅舅应道，然后往楼上的公寓间走去。

皮诺脱下便服换上制服。安娜放下购物袋，在作坊里转了转，将一张张裁缝桌、一台台缝纫机以及架子上琳琅满目、完成情况不尽相同的精致皮具尽收眼底。

"我喜欢这里。"安娜说。

"什么？"

"你生活的这个地方，这里的味道，美丽的手工艺，对我来说就像一场梦。"

"我想我之前从来没有过这样的感觉。不过，没错，确实很梦幻。"

阿尔贝特舅舅和格蕾塔舅妈、巴卡一起从楼梯上走下来。电报员巴卡带着皮诺今年四月看到的那只有夹层的带扣搭的硝皮手提箱。

舅舅看着还在欣赏皮具的安娜。

皮诺说："安娜很喜欢你的作品。"

舅舅的语气缓和下来。"是吗？你喜欢这些东西？"

"这些皮具精美绝伦。"安娜说，"你怎么学会这门手艺的？"

"别人教的。"格蕾塔舅妈怀疑地盯着安娜说，"从师傅那学的。你是什么人？你怎么认识皮诺的？"

"我们算是一起共事。"皮诺说，"你可以相信她。我相信她。"

格蕾塔舅妈还是将信将疑，但没有说什么。巴卡将手提箱交给皮诺。靠近之后，皮诺才发现这位电报员因为疲于逃命早已形容枯槁。

"小心爱护她。"巴卡对无线电点头道,"她的声音虽能传到四面八方,但娇气得很。"

皮诺接过箱子,箱子无比轻巧,让他颇为感慨:"你没有被搜身怎么进的圣巴贝拉?"

"通过地下隧道。"阿尔贝特舅舅看了眼手表说道,"你要赶快了,皮诺。没必要拖到宵禁以后。"

皮诺说道:"安娜,你能把购物袋还有那两瓶没开的酒带上吗?"

安娜放下拿在手中欣赏的压花皮包,拿起皮诺需要的东西,同他一起来到皮具店后面。皮诺打开手提箱。两人将酒和购物袋里的东西都装进手提箱里,盖住藏着无线电元件和发电器的夹层。

"好了。"扣上箱子后,皮诺说,"我们出发了。"

"不和我抱一下吗?"格蕾塔舅妈说道,拥抱皮诺,"圣诞快乐,皮诺。主与你同行。"她看向安娜,"你也一样,姑娘。"

"圣诞快乐,夫人。"安娜微笑道。

阿尔贝特舅舅拿出安娜之前爱不释手的皮包,说道:"祝美丽勇敢的安娜玛尔塔圣诞快乐。"

安娜目瞪口呆,但还是接了过去,就像小女孩拿到自己珍爱的娃娃一样。"我这辈子从来没收过这么好的礼物。我永远不会弄丢它的。谢谢你!谢谢你!"

"这是我们的荣幸。"格蕾塔舅妈道。

"注意安全。"阿尔贝特舅舅说,"你们两个。圣诞快乐。"

门关上后,摆在两人面前的重担沉沉地压在皮诺身上。要是被抓到携带美国制造的短波无线电传输装置,无异于被宣判了死刑。皮诺站在小巷里,拔掉阿尔贝特舅舅打开过的那瓶基安蒂红酒的瓶塞,给自己灌了一大口美酒,然后将酒瓶递给安娜。

安娜喝了几口,然后也灌了一大口。她冲皮诺粲然一笑,亲了下他,说道:"有的时候,你只需要相信主。"

"雷神父也总这么说。"皮诺微笑道,"特别是要做正确的事,不要在乎结果。"

两人走出巷子。皮诺提着手提箱。安娜把打开过的红酒放在开着的新皮包里。两人手牵着手,走路摇摇晃晃,吃吃傻笑,仿佛世界只剩他们两人。他们听到街道前方的纳粹检查点传来刺耳的哄笑声。

"像是在喝酒。"安娜说。

"那更好。"皮诺说道,带头朝自家公寓楼走去。

离得越近,安娜抓皮诺的手就抓得越紧。

"放松点。"皮诺柔声说,"我们喝醉了,无所顾忌。"

安娜灌了一口酒,说:"从现在开始,之后的几分钟,将决定是一切的开始还是结束。"

"你现在还可以退出。"

"不,皮诺,我跟你一起。"

沿着楼梯上到公寓楼大门,推开门的一瞬间,皮诺有些惊慌,有些自我怀疑,把安娜带上,让她陷入不必要的危险中,他是否错了。但当他推开门的下一刻,安娜突然大笑起来,紧紧抓住他,唱起圣诞颂歌。

"想象自己是另一个人。"皮诺想到,加入安娜的歌声中,一起跌跌撞撞走进大厅。

两个皮诺不认识的全副武装的党卫军士兵站在楼梯口和电梯口,目不转睛地看着他们。

"什么情况?"一个党卫军士兵用意大利语问,另一个党卫军士兵用一把全自动手枪拦住他们。"你们什么人?"

"我住这里，六楼。"皮诺含糊不清地说道，拿出自己的身份证明。"米凯莱·莱拉的儿子，朱塞皮诺，'托特组织'的忠诚士兵。"

一个德军士兵取过证明察看起来。

安娜紧紧抓住皮诺的手臂，摆出一副觉得好笑的表情。另一个士兵说："你是谁？"

"安娜。"安娜说道，打了个嗝，"安娜玛尔塔。"

"文件。"

安娜眨了下眼睛，把手伸进包里，醉醺醺地摇头晃脑："呀，不好，这是我的新包，我的圣诞礼物，我把我的文件忘在另一个包里了，那个包在多莉家。你认识多莉吗？"

"不认识。你来这里是做什么的？"

"做什么的？"安娜哼了下。"我是女仆。"

"莱拉家的女仆今天已经走了。"

"不对。"安娜朝他们摆手道，"我是莱尔斯将军的女仆。"

这话立刻引起了两个士兵的注意，尤其是当皮诺说："我是将军的私人司机。他给我们放了圣诞前夜的假，还有……"

皮诺露出难为情的微笑，头歪向右肩，露出脖子，向前一步，窃窃私语道："我爸妈走了。我们今晚放假。家里空着。安娜和我想上去，然后，你懂的，庆祝一下？"

第一个哨兵闻言挑了下眉头，像是极为赞赏。另一个哨兵则色眯眯地打量安娜，安娜对他轻佻一笑。

"好吗？"皮诺说。

"好，好。"那个哨兵边说边笑，把文件还给皮诺，"上去吧。今天圣诞节。"

皮诺接过文件，马虎地塞进兜里，说道："我欠你一个人情。"

"我们都欠你一个人情。"安娜害羞道,又打了个嗝。

正当皮诺觉得大功告成拿起手提箱的时候,箱子里的酒瓶碰在一起发出响亮的叮当声。

"手提箱里装的是什么?"另一个哨兵说。

皮诺看向安娜,安娜脸色一红,放声笑道:"他的圣诞礼物。"

"让我看下。"哨兵说。

"别啊。"安娜抱怨道。"我本来想给他个惊喜的。"

"打开。"那个哨兵坚持道。

皮诺看向安娜,安娜脸色一红,耸了耸肩。

皮诺叹了口气,跪下来,解开搭扣。

打开箱盖,里面是两瓶基安蒂红酒;红色绸缎紧身胸衣、红色内裤,红色吊袜带,红色大腿袜;黑白色法国女仆装,吊袜带,内裤,黑色长筒薄丝袜;黑色蕾丝胸罩,内裤。

"惊喜。"安娜柔声道,"圣诞快乐。"

*

第一个士兵哄然大笑,用德语快速说了句什么,皮诺没听懂。另一个士兵哈哈大笑起来,安娜也跟着哈哈大笑起来,安娜用德语对两个士兵说了什么,他们笑得更厉害了。

皮诺不知道当下是什么情况,趁机拿出一瓶酒,顺便关上手提箱。他将红酒递给两个哨兵,"也祝你们圣诞快乐?"

"可以吗?"一个哨兵接过,说,"是好酒吗?"

"极品,产自锡耶纳附近的酒厂。"

党卫军士兵举起酒向还在傻笑的同伴示意,转头看着皮诺和安娜,说道:"谢谢你,祝你和你的女清洁工圣诞快乐。"

说完,这个士兵和他的同伴还有安娜又爆发出一阵笑声。两人往鸟笼电梯走去，皮诺不明所以，也跟着笑了。

电梯开始上升，纳粹哨兵一边含糊不清地说着开心话，一边打开酒瓶。电梯到了三楼，脱离楼下的视线后，安娜低声说道："我们成功了！"

"你刚才对他们说了什么？"

"一些下流话。"

皮诺笑了，弯下身子，亲了下安娜。安娜跨过手提箱，拥入他的臂弯。电梯从第二组党卫军哨兵所在的五楼经过，两人相拥在一起。皮诺偷偷睁开眼睛看了眼安娜身后，瞥见两个哨兵忌妒的表情。两人走进公寓间关上门，开了一盏灯，将手提箱和无线电设备放进衣橱，坐到沙发上，将对方拥入怀中。

"我从来没有经历过这种事。"安娜睁大呆滞的眼睛，气喘吁吁道，"我们刚才在楼下可能会没命的。"

"这让人明白什么是重要的。"皮诺轻轻吻着安娜的脸，说道，"这让其他所有的事情都变得无关紧要了。我……我觉得我爱你，安娜。"

皮诺希望安娜说出同样的话。但安娜挣脱他的怀抱，脸色僵了下来，说道："不，你不该说这话的。"

"为什么不？"

安娜挣扎了下，说道："你不知道我是谁。真的。"

"有什么能阻止我去聆听我每次见到你时心中响起的音乐？"

安娜不愿正视皮诺。"我是寡妇这件事？"

"寡妇？"皮诺努力克制住沮丧的语气，说道，"你结过婚？"

"一般都是这样吧？"安娜答道，端详起皮诺。

"你这寡妇也太年轻了吧。"

"这话以前是很伤人的,皮诺。不过,所有人听到了都是这个反应。"

"好吧。"皮诺内心纠结不已,说道:"和我说说他吧。"

那是场包办婚姻。安娜的母亲当时依然将丈夫的死怪罪到女儿头上,因而一心想着要摆脱她,给她找一户能继承嫁妆的人家。男的叫克里斯蒂。

"他很英俊,"安娜笑道,笑容中苦甜参半,"是个军官。我们结婚的时候,他比我大十岁。新婚之夜后,我们只度过了两天的蜜月,他就坐船去了北非。他在防守一座叫托布鲁克的沙漠小镇时牺牲了,事情都过去三年了。"

"你爱他吗?"皮诺问道,突然觉得喉头一紧。

安娜别过头,说道:"他动身去参加墨索里尼发动的这场愚蠢的战争时,我是否爱他爱得痴狂?没有。我根本还不了解他。时间根本不足以燃起真爱,更别说熊熊烈火。但我承认,当我相信他还会回来时,我是喜欢与他相爱这个念头的。"

皮诺看得出安娜在吐露真言。"但你……是被迫去爱他的?"

"他曾是我的丈夫。"安娜恼怒道,"我们有过两天的肌肤之亲,之后他上了战场,不幸牺牲,留下我自己照顾自己。"

皮诺想着安娜的话,看到受过伤的安娜眼睛在游移,胸中的音乐再次被触动。"我不在乎。"他说,"这只会让我更爱慕你,更敬佩你。"

安娜眨着眼睛不让泪水流出来。"你不是说说而已吧?"

"不是。"皮诺说,"那我能说我爱你吗?"

安娜犹豫了下,点点头,害羞地靠近他。

"你也可以向我展示你的爱。"安娜说。

他们点了蜡烛,喝了第三瓶基安蒂红酒。安娜脱下衣服,又为皮诺脱下衣服。两人倒在客厅里用枕头、靠垫、床单、毯子临时拼凑的床铺上。

换了是安娜以外的任何一个女人,皮诺那夜关注的可能只是肌肤之亲的感官刺激。安娜除了迷人的双唇、勾人的目光外,还有让皮诺更加无法抗拒、更加原始本质的东西,这东西俘获了皮诺,让他觉得安娜不是凡人,而是神灵,是旋律,是爱情的完美乐器。他们相互爱抚,结为连理,在欢喜之中,皮诺觉得肉体和灵魂都与安娜深深融合在了一起。

第二十三章

对皮诺来说，那个夜晚没有睡眠也没有战争，只有安娜以及二重奏带来的欢愉。

1944年圣诞节，黎明到来，两人彼此相拥着假寐。

"这是我收到过的最好的礼物，"皮诺说，"即便没用多莉的全套服装。"

安娜笑道："衣服尺码不合适，好吧？"

"我很高兴那些哨兵没有强烈要求来一场时装秀。"

安娜笑了，轻轻拍了皮诺一下。"我也很高兴。"

皮诺昏昏沉沉，正要好好睡一觉的时候，忽然听到脚步声从卧室的方向往门厅传来。他一跃而起，伸手去抓椅子上放在枪套里的瓦尔特手枪。拿到手枪，立即转身。

米莫此时拿着步枪指着他，说道："圣诞快乐，纳粹小子。"

米莫的左脸上有一道自上而下触目惊心的青紫色伤疤。整个人看上去就和哥特防线上久经沙场麻木不仁的德军士兵一样。阿尔贝特舅舅曾听说，米莫参加了伏击行动，见识了真刀真枪，在战斗中十分英勇。米莫的目光凌厉而凶狠，皮诺知道阿尔贝特舅舅的消息没错。

"你的脸是怎么回事?"皮诺问。

米莫冷笑,"一个法西斯分子拿刀刺穿我的脸后,以为我死了就离开了,懦夫。"

"谁是懦夫?"安娜拿床单围在身上,起身怒道。

米莫看了眼安娜,冲皮诺摇摇头,嫌恶道:"你不仅是个懦夫、叛徒,而且还在圣诞节把娼妓带到爸妈家里,和她在客厅里乱搞!"

皮诺转动手枪,抓住枪管,举过肩膀向弟弟砸去,感觉到怒火中烧。手枪击中了米莫的伤脸,米莫惨叫一声,失去平衡。皮诺两下越过沙发,挥拳朝弟弟脸上打去。米莫闪身躲开,举起步枪向皮诺挥去。皮诺攥住步枪,用力一拧,抢夺过来,又狠狠砸去,就像当初蒂托在"阿尔宾那之家"砸他那样。米莫一下被砸懵了,往后瘫倒在餐厅的地板上。

皮诺把枪甩到一边,纵身一跃,跨坐在米莫身上,抓住弟弟的脖子,也不管他是否会受伤,只想狠狠朝他脸上来上一拳,皮诺举起拳头,这时安娜喊道:"不要,皮诺!别人听到,就前功尽弃了。"

皮诺想揍米莫,但还是悻悻地松开米莫的脖子,从他身上下来,站起身。

"他是谁?"安娜问。

"我弟弟。"皮诺嫌恶地说道。

"以前是你兄弟。"米莫从地板上爬起来,带着浓浓的恨意说道。

皮诺说:"从这里滚出去,否则再过一会儿,我可能会改变主意,决定在圣诞节把你杀掉。"

米莫一副想向皮诺扑过来的样子,手肘撑地。"总有一天,要不了多久,皮诺,你就要为做叛徒的事痛恨自己。纳粹迟早会倒,那天来的时候,愿主宽恕你。"

米莫起身，拾起步枪。头也不回，走出门厅，朝卧室走去，没影了。

"你应该告诉他的。"米莫走后，安娜说道。

"他不能知道。这是为他好，也是为我好。"

皮诺突然哆嗦起来。安娜拉开围在身上的床单，说："你一个人看上去很冷。"

皮诺微笑着朝安娜走去。安娜将床单裹在两人身上，抱住皮诺说："先是度过了我人生中最美好的夜晚，接下来居然在圣诞节的早上发生这样的事，我很抱歉。"

"是吗？"

"你个傻瓜。"安娜说着吻了下他。

皮诺咧嘴傻笑。"你这么觉得吗？"

"对，我这么觉得。"

安娜和皮诺再次躺下，依偎在对方怀里，迷迷糊糊地睡着了。接下来的几周，他们再没有睡过这样的好觉。

*

接下来的日子里，暴风雪接连不断地向意大利北部袭来。新年带来了从俄罗斯过来的寒风冷雪，天地笼罩在阴沉暗淡的灰白之中。这是米兰有史以来最冷的冬天。

城区许多地方看上去令人毛骨悚然。焦黑的建筑残骸立在轰炸后的瓦砾之中，犹如参差不齐的黑白牙齿，正在啃噬着天空。天上落雪不止，仿佛是主在竭尽所能遮蔽战争留下的伤疤。

然而，米兰人却对主的这一用意叫苦不迭。莱尔斯大肆掠夺补给品，稀缺的燃油被分配到德军设施。人们开始纷纷将城中壮观的古树砍下当柴火。篝火的浓烟从废墟和仍然屹立的建筑物中滚滚升起。街道两旁不再是绿树成荫,而全是树墩子。许多公园都遭到袭击,被砍得光秃秃的。只要是能烧的,都被烧了。一些街区的空气变得和煤炉子一样污浊不堪。

一月份的前半个月,莱尔斯马不停蹄,皮诺也马不停蹄。为了确保饥寒交迫的德军部队获得配给品,两人一次又一次在危险的大雪天开车去哥特防线视察。

然而,莱尔斯对意大利百姓的苦难却漠不关心。要意大利人为德军做事或提供物资,连赊账的把戏也不做了。一旦想要什么,就下令强征。在皮诺眼里,莱尔斯再次回到了初次相见时的那种状态,像爬行动物一样冷血无情、雷厉风行。他一心扑在军事工程上,不顾一切也要将工作完成。

一月中旬,某个寒冷的午后,莱尔斯命令皮诺开车送他到蒙扎火车站。手提箱装满之后变得沉甸甸的,莱尔斯让皮诺带他去卢加诺的瑞士边界线。

这一次,莱尔斯去了五个小时。一辆轿车载着莱尔斯回到边界线,他带着似乎比离开意大利时沉了一倍的手提箱下了车,沿着越境的道路跌跌撞撞地向菲亚特走来。

"将军?"莱尔斯提着手提箱上了后座后,皮诺说,"现在去哪儿?"

"不重要了,"莱尔斯说道,身上闻起来有一股酒味,"战争结束了。"

皮诺坐在那里,内心无比震惊,怀疑是不是听错了。

"战争结束了?"

"最好结束了。"莱尔斯厌恶道,"德国经济崩溃了,军事上在撤退,希特勒做的缺德事要曝光了。带我去多莉家。"

皮诺掉转菲亚特的车头,一边往山下开,一边思考莱尔斯说的话。他知道经济崩溃是什么意思。他也从舅舅那儿得知,布达佩斯即将失守。

"希特勒做的缺德事。"这话是什么意思?犹太人?奴隶?还是种种暴行?皮诺想问莱尔斯是什么意思,但又害怕开口会带来的后果。

回米兰的途中,莱尔斯默不作声,拿着一只扁酒瓶,时不时抿一小口。接近米兰市中心,莱尔斯忽然心血来潮,让皮诺将车速慢下来。他似乎专注于那些还没倒下的建筑物,抬头凝视着,仿佛里面藏着秘密。

到了多莉家,莱尔斯含糊不清地说:"我需要时间思考规划,一等兵。把车停到车辆调配场。你休假了,你可以休息到周一上午八点。"

"周一。"皮诺应道,"是,将军。"

不等皮诺下车去开后车门,莱尔斯已经步履蹒跚地爬下车,穿到人行道对面多莉住的公寓楼,手里什么也没拿就走了进去。他忘了拿……皮诺赶紧转身,朝后座看去。手提箱就落在座椅下方。

皮诺回家换过衣服,便立即开往阿尔贝特舅舅家。他停下车,取出手提箱。箱子比预想的要轻很多。透过皮具店的窗户往里望,可以看到格蕾塔正在招呼两个德国军官,皮诺绕到店后,敲响缝纫室的门。

一个女裁缝打开门,见是皮诺,睁大眼睛说:"今天你的制服到哪儿去了?"

"我今天休假。"皮诺说道。从她面前经过时,被打量得浑身不自在。"你能告诉我舅舅,我会到楼上的厨房去,好吗?"

她有些不悦地点点头。

阿尔贝特舅舅到了，一副心事重重的样子。

"你还好吗？"皮诺问。

"你怎么进来的？"

皮诺如实告诉他。

"你有看到什么人在监视商店吗？"

"没看到，我当时没注意。你觉得……"

阿尔贝特舅舅点头道："盖世太保。如果可以的话，我们得退让回避，放慢行动，躲到阴影里。"

盖世太保？他们看到他拿着手提箱从莱尔斯将军的指挥车走出来了吗？

霎那间，皮诺真觉得自己好像处于暴露的威胁之中。盖世太保是不是在盯阿尔贝特舅舅？他们是不是在盯安插在德军最高指挥部的间谍？皮诺突然想起对刽子手大发雷霆的图利奥，想到假如自己暴露了，靠着那堵墙站在那里，是否能有那样的勇气。

皮诺对盖世太保特工随时破门而入将信将疑，把莱尔斯去瑞士的前前后后快速讲了一遍。一直说到莱尔斯醉醺醺地回来，告诉他战争就要结束了，然后没拿手提箱就跟跟跄跄地走了。

"把箱子打开。"阿尔贝特舅舅说，"我让你舅妈来翻译。"

舅舅离去后，皮诺拿出当初用蜡模做的钥匙，心中默默祷告后，将钥匙插进第一个锁中。捣鼓了好一下，锁才开了。随后的第二个锁要好开多了。

格蕾塔舅妈走进厨房，看到皮诺从手提箱中拿出文件夹，脸色煞白，神色迟疑起来。

"我压根不想看。"她说道。然而，还是翻开顶层的文件，一页页浏览起来，阿尔贝特舅舅正好回来。"这些是哥特防线的工事图。完整的。快拿相机来。"

阿尔贝特舅舅匆忙跑下楼去取相机。他们开始一页页拍照，在地图上标记下可能对盟军有价值的位置。一份文件详细记载了在意大利和奥地利之间往返列车的时间表。还有些文件记载了弹药的类型和位置。

"'我们已无以为继，必须面对现实，'"格蕾塔舅妈念道，"'如果执意下去，无论是我们，还是祖国，都将荡然无存。'就这些。没有签字。他还没有写完。"

阿尔贝特舅舅想了下，说道："他把这些写下来太危险了。我记下来，告诉巴卡，让他明天早上发出去。"

自从电报员巴卡圣诞节后装扮成木匠，用修理书柜橱柜的名义混入莱拉家的公寓以来，他一直通过截取来的无线电连接向盟军发送信号。到目前为止，一切都进展得顺风顺水。

"你现在想让我做什么？"皮诺将文件放回手提箱后问。

"把箱子带回去还给他。"阿尔贝特舅舅说，"今天晚上就还回去。就说有人在车辆调配场找到了这个箱子，然后交给了你。"

"希望能够安全无恙。"皮诺说完，穿过静悄悄的工厂，走到外面的小巷。

皮诺快到菲亚特的时候，听到有人叫道："停下！"

一束手电筒的光打在正提着莱尔斯的手提箱僵住不动的皮诺身上。

一个党卫军中尉走上前，身后跟着的正是米兰盖世太保头子，瓦尔特·劳夫上校。

"身份证明。"那个中尉用意大利语说道。

皮诺放下手提箱，努力保持镇定，翻出身份证明，以及莱尔斯将军的信。

"你为什么没穿制服？"那个中尉质问道。

"莱尔斯将军给我放了两天的假。"皮诺说。

始终一语未发，下令害死图利奥的劳夫上校，忽然用脚尖踢着手提箱，开口问道："这是什么东西？"

皮诺觉得自己这下死定了。"莱尔斯将军的手提箱，上校。开线了，莱尔斯将军让我带到皮具店来修。我正要拿回去还他。您要去吗？亲自去问问他？我跟您说，我离开的时候，他喝醉了，脾气大着呢。"

劳夫打量着皮诺说道："你为什么要带到这里来修？"

"这是米兰最好的皮具店。众所周知。"

"更不用提，这还是你舅舅的店。"劳夫说。

"是的，没错。"皮诺说，"紧要关头还得家人相助。您最近有没有去赶牛，上校？"

劳夫盯着皮诺看了很久，皮诺一度以为自己把话说过了头，把事情搞砸了。

"从上次以后就再没有机会。"盖世太保头子良久之后说道，他大笑一声："代我向莱尔斯将军问好。"

"我会的。"皮诺频频点头道，看着劳夫带人离去。

皮诺将手提箱放到后座下方，坐上前座，抓紧方向盘，浑身都在冒汗。

"天啊。"他嘀咕道，"天主啊。"

皮诺等自己停止颤抖后，发动菲亚特，开车回到多莉家。安娜应门的时候神色看上去焦虑不安。

"将军喝多了，大发雷霆。"安娜低声道，"动手打了多莉。"

"打了她?"

"他冷静下来后,说自己不是故意的。"

"你还好吗?"

"我没事。我就是觉得眼下不是找他说话的好时机。他一直在骂骂咧咧,说蠢货叛徒害得战争失败了。"

"把他的手提箱放在衣帽架旁边。"皮诺将手提箱递给安娜,说道,"他给我放了两天假。你能来我家吗?我爸又去看我妈了。"

"今晚不行。"安娜说,"多莉可能会找我。明天?"

皮诺探身向前,吻了下安娜,说:"我等不及了。"

皮诺将菲亚特停在车辆调配场,回到自家公寓。他想起了米莫。弟弟在做什么,阿尔贝特舅舅并未向他过多透露,不过这也说得通。阿尔贝特舅舅被问到米莫参加的游击事,本来大可说自己一无所知。但毫无疑问,弟弟肯定有很多英勇的举动,在听阿尔贝特舅舅说米莫在战斗中素以"凶狠残暴"著称之后,皮诺更想了解他的情况。

为了救助犹太人,他们当初翻山越岭,同心协力,想起那段在阿尔卑斯山的宝贵记忆,再想到米莫现在视他为懦夫叛徒,皮诺就越发感到痛苦。他独自一人坐在家中,内心无比希望莱尔斯在瑞士边界线说的话成真,等战争真的结束了,他的生活就将重回正轨。

皮诺闭上眼睛,想象战争结束的那一刻会看到怎样的场面。人们会到大街上跳舞庆祝吗?美国人会来米兰吗?肯定会来的。他们都在罗马待了半年了,对吧?那场面想必会极其隆重?极其美好?

这些念头又唤起皮诺昔日的梦想——去远隔重洋的美国见识一番。**也许未来能够存在全靠梦想。**皮诺心道。要先得去想,要先得有梦。

几小时后,叮铃铃,叮铃铃,公寓的电话响了。

皮诺不想离开温暖的床，可电话一直响个不停，让他忍无可忍。他从被窝里出来，跌跌撞撞地走过冰冷的走廊，打开电灯。

凌晨四点？会是谁打电话来？

"莱拉家。"皮诺说。

"皮诺？"波尔齐亚嘶哑着嗓子呜咽道，"是你吗？"

"是，妈妈。出什么事了？"

"出大事了。"母亲说完，哭了起来。

皮诺惊恐之下彻底醒了。"是爸爸？"

"不是。"她不屑道，"他正在另一个屋里睡着呢。"

"那是什么事？"

"丽莎·罗恰？你还记得吗？我从小到大的好朋友？"

"她住在莱科。有个女儿，我们以前经常一起去湖边玩。"

"加布里埃尔，她死了。"波尔齐亚哽咽道。

"什么？"皮诺说道，当初在那个女孩家的院子里帮她推秋千的画面还历历在目。

母亲抽泣道："她本来在科迪戈罗上班，平安无事，可是突然想家了，想回去看看父母。她爸爸，丽莎的丈夫，维托病得很重，她很担心。"

据波尔齐亚讲，加布里埃尔和朋友前一天下午才乘巴士离开科迪戈罗。司机一心想把落下的时间追回来，就走了途经莱尼亚戈镇的那条路。

"游击队正在和那个地区的法西斯分子作战，"波尔齐亚说，"巴士开到莱尼亚戈西边的一个墓园和一个果园附近，往诺加拉的方向走的时候，遭遇了一场战斗。加布里埃尔想逃跑，但因为不幸卷入两方的交叉火力而遇害。"

"唉，太惨了。"皮诺说，"得知这个噩耗，我十分难过，妈妈。"

"加布里埃尔还在那里，皮诺。"波尔齐亚吃力地说道，"她的朋友想办法把她拖进墓园后才逃出来给丽莎打电话。我刚挂了丽莎的电话。她丈夫病了，不能去找他们的女儿。感觉所有的事好像都在往不好的方向发展。"

母亲泣不成声。

皮诺感觉不妙，说道："你想让我去收尸？"

母亲停止哭泣，抽泣道："你愿意吗？把她带回母亲家？这对我来说是天大的事。"

想到要处理女尸，皮诺打从心里高兴不起来，但他知道这是对的事。"她在莱尼亚戈和诺加拉之间的墓园里？"

"她朋友就是把她留在那儿了，是的。"

"我现在就动身，妈妈。"

*

三小时后，皮诺穿着厚厚的冬装，开着莱尔斯将军的菲亚特上了一条乡间小路，从曼托瓦往东边的诺加拉和莱尼亚戈开去。早晨，微风吹拂，天上下着雪。菲亚特沿着遍布车辙、冻得硬邦邦的路面风驰电掣般地行驶着。

皮诺颠簸着开进遍地农田的乡间，沿着道路向前滑行，隔着木栅栏和石围墙是一片片被冰雪覆盖的庄稼地。皮诺把车猛地开上诺加拉西边的高地，随后停车从陡坡向下俯瞰。左手边是一个果园，里面的橄榄树光秃秃的，一直绵延到一个围着围墙的大墓园。右手边的地形更为陡峭，但很快就被一片平原取代，平原上遍布着没结果实的果园、农田和农舍。

天上飘着雪花，这本是田园牧歌式的优美景象。可是，一辆被烧毁的巴士残骸堵在墓园大门口的路上,山坡下方几百米外,战斗还在继续,传来砰砰砰的枪声以及尖利刺耳的叫声。皮诺的决心动摇了。

"我又没有签了合约非这么做不可。"皮诺心道,差点转身就走。然而,波尔齐亚哀求他把加布里埃尔带回母亲身旁的话再次在他耳畔响起。将儿时好朋友的遗体交托给鸟类处理肯定不对。

皮诺把手伸进手套箱,拿出莱尔斯将军的双筒望远镜。他从车里走到寒冷刺骨的外面,将望远镜对准下方的山谷。皮诺仅仅扫视了一下,很快就反应过来法西斯黑衫军控制了道路的南边,戴着红领巾的游击队则占据了道路的北边,一直往东就是墓园的围墙,那堵墙在距离皮诺大约五百米开外的地方。道路上、沟渠里、农田里、果园里,到处都是两军士兵的尸体。

皮诺思索片刻后,想了个计划,虽然这个计划把他自己都吓得半死,却是他所能想到最好的了。有好一段时间,下山的恐惧让他不敢挪动脚步,各种各样的"假如"涌入皮诺的脑海,一个比一个揪心。

不过,一旦下定决心,皮诺就努力打消顾虑。皮诺检查了下装在大衣口袋里上好子弹的瓦尔特手枪,戴上手套,从后备箱里取出两条白色的床单。他带这些床单来本来是用作裹尸布的,但这下却另有用处了。他将一条床单系在腰间,就像一条裙子,另一条则像披巾一样披在羊毛帽和羊毛夹克外。

皮诺偏离道路,朝正北方走去。他披着床单,迎着风雪,就像飘忽不定的幽灵从山坡侧面穿过,随后向下倾斜,逐渐下降高度,直到获得最近的一片橄榄树林的掩护。

皮诺向前走了两百米,然后在果园北边的尽头转向东方,沿着石墙继续向前。雪花纷飞,透过望远镜可以看到,右手边远处的一片老橄榄树下,一群游击队战士正以俯卧姿势向试图闯过道路的法西斯分子开火。

皮诺匍匐前进,尽可能将身子隐蔽到石墙后面。他听到法西斯一方全自动手枪开火的声音,子弹击中树木,从墙上弹开,时不时发出扑通一声,想必是游击队战士被击倒了。

枪火平息后,两方的伤员痛得大呼小叫,有叫老婆的,有叫妈的,有叫耶稣的,有叫圣母玛利亚的,还有叫万能的主的;要么求着救命,要么求个痛快。撕心裂肺的惨叫钻进皮诺的脑袋。再次交火把他吓呆了。他不能动。中枪了怎么办?丧命了怎么办?母亲失去了他怎么办?皮诺俯卧在石墙后方的雪地上,浑身不受控制地直颤,觉得自己应该立刻回头,立刻回家。

皮诺脑海中浮现出米莫骂他是懦夫、叛徒的画面,如今自己在石墙后畏畏缩缩,顿时觉得羞愧难当。红衣主教舒斯特曾在平安夜说过"你们不要忧虑"。雷神父对他的叮嘱也犹在耳旁:"不要忧虑,要相信主。"

皮诺强迫自己站起来,以半蹲的姿势向前冲刺,往东跑了整整一百米,来到石墙逐渐消失的地方。皮诺犹豫了下,然后继续往前冲,穿过又一片橄榄树林的后方,期间看到距离他右手边七十米外的游击队战士在树林里移动的身影。公路对面法西斯一方的重机枪开火了。

皮诺猛地跳进雪地里,紧紧抱住一株老树的树根。机枪子弹自东向西从林中掠过后又反向掠过,将游击队战士的四肢和树木的枝桠撕裂,凄厉的惨叫声紧随其后。对皮诺来说,那段时间里的一切犹如漫长的被冰雪覆盖的梦魇,只能听到机枪野兽般的咆哮声和伤员的呼喊声。

重机枪的子弹再次往皮诺的方向射过来。皮诺站起,纵身一跃,子弹向他身后掠去。皮诺听到子弹猛烈击打在身后树干上的声音。墓园围墙的一角近在眼前,皮诺觉得自己即将大功告成了。

就在这时,他被雪地里的树根绊了一下。皮诺竭力保持直立,然而,一脚踩下去,路面坍陷,整个人四脚朝天摔进满是积雪的排水沟,脸先着了地。

机枪子弹从皮诺上方飞过,猛烈地打在墓园的墙角上,碎石横飞,沙尘弥漫,接着,机枪手又掉转一个方向继续扫射。

皮诺面朝下躺在雪地里,听到垂死挣扎的男人和男孩惨烈无比的叫声,要么大喊救命,要么求个痛快。他们的痛苦犹如当头棒喝,皮诺一下从雪地里爬起来。皮诺站在排水沟里,看着四脚朝天躺过的地方,意识到当初如果站稳脚跟之后就往墓园冲去,那么现在无疑已身首异处了。

皮诺将床单卷成一团,抛过围墙。接着,下蹲起跳,一把抓住结冰的墙头。蹬着墙面,抓着墙头往上爬。伸出一条腿,跨到墙上,跳进墓园里,落到厚厚的新雪里。伤残者苦苦哀求的声音持续不断地从墙外传来。

墓园外有枪声。枪声很轻,应该是小口径的枪。第二声枪响。接着,第三声枪响。

皮诺从大衣口袋里掏出瓦尔特手枪,再次将白床单披在肩上,快步穿过被白雪覆盖的墓碑、雕像、陵墓,往墓园前方走去。皮诺猜测加布里埃尔的朋友不可能把她拖得很远,因此遗体很有可能就在前方某处。

墓园的围墙外再次传来枪响,第五声,接着,第六声。皮诺继续向前。转动脑袋,四下搜寻,墓园里连个人影都没有。为了防止马路上的人从门口看到他,皮诺左奔右突,来到墓园前门入口最近的一排墓碑。

皮诺拿起双筒望远镜观察墓园前墙前面的空地,但一无所获。皮诺后退了几步,观察起第一排墓碑和第二排墓碑之间的地方,这次他发现了加布里埃尔·罗恰,或者说可能是她的迹象,毕竟上面盖着一层十五厘米厚的积雪。皮诺朝那个人影直奔而去。墓园墙外传来第七声和第八声枪响,皮诺朝前门看了一眼,看到没人,他宽慰地松了一口气。

波尔齐亚闺蜜的女儿躺在地上,被藏在一座大墓碑的底下,从大门和道路的方向都看不到。皮诺跪在那个被冰雪覆盖的人形旁,弯下身子吹去粉末状的细雪,雪花飘散开来,露出加布里埃尔冰蓝色的美丽脸庞。加布里埃尔双眼紧闭,嘴角上扬露出满足的微笑,仿佛在去天堂的路上听到了什么趣事。皮诺吹去她脸上还有黑发上的雪,发现渗出的血已结冰,在她头下面形成了淡红色光轮。

皮诺带着痛苦的表情搬起加布里埃尔的头,发现她的脖子冻得僵硬,除了脊髓和大脑衔接处两侧的血洞,几乎没有别的外伤,他还能辨认出她的后脑是被子弹射穿的。皮诺将加布里埃尔放平躺在地上,拂去她身上的雪,想起两人小时候度过的欢乐时光,庆幸她死的时候并未遭受过多的痛苦。临死的时候,她害怕了一会儿,但下一秒,还没吸到下一口气,她就满足地死去了。

皮诺铺开两条床单,把瓦尔特手枪放在墓碑上,然后将加布里埃尔推到第一条床单上。皮诺用床单把她裹起来,开始思考没有绳子,怎么才能一路将遗体运送到后墙。

皮诺转身去拿第二张床单,但这已不重要了。有三个法西斯士兵穿过墓园的门走了进来,在四十米外的地方正拿着步枪对着皮诺。

*

"不要开枪!"皮诺双膝跪地,双手高举,大喊道。"我不是游击队的。我为米兰德军最高指挥部汉斯·莱尔斯将军效力。他派我来把这个女孩的遗体送到莱科，交给她的母亲。"

其中两个士兵看上去嗜血凶残，明显不相信。第三个士兵哈哈大笑起来，往皮诺的方向走来，举起枪，说道："这是我听过的游击队编造的最好的借口，可惜我要打爆你的头。"

"不要这样做。"皮诺警告道，"我有文件证明我说的话。给，就在我外套里。"

"我们才不会理会你伪造的文件呢。"那个黑衫军士兵讥讽道。

他停在距离皮诺十米远的地方。皮诺说："你难道想向领袖解释为什么开枪杀我而不让我处理这个女孩的尸体吗？"

听到这话，那个法西斯士兵似乎犹豫了，接着，窃笑道："你现在要冒充自己是墨索里尼的朋友？"

"不是朋友。莱尔斯将军拜访他时是我当的翻译。让我把文件给你看看，你就清楚了。"

"我们何不核实一下，拉斐尔？"另一个黑衫军士兵紧张地说道。

拉斐尔犹豫了下，示意皮诺拿出文件。皮诺交出"托特组织"的身份证明、有莱尔斯将军签名的信件，还有由萨洛共和国首相贝尼托·墨索里尼签署的通行证。这个通行证是皮诺从莱尔斯的手提箱里唯一偷偷拿出来的东西。

"把枪放下。"拉斐尔良久说道。

"谢谢。"皮诺松了一口气，说道。

"你出现在这里，我没有直接开枪，算你运气好。"拉斐尔说。

皮诺起身，拉斐尔问："你怎么没有加入萨洛军？怎么给一个纳粹分子开车？"

"原因很复杂。"皮诺说，"先生？我只想把这个女孩的尸体带到她母亲那里,她母亲伤心至极,正等着让女儿入土为安。"

拉斐尔有些鄙视地看着皮诺,开口道:"去吧,把她带上。"

皮诺拾起手枪,放进枪套里,随后用第二条床单将加布里埃尔裹起来。他从外套口袋里摸出"托特组织"的万字饰臂章戴上。接着,弯下腰,把尸体抱了起来。

加布里埃尔不是很沉,皮诺调整了几下,将她稳稳地挪到胸口的位置。皮诺点了下头,沿着一排墓碑往回走去,穿过厚厚的积雪和飘降的雪花,他每走一步都深切地感受到几个黑衫军士兵注视他的目光。

*

皮诺走出墓园的大门,一道阳光冲破云层,照得左手边烧焦的巴士闪闪发光,一片片炫目的雪花就如同珠宝一样盘旋着降落到地上。但当皮诺沿着道路往远处的高地走去时,他并没有注意从天上飘落的钻石般的雪花。他的目光往左右两边的黑衫军士兵身上游移,这些士兵拿着斧头、锯子、刀刃正将游击队战士的头颅连着下面的红领巾一起砍下来。

十五个,也可能是二十个头颅被插在栅栏的柱子上,面朝道路。在死亡的极度痛苦中,许多头颅怒目圆睁,面容扭曲。在这些尸首沉默而又愤怒地凝视下,皮诺突然觉得手臂上的女尸变得异常沉重。皮诺想扔下加布里埃尔,丢下她,从这里逃走。周围随处可见的野蛮行径让人不寒而栗。皮诺放下加布里埃尔,单膝跪地,垂下头,闭上双眼,祈求主赐予他继续前进的力量。

"罗马人以前常这么干。"拉斐尔在他身后说道。

皮诺转身抬头,看到了刚才那个法西斯士兵,惊骇地问:"什么?"

拉斐尔解释道:"凯撒大帝会将敌人的首级沿街悬挂,一直通挂到罗马,作为触怒他会是何种下场的警告。我认为现在能起到同样的效果。领袖会为此骄傲的,我觉得。你觉得呢?"

皮诺呆滞地朝眼前的黑衫军士兵眨了眨眼睛:"我不知道。我只是个司机。"

皮诺再次抱起加布里埃尔,沿着积雪皑皑的道路,步履沉重地往前走,不去看越来越多的头颅被钉在栅栏的血柱子上,也不去看法西斯士兵对着剩下的尸体大肆施暴。

第二十四章

当皮诺将加布里埃尔的遗体带到她母亲的家门口时,波尔齐亚的闺蜜当下就歇斯底里发作起来。皮诺帮着把她女儿抬到一张桌子上,穿着丧服的女人们正在那里等着为她入殓。众人为加布里埃尔的死悲痛欲绝,皮诺悄悄溜了出去,没有等一句感谢的话。无论是待在死者旁边,还是听生者哭丧,哪怕是一会儿的时间,都让他受不了。

皮诺上了菲亚特,发动引擎,却没有挂挡。斩首的画面深深地震撼了他。在战争中,杀人是一回事,辱尸却是另一回事。那些人是没开化的野人吗?什么样的人会干出这种事?

回想起来,自从战火烧到意大利北部,皮诺见证了许许多多惨无人道的事。误拾手榴弹的小尼科,面对行刑队的图利奥,隧道里的奴隶,21号站台红色货车车厢里伸出的小手指。如今,则是被雪覆盖的栅栏柱子上插着的首级。

为什么是我?为什么让我看到这些事?

皮诺觉得自己和意大利注定要遭受无穷无尽的残忍暴行。还会遇到什么新的暴行?下一个遇难的会是谁?死状会有多惨?

这些悲观消极的想法让皮诺头晕目眩。让他焦虑,害怕,乃至恐慌。皮诺静坐着，气喘吁吁，浑身冒汗，精神亢奋，就像在往山上冲刺一样，心脏跳个不停。他意识到自己不能这样回米兰。他需要找个安静偏僻的地方，找个能放声大叫却没人理会的地方。还需要找一个能帮助他的人，能和他对话……

皮诺向北望去，明白了自己要去哪儿，想要去见谁。

皮诺上了菲亚特，沿着科莫湖东岸往北开去，对科莫湖的美丽风光视若无睹，心心念念想着尽快开到基亚文纳，开到施普吕根山口那条路。

过了坎波多尔奇诺，道路几乎无法通行。皮诺只得给菲亚特装上防滑链，因为到马德西莫要爬很长的山路。皮诺将车停在那条通往莫塔的小径上，小径上遍布脚印，覆盖着一层二十五厘米的新雪。皮诺沿着小径往山上走去。

太阳破云而出。到了莫塔高原，一阵强风把最后的乌云吹散，空气寒冷刺骨，气喘吁吁的皮诺无视高原的壮丽景致而是紧盯着"阿尔宾那之家"。皮诺看到庇护所后，内心无比激动，一口气跑了过去，拉响入口的门铃，仿佛那是火警的钟。

皮诺眼睛的余光发现四个全副武装的人正从房子的一侧包围过来。他们戴着红领巾，拿步枪指着他。

皮诺举起手说："我是雷神父的朋友。"

"搜他的身。"一人说道。

想到自己口袋里还装着莱尔斯和墨索里尼签发的证明文件，皮诺一下子惊恐起来。光是这些证明文件，游击队就可以开枪杀了他。

就在士兵要搜他的时候，门开了，雷神父打量着他。"你好？"雷神父说道，"请问有什么事吗？"

皮诺摘下帽子说："是我，雷神父。皮诺·莱拉。"

雷神父睁大眼睛，先是不敢置信，然后又惊又喜。他张开双臂抱住皮诺，叫道："我们都以为你死了！"

"死了？"皮诺忍住泪水道，"你们为什么这么想？"

雷神父后退一步，注视着皮诺，喜笑颜开地说："不重要了。重要的是你还活着！"

"是啊，神父。"皮诺说，"我能进来和你说话吗？"

雷神父注意到游击队还盯着他，说道："我本人替他担保，各位朋友。我认识他很多年了，阿尔卑斯山没有比他更正直的人了。"

雷神父的话是否让那些战士感到震撼，皮诺没有注意。他跟着雷神父穿过熟悉的门厅，闻到波尔米奥修士烤的面包的香味，听到男人们唉声叹气低声交谈的声音。

"阿尔宾那之家"的大半个食堂都被改造成了战地医院。壁炉旁放着行军床，上面躺着九名伤员，其中一名伤员正在接受医生和护士的治疗，皮诺认出那个医生是从坎波多尔奇诺来的。

"加里波第第九十旅的成员。"雷神父说。

"不是蒂托的伙伴？"

"第九十旅几个月前把那群暴徒赶出了山谷。我们最后听说，蒂托带他的人去布伦纳山口的路段搜刮劫掠了。那些懦夫。你在这里见到都是英勇无畏的战士。"

"我们在哪里方便说话，神父？我是从大老远过来找你的。"

"哦？当然。"雷神父说道，把皮诺带到他的房间。

雷神父示意皮诺在小长凳坐下。皮诺坐下后，焦虑不安地绞扭双手。

"我想要忏悔，神父。"皮诺说。

雷神父面露关切道："忏悔什么？"

"我离开你之后的人生。"皮诺说完,向雷神父讲述人生中最黑暗的那段时光。

*

从莱尔斯将军和那群奴隶,卡莱托·贝尔特拉米尼在父亲弥留之际对他破口大骂,圣维托雷监狱的大屠杀,图利奥·加林贝蒂被乱枪击毙,米莫对他的嘲弄,一直讲到当天早上在尸首的注视下离开墓园,皮诺有四次因为激动而无法说下去。

"我不知道我为什么会碰到这些事。"皮诺哭道,"实在太让人受不了了,神父。太让人受不了了。"

雷神父把手搭在皮诺肩上。"我听了,也觉得很难过,皮诺,但我担心主对你的要求还不止这些。"

皮诺困惑道:"主还要我做什么?"

"你要为你的所见所闻作证。"雷神父说,"图利奥不能白死。应该将参与洛雷托广场大屠杀的凶手绳之以法。还有今天早上那些法西斯士兵。"

"在见到那些人虐待死者后……我不知道,神父……我原本相信人性,相信人本质上是善良的,不是邪恶的,不是像那些人那样。我现在对此产生了怀疑。"

"见到那种事,任何人都会对人性产生怀疑。"神父说,"但大部分人本质上是善良的,你要相信这一点。"

"哪怕是纳粹分子?"

雷神父犹豫了下,说道:"我无法理解纳粹分子,我也不认为纳粹分子之间能相互理解。"

皮诺擤了下鼻涕,说道:"我希望成为餐厅里那些战士中的一员,神父。光明正大地战斗。做一些有意义的事。"

"主是想让你以另一种方式战斗，行更大的善，否则他就不会让你经历现在的一切。"

"监视莱尔斯将军。"皮诺满不在乎地说道，"神父，除了遇见安娜外，我觉得还是在'阿尔宾那之家'带领逃难者去瓦尔迪雷、救助他人的时候，活得最有意义。"

"嗯。"雷神父说，"我不是很懂，但我相信你冒着生命危险换来的情报肯定救了很多盟军将士的性命。"

皮诺之前从未这样想过。他擦掉泪水说："莱尔斯将军——按我的描述，你觉得他是邪恶之人吗，神父？"

"通过奴役杀人与用枪杀人是一样的。"雷神父说，"只是选择的武器不同罢了。"

"我也是这么认为。"皮诺说，"有的时候，莱尔斯和其他人没两样，但下一刻，他就突然变得像恶魔一样。"

"从你见到的事和你对我说的话中，我敢说你总有一天会将这个恶魔关入牢笼，他会因为自己在人间所犯的罪而得到报应，只有彻底赎罪后才能见到主。"

雷神父的话让皮诺心情好了很多。"我希望这一天快点到来。"

"会有那一天的。你真的去过米兰的领事馆？"

"去过一次。"皮诺说。

"还去过墨索里尼在加尔尼亚诺的别墅？"

"去过两次。"皮诺说，"那地方很奇怪，神父。我不想再去了。"

"我也不想了解。你还是和我说说安娜的事吧。"

"安娜风趣幽默，美丽聪慧。虽然比我大六岁，而且还是遗孀，但我爱她。她还不知道，我打算战争结束以后娶她呢。"

老神父微笑道："那就从对安娜的爱中重拾对人性的信念吧，从对主的爱中增强你的力量吧。眼下正是最黑暗的时候,皮诺,但我真的有预感,乌云即将散去,太阳将重新升上意大利的天空。"

"莱尔斯将军也说,离战争结束不远了。"

"让我们祈祷你那位将军没说错。"雷神父说,"你留下来吃晚饭吗?你可以留在这里过夜,和那些伤员交流一下。今晚还有两个被击落的美国飞行员要来,需要向导带领他们去瓦尔迪雷。你可以吗?"

美国人!皮诺心道。到时肯定会让他很激动。爬山去瓦尔迪雷会锻炼他的身体,帮助两位美国飞行员逃离会让他灵魂受到洗礼。皮诺想到了莱尔斯,要是他发现了皮诺把一具死尸装在他的指挥车后座,然后开遍了整个意大利北部,他会有何反应。

"神父,实际上,"皮诺说,"我该回去了。莱尔斯将军可能会需要我了。"

"也可能是安娜。"

提到安娜的名字,皮诺微笑道:"也可能是安娜。"

"也该如此。"雷神父低声轻笑道,"皮诺·莱拉。恋爱中的年轻人。"

"是的,神父。"

"注意安全,孩子。不要伤了她的心。"

"不会的,神父。永远不会的。"

皮诺离开"阿尔宾那之家",感觉自己似乎被净化了。午后的空气清新宜人,寒意料峭。格罗佩拉的悬崖峭壁耸立在钴蓝色的天空下,宛若一座钟楼,莫塔高原在皮诺看来,又一次如同主宏伟的大教堂。

*

天黑不久后,皮诺从车辆调配场急忙出来,觉得自己这一天像是经历了三次人生。皮诺走进自家公寓楼的大厅，发现安娜就站在那里，正在和几个哨兵开玩笑。

"你来啦！"安娜说道，看上去像是已经喝过一杯。

一个哨兵说了句什么，另一个大笑起来。安娜说："他想知道你知不知道自己有多幸运。"

皮诺对那个党卫军士兵咧嘴一笑道："告诉他，我知道。告诉他，当我和你在一起的时候，我觉得我是这世上最幸运的人。"

"你真好。"安娜说完，翻译了皮诺的话。

一个哨兵抬了下眉头有些怀疑。另一个则点头认同，也许是想起了曾经让他感觉自己是这世上最幸运的人的女人了。

他们要皮诺出示证明文件，皮诺和安娜很快就坐着鸟笼电梯上去了。电梯过了五层，皮诺一下抓住安娜。两人热吻起来。到了他们的楼层才分开。

"想我了没？"安娜问。

"非常想，有些不可思议。"皮诺握住安娜的手走出电梯，说道。

"怎么了？"皮诺把钥匙插进锁孔，安娜问道。

"没什么。"皮诺说。"我只是……只是想和你再忘记这场战争一次。"

安娜轻轻抚住皮诺的脸颊道："听上去很美好，很梦幻。"

他们进屋关门，待了差不多三十个小时才离开。

第三天早上，皮诺提前十分钟把车停到多莉家门口。他在车里坐了一会，回味着和安娜独处的那段时光。时间仿佛静止了，没有战争，只有欢愉，只有爱意绽放的飘然喜悦，心情就和鞑靼王子卡拉夫的咏叹调一样欢欣雀跃。

菲亚特的后门开了，莱尔斯穿着灰色的商务羊毛大衣，把手提箱先放进来后,上了车。

"蒙扎火车站。"莱尔斯说。

天上下起小雪,皮诺给菲亚特挂上挡,想到莱尔斯又要去把偷来的黄金运往瑞士,心中无比愤怒。

皮诺能想见接下来一天如何度过。他会把车停在卢加诺山上的边界线,在寒冷中苦苦等待莱尔斯干完他暗地里的勾当。然而,莱尔斯从火车调度场回来后,没有吩咐皮诺开车去瑞士边界线,而是去米兰的中央火车站。

大约中午的时候,两人来到火车站。那列老旧褪色的运牲畜的红色火车停靠在寒冷刺骨的 21 号站台,往火车走去时,莱尔斯没有让皮诺帮他提手提箱,而是不停换手转移重量。

皮诺曾祈祷永远不要再见到这列火车,然而它赫然出现在眼前。皮诺怀着恐惧的心情朝那列火车走去,恳求主不要再让他看到摇晃的小手指伸出牲畜车厢的板条。然而,前方三十米,能看到许多属于不同年龄的人的手指裸露出来,乞求怜悯,车厢内传来求救的呼声。皮诺透过货运车厢的板条看到,里面绝大多数人的穿着并不比九月份的时候在同样的车厢里看到的人多多少。

"我们快冻僵了!"一个大喊道。"行行好啊!"

"我的女儿!"另一个声音喊道,"她生病发烧了,行行好啊!"

莱尔斯似乎没有听到这些请求,径直朝劳夫上校走去。劳夫和十个党卫军士兵一起站在那里,等候列车驶出。皮诺拉下帽子遮住眼睛,退缩不前。距离劳夫最近的两个党卫军士兵手里牵着两只拴住的德国牧羊犬。莱尔斯无动于衷,用平静的语气跟劳夫说了些什么。

过了一会儿,盖世太保上校下令让几个士兵离开。皮诺站在一根铁柱的阴影下,看着莱尔斯和劳夫激烈争辩,直到莱尔斯指向他的手提箱。

　　劳夫诧异地看了莱尔斯一眼，接着看了一眼手提箱，最后目光又回到莱尔斯身上，对他说了什么。莱尔斯点点头。盖世太保上校突然厉声向几个党卫军士兵下达了命令。两个士兵来到牲畜车厢后面，打开锁，把门滑开。男女老少，整整八十个人，拥挤在额定容纳二十头牛的空间里。他们惊恐万状，浑身颤抖。

　　"一等兵。"莱尔斯叫道。

　　皮诺没有与劳夫对视，朝莱尔斯走过去。"是，将军。"

　　"我听到有人说'我女儿生病了'。"

　　"是，将军。"皮诺说，"我也听到了。"

　　"让那位母亲把她生病的女儿带过来。"

　　皮诺有些糊涂，但还是转身朝打开的牲畜车厢走去，翻译了莱尔斯的话。

　　过了一会儿，一个女人抱着一个大约九岁的小女孩挤过人群。那个小女孩面色苍白，浑身冒汗。

　　"告诉她，我要救她的女儿。"莱尔斯说。

　　皮诺顿了下，翻译起劳夫的话。

　　那个女人啜泣起来。"谢谢，谢谢。"

　　"告诉她，我会让那个女孩获得医疗救助，并且保证她永远不会再回到21号站台。"莱尔斯说，"但那个女孩必须一个人过来。"

　　"什么？"皮诺说。

　　"告诉她。"莱尔斯说，"没有商量的余地。要么是她的女儿获救，要么其他人，我再找个合适的。"

　　皮诺不知该做何感想，但还是如实转告。

　　女人哽咽无语。

周围的女人们说道:"救她啊。去啊!"

终于,生病女孩的母亲点了点头,莱尔斯对党卫军说道:"把她带到我车里,陪她等我。"

纳粹分子们犹豫了,直到劳夫上校大喊要他们服从命令。那个小女孩虽然发着烧,身体虚弱,但当几个纳粹分子要把她从母亲怀里带走的时候,她一下歇斯底里哭闹起来。直到那个女孩出了车站,还能听到她尖叫呐喊的声音,莱尔斯下令让车厢里剩余的人都出来。他走到人群前,一个接一个看过去,在一个少女面前停下脚步。

"问她,她是否愿意被带到一个安全的地方。"莱尔斯说。

皮诺问完,少女没有任何犹豫就点头表示愿意。

莱尔斯又下令让两个党卫军士兵带她到他车上。

莱尔斯继续向前巡视,皮诺情不自禁地想起给他当司机的第一天,他是如何对科莫足球场的奴隶进行分类的。几分钟之内,莱尔斯又挑了两人,都是十几岁的男孩。一个男孩表示拒绝,但被自己的父母驳回了。

"带他走。"父亲态度坚决地说道,"如果他安全,他就是你的了。"

"不,爸爸。"男孩说,"我想……"

"没关系。"母亲边哭边抱住他说,"去吧。我们会没事的。"

党卫军士兵将两个男孩带走后,莱尔斯对劳夫点头示意。劳夫下令将其余人带回牲畜车厢里。皮诺看着他们回到车上,尤其是最后被挑中的那个男孩的父母,感到恐惧不已。上车之前,他们不停地转头往后看,仿佛想最后再多看一眼已经消逝的爱与欢乐。

你做得对。皮诺心想。这很悲惨,但你做得对。

牲畜车厢的门关上,上闩,上锁。皮诺已不忍直视。

"我们走。"莱尔斯说。

两人经过劳夫上校。莱尔斯的手提箱就放在这位盖世太保头子的脚边。

回到菲亚特,四个从火车上被带下来的男孩女孩正坐在车里瑟瑟发抖。三个坐在后座,一个坐在前面的副驾驶座上。两个党卫军士兵在一旁看着。莱尔斯打发两个士兵离开,士兵的表情看上去并不愉快。

莱尔斯打开后座,往里面看去,微笑道:"一等兵,告诉他们,我是'托特组织'的汉斯·莱尔斯少将。请让他们把这些话重复一遍。"

"把这些话重复一遍,将军?"

"没错。"莱尔斯回头恼怒道,"我的名字,我的军衔,还有'托特组织'。"

皮诺按他说的做了,让包括那个生病的小女孩在内的四个孩子把莱尔斯的名字、军衔以及"托特组织"都重复了一遍。

"很好。"莱尔斯说,"现在,问他们,是谁把他们从21号站台救出来的?"

皮诺觉得很奇怪,但还是按莱尔斯说的做了,四个孩子听话地说出莱尔斯的名字。

"祝你们长命百岁,生活美满,赞美你们的上帝吧,就当今天是逾越节。"莱尔斯说完,关上车门。

莱尔斯看向皮诺,呼出的气息在寒冷的空气中凝结成团团白雾。"把他们带到领事馆,一等兵,带到红衣主教舒斯特那里。让他把他们藏起来,或是送到瑞士。没能为他带更多的人来,替我向他传达我的歉意。"

"是,将军。"皮诺答道。

"下午六点来电话局接我。"莱尔斯说完,转身走进火车站,"我们还有很多事要做。"

皮诺看着莱尔斯离去后,才转身回车,试图理解刚刚所见到的一切。"他为什么——""他究竟是……"但皮诺觉得这些都不重要。把这四个孩子送到领事馆才是当务之急。他上车发动引擎。

名叫萨拉的生病女孩哭喊着要找妈妈。

"我们要去哪?"年龄稍长的女孩问。

"去米兰最安全的地方。"皮诺说。

*

皮诺将菲亚特停在领事馆的庭院里,让几个孩子在车里等他。皮诺顺着被积雪覆盖的阶梯爬到领事馆公寓套间门口,开始敲门。

出来开门的是皮诺不认识的教士。皮诺向他说明自己是谁,为谁做事,车里的人又是谁。

"他们为什么会在牲畜车厢里?"那位教士问。

"我没问,但我觉得他们是犹太人。"

"为什么这位纳粹将军会觉得红衣主教舒斯特与犹太人有牵连呢?"

看到那位神父冷漠的脸,皮诺勃然大怒。他挺直腰杆俯视那位神父瘦小的身体。

"我不知道莱尔斯为什么这样觉得。"皮诺说,"但我知道在过去的一年半里,红衣主教舒斯特一直在帮助犹太人逃往瑞士,帮忙做这件事的人就是我。现在,我们是不是应该问红衣主教本人他想如何处理呢?"

皮诺说这话的时候带着威胁的语气。神父畏缩道:"我不能向你做任何保证。他现在在图书室里忙。不过,我会去——"

"不用了,我自己去。"皮诺说,"我认识路。"

皮诺与那名教士擦肩而过，穿过走廊，走到图书室门口敲门。

"我说过不要打扰我，博纳诺神父。"舒斯特在里面喊道。

皮诺摘掉帽子，打开门，走了进去，一边点头，一边说道："对不起，'尊敬的红衣主教'，不过事出紧急。"

红衣主教舒斯特有些古怪地看着他，"我认识你。"

"皮诺·莱拉，'尊敬的红衣主教'，我是莱尔斯将军的司机。莱尔斯将军从21号站台救了四个犹太人。他让我把他们带到您这里，然后要我向您转告，他很抱歉不能带更多的人过来。"

红衣主教撅嘴道："现在？"

"他们就在这里，在他车上。"

舒斯特什么也没说。

"'红衣主教阁下'，"博纳诺神父说，"我说过您不能牵连进去——"

"为什么不能？"舒斯特厉声道，然后看向皮诺，"把他们带进来。"

"谢谢您，'尊敬的红衣主教'。"皮诺说，"有个女孩生病发烧了。"

"我们会找医生来的。博纳诺神父会处理这件事。对吗，神父？"

博纳诺神父似乎没有把握，但深深地鞠了一躬说："立刻照办，'红衣主教阁下'。"

红衣主教打量了下皮诺，然后带着他走出犹太避难者听力范围之外。

"我都不明白你的莱尔斯将军是怎么回事了。"红衣主教说。

"我也不明白。他这人难以捉摸，总有惊人之举。"

"的确是。"舒斯特若有所思道，"他是受惊了，对吧？"

第二十五章

　　极地气团从阿尔卑斯山脉倾泻而下，米兰刮起无穷无尽的刺骨寒风，从 1945 年 1 月末一直持续到 2 月初。莱尔斯将军下令没收面粉、糖、油等主食。为了剩余食物排起长队的米兰人多次爆发骚乱。轰炸导致卫生状况恶劣，引起斑疹伤寒、霍乱等疾病。米兰市大部分地区疫情严重。对皮诺来说，米兰就像一个被诅咒的地方，他不明白为什么米兰人会遭受如此残酷无情的惩罚。

　　严酷的天气和冷酷的莱尔斯让意大利北部的人民怨声载道。天气寒冷，然而戴着万字饰的皮诺能从每一个经过的意大利人脸上感觉到他们心中高涨的怒火。每个人脸上都露出一脸的嫌恶。皮诺看到了这些反应乃至更过的。他想对他们大喊，告诉他们自己其实是在做什么，但他忠于使命，咽下羞愧，继续前进。

　　自从救了那四个犹太人后，莱尔斯变得更加难以捉摸。他像平常一样发疯似的、不眠不休地连续工作好几天，然后心情突然变得沮丧，到多莉家喝个大醉。

　　"他心情一下很好，一下很差。" 2 月初的一个下午，安娜和皮诺从多莉家一个街区外的小餐馆走出来的时候，安娜这样说道。"前一个晚上,说战争结束,后一个晚上,又说战斗还在继续。"

但丁大街银装素裹,空气寒冷刺骨,难得阳光明媚,两人决定散步。

"战争结束之后会怎么样?"接近森皮奥内公园,皮诺问,"我是说多莉?"

"布伦纳山口的路通了,莱尔斯会把多莉送到因斯布鲁克。"安娜答道,"多莉想现在就坐火车过去。莱尔斯说现在不安全,火车经过布伦纳会被轰炸。不过,我觉得莱尔斯其实只是需要多莉留在这里,就像多莉到了那边也会需要我陪伴一段时间。"

皮诺心里一沉。"你要和多莉一起去因斯布鲁克?"

安娜闻言在一条又宽又深被积雪覆盖的长长坑道边停下,这条坑道就是围在斯福尔扎城堡外的古护城河。这座十五世纪石头要塞在1943年的轰炸中被击中。要塞两边的中世纪圆形塔楼已沦为废墟。在白雪的映衬下,吊桥上方的受损塔楼就像挂着一道道结痂的黑色伤疤。

"安娜?"皮诺叫道。

"等多莉安定下来以后吧。"安娜仔细观察被炸烂的塔楼,仿佛里面藏着秘密,说道,"她知道我想回米兰,知道我会来找你。"

"那么好吧。"皮诺说道,吻了下安娜戴着手套的手。"那里至少有十五米高的积雪。清理道路要花好几周。"

安娜从古堡转过来,满怀希望地说:"将军是说过,要在雪停了以后,可能要一个月,甚至更多的时间,"

"我希望能再多些时间。"皮诺说完,抱住安娜亲吻她。两人听到鸟翅拍打的声音才分开。

要塞中央塔楼的弹坑里涌出一群大乌鸦。其中三只嘎嘎叫着飞走了，最大的那只在伤痕累累的塔尖上方悠哉游哉地盘旋。

"我该回去了。"安娜说，"你也一样。"

两人手牵着手走在但丁街上。皮诺看到莱尔斯的身影从一个街区之外多莉住的公寓楼的前门走出来，往菲亚特停靠的方向走去。

"得走了。"皮诺向安娜丢了个飞吻，飞奔过去接莱尔斯。皮诺打开菲亚特的车门说道："万分抱歉，将军。"

莱尔斯对他发火道："你去哪儿了？"

"去散步了。"皮诺说，"和女仆一起。要我开车送您去哪儿？"

莱尔斯正欲痛斥皮诺一番，但往车窗外瞥了一眼，发现安娜正在靠近。

莱尔斯长舒一口气道："红衣主教舒斯特的住处。"

*

十二分钟后，皮诺开着菲亚特穿过拱门，开进领事馆的庭院。庭院里车满为患。皮诺找了个停车位，下车给莱尔斯开门。

莱尔斯说："我可能需要你。"

"是，将军。"皮诺说完，跟着莱尔斯穿过积雪皑皑的庭院，顺着外面的阶梯爬到红衣主教舒斯特的公寓套间门前。

莱尔斯敲门后，出来开门的是乔瓦尼·巴尔巴雷斯基。

这位年轻的神学院学生又越狱了？莱尔斯面无表情，没有认出眼前的人曾因伪造罪入狱，并躲过了圣维托雷"十一抽杀律"。但皮诺认出来了，自己带着有纳粹标志的臂章，从未感觉过如此屈辱和羞愧。

"莱尔斯将军是来见'红衣主教阁下'的。"

巴尔巴雷斯基退到一边。皮诺犹豫了下，从他身前经过。巴尔巴雷斯基打量着皮诺，似乎是在辨认他。皮诺庆幸不是在圣维托雷监狱。不过，巴尔巴雷斯基当时肯定看到莱尔斯了。那他是否看到莱尔斯曾试图阻止那场屠杀？两人走进红衣主教舒斯特的私人图书室。米兰红衣主教就站在书桌后面。

"你能来真是太好了，莱尔斯将军。"舒斯特说，"你认识多尔曼先生吗？"

皮诺看到房间里的另一个人，尽量不露出目瞪口呆的神情。这个人在意大利家喻户晓。眼前的男人身材修长优美，五指长度异于常人，脸上挂着老练的热情笑容，他就是经常上报的尤金·多尔曼。希特勒只要来意大利，就由多尔曼担任翻译官，墨索里尼若是去德国，也同样如此。

皮诺开始用法语给莱尔斯翻译，多尔曼打断了他。

"我能翻译，我不管你是谁。"多尔曼摆了一下手说道。

皮诺点了点头，往门后退去，心想自己是否应该离开。只有巴尔巴雷斯基似乎注意到了皮诺的不情愿。多尔曼起身，伸出手，用德语对莱尔斯说了什么。莱尔斯笑着点头作答。

多尔曼用意大利语对红衣主教舒斯特说："我帮他翻译他会觉得舒服些。我能让他的司机离开吗？"

红衣主教的目光越过莱尔斯和巴尔巴雷斯基朝皮诺的方向看去。

"让他留下。"舒斯特说道，接着凝视莱尔斯，说："将军，我听说，假如撤军，希特勒打算把米兰所剩无几的珍贵文物都付之一炬。"

多尔曼翻译，莱尔斯听完，快速作出回应。多尔曼说："将军也听说了这个消息，他希望告诉红衣主教，他并不同意这项政策。他是工程师，他热爱伟大的建筑和伟大的艺术。他反对进行任何不必要的破坏。"

"那新任陆军元帅菲廷霍夫呢？"红衣主教问。

"新任陆军元帅,我觉得,是可以说服去做正确的事的。"

"那你愿意去做说客吗?"

"我愿意试一试,'红衣主教阁下'。"莱尔斯说。

"谢谢你这么努力。"红衣主教舒斯特说,"有消息你会告诉我吧?"

"我会的,'红衣主教阁下'。关于过些日子您的公开声明,我也必须奉劝您一句,红衣主教。有位高权重的人想找个借口将您监禁起来,甚至更甚。"

"他们不敢。"多尔曼说。

"请不要太掉以轻心了。难道您没听说奥斯维辛的事吗?"

提到奥斯维辛,红衣主教的神情动摇了,"奥斯维辛是天怒人怨。"

奥斯维辛?皮诺心道。那列红色牲畜运载列车开往的劳动营。皮诺回想起从车厢一侧伸出的那几根小小的手指?那个孩子是什么下场?其他的人是什么下场?都遇难了,这是毫无疑问的,但……天怒人怨是指?

"下次见,'红衣主教阁下'。"莱尔斯说完,立正敬礼,鞋后跟咔嗒一声,接着转身离去。

"将军?"红衣主教从后面叫住他。

"'红衣主教阁下'?"

"善待你的司机。"舒斯特说。

莱尔斯狠狠地扫了一眼皮诺,但似乎又回忆起了什么,态度缓和下来道:"我还能做些什么?他让我想起我过世的外甥。"

*

奥斯维辛。

皮诺开车送莱尔斯去位于都灵米拉菲奥地区的菲亚特汽车厂赴会，脑海里不停在想着这个词。皮诺想问莱尔斯天怒人怨的到底是什么事情，但内心害怕而不敢开口，很怕看到莱尔斯听后的反应。

皮诺把这个问题留给自己，虽然他们马上要和菲亚特汽车的经理卡拉布雷塞开会。卡拉布雷塞与莱尔斯再次相见，显得有些怏怏不乐。

"我无能为力，"卡拉布雷塞说，"人为破坏太多了。生产线运转不下去了。"

皮诺本以为莱尔斯肯定会大发脾气。没想到莱尔斯居然说："我很感谢你对我坦诚，我想让你明白我是在想办法确认菲亚特受到了保护。"

卡拉布雷塞迟疑道："有什么可保护的？"

"彻底摧毁。"莱尔斯说，"元首下令，如若撤退，则实施焦土政策，但我想确保贵国的经济脊梁，也就是贵公司能保存下来。无论发生什么，菲亚特都能继续下去。"

卡拉布雷塞想了想，开口道："我会转告上级的。谢谢您，莱尔斯将军。"

*

"他在卖人情。"当天晚上，在舅舅舅妈家的厨房里，皮诺说道，"这是他的处事原则。"

"至少他是在帮红衣主教舒斯特保护米兰。"阿尔贝特舅舅说。

"但他之前在农村大肆掠夺。"皮诺激动道，"还将他人奴役至死。他的所作所为我都看在眼里。"

"我们知道你看见了。"格蕾塔舅妈神色凝重道。舅舅的神色也十分凝重。

"出什么事了?"皮诺问。

"今早,广播报道了一个让人震惊的消息,"阿尔贝特舅舅说,"一个在波兰的集中营,叫奥什么的。"

"奥斯维辛。"皮诺说道,他感到恶心作呕。"发生什么事了?"

阿尔贝特舅舅说,1月27日,俄军抵达奥斯维辛时,部分集中营已被炸毁,资料记录也已被焚毁。管理集中营的党卫军逃跑了,同时带走了五万八千名犹太俘虏当作奴隶。

"他们留下了七万名犹太人。"阿尔贝特舅舅说着哽咽起来。

格蕾塔舅妈心烦意乱地摇头道:"那些犹太人都骨瘦如柴,纳粹之前是想累死他们。"

"我不和你说了吗?"皮诺喊道,"我看到他们这么做的!"

"真实情况比你说的更加严重。"阿尔贝特舅舅说,"幸存者说,纳粹从集中营撤离前炸毁的建筑物是毒气室和焚尸炉,犹太人被毒气毒死后,尸体会被送去焚化。"

"他们还说,焚尸的黑烟在集中营上空笼罩了数年,皮诺,"舅妈边擦眼泪边说,"成千上万的人死在了那里。"

那几根曾在皮诺脑海里无数次挥动的小小手指,那个生病女孩的母亲,还有那位一心想让儿子获救的父亲。他们一周前才去了奥斯维辛。他们遇害了吗?被毒死后焚尸?还是成为往柏林撤退的奴隶?

那一刻,皮诺无比痛恨德国军人,每一个德国军人都让他痛恨,尤其是莱尔斯。

莱尔斯当时和他说的是,奥斯维辛是一处"托特组织"劳动营。"负责造东西。"他是这么说的。"造什么呢?毒气室吗?焚尸炉吗?"

想到自己穿过"托特组织"的制服,和那群建造毒气室残杀犹太人、建造焚尸炉掩盖罪证的人穿过同样的衣服,皮诺羞愧难当,乃至

BENEATH A SCARLET SKY

厌恶自己。在他的思维里，建造集中营的人和管理集中营的人是同罪的。莱尔斯肯定也早已知道这一切。他毕竟是希特勒的亲信。

1945年2月20日，皮诺和莱尔斯将军到达奥斯特里亚卡伊达村的时候，已经在路上开了好几个小时。沿着一条陡路往两山之间的高地开去时，他们的车在寒冷滑溜的淤泥里打滑了二十分钟。高地东南方大概三公里之外就是蒙特城堡，一座中世纪修建的要塞。

秋天的时候，皮诺曾来过这处高地好几次。莱尔斯在这里能从远处观察，方便看清如何加固城堡。蒙特城堡赫然耸立在八百米之外，坐落在一条往北通往波伦亚和米兰的公路上方。守住哥特防线，这条路的控制权至关重要。

过去的一个月里，蒙特城堡以及莱尔斯在贝尔韦代雷山和托拉恰山修建的城墙曾四次抵挡了盟军的进攻。但今天，在这个光线微弱、寒冷刺骨的早晨，蒙特城堡陷入了围困。

蒙特城堡内外炮火连天，呼啸声、隆隆声不绝于耳，皮诺不得不捂紧耳朵。爆炸冲击波像铁锤一样砸在他的胸膛。每次轰击都会激起土块碎石和团团火焰，随后升起滚滚的油腻烟柱，青灰色的天空顿时黑云滚滚。

皮诺瑟瑟发抖地观看着。莱尔斯裹着一件羊毛大衣，用双筒望远镜将战场扫视一遍，然后目光越过崇山峻岭往西南方望去。皮诺裸眼也看见了五公里外一支军队正在翻越苍白色和棕褐色交杂的冬季群山。

"美国第十山地师在攻打托拉恰山。"莱尔斯说着，把双筒望远镜递给皮诺。"训练有素的强兵劲旅。"

皮诺拿起望远镜，只看了局部战况，莱尔斯就说："望远镜。"

皮诺立马将望远镜还给莱尔斯。莱尔斯拿起望远镜，越过蒙特城堡下方往东南方望去。莱尔斯咒骂一声，讥讽地轻笑起来。

"给。"他说着，把望远镜递给皮诺。"看一下几个黑杂种是怎么死的。"

皮诺犹豫了下，还是透过望远镜看了起来。他看到巴西远征军的部队穿过山脚西南侧面的空地。第一排冲锋的战士往山脚外冲了四十米，其中一人踩到地雷，在一阵夹杂泥土和黑烟的血雾中被炸得四分五裂。又一个士兵踩中地雷，接着是第三个。在那之后，德军机枪从上方扫射，将冲锋的战士全部击倒，攻势顿时萎靡。

盟军的加农炮和迫击炮继续猛烈轰击要塞。上午十点左右，蒙特城堡两侧的城墙已经有缺口出现，巴西士兵前赴后继，发动潮水般的攻势，最终穿过地雷阵，到达蒙特城堡下方，开始向上攀爬，自杀式的进攻持续了好几个小时。

莱尔斯和皮诺在严寒中观看了第十山地师攻占托拉恰山的全过程；以及下午五点左右的时候，巴西人在白刃战中夺取蒙特城堡的全过程。盟军停止射击加农炮后，山坡上弹坑遍布。蒙特城堡已沦为浓烟滚滚的废墟。德军全面撤退。

莱尔斯说："这里被攻破了，波伦亚失守只是几天的事。送我回米兰。"

返程途中，莱尔斯坐在后座低着头默然不语，一边翻阅手提箱里的文件，一边在一叠纸上写写画画。他们靠边停在多莉公寓楼外的路缘。

皮诺提着手提箱，跟在莱尔斯后面，经过大厅里的丑老太婆，爬上楼梯。莱尔斯敲响多莉家的门。出来开门的竟然是多莉，这让皮诺有些惊讶。多莉穿着一件贴身的黑色羊毛连衣裙。

多莉的眼睛发红，泪汪汪的，好像喝了酒，手里夹着一根闷燃的香烟,穿着高跟鞋,走路跟跟跄跄,说道:"你回来真是太好了,将军。"

多莉看着皮诺说道:"我担心安娜今天身体不舒适。好像得了胃病之类的毛病,最好不要出去。"

"那样的话,最好还是我们都出去吧。"莱尔斯退后说道,"我生不得病。现在不行。我今晚睡别的地方。"

"不。"多莉说,"我想你留下。"

"今晚不行。"莱尔斯冷酷地说道,转身就走。多莉在后面对他愤怒地大喊大叫。

皮诺在国防军总部放莱尔斯下车后,收到命令第二天上午七点回来接他。

*

皮诺把车停在车辆调配场,步履沉重地往家走,脑海里浮现出今天看到的屠杀破坏的场面。他从安全的有利位置看到了多少人丧生?数百人?

战争的残暴让皮诺心烦意乱。他痛恨战争,痛恨挑起战争的德国人。究竟是为了什么?要把鞋子踩到一个人头上,偷窃他的东西,然后等另一只更大的鞋子踩回来,被踢到一边去?在皮诺看来,战争就是谋杀和偷窃。一支军队屠杀劫掠了一座山头;另一支军队又屠杀劫掠回来。

看到纳粹军队被击败然后撤退,皮诺知道自己应该感到高兴,但他只觉得空虚寂寥。他无比渴望见到安娜。但他不能,皮诺突然很想哭一场。皮诺哽咽着忍住情绪,迫使自己在脑海里竖起一道墙把与那场战斗有关的记忆隔绝起来。

皮诺向公寓楼大厅的哨兵出示证明文件,乘鸟笼电梯经过五楼的党卫军士兵,把手伸进口袋里摸钥匙的时候,心里的那道墙一直竖着。皮诺打开家门,以为家中没人,一走进去,就一下倒在地上,心里那道墙也放了下来。

但是格蕾塔舅妈已在家中,她倒在父亲的怀里。一见到皮诺,格蕾塔舅妈猛烈地抽噎起来。

米凯莱的下唇颤抖着说道:"劳夫上校的人今天下午来皮具店了。他们把店翻了个底朝天,然后逮捕了你舅舅。他被带到蕾佳娜大酒店去了。"

"因为什么罪名?"皮诺关上门问道。

"因为参与抵抗运动。"格蕾塔舅妈哭道,"间谍罪,你知道盖世太保都是怎么对待间谍的。"

米凯莱的下巴颤抖起来,眼泪顺着脸颊滴落下来。"你听到你舅妈的话了吧,皮诺?他们会对阿尔贝特做些什么?阿尔贝特要是松口把你的事说出来,他们会对你做什么?"

"阿尔贝特舅舅不会松口的。"

"要是万一呢?"米凯莱质问道,"他们也会来抓你的。"

"爸爸——"

"我想让你逃跑,皮诺。把你那位将军的车偷过来,带着你的通行证穿着制服到瑞士边界线。我会给你足够的钱。你可以在卢加诺生活,等战争结束后再说。"

"不,爸爸。"皮诺说,"我不会这样做的。"

"你按我说的来!"

"我十八了!"皮诺大喊道,"我要做我想做的事。"

皮诺说话时异常坚决有力,他的父亲都吓到了。对父亲大喊大叫,皮诺有些愧疚。他刚才情绪爆发了出来,没有控制住自己。

皮诺浑身颤抖，努力冷静下来，说道："爸爸，对不起，在这场战争中，我已经袖手旁观太久了。这次我不会跑的。只要无线电继续运行，只要战争继续下去，我就不会跑。在那之前，我还是莱尔斯将军的司机。我很抱歉，但是事情就是这样。"

*

十天后，1945 年 3 月 2 日的下午，皮诺站在莱尔斯的菲亚特旁，一边观察加达尔湖东面山坡上的一栋别墅的外面，一边思索里面正在发生些什么。

周围还停了七辆别的车。其中两个司机穿着党卫军的制服，一个穿着国防军的制服，其余都是便装。根据莱尔斯将军的命令，皮诺也穿上了便装。大部分时间，皮诺都没有理会其他司机，而是非常着迷地盯着那栋别墅，因为他认出了大约二十分钟之前跟莱尔斯一起走进去的两个德国军官的身份。

那两人是意大利党卫军头领沃尔夫将军以及最近接替凯塞林成为意大利德军司令的陆军元帅海因里希·冯·菲廷霍夫。

为什么菲廷霍夫会在这里出现？还有沃尔夫？是什么事让他们都聚到一起？

这些问题在皮诺脑海里不停打转，皮诺再也忍不下去了。天上微微下着雪，皮诺朝围在停车场两侧的观赏雪松走去。皮诺停下脚步开始小便，以防有其他司机看他。皮诺抓住时机冲过树篱消失了。

皮诺借着树篱的掩护，来到别墅北面的墙。皮诺蹲伏下来，沿着墙壁偷偷摸摸地前进，每到一扇窗户下面，都竖起耳朵偷听一下，接着起身往里偷瞄。

到了第三扇窗户下，皮诺听到喊叫声。一个声音咆哮道："Was du redest ist Verrat! Ich werde an einer solchen Diskussion nicht teilnehmen！"

皮诺没太听懂。他听到房门砰的一声关上。有人在离开。会是莱尔斯将军吗？

皮诺从别墅的一侧跑了回去，来到那道雪松树篱旁边。他一边沿着树篱跑，一边透过间隙观察。皮诺看到陆军元帅菲廷霍夫怒气冲冲地走出别墅。他的司机跳下车，为他打开后座车门，两人很快开着车离开了。

皮诺一时间犹豫不决。他是该回到那扇窗户下面，再多听些？还是该回到车上等着，见好就收？

莱尔斯从前门走了出来，相当于替皮诺做了决定。皮诺悄悄穿过树篱，一路小跑去接莱尔斯，一边努力记住菲廷霍夫离开前最后吼出的那句话。

"Was du redest ist Verrat！"

皮诺一边内心默默重复这句话，一边为莱尔斯开车门。莱尔斯闷闷不乐，一副恨不得要啃掉一只鸡脑袋的样子。皮诺坐上前座，感觉到莱尔斯怒气冲冲。

"将军？"

"去加尔尼亚诺。"莱尔斯说，"那个疯人院。"

*

皮诺开车穿过墨索里尼位于加尔达湖的别墅的大门，担忧接下来的遭遇。莱尔斯在前门通报了自己的到来后，领袖的一位副官告诉他，现在来不是好时机。

"现在当然不是好时机。"莱尔斯厉声道，"所以我才来。要么带我去见他，要么我毙了你。"

那位副官怒道："谁批准的？"

"阿道夫·希特勒批准的。我来这里是元首的直接命令。"

那位副官还是怒气冲冲的样子，但点头道："很好，你愿意的话就跟我来吧。"

他带两人来到图书室，将门微微推开。虽然天色将晚，但墨索里尼的图书室里并没有开灯。透过落地双扇玻璃门照进来的光是唯一的光源。苍白的光柱沿对角线方向穿过屋内，地上撒满了书籍、文件以及玻璃碎片，家具被翻得乱七八糟。

眼前的场景应该是大发一通脾气后的残局。领袖坐在书桌后方，手肘撑在桌上，两手托着下巴，怔怔地往下看，透过书桌仿佛看到了自己的走投无路。克拉拉躺在墨索里尼前面的一张单人沙发里，一手夹着烟懒洋洋地吸着，另一手握着一只空酒杯靠在胸口上。在皮诺看来，他们很有可能保持这样的姿势一动不动好几个小时了。

"领袖？"莱尔斯往凌乱的房间里走去说道。

墨索里尼似乎置若罔闻，莱尔斯和皮诺越走越近，他只是阴沉地盯着桌子。独裁者的情妇听到了他们的声音，转过头来，带着一丝解脱的苍白微笑。

"莱尔斯将军，"克拉拉含糊不清地说道，"对可怜的本尼来说，这一天已经让他焦头烂额了。我希望你不是来加剧他的烦恼的吧？"

莱尔斯斯说："领袖和我需要进行一次坦诚的对话。"

"关于什么？"墨索里尼问道，依然低着头。

走进来之后，皮诺才发现这位傀儡独裁者正盯着一幅意大利地图。

"领袖？"莱尔斯再次说道。

墨索里尼抬起头，用古怪的眼神怒视着莱尔斯说道："我们征服了埃塞俄比亚，莱尔斯。但现在，盟军那群猪啰派黑鬼往北攻进了托斯卡纳。黑鬼还控制了波伦亚和罗马的街道！我现在生不如死。你不觉得吗？"

皮诺翻译后，莱尔斯犹豫了下，说道："领袖，我不能在这些事务上为您提供建议。"

墨索里尼的眼神开始游移，似乎在回忆什么陈年往事。他的眼睛突然亮了起来，像是看到闪闪发光的新奇玩意儿后被迷住了。

"真的吗？"傀儡独裁者问，"希特勒袖子里揣着超级秘密武器？比如前所未见的导弹、火箭，还是炸弹？我听说，元首准备等敌军接近后，动用那个武器，对他们进行一系列毁灭性的打击，一网打尽。"

莱尔斯再次犹豫了下，说道："确实有秘密武器的传言，领袖。"

"啊哈！"墨索里尼闻言一下跳起来，往高处伸出一根指头，说道："我就知道！我是不是说过，克拉拉？"

"说过，本尼。"他的情妇答道，给自己又倒了一杯酒。

墨索里尼此刻情绪高涨，他刚才情绪有多低落，现在就有多高涨。他兴奋不已地绕着书桌走动，几乎要雀跃起来。

"是像V-2火箭弹这样的武器，对吗？"他说，"只有威力这么大的武器才能将一座城市夷为平地，是不是？只有你们深谙科技的德国人能搞出这种东西！"

莱尔斯沉默了好一会，然后点头道："谢谢，领袖。我对您的赞美表示感谢，但我被派来是想问问您，战况恶化下去的话该作何打算。"

莱尔斯的话似乎让墨索里尼有些困惑。"不是有超级火箭弹吗？我们有超级火箭弹的话，长期而言，战况怎么会恶化下去呢？"

"我喜欢未雨绸缪。"莱尔斯说。

"哦。"独裁者应道，眼神开始游移起来。

克拉拉说:"瓦尔泰利纳,本尼。"

"就是那里。"墨索里尼说道,眼神再次聚焦。"一旦撤退,会有二十万大军随我退到北面的瓦尔泰利纳山谷,旁边就是瑞士。他们会保护我还有我的法西斯同志,一直坚持到希特勒先生发射毁天灭地的火箭弹!"

墨索里尼笑容满面,看向一边,陶醉于那神奇的一天的到来。

莱尔斯沉默了好一会,皮诺在旁边朝他瞥了一眼。希特勒有超级武器吗?盟军足够接近柏林后,他就要动用那个武器吗?莱尔斯不露声色,看不出到底是有还是没有。

莱尔斯咔嗒并拢后鞋跟立正敬礼,鞠了一躬道:"谢谢,领袖。这就是我们希望知道的。"

"你会提醒我们吗,莱尔斯?"墨索里尼说,"希特勒要使用那个威力巨大的火箭弹的时候?"

"我保证您会是最先知道的人之一。"莱尔斯说着转身离开。

莱尔斯走到墨索里尼的情妇面前停下脚步问:"你也会去吗,去瓦尔泰利纳?"

克拉拉仿佛早就接受了自己的命运,微笑道:"有福的时候,我爱本尼,将军。有难的时候,我更爱他。"

当天晚上,在讲述与墨索里尼会面的过程之前,皮诺首先问了他在加大尔湖东面那座山庄一扇窗户下听到的那句话。

"Was du redest ist Verrat。"

格蕾塔舅妈从沙发上坐起来。自从阿尔贝特舅舅被带走后,她就搬进了皮诺家,协助巴卡处理日常的无线电信号传输。

她说:"你确定菲廷霍夫说的是这句话?"

"不,我不确定,但那个声音很愤怒,在那之后,我看到了那位陆军元帅怒气冲冲地离开山庄。这句话是什么意思?"

"'Was du redest ist Verrat',"她说,"你的意思是要叛国。"

"叛国?"皮诺说。

父亲向前倾了下身子,说道:"你是说推倒希特勒的政变?"

"我猜是的,如果他们是这样对菲廷霍夫说的。"格蕾塔舅妈说,"沃尔夫也在?还有莱尔斯?"

"还有别的人。但是我从头到尾没看见。他们比我们到得早,离开得晚。"

"盟军应该知道这个消息。"皮诺说,"还有墨索里尼的消息,他认为希特勒拥有超级武器。"

"莱尔斯对超级武器这件事怎么看的?"格蕾塔舅妈问。

"我说不出来。他的脸大部分时间都像花岗岩一样。但他应该是知道的。他之前和我说过,他最开始是给希特勒造大炮的。"

"巴卡明天早上来。"父亲说,"把你想要伦敦方面知道的消息写下来,皮诺。我会让他连同其他消息一起发送过去的。"

皮诺拿起纸笔,把想要汇报的消息写下来。格蕾塔舅妈把他偷听到和叛国有关的那句话写下来。

"你今晚回家吗?"

"我觉得不能,爸爸。"

"当心点。"米凯莱说,"如果战争不是快要走向好的结局,你是不会听到这些将军说这话的。"

皮诺点头,一边去取自己的外套,一边说:"我还没打探过阿尔贝特舅舅的消息。你今天早上去圣维托雷监狱看他了,对吗?他怎么样了?"

"他减肥了,也不算是坏事。"格蕾塔舅妈勉强笑道,"虽然他们尝试了,但他还没有松口。他认识很多其他囚犯,帮上了忙。他们会互相帮助。"

"他不会在那里待很久的。"皮诺说。

事实上,当皮诺穿过街道往多莉住的公寓楼走回去的时候,他感觉得到距离战争结束的时间所剩无几,相比之下,战后和安娜在一起的时间要长得多,仿佛无穷无尽。

*

想到与安娜无限的未来,皮诺振奋地来到多莉家门前。开门的是安娜。安娜脸上带着微笑,病好了,看到皮诺来很开心,皮诺松了一口气。

"将军和多莉出去了。"安娜说着让皮诺进来。

安娜关上门,投入了他的怀抱。

*

之后,在安娜的床上,两人歌唱的身体闪着汗珠和爱意。

"我想你了。"安娜说。

"我脑子里都是你。"皮诺说,"每当我应该监视莱尔斯将军,或是想要记住我和他去了哪儿、看了什么的时候,我都忍不住想你,这样是不是不好?"

"也不完全是,"安娜说,"这样很甜蜜。"

"我是认真的。我们分开的时候,我就觉得音乐停止了。"

安娜注视着皮诺说道:"你是个很特别的人,皮诺·莱拉。"

"不,真的不是。"

"你就是很特别。"安娜摩挲着皮诺的胸膛坚持道,"你很勇敢,也很有趣。长得也很美。"

皮诺尴尬地笑道:"美?不是帅吗?"

"你很帅。"安娜爱抚着他的脸颊道,"不过,你对我的爱意都溢出来了,让我觉得很美,你在我眼里很美。"

"那我们都美。"皮诺说着用鼻子蹭了蹭安娜。

皮诺把自己的感觉告诉安娜,战争结束近在咫尺,但战争结束之后的日子仿佛漫无边际。

"我们想做什么就做什么。"皮诺说,"生活是无限的。"

"我们能追求幸福,热爱生活吗?"

"这就是你想要的吗?追求幸福,热爱生活?"

"你还能想出别的吗?"

"不能。"皮诺说道,亲吻着安娜,对她的爱更浓烈了。"我觉得我真的想不出别的。"

第二十六章

　　接下来两周，莱尔斯将军和皮诺再次马不停蹄地四处奔波。莱尔斯没去蒙扎的火车调度场，而是去了科莫的火车调度场，之后去了两次瑞士。皮诺因此猜测莱尔斯已经把那节装有黄金的车厢转移了。除了去卢加诺，莱尔斯大部分时间都在巡查往北的铁路以及公路的状况。
　　皮诺不知道原因，但以他的身份也没法问。直到3月15日两人开车到布伦纳山口的时候，莱尔斯的意图才昭然若揭。穿过布伦纳山口通往奥地利的铁轨曾反复遭到轰炸，导致双向铁路运输中断，灰衣人们正在辛苦地修复铁路。
　　布伦纳山口道路两边都是积雪，这些积雪一直延伸到谷底。车子开得越高，道路两边的积雪就越高。最高的时候，就像是行驶在一条没有顶的白沙隧道内。途经一处弯道，那里正好可以俯瞰让人目眩神迷的宽阔的布伦纳河道。
　　"停车。"莱尔斯说一声，就带着双筒望远镜下了车。
　　皮诺不需要望远镜。他看到道路的前方有一群被奴役的灰衣人，正在挖凿铲劈路上的积雪，积雪将通往布伦纳山口上方奥地利的道路堵住了。

"距离边界线还有很远。"皮诺心道，往高处望去。上面应该有十米或是十二米的积雪。通往奥地利的道路上有深色的污迹，像是雪崩后留下的痕迹。在那些污迹下方的道路上堆积着十五米高的积雪和残骸。

莱尔斯肯定也是这么估计的。两人开了很远，来到监视奴隶的党卫军部队那里。莱尔斯下车后，对一位军衔是少校的负责人大声呵斥，对方也不示弱，两个人像是在比谁的嗓门更大，皮诺甚至一度以为两人要动手打起来了。

莱尔斯回到车上，还是怒不可遏。

"按照他们这铲雪的速度，我们永远出不了意大利了。"莱尔斯道，"我需要卡车、挖土机，还有推土机。实打实的机器。否则根本不可能。"

"将军？"皮诺说。

"闭嘴开车，一等兵！"

皮诺知道这时候最好不要火上浇油，默不作声地思考莱尔斯刚刚说过的话。终于，他想明白了他们最近在做的事情。

莱尔斯受命负责逃亡路线。德军必须要有一条退路。许多铁路都被破坏了，布伦纳山口的路因而成为确定的唯一逃生通道，只是目前被堵住了。虽然还有其他到瑞士的通道，不过过去几天，瑞士已经不再允许德国火车和车队穿过瑞士边境。

从现在开始，皮诺内心高兴地想道，纳粹被困住了。

*

当晚，皮诺就给巴卡留了一条消息，告诉他积雪堵塞了意大利和奥地利之间的道路。皮诺表示游击队或盟军可以通过轰炸道路上方积雪皑皑的山脊引发雪崩。

五天后,皮诺和莱尔斯回到布伦纳。得知盟军轰炸引起大范围雪崩、道路被雪墙堵塞的消息后,莱尔斯勃然大怒,皮诺却心中暗喜。

随着时间的流逝,莱尔斯变得愈发让人难以捉摸,上一秒还喋喋不休,下一秒就闷闷不乐、一言不发。三月末,莱尔斯去瑞士,一去就是整整六天,皮诺可以尽情地和安娜在一起,他很奇怪为什么莱尔斯还不把多莉送到卢加诺或是日内瓦。

皮诺没有多想这件事。他在恋爱中,就像所有恋爱中的人一样,他的时间感已经被扭曲了。与安娜共度的每分每秒都扣人心弦、转瞬即逝,每次分离后则望眼欲穿。

3月过去了,到了1945年4月,仿佛某个神奇的开关开了。意大利北部地区原本冰雪天气持续不断,盟军攻势一再受阻,突然之间,冰雪消融,骤升成晚春的温度。皮诺几乎每天都开车送莱尔斯去布伦纳山口。路上到处是开工的挖土机,一辆辆翻斗车拖着积雪和雪崩残骸离开。阳光照在挖掘机旁挖掘的灰衣人上,他们的脸被雪面反射的耀眼光芒灼烧,他们的肌肉因为融雪和坚冰而扭曲,他们的意志被连年的奴役所消磨。

皮诺很想去安慰奴隶,告诉他们要抖擞精神,战争很快就要结束了。只剩几周时间了,不是还有好几个月。只要坚持下去。只要活下去就好。

*

1945年4月8日,深夜,皮诺和莱尔斯来到波伦亚东北部的莫利纳拉村。

莱尔斯到当地的国防军营地找了张行军床,皮诺坐在菲亚特的前座上断断续续地睡了一会儿。破晓时分,两人来到阿真塔村西边的一处高地，向下俯瞰，是塞尼欧河湿润平坦的两岸。塞尼欧河通过海边的河口汇入科马基奥湖。科马基奥湖让盟军无法从侧面绕过莱尔斯在塞尼欧河北边建立的防御工事。

坦克陷阱、地雷阵、战壕，还有掩体。皮诺隔了好几公里也能清晰地看见这些防御工事。在防御工事的另一边，塞尼欧河的另一头是盟军的地盘，除了零星从亚得里亚海滨城市里米尼驶来或往那驶去的卡车外，看不到移动的物体。

那天，在那座山坡上，除了春虫春鸟的啼鸣外，很长时间都寂静无声，暖风吹来犁过的田地的芬芳。皮诺突然意识到，大地并不知道人类的战争，无论人与人之间如何残忍以待，自然仍会更替下去。自然对人类杀戮征服的需要毫不在意。

那个早晨很漫长。温度逐渐上升。快到中午的时候，两人听到里米尼附近海面传来砰砰的爆炸回声。过了不久，皮诺看到远处的海上升起滚滚浓烟。他想知道发生了什么事。

莱尔斯将军像是听到了他的心声。

"他们在轰炸我们的船只。"莱尔斯一本正经地说道，"他们想切断我们的道路，他们企图就在下面那个地方打败我。"

下午的时间一分一秒地过去，天气很快热得像夏天一样，虽然没有那么干燥。冬天累积的冰雪都从地表蒸发上来，空气闷热压抑，皮诺坐在汽车的阴影里，莱尔斯却依然保持警觉。

"战争结束后，你有什么打算，一等兵？"莱尔斯突然问道。

"我，将军？"皮诺说，"我不知道。可能会回去上学。也可能会去给我父母打工。您呢？"

莱尔斯放下手里的望远镜道："我还想不到那么远的事。"

"那多莉呢？"

莱尔斯把头侧过来,似乎对皮诺的唐突感到惊讶,考虑要不要训斥他一顿,但还是答道:"布伦纳山口通了以后,我会安排她的事。"

这时他们两人同时听到南方传来嗡嗡嗡的轰鸣声。莱尔斯拿起望远镜观察天空。

"开始了。"莱尔斯说道。

皮诺立马起身,遮住眼睛朝天上望去。只见重型轰炸机的身影从南边的天空出现,横向十架,纵向二十架,总计两百架战斗机朝两人的方向飞来。飞机距离很近,皮诺一度担心对方会朝他投弹。

这些飞机倾斜飞行,组成一个前后距离一英里,上下距离一英里的队形,打开炸弹舱露出机腹。领头的轰炸机下降高度,固定机翼,向哥特防线和德军地盘俯冲而来。轰炸机投下的炸弹在飞机尾部落下,看上去就像很多鱼从天而降。

第一枚炸弹击中德军防御工事的后方立即爆炸,掀起无数碎屑残骸,仿佛一团五彩缤纷的烟火在空中升起。更多的炸弹开始在哥特防线后方爆炸,留下一个个焦黑弹坑,铜红色的战火编织成一张暴力毁灭的地毯,向东边的河口和亚得里亚海铺展而去。

第一波轰炸机的最后一架飞机离去后,隔了十分钟,来了第二波,而后是第三波,第四波——总计超过八百架重型轰炸机,以同样的节奏投下炮弹,唯一的不同是角度偏了一两度,这样一来,新的炮弹才能打击到德军防御工事后方的不同部分。

德军军械库爆炸。油库爆炸。营房、道路、卡车、坦克、军需库在第一轮袭击中灰飞烟灭。紧接着,中型轰炸机和轻型轰炸机从塞尼欧河上低空掠过,开始进攻哥特防线本体。莱尔斯的坦克陷阱被部分炸毁、掩体碎裂、炮台倒塌。

接下来的四小时,盟军轰炸机在该地区投下二万枚炸弹。盟军在空袭间隙还向哥特防线发射了二千枚炮弹，形成一道长达三十分钟的火力网。春日傍晚，塞尼欧河上下浓烟滚滚，遮天蔽日，仿佛人间炼狱。

皮诺朝莱尔斯看去。莱尔斯透过望远镜看着被突破的防线南边战场的战况，双手不住颤抖，用德语破口大骂。

"将军？"皮诺说。

"他们来了。"莱尔斯说，"坦克部队。装甲部队。炮兵部队。盟军大军在向我们大举推进。我们的战士会坚守到最后，许多战士将在这条河里牺牲。但到了那时候，要不了多久，那里的每一位战士都必须面临作为战败者的选择：撤退、投降，或是死亡。"

"明早防线就会被占领。"莱尔斯良久说道，"结束了。"

"我们意大利有句名言说的是，不到最后的胖女人出场唱歌，一切就还未可知。将军。"皮诺说。

"我讨厌歌剧。"莱尔斯一边朝汽车走去一边咕哝道，"带我离开这里，回米兰，我如果被抓，可就别无选择了。"

皮诺没太听明白莱尔斯的话，但还是赶紧坐到驾驶座上。纳粹现在要么撤退，要么投降，要么死亡。皮诺心道。这场战争就要终结了。和平还有几天就要到来了。好样的，美国人！

皮诺连夜开回米兰，兴奋地想到终于能见到美国人了，乃至一整支的美国人军队！和安娜完婚以后，皮诺或许会像他的表姐莉西娅·阿尔巴纳斯一样去美国生活，把他母亲的皮包还有阿尔贝特舅舅的皮具带到纽约、芝加哥，以及洛杉矶。他会在美国发家致富！

想到这里，皮诺感到一阵刺激从脊髓传来，他捕捉到了不久之前还无法想象的未来曙光。返程途中，皮诺根本没有去想刚刚见证的那场圣经里面才有的天灾般的大毁灭。他只想在自己的人生中去完成一些有意义的好事，让人心醉神迷的事情。皮诺等不及要把这些想法告诉安娜。

*

那天深夜，塞尼欧河的哥特防线被攻开了一个缺口。第二天夜里，新西兰和印度的盟军部队攻破莱尔斯的防线，向内推进了五公里。德军部队撤退后在北面重新集结。4月14日，在又一次规模惊人的大轰炸后，美国第五集团军突破哥特防线西边的城墙，朝北边的波伦亚逼近。

每天都会传来盟军进展的捷报。皮诺每晚都会用巴卡的短波收音机收听英国国家广播电台。此外，他每天也会开车带莱尔斯在前线来回奔波或是巡视逃亡线路。德军纵队绵延不绝，逃亡的速度远不及当初侵略意大利的速度。

在皮诺眼中，纳粹战争机器已然瘫痪。履带松落的坦克摇摇晃晃地前进，托运炮弹的骡队后面跟着担忧恐慌的步兵。敞篷卡车里躺着大批暴露在炎炎烈日下的德军伤员。皮诺希望这些伤员当下死去。

每隔两三天，皮诺和莱尔斯就会回到布伦纳山口。山口的冰雪因高温而消融，肮脏的雪水汇成急流冲刷下来，将涵洞和道路侵蚀。在畅通路段的尽头，奴隶们泡在脚踝高或是小腿肚高寒冷刺骨的冰水里，在蒸汽挖掘机和翻斗车旁边辛苦地工作着。4月17日，这些灰衣人距离奥地利边界线只剩下一英里了。这天，一个灰衣人累倒栽进冰水里。党卫军士兵将这个灰衣人拖出来扔到了一边。

莱尔斯对此视而不见。

"让他们昼夜不休地加班。"莱尔斯对负责的队长说道，"国防军第十集团军全军这周就要从这条路经过。"

第二十七章

1945年4月21日，周六

*

都灵"托特组织"办公室外的院子里，"托特组织"的军官往五大堆文件上浇汽油，莱尔斯站在一旁远远看着。莱尔斯对一位军官点头示意，那位军官划燃一根火柴。只听嗖的一声巨响，熊熊烈焰立刻燃起。

莱尔斯专注地看着文件被焚毁。皮诺也看得很认真。

这些文件里的机密有多重要？重要到莱尔斯愿意凌晨三点从多莉的床上爬下来，亲眼看它们被销毁？而且还站在这里，一直等到确认它们被全部焚毁。这些文件里是不是有一些能证明莱尔斯有罪的证据？里面一定是有证据的。

莱尔斯厉声对"托特组织"的官兵下达着命令，打断了皮诺的思路，他转过来看着皮诺说："去帕多瓦。"

皮诺开车绕过米兰往南边的帕多瓦开去。行车路上，皮诺边想着战争即将结束，边忍住瞌睡。盟军已突破莱尔斯在阿真塔峡谷的防御工事。美国第十山地师正在接近波河。

莱尔斯似乎察觉到皮诺的困倦,把手伸进口袋,拿出一个小药瓶。他将一粒白色的小药丸倒在手里,递给皮诺。"把这吃了。这是安非他命,能让你保持清醒。快吃吧。我自己也吃的。"

皮诺服下那粒药丸后,很快清醒了不少,但心情也变得烦躁起来。开到帕多瓦,皮诺觉得头疼。莱尔斯在帕多瓦再次监督"托特组织"焚毁大量文件。在那之后,两人再次开上布伦纳山口。纳粹与奥地利的畅通道路之间如今只隔着不到二百五十米的积雪。莱尔斯得知,道路将在接下来的四十八小时内打通。

4月22日周日早晨,皮诺看到莱尔斯将维罗那的"托特组织"的文件销毁。当天下午,布雷西亚的"托特组织"的文件也燃起熊熊大火。每次经停一处,在焚毁文件前,莱尔斯都会拿着他的手提箱进入"托特组织"的办公室,他花时间将文件逐一查看后再监督焚毁。莱尔斯不让皮诺碰他的手提箱,而他每到一处办公室,手提箱就会沉一些。当天傍晚,在贝加莫的"托特组织"文件被焚毁后,两人回到莱尔斯位于科莫足球场后面的几处办公场所。

第二天,4月23日周一早晨,莱尔斯看着"托特组织"的军官在足球场上燃起一个由文件组成的巨大火堆。莱尔斯看着那场火烧了好几个小时。莱尔斯不准皮诺靠近那堆文件。皮诺坐在越来越热的看台上,看着纳粹的记录灰飞烟灭。

当天下午,两人返回米兰的时候,米兰大教堂附近已被两支党卫军装甲部队层层封锁,即便是莱尔斯入内,也要经过仔细盘查才能获准。到了蕾佳娜酒店的盖世太保总部,皮诺明白了原因。瓦尔特·劳夫上校酩酊大醉,大发雷霆,决定要把所有印了自己名字的东西都烧掉。盖世太保头子见到莱尔斯立刻眉开眼笑,邀请他进办公处。

莱尔斯看向皮诺说道:"今天没你的事了,我明天上午九点有会。你八点四十五来多莉家楼下接我。"

"是,将军。"皮诺应道,"那车呢?"

"你开走。"

*

莱尔斯跟着劳夫走进办公处。想到这么多文件被毁于一旦,皮诺痛心疾首。纳粹对意大利所犯暴行的罪证销毁了。除了向盟军汇报此事外,皮诺似乎无能为力。皮诺把菲亚特停在离家两个街区之外的地方,把万字饰臂章正面向上留在车上。皮诺再次通过大厅哨兵的检查。

米凯莱竖起一根手指头放在嘴唇上,格蕾塔舅妈把公寓门关上。

"爸爸?"皮诺说。

"我们有客人,"父亲压低声音道,"我表妹的儿子,马里奥来了。"

皮诺眯眼道:"马里奥?他之前是飞行员?"

"我现在也是。"一个挺着胸膛的矮个青年从阴影中走了出来,笑容满面地说道,"我在几天前的夜里被击落了,所幸成功跳伞,之后我就到了这里。"

"战争结束之前,马里奥会一直躲在这里。"米凯莱说。

"你爸和你舅妈一直在向我灌输你的丰功伟绩呢。"马里奥拍着皮诺的后背说道,"胆量不小啊。"

"啊,我并没有做什么。"皮诺说,"我觉得米莫比我更艰难。"

"别乱说。"格蕾塔说道,皮诺赶紧举手作投降状。

"我三天没洗澡了,"皮诺说,"洗完澡,还要去还车。很高兴你还活着,马里奥。"

BENEATH A SCARLET SKY

"你也一样，皮诺。"马里奥说。

皮诺顺着走廊走到自己卧室旁边的浴室。皮诺脱掉有烟熏味的衣物，开始冲澡，除掉身上和头发上的臭味。皮诺穿上自己最好的衣服，往脸上拍了一点父亲的须后水。四天没见安娜了，皮诺想给她留个好印象。

皮诺在餐厅里给巴卡留了一张与文件焚毁相关的纸条，向父亲、舅妈和表哥道别后从家里走了出去。

暮色渐浓，由于建筑物和柏油路的反射，外面依然酷热得像蒸桑拿一样。皮诺走在路上却觉得很舒服。过去的几天，他要么开车坐着，要么站着看，湿热的天气正好让他的关节放松一下。皮诺上了菲亚特，正要发动引擎的时候，一个人影突然从后座靠了过来，把冰凉的手枪枪口抵在他的后脑勺上。

"别动，"那人说道，"把手放在方向盘上。带枪了吗？"

"没带。"皮诺答道，听到自己的声音在不住颤抖。"你想要什么？"

"你觉得呢？"

皮诺这时认出了这个声音，想到自己脑袋就要没了，突然惊恐万状。

"不要，米莫。"皮诺说道，"爸爸妈妈——"

皮诺感觉到枪口从脑袋上移开。

"皮诺，我万分悔恨当初对你说了那样的话，"米莫开口道，"我现在知道你的真实身份了，你其实是间谍。我……我敬畏你的勇气。还有你的奉献精神。"

皮诺激动万分，喉头哽噎，但还是有些气不过："那你为什么还拿枪指着我的脑袋？"

"我不知道你带枪了没。我担心你可能想杀掉我。"

"我永远都不会向我宝贝弟弟开枪的。"

米莫前倾越过座位,一把抱住皮诺,说道:"你原谅我吗?"

"当然。"皮诺怒气消了,说道,"你不可能知道的,阿尔贝特舅舅不准我告诉你,他说这样更安全。"

米莫点了点头,用袖子擦了擦眼睛,说道:"游击队长官派我来的,他们把你做的事告诉我了。我是来传令给你的。"

"传令?我听命于莱尔斯将军。"

"你以后不再听命于他了。"米莫说着递给他一张纸条。"你要在二十五日晚上逮捕莱尔斯,把他带到这个地方。"

逮捕莱尔斯将军?这个念头让皮诺有些不知所措,但想到自己拿手枪指着莱尔斯的脑袋,皮诺突然又很喜欢这个念头了。

皮诺想象自己逮捕莱尔斯将军,得手之后告诉他自己的间谍身份。他要当着那个纳粹的面羞辱他。"我一直以来就在你眼皮底下。你的所作所为,我都看在眼里,奴隶头子!"

"我会完成这个任务,"皮诺最后说道,"这会是莫大的荣誉。"

"那我们战争结束以后再见。"米莫说。

"你要去哪儿?"

"回去战斗。"

"怎么战斗?你要做什么?"

"我们今晚袭击德军坦克。等纳粹分子从米兰撤退,我们就会发动伏击,给他们一个教训,让他们永远不要想着再回意大利。"

"那法西斯分子呢?"

"他们也一样。如果意大利要重新来过,我们需要干净的历史。"

皮诺摇了摇头。米莫虽然还不满十六岁,但已然身经百战。

"战争结束之前,可别把命丢了。"皮诺说。

"你也是。"米莫说着,从车上悄悄溜下来,消失在阴影之中。

皮诺在座位上扭过身子想看弟弟离去,但什么也没看见。米莫神出鬼没。

想到刚刚发生的事,皮诺露出微笑,同时发动莱尔斯将军的指挥车。这么多天以来,至少是在上一次见安娜之后,皮诺第一次感到心情舒畅。

那天晚上八点左右,皮诺把车停在多莉住的公寓楼前,心里飘飘然的。皮诺向大厅里的丑老太婆挥手打了个招呼,顺着楼梯爬到三楼,急切地敲响多莉的家门。

安娜笑着给他开了门。安娜吻了下皮诺的脸颊,喃喃道:"多莉在楼上。将军差不多四天没回来了。"

"他今晚会回来。"皮诺说,"我确定。"

"快把这个好消息告诉多莉。"安娜说着,把皮诺往门厅赶去。

多莉·斯特梅耶坐在客厅的沙发上,只穿着一件莱尔斯的白色紧身短上衣。她给自己倒了一杯加冰纯威士忌。多莉这副样子应该不止一两天了,甚至可能已经连续五天这个样子了。

被冷落多日的多莉见是皮诺,咬牙切齿道:"我的汉斯在哪儿?"

"将军在国防军总部。"皮诺答道。

"我们现在应该在因斯布鲁克的。"多莉咕哝道。

"山口明天开通。"皮诺说,"将军前几天告诉我说,他准备送你去那里。"

多莉热泪盈眶道:"他真这么说?"

"我亲耳听到的。"

"谢谢你。"多莉说着端起酒杯,手不住地颤抖。"我都不知道自己会是什么下场。"多莉抿了一口威士忌,起身微笑道:"你们两个去吧。我现在要把自己打扮得漂漂亮亮的。"

多莉跌跌撞撞,扶着墙往门厅深处走去。

听到多莉砰的一声把卧室的门关上后,两人往厨房走去。皮诺将安娜转过身,抱起她亲吻起来。安娜两腿夹住皮诺,回以激烈的热吻。两人良久才分开,安娜说:"我给你留了吃的。有你喜欢吃的香肠炒西兰花,还有面包黄油。"

皮诺这才发觉自己快饿死了,不情不愿地放下安娜,轻声道:"天啊,我好想你。你不知道我现在和你在一起有多开心。"

安娜对他粲然一笑,说道:"我没想到这么开心。"

"我也没想到。"皮诺说道,一遍又一遍地亲吻安娜。

两人吃了用橄榄油大蒜煎的热气腾腾的香肠炒西兰花,面包黄油,喝了莱尔斯的酒。这时他们听到前门响起敲门声,多莉大声说不用操心,她会去开门,两人这才悄悄来到安娜的卧室。黑暗火热的小房间里弥漫着安娜的味道,皮诺立刻被这味道迷醉了。皮诺在漆黑之中费劲地想看到安娜的身影,他听到安娜的床嘎吱作响,顺着声音来到她身边。皮诺躺在安娜的身边,伸手去摸索她的身体。安娜已赤身裸体,想要他了。

*

安娜房间的门上响起一阵又一阵敲门声。

1945年4月24日的早晨,皮诺被敲门声惊醒,困惑地环视四周。安娜从皮诺胸口醒来,叫道:"什么事?"

多莉说:"七点四十了。将军二十分钟后需要司机,我们得收拾行囊了,安娜。布伦纳山口的路通了。"

"我们今天就走?"安娜问。

"越早越好。"多莉答道。

皮诺和安娜躺着没动,听着多莉踩着高跟鞋嗒嗒嗒地从门厅往厨房走去。

皮诺温柔地轻吻安娜,说道:"这是我人生中最美好的夜晚。"

"对我也是一样。"安娜注视着皮诺的眼睛,说道。两人仿佛正紧拥着自己的梦。"我永远都不会忘记这个美妙的夜晚。"

"永远,永远。"

两人又吻了起来,几乎没有触碰嘴唇。皮诺呼气的时候,安娜吸气。安娜呼气的时候,皮诺吸气。每次这样做的时候,皮诺就会觉得两人的生命像是紧密相连的。

"我到时怎么找你?"皮诺说,"我是说,你到因斯布鲁克后。"

"我到那儿后会给你家打电话的。"

"你为什么不现在就来我家?帮多莉收拾好行李以后就来?"

"多莉需要我帮她安定下来,"安娜答道,"她也知道我想尽快回米兰。"

"是吗?"

"是的。我和她说了,让她再找一个女仆。"

皮诺吻了下安娜。两人不再缠绵,穿上衣服。皮诺出门前,搂住安娜,说道:"我不知道何时才能再见你。"

"你会收到我的消息,我保证。我会尽快给你的打电话的。"

皮诺凝视着安娜的眼睛,用有力的双手摩挲她的脸庞,呢喃道:"战争结束以后,你愿意回来和我结婚吗?"

"结婚?"安娜眼里闪着泪光道,"你确定吗?"

"我无比确定。"

安娜亲吻他的手掌,低声道:"嗯,我愿意。"

皮诺内心深处迸发出的喜悦达到了顶点。"你愿意?"

"当然。全心全意，皮诺。"

"虽说我要说的话老掉牙了，"皮诺说，"但是，你让我成为意大利最幸福、最幸运的那个人。"

"我觉得我们让对方幸福、幸运。"安娜又吻了下皮诺，说道。

皮诺能听到莱尔斯的脚步声从厨房传来，壮着胆子抱着安娜，低声道："我们的爱永远不变。"

"永远不变。"

两人分开后，皮诺最后看了安娜一眼，眨了下眼睛。离开之后，他满脑子里想的都是安娜的美丽，安娜的气味，安娜的触感。

*

莱尔斯将军首先去了盖世太保的总部，一小时后从蕾佳娜酒店走出来。两人随后开车来到电话局，莱尔斯进去待了好几个小时。这一天，烈日懒洋洋地烘烤着意大利。

皮诺躲在阴影里，发现每个从他面前经过的人似乎都行色匆匆，察觉到猛烈的暴风雨即将到来。皮诺想起安娜。什么时候他才能与她再见呢? 一想到可能要等到一周之后，也可能一月之后，皮诺觉得心里空荡荡的。但战争结束之后的日子呢? 无限的未来。安娜答应了他突如其来的求婚! 安娜永远爱着皮诺。皮诺也将永远爱着安娜。无论发生什么，未来有一件事是确定的，皮诺平静了下来。

不要忧虑。皮诺心道。他对未来充满信心，他确信他会和安娜共同建设两个人的美好未来，永远也不分开。他沉浸在这个想法里，开始展望两人的美好生活，他已经爱上了明天可能会发生的奇迹。皮诺需要一枚戒指，对吧? 他可以——

皮诺突然意识到自己离洛雷托广场的"贝尔特拉米尼新鲜果蔬

店"只隔了几个街区。

卡莱托在那吗?他的母亲身体如何?自那天跌跌撞撞地从抱着父亲尸体的老友身边离去之后,皮诺已经八个多月没见卡莱托了。

皮诺很想离开电话局去向卡莱托解释一番,然而卡莱托可能不会相信他,而他又要随时听候莱尔斯的命令,皮诺踌躇不决,浑身冒汗,又饿又烦。他到时可以让米莫去告诉卡莱托,等时机……

"一等兵!"莱尔斯厉声叫道。

皮诺跳起来,敬了个礼,朝莱尔斯跑去。莱尔斯已然候在菲亚特的后车门,手里提着手提箱,脸上露出不耐烦的恼怒神情。皮诺赶紧道歉,怪天气太热了。

莱尔斯抬头看到米兰天上毒辣的太阳,问道:"四月末天气都这么热的吗?"

"不,将军。"皮诺松了一口气,打开车门,说道,"这种天气很罕见。今年一整年的天气都很罕见。我们去哪儿?"

"去科莫。"莱尔斯说道,"我们要去那里过夜。"

"是,将军。"皮诺瞥了一眼后视镜,看到莱尔斯正在翻手提箱。"那多莉和安娜什么时候去因斯布鲁克呢?"

莱尔斯没有抬头,似乎正专注于某事,接着说道:"她们现在已经在路上了,应该是这样。不准再问问题了。我要做事了。"

皮诺开车来到科莫足球场。三天前,他曾在足球场上见证那个火堆。足球场上灰尘散尽,成为驻扎着几群"托特组织"士兵和军官的营地。大看台上用柏油帆布搭起了篷子,士兵们躺在篷子的阴影里,像是在度假一样。

莱尔斯进入场馆内,皮诺蜷卧在菲亚特的前座上。足球场内回荡着喧闹声,皮诺估计德军士兵在饮酒作乐。莱尔斯很可能也在里面和他们一起。他们战败了，但战争结束了，或是随时都会结束。光是这就足以让人喝个大醉，皮诺想着想着深深睡去。

*

第二天早晨，1945年4月25日星期三，菲亚特的车窗上响起一阵敲打声，将皮诺吵醒。太阳已经升起来了，皮诺心中一惊。他睡得酣畅淋漓，梦到了安娜，还……

车门开了。一个托特组织的士兵说，莱尔斯要他进去。

皮诺起身，用手指梳了下头，照了下镜子。有些脏兮兮的，但总的来说还过得去。皮诺跟着那位士兵走进莱尔斯的总部，穿过一系列走廊，来到一个房间。透过这个房间的玻璃窗能俯瞰整个足球场。

莱尔斯穿着便服，正和一个发色乌黑，留着黑色小胡子的矮个男人喝咖啡。那个男人转身看着皮诺，点头示意。

"你想说英语还是意大利语？"那人用美国口音问道。

皮诺说："英语就可以。"皮诺比他高出一大截。

"我是马克斯·科尔沃。"那人伸出手说道。

皮诺犹豫了下，与他握手道："我是皮诺·莱拉。你来自哪里？"

"美国康涅狄格州。请告诉将军，我隶属于战略情报局，我谨代表艾伦·杜勒斯。"

皮诺犹豫了下，把科尔沃的话翻译成法语说给莱尔斯听。莱尔斯点头示意。

科尔沃说："莱尔斯将军，我们希望您能保证，您的人会始终待在营房内，要求解除武装的时候，不会进行任何抵抗。"

皮诺向莱尔斯翻译。莱尔斯点头道："只要有陆军元帅菲廷霍夫签署的协议，我的人就会遵守命令。请转告他，我会继续设法让米兰不受破坏的。"

"美利坚合众国对此表示感谢，莱尔斯将军。"科尔沃说，"我估计一周之内，甚至更短的时间之内，就会有签署好的书面协议。"

莱尔斯点头道："翘首以待。请代我向杜勒斯先生问好。"

皮诺翻译了莱尔斯的话，接着点头道："过去三天，他跑遍了意大利北部，一直在烧毁文件。"

科尔沃竖起脑袋道："这是真的吗？"

"真的。"皮诺说道，"他们想烧毁所有的文件。全部烧光。"

"好。"这位战略情报局的特工说道，"感谢你告知我。"

科尔沃与莱尔斯握了握手，又与皮诺握了握手，随后便离去了。

皮诺在原地尴尬地站了一会儿后。莱尔斯问："他走之前，你和他说了什么？"

"我向他打听了下康涅狄格州，他说那里的风景不能和意大利相提并论。"

莱尔斯将皮诺审视一番后，说道："走吧。我和红衣主教舒斯特有约。"

下午两点，两人开车回到米兰。米兰局势剑拔弩张，一触即发。工厂的汽笛在鸣响。售票员和司机纷纷离开仅剩的电车和公交车，引起了米兰市北上的德军护卫车队的大混乱。皮诺在一个十字路口被拦下，可以确定听到远处传来的步枪开火的噼啪声。

皮诺随即瞥了一眼后座的莱尔斯将军，想象逮捕这个纳粹分子后，当面告诉他自己是间谍的情形，内心顿时感到无比满足。"我该在哪儿动手呢？该怎么做？在车里吗？还是在路上什么地方。"

两人离米兰大教堂越近，就能看到越多的纳粹分子。大部分都是党卫军分子，他们都犯过谋杀罪、强奸罪、抢劫罪，或奴役罪。盖世太保总部四周的街上都是党卫军，躲在装甲师坦克后方，或是躲在大教堂和领事馆的里里外外。领事馆院子里车满为患,皮诺只好把车停在门外。

皮诺跟着莱尔斯朝阶梯走去。一位神父拦住他们说:"'红衣主教阁下'今天在办公室会见您,将军。"

皮诺和莱尔斯走进舒斯特的豪华办公室,米兰红衣主教穿着白色长袍,红色主教冠放在身后的架子上,像法官一样坐在办公桌后。皮诺将房间里的人都看在眼里。神学院学生乔瓦尼·巴尔巴雷斯基远远站在红衣主教的左边。离他们最近的是希特勒的意大利翻译官尤金·多尔曼。站在多尔曼旁边的是党卫军将军沃尔夫,还有几个皮诺不认识的西装革履的人。

坐在红衣主教办公桌左边老远地方的是一个靠拐杖维持平衡的愤怒的老头,要不是坐在他身边的情妇,皮诺都认不出这个人了。贝尼托·墨索里尼里里外外像是变了形,就像压得太紧弹开的弹簧。傀儡独裁者肤色苍白,汗津津的,瘦了很多,前弓着身子,像是肚子疼。克拉拉慵懒地抚摸着领袖的手,靠在他身上寻求慰藉。

墨索里尼和情妇身后站着两个戴红领巾的人。"游击队的领袖。"皮诺心道。

"您邀请的人都到了,'红衣主教阁下'。"巴尔巴雷斯基说道。

舒斯特将众人扫视一遍,说道:"这屋里说过的话不能传出去。大家都同意吧?"

连同皮诺在内,众人一个接一个点头同意。皮诺惊奇不已,既然房间里有多尔曼翻译,他为什么会出现在这里。

"那么,我们的目标就是使米兰免受更多的苦难,并且减少德军撤退时的牺牲,对吗?"

墨索里尼点头同意。多尔曼翻译后,沃尔夫和莱尔斯也点头同意。

"好。"红衣主教说道,"沃尔夫将军?您有什么要说的?"

"过去几天,我去过卢加诺两次,"党卫军将军说,"谈判比预期的要慢,但在进展中。距离签署协议还有三四天。"

墨索里尼猛然清醒道:"什么协议?什么谈判?"

沃尔夫看了红衣主教一眼,又看了莱尔斯将军一眼。莱尔斯说:"领袖,战争失败了。希特勒在自己的地堡里已经疯了。我们都在想办法在终结这场争端的同时尽可能避免死亡和破坏。"

墨索里尼坐在那里,佝偻着身子挂在拐杖上,灰白色的脸涨红了。领袖的嘴角出现了唾沫星子。他撇了撇嘴,猛地伸出棱角分明的下巴,挥着拐杖对沃尔夫和莱尔斯破口大骂。

"你们这些纳粹杂种!"墨索里尼咆哮道,"我们又可以说了,德国人在背后捅了意大利一刀!我要广播!我要把你们的背叛行径告诉全世界!"

"你不会这么做的,贝尼托。"红衣主教舒斯特说。

"贝尼托?"墨索里尼怒不可遏道,"红衣主教舒斯特,请称呼我为'尊敬的阁下'!"

红衣主教深吸一口气,低头道:"'尊敬的阁下',当务之急,是趁民众还没有暴动叛乱之前达成投降协议。否则,我们会陷入无政府的混乱之中,我想要制止这样的情况。领袖,如果您不能致力于实现这一目标,那么我就不得不请您出去了。"

墨索里尼在屋里环顾四周,厌恶地摇了摇头,把手伸向他的情妇。"还记得他们之前怎么对待我们的吧,克拉拉?我们现在又孤立无援了。"

克拉拉接过法西斯头子的手,说:"我准备好了,领袖。"

他们艰难地站起身，往门口走去。

"'尊敬的阁下'，"红衣主教在后面叫住他，"稍等一下。"

红衣主教走向书架，取下一本书，递给墨索里尼，说道："这本书记录了教皇本尼迪克特的历史。为你的罪过忏悔。愿你能从今往后在悲伤岁月里从此书中找到慰藉。"

墨索里尼阴沉着脸，接过书，交给情妇。他出门时说道："我当初应该把他们都毙了。"

*

门砰的一声在两人身后关上。

"我们继续？"红衣主教说，"沃尔夫将军？德军最高指挥部同意我的请求吗？"

"菲廷霍夫今早给我来信。他已经下令让他的人停止发动攻势，待在军营里候命。"

"算不上投降，只是一个开始。"红衣主教舒斯特说，"米兰大教堂周围的街上还有党卫军的核心部队。他们效忠于劳夫上校？"

"我猜是的。"沃尔夫说。

"劳夫听你的命令。"舒斯特说。

"有时候是这样的。"

"那快给他下达命令。禁止他和那些穿着制服的怪物在离开这个国家之前再犯下暴行。"

"暴行？"沃尔夫说，"我不知道您在说——"

"不要羞辱我。"红衣主教舒斯特厉声打断他，"你们不能掩盖你们对意大利和意大利人民犯下的罪行。然而，你们可以阻止更多的屠杀发生。对此你没意见吧？"

沃尔夫似乎惶惶不安，点头道："我现在就下令。"

巴尔巴雷斯基说:"我替你传令。"

红衣主教舒斯特看着这位神学院学生问:"你确定吗?"

"我要亲眼看看那个曾经折磨我的人收到这个命令后会是什么表情。"

沃尔夫在信纸上潦草地写下命令,用红衣主教舒斯特的封蜡封好,把自己的戒指放进封蜡里,这才交给巴尔巴雷斯基。巴尔巴雷斯基正欲离开,先前带路的神父回来了。那位神父说道:"红衣主教,圣维托雷监狱发生骚乱了。"

第二十八章

众人在领事馆一直待到黄昏。沃尔夫将军离开后,莱尔斯将军和红衣主教舒斯特开始讨论德军与抵抗组织交换俘虏的方案。

太阳快落下去了,皮诺这才想起自己奉命要在午夜之前捉拿莱尔斯。他希望游击队长官给他下达具体的指示,而不仅仅是提供一个要带莱尔斯去的地址。不过,他们给了他任务,就像他们给了米莫伏击坦克的任务一样。具体细节则要靠他自己解决了。

然而,直到皮诺到了指挥车,他还在考虑如何才能用最好的方法逮捕莱尔斯,毕竟莱尔斯总是坐在他正后方的后座上。

皮诺打开菲亚特的后车门,看到莱尔斯的手提箱就在里面,心里暗骂了自己一句。他们在里面的时候,手提箱就一直在这里。他本来可以找个借口离开,然后好好查看一下手提箱里的文件,里面很有可能放着莱尔斯保留下来没烧的文件。

莱尔斯看也没看皮诺就坐进车里,说道:"去蕾佳娜酒店。"

皮诺想过当下拔出瓦尔特手枪,当场逮捕莱尔斯。不过,由于没有把握,皮诺还是关上车门,坐到方向盘后。德军车辆将狭窄的街道堵得水泄不通,皮诺七绕八拐才开到盖世太保的总部。

临近圣巴贝拉广场,皮诺看到半个街区外停车场的出口停着一辆载满持枪士兵的德军卡车。一个人站在街上,拿着一把全自动手枪指着那辆纳粹卡车的挡风玻璃。那个枪手转过身,皮诺震惊了。

"米莫。"皮诺倒抽一口气,猛地一脚踩到刹车上。

"一等兵?"莱尔斯说。

皮诺没管他,冲下车去。弟弟离他不到一百米,朝德军挥着枪大喊:"你们这群纳粹猪猡,都把武器给我放下,把枪扔到卡车外面去,然后所有人,都面朝下趴到那边的人行道上。"

接下来的那一秒仿佛就是永恒。

德军没有动作,米莫扣动了扳机。一颗颗铅弹打在修车厂的侧面,当的一声弹开了。在随后的沉寂中,卡车后方的德军纷纷放下武器。

"一等兵!"莱尔斯叫道。皮诺惊讶地发现莱尔斯也下了车,在他身后目睹了刚才发生的一切。"不去蕾佳娜酒店了。还是送我去多莉家吧。我刚想起来我把一些重要的文件忘在那里了,我想去——"

米莫的行为给皮诺壮了胆,皮诺不假思索,拔出枪,转身把枪捅进莱尔斯的肚子。莱尔斯震惊的眼神让皮诺很享受。

"这是干什么,一等兵?"莱尔斯诧异道。

"你被捕了,将军。"皮诺答道。

"一等兵莱拉。"莱尔斯语气坚决地说道,"你把枪拿开,我们就当什么事也没有发生。你开车送我去多莉家。我去拿我的文件,然后——"

"我哪里都不会送你去的,奴隶头子!"

莱尔斯像是被狠狠打了一个耳光,气得脸都扭曲了。

"你竟敢这样称呼我!我可以以叛国罪枪决你!"

"我就是要背叛你和希特勒。"皮诺同样怒喝道,"转过身去,把手放在脑后,将军,否则我就朝你的膝盖开枪。"

莱尔斯气得语无伦次,但他发现皮诺是动真格的,便乖乖地照着做了。皮诺四下摸索,取走莱尔斯西装里的手枪。皮诺把枪放进口袋,挥了挥手里的瓦尔特手枪,说了声:"进去。"

莱尔斯朝车的后方走去,皮诺猛地把他推进驾驶座。

皮诺拿枪指着莱尔斯的脑袋,坐上后座,关上车门。就像莱尔斯平常那样,把前臂放在手提箱上。皮诺的脸上露出了微笑,他很享受这种角色的反转,觉得这是自己努力得来的。正义终于要得到伸张了。

皮诺目光越过莱尔斯,朝挡风玻璃外望去。弟弟让二十个纳粹士兵蹲在地上,手放在头上,解除他们身上的武装,把武器堆放在对面的人行道上。

"事情不是非要如此不可,一等兵。"莱尔斯说。"我有钱,很多钱。"

"德国货币?"皮诺嗤之以鼻。"马上就一文不值了。调转车头,就跟你平常对我说的那样,没要你开口,不准说话。"

莱尔斯犹豫了下,随后发动汽车,然后三点调头。莱尔斯调头的时候,皮诺摇下后座车窗,喊道:"回家再见,米莫!"

弟弟疑惑地抬起头,突然意识到叫他的是谁,立马高举拳头。

"起义,皮诺!"米莫叫道。"起义!"

*

莱尔斯开出圣巴贝拉大街,向游击队长官让米莫送来的地址开去,皮诺内心感到毛骨悚然。自己为什么要把莱尔斯带到那个地方,皮诺不知道,也不在意。他不再处于阴影之中。他不再是间谍。他现在是抵抗运动的一分子了。莱尔斯耷拉着肩开着车,皮诺对他呼喝下令,觉得自己正义凛然。

开了十分钟后,莱尔斯说:"我不止有德国的钱。"

"我不在乎。"皮诺说。

"我有金子。我们可以去——"

皮诺拿枪管戳了下莱尔斯的脑袋道:"我知道你有金子。是你从意大利偷的,是你杀了四个奴隶换来的,这种金子我才不要。"

"杀奴隶?"莱尔斯说,"不,一等兵,事情不是——"

"我希望你能因为你的所作所为去面对行刑队。"

莱尔斯僵道:"你不会是认真的吧。"

"闭嘴。我不想再多听一个字。"

莱尔斯似乎向自己的命运屈服了,闷闷不乐地开着车在米兰穿行。皮诺脑海里有一个声音说道:不要错过机会。报复一下。靠边停车。至少朝他腿上开一枪。让他带着伤在痛苦中奔赴自己的命运。你难道不应该这样下地狱吗?

莱尔斯曾一度摇下车窗,把头探到窗外,像是想最后闻一闻自由的空气。汽车缓缓开到布罗尼大街那处地址的门前,莱尔斯怔怔地看着前方。

一个戴着红领巾的枪手从门里走出来。皮诺告诉他,自己奉命逮捕莱尔斯,是来交人的。

"恭候多时了。"那个守卫说道,叫人开门。

莱尔斯把车开进一个院子停下。他打开车门刚想下去,另一个游击队队员抓住他,将他转过去戴上手铐。第一个枪手取过手提箱。

莱尔斯回头厌恶地看了皮诺一眼,什么话也没说。莱尔斯被硬生生拖进一扇门内。门砰的一声在他身后关上,皮诺这才想起来自己还没和莱尔斯说自己其实是间谍。

"他会怎么样呢？"皮诺问。

"他会受到审判，很有可能被施以绞刑。"提着手提箱的守卫说道。

"我想出庭证明他有罪。"皮诺说道。他能感觉到自己话音中的刻薄。

"我相信你会有机会的。车钥匙？"

皮诺交了钥匙，问："我现在做什么？"

"回家。给，拿着这封信。有游击队队员拦你的时候，就出示这封信。"

皮诺接过信，将其叠好放进口袋里。"能派人送我吗？"

"抱歉。"那个守卫说道，"你得走回去。不过不用担心，十几二十分钟的路，现在还看得清路。"

"你认识我弟弟米莫·莱拉吗？"皮诺问。

守卫笑道："我们都认识那个可怕的家伙，还好他是我们这边的。"

*

尽管他们表扬了米莫，皮诺朝门口走去时，心里却觉得十分失落，莫名觉得自己被欺骗了。他怎么没告诉莱尔斯自己是间谍？他怎么没逼问莱尔斯烧的文件里有什么？那些文件是什么？是奴役的罪证？还有，他想去多莉家拿什么文件？

那些文件重要吗？游击队有了手提箱，里面至少装了一些莱尔斯没有烧毁的文件。皮诺还将出庭作证，把他亲眼所见的莱尔斯的罪行告诉全世界。

皮诺走出门，置身于米兰东南部遭受轰炸最为严重的某个街区。

BENEATH A SCARLET SKY 397

黑暗中，皮诺时不时踢到什么东西，被绊上一跤。他担心自己还没找到回家的路，就不小心摔进废墟中间的弹坑里。

不远处传来一声枪响，接着是又一声枪响，然后是阵阵自动步枪开火的声音，夹杂着手榴弹爆炸的声音。皮诺蹲下来，觉得自己走进了一个陷阱。皮诺正欲转身，另找一条路回家，突然听到远传传来米兰大教堂小钟的鸣响声。大教堂的大钟和排钟也响了，黑暗中传来叮叮咚咚的响声。

皮诺仿佛受到了钟声的召唤，被大教堂吸引了。他起身，朝米兰大教堂和钟的方向走去，全然不顾周围街传来的劈里啪啦的枪火声。其他教堂的钟也响了，很快钟声齐鸣，仿佛到了复活节的早晨。

接着，米兰的所有的街灯突然毫无预兆地闪烁起来，将近两年来第一次亮了起来，将夜色和米兰长久以来战争阴霾下的痛苦一扫而光。明亮刺眼的街灯以及灯光下米兰异常焦黑淤青的废墟伤疤让皮诺忍不住眨巴眼睛。

灯亮了！钟响了！皮诺感到如释重负。是怎么了？是结束了？所有的德军部队都同意放弃作战了，是吗？但米莫逮捕的纳粹士兵是受到威胁才放下武器的啊。

东北方，中央火车站、米兰小剧场、法西斯总部的方向，传来一阵阵枪声和爆炸声。皮诺意识到肯定是游击队在与法西斯争夺米兰的控制权。这是一场内战。也可能有德军参与，那就是三方参战了。

不管如何，皮诺向西，朝米兰大教堂绕去，远离了战场。一条条街道上，米兰人纷纷将残存建筑物上的遮光帘撕扯下来，让更多的光涌进米兰市。千家万户从窗户里探出头，欢呼雀跃，要求将纳粹赶进海里。许多人走到街上，抬头凝视着各家灯火，仿佛美梦终于成真。

喜悦之情并未维持多久。机枪的声音从十个不同的方向传来。皮诺能听到四处传来的间歇性的砰砰砰的声音。他想起加布里埃尔·罗恰躺过的那处墓园四周发生的激烈战斗。"战争并未结束。"皮诺意识到,"起义也是如此。"红衣主教舒斯特办公室里达成的协议正在分崩离析。按照战斗的节奏,皮诺很快就非常确信有三方人马参战:游击队队员、纳粹分子、法西斯分子。

一枚手榴弹在临近街道爆炸后,人群作鸟兽散,往家中跑去。皮诺拔腿就跑,沿着蜿蜒曲折、捉摸不定的路线前进。到了米兰大教堂广场,六辆德军装甲师坦克依然在四周坐镇,炮管对准外面。米兰大教堂的聚光灯依然亮着,照亮了整座教堂,钟依然在齐鸣,然而广场空无一人。皮诺咽了下口水,快步前进,斜向横穿过空地,祈祷广场周围建筑物上没有狙击手在等着他。

皮诺有惊无险来到大教堂的角落,走进大教堂的影子里,仰头望去,浅红色的大理石表面已被连年轰炸的战火染黑。战争给米兰留下的污迹能否清理掉呢,皮诺对此十分怀疑。

皮诺想起安娜,好奇她是否在因斯布鲁克多莉的新家安定下来了,是否正在睡觉呢。想到安娜此刻安全,想到她温馨优雅的样子,皮诺感到非常慰藉。

皮诺微微一笑,加快了步伐。十分钟后,来到了自己家公寓的楼外。他检查了下口袋里的证明文件,爬上门口的台阶,推开大门,准备迎接党卫军哨兵的审视。然而,一个执勤的人也没有,鸟笼电梯经过五楼,也不见哨兵。

他们走了!他们都跑了!

皮诺兴高采烈,摸出钥匙,插进门锁。推开门,发现家中正在进行小小的庆祝。父亲把小提琴放在支架上,开了两瓶基安蒂产的好酒,客厅的桌子上放着两只空酒瓶。米凯莱喝醉了,正和外甥马里奥坐在炉火旁谈笑风生。至于格蕾塔舅妈？她正坐在丈夫的大腿上，快要用吻使他窒息了。

阿尔贝特舅舅看到皮诺，胜利地高举双臂，喊道："嘿，说你呢，皮诺·莱拉！快过来，给你舅舅一个拥抱！"

皮诺放声大笑，冲过去跟所有人拥抱。他边喝酒，边听舅舅讲述圣维托雷监狱扣人心弦的起义过程——众人如何制服法西斯警卫，如何打开牢门，如何将所有人释放。

"除了与格蕾塔相遇外，从那个监狱正门走出来是我人生最美好的时刻。"阿尔贝特舅舅眉开眼笑道，"镣铐挣脱了。我们自由了。米兰自由了！"

"还没有，"皮诺说，"我今晚走了很远的路，穿过了大半个米兰。红衣主教舒斯特商定的协议根本无人理睬。现在还是战火纷飞。"

接着，皮诺讲起米莫的事。米莫单枪匹马就降服了那些德军士兵。父亲惊愕道："一个人？"

"没错。"皮诺无比骄傲地说道，"我觉得自己已经很勇敢了，但是爸爸，弟弟比我更勇敢。"

皮诺拿起酒瓶，给自己倒了一杯，心情无比舒畅。要是安娜也在，与他的家人一起为起义庆祝的话，那就更完美了。皮诺想知道何时才能与安娜相见，何时才能得到她的消息。皮诺检查了下电话，惊讶地发现电话竟然能打通。然而父亲说，他回家之前，没人给家里打过电话。

午夜过了很久，皮诺喝得头晕目眩，心满意足地爬到床上。透过开着的窗户，能听到虎式坦克发动时的轰隆声，履带压过鹅卵石路面的当啷声，坦克朝东北方远去了。皮诺打起瞌睡，听到坦克开去的方向传来爆炸声和自动步枪开火的响声。

米兰整夜响起此起彼伏的战斗声,仿佛一首首合唱曲,每一个声部歌唱冲突,每一首歌曲抵达高潮,随后衰变为回声和旋律。皮诺用枕头抱住脑袋,终于深深地睡去,做了很多很多梦:梦到莱尔斯将军离开他时厌恶的表情,梦到自己穿过城区时狙击手射杀了他,但大多数时候是梦到安娜与他共同度过的最后那个夜晚,那个神奇、浓烈的夜晚,那个完美、天赐的夜晚。

*

4月26日,周四,皮诺醒来,看了下钟。

上午十点?上一次睡这么久是什么时候的事了?记不清了,皮诺闻到煎培根的香味。培根?这是从哪儿来的?

皮诺穿上衣服,来到厨房。父亲正将煎得松脆的培根装进一个盘子,然后朝马里奥端着的满满一碗鲜鸡蛋努努嘴。

"这些是你阿尔贝特舅舅的一个游击队朋友刚送来的。"米凯莱说。"阿尔贝特正在外面的大厅里和他说话呢。我要动用我藏在柜子里的最后一点浓缩咖啡了。"

阿尔贝特舅舅走了进来,似乎宿醉得很厉害,神色有一丝焦虑。

"皮诺,你的英语要派上用场了,"他说,"他们想让你去黛安娜酒店找一个叫克内贝尔的人。"

"克内贝尔是谁?"

"我就知道他是个美国人。"

又一个美国人?这是两天以来的第二个美国人了!

"好。"皮诺答道,渴望地望着正在煎焙的培根、碗里的鸡蛋,还有正在煮的咖啡。"那我现在就要动身吗?"

"吃了再去。"父亲说道。

飞行员马里奥给皮诺做了炒鸡蛋。皮诺狼吞虎咽地吃下炒鸡蛋和培根，喝了一杯特浓咖啡。皮诺记不清上次大吃早餐是什么时候的事了。他想起来了——还是在"阿尔宾那之家"的时候。皮诺想起雷神父，不知他和波尔米奥修士过得如何。下次有机会，他要带安娜去莫塔见雷神父，让他为他们主持婚礼。

这一想法让他觉得前所未有的快乐、自信，这一定表现出来了，因为阿尔贝特舅舅在皮诺洗盘子的时候走了过来，低声耳语道："你眼神呆滞，傻站在这里，还一脸傻笑，是谈恋爱了吧。"

皮诺笑道："或许吧。"

"是之前那个陪你送无线电的年轻姑娘吗？"

"她叫安娜。她很喜欢你的工作呢。"

"你爸知道这事吗？你妈呢？"

"他们还没见过面呢。不过，快了。"

阿尔贝特舅舅轻轻拍了拍皮诺的后背，说："年轻浪漫、坠入爱河。像这样的事能在战争中发生难道不让人惊讶吗？这说明哪怕我们看尽了邪恶，生活本质的美好也是不能改变的。"

皮诺很敬爱舅舅。他的脑袋里装了很多东西。

"我该走了。"皮诺擦干手说道，"去见克内贝尔先生。"

皮诺离开公寓楼，朝位于皮亚韦大街的黛安娜酒店走去。黛安娜公寓离电话局和洛雷托广场不远。走了不到两个街区，皮诺看到一具尸体，那具男尸面朝下躺在排水沟里，后脑勺上有一处枪伤。五个街区之外，皮诺看到了第二具和第三具尸体，一具男尸，一具女尸，穿着睡衣，仿佛是从床上被硬拉下来的。走得越远，皮诺看到的死者越多。这些死者几乎都是头部中枪，而且几乎都是面朝下躺在排水沟里。气温越来越高。

皮诺看得毛骨悚然。到黛安娜酒店的时候，皮诺心里计算了一下,一共有七十具尸体在烈日下腐烂。皮诺一路听到从北面持续传来零星的枪击声。有人说是游击队把一大群企图逃离米兰的黑衫军包围了起来。法西斯正在誓死抵抗。

皮诺拖着沉重的脚步来到黛安娜酒店的门前,发现大门锁住了。皮诺敲了下门,等了一会儿,没有回应。皮诺绕到后门,尝试开门,门开了。皮诺走进一间厨房,厨房里没人,能闻到刚烧的肉味。厨房另一头有扇带衬垫的双开式弹簧门,门后是一间黑漆漆的空无一人的餐厅,餐厅另一头的门后是一间灯光昏暗的舞厅。

皮诺推开舞厅的门,叫道:"有人吗?"

听到步枪子弹上膛的金属摩擦声,皮诺举起双手。

"把枪放下来。"那人厉声道。

"我没带枪。"皮诺答道。他能听到自己声音在颤抖。

"你是谁?"

"皮诺·莱拉。有人叫我来这里找一位叫克内贝尔的美国人。"

皮诺听到一声嘶哑的笑声。一个身体瘦长的高大男人穿着美军制服从阴影中走出来。那个男人鼻子很大,发际线后移,脸上带着灿烂的笑容。

"把枪放下,达洛亚下士,"那人说道,"这人是我们邀请来的。"

名叫达洛亚的下士闻言放下枪。这位士兵又矮又壮,是波士顿人。

高个的美国人走到皮诺身前,伸出手说:"美国第五集团军少校弗兰克·克内贝尔。作为第五集团军的宣传官,平时给《星条旗报》写写文章,对心理战略有涉猎。"

皮诺听得似懂非懂,点头道:"您刚到这里吗,克内贝尔上校?"

"昨晚刚到,"克内贝尔说,"和这支第十山地师的先头侦察部队一起来的,提早感受一下这座城市好写报道文章。跟我讲讲外面的情况吧,皮诺。你一路过来都看到了什么?"

"水沟里躺着很多因报复性屠杀而死去的人,纳粹和法西斯分子在试图逃跑。"皮诺说,"游击队正在将他们逐一击毙。昨天晚上亮灯了,还是这些年来头一回,没有轰炸机来。有那么一小会,战争仿佛真的结束了。"

"说得很好。"克内贝尔说着取出笔记本,"生动形象。再说一次。"

皮诺说着,克内贝尔少校将他的话都记录下来。"那我就称你为游击队战士,好吗?"

"好。"皮诺很喜欢这个称呼,说道,"我还有什么能做的?"

"我需要一位翻译,听说你会讲英语,就请你来了。"

"谁告诉你我会说英语的?"

"翠迪鸟。"克内贝尔说,"你知道到底是怎么回事。重点是,我需要帮助。你愿意向需要帮助的美国人伸出援手对吗,皮诺?"

皮诺喜欢这位上校的口音。他各方面都招皮诺喜欢。"当然。"

"好样的。"克内贝尔赞道,把手搭到皮诺肩上,继续说下去,两个人像是无话不谈的老朋友。"那么,今天,我需要你帮我两个忙。首先,请把我弄进电话局,我要打电话交几个故事。"

皮诺点头道:"这事我办得到。还有呢?"

克内贝尔咧开嘴笑道:"能给我们找些红酒吗?还有威士忌?叫些女孩,再弄些音乐。"

"干什么?"

"开派对啊。"克内贝尔说道,笑得乐不可支,"我有些朋友天黑之后会溜到这儿来,这场婊子养的战争就要结束了,他们想要发泄一下,好好庆祝庆祝。你觉得好吗?"

少校很有感染力,皮诺也跟着咧嘴笑了。"听起来很好玩!"

"你能办到吗?搞个留声机或者收音机?找些漂亮的意大利姑娘和我们一起跳摇摆舞?"

"红酒和威士忌。这两样我舅舅都有。"

"在此为超出使命之外的行为向你舅舅授予一枚银星勋章。"克内贝尔说道,"你能今晚九点之前全部安排好吗?"

皮诺看了下手表,时间快到中午了,点头说道:"我先带你去电话局,然后开始筹备。"

克内贝尔看着美国士兵,向他们敬了个礼,说道:"我觉得我很喜欢这个孩子。"

达洛亚下士说:"上校,要是他能弄几个漂亮娘们儿到这来,我就给他戴上荣誉勋章。"

"这才是在卡西诺山战役中获得银星勋章的勇士。"

皮诺开始重新评估这位下士。

"谁还管什么勋章。"达洛亚说,"我们要女人、音乐和美酒。"

"这三样我都会给你们找齐的。"皮诺说道,那个下士闻言立马向他敬了个礼。

皮诺大笑,看着克内贝尔少校的制服说道:"把衬衫脱掉。太引人注意了。"

克内贝尔脱掉衬衫,穿着短袖、制裤、靴子跟着皮诺走出黛安娜酒店。游击队守卫封锁了电话局的入口,皮诺向他们出示了前一天晚上得到的证明信,并解释说克内贝尔是来为美国读者书写米兰起义这段光荣历史的,他们便放克内贝尔进去了。皮诺将克内贝尔带进一个有桌子有电话的房间。电话接通后,克内贝尔用手遮住话筒,说道:

BENEATH A SCARLET SKY   405

"我们就指望你了,皮诺。"

"是,先生。"皮诺答道,试着模仿达洛亚下士那样潇洒地敬礼。

"很像了。"克内贝尔笑道,"去吧,给我们办一场难忘的派对。"

皮诺顿时觉得精力充沛。他离开电话局,一边沿着科尔索布宜诺斯艾利斯大街往北边的洛雷托广场走去,一边思索怎样在接下来的八个半小时内找到克内贝尔所要的一切。这时,街上一个二十来岁的漂亮姑娘神色匆匆地朝皮诺走来。皮诺注意到她手上没有婚戒。

皮诺心血来潮道:"女士,打扰了,你今晚想参加派对吗?"

"派对?今晚?和你一起?"那姑娘讥笑道,"不。"

"派对上有音乐,美酒,美食,还有很多美国士兵。"

她甩了下头发,说道:"米兰现在还没有美国人呢。"

"不,有的,黛安娜酒店就有很多,今晚九点,在舞厅。你来吗?"

她犹豫了下,然后说:"你不是在撒谎吧?"

"以我母亲的灵魂发誓,我没撒谎。"

"那我会考虑的。黛安娜酒店吗?"

"没错。记得换上舞裙。"

"我会考虑的。"她应道,随后离开。

皮诺眉开眼笑。她会去的。皮诺很有把握。

皮诺继续往前走,向遇到的第二位迷人姑娘说了同样的话,得到了大致相同的答复。第三位姑娘的反应有些不同。皮诺一开口,她就马上表示想去。当皮诺说还有很多美国士兵时,那姑娘告诉他自己还会带四个朋友来。

皮诺兴奋不已,不知不觉竟然来到洛雷托广场一角的贝尔特拉米尼新鲜果蔬店。店门开着。皮诺看到阴影里站着一个人影。"卡莱托?"

是你吗?"

皮诺的老友试图猛地把门关上。皮诺用肩膀向门撞去,卡莱托个头小,力气不如皮诺,仰头摔倒在地。

"从我店里滚出去!"卡莱托边往后爬,边大叫道,"叛徒!纳粹!"

"我不是纳粹,不是叛徒。"皮诺砰的一声将门关上,发现老友消瘦了很多。

"我看到万字饰了!我爸也看到了!"卡莱托指着皮诺的左臂,急促慌乱地说道,"就在那儿。戴那东西你还说自己不是纳粹?"

"戴那东西只是因为我是间谍。"皮诺说完,向卡莱托解释了一切。

皮诺发现老友一开始并不相信他的话,但当卡莱托听到莱尔斯的名字,意识到那就是皮诺监视的目标后,他终于改变了想法。

卡莱托说:"如果他们知道了,皮诺,他们会杀了你的。"

"我知道。"

"但你还是做了?"老友摇头说道,"这就是你与我之间的不同。你愿意冒险,有所作为。而我……我只会观望,担惊受怕。"

"没有什么好怕的了。"皮诺说,"战争结束了。"

"是吗?"

"你妈妈怎么样了?"

卡莱托垂头说道:"她去世了,皮诺。一月份,天气很冷的时候。我们没有燃油,也没货可卖,我没法让她取暖。她咳嗽咳死的。"

"非常抱歉。"皮诺说道,情绪激动,喉头哽咽。"你爸爸风趣幽默,你妈妈心地善良。我应该来这里帮你处理丧事的。"

"你去了你该去的地方,而我也是如此。"卡莱托似乎万念俱灰,说道。皮诺很想让他振作起来。

"你还打鼓吗?"

"很久没打了。"

"你架子鼓还在吧?"

"在地窖里。"

"你认识这附近还有谁会演奏乐器吗?"

"怎么了?"

"就当帮我个忙。"

"我觉得,肯定还有。我是说,如果他们还活着的话。"

"很好,那我们走。"

"什么?去哪儿?"

"去我家给你弄点吃的。"皮诺答道,"然后我们去找美酒、美食,再多找些漂亮姑娘。找齐以后,我们就办一场无与伦比的战后派对。"

第二十九章

米兰群众起义的第二天,米莫和卡莱托在晚上九点前将阿尔贝特舅舅私人收藏的六箱红酒和二十升家酿啤酒运到了黛安娜酒店。皮诺的父亲捐了满满两瓶格拉巴酒。卡莱托找了三瓶未开封的威士忌,这些威士忌是多年前别人送给他父亲的。

与此同时,达洛亚下士在酒店地下室发现了被拆除的舞台,安排把舞台在舞厅的一头重新搭建起来。卡莱托的架子鼓被置于舞台后部。卡莱托敲打低音大鼓调试吊镲,小号手、单簧管手、萨克斯风手、长号手也在调音。

美军将竖式钢琴抬到舞台上,皮诺坐在钢琴旁紧张地摆弄琴键。他快一年没弹琴了。皮诺两手随意弹了几个和弦。这就够了。

观众发出阵阵哄笑。皮诺夸张地将手按在额头上,向外看去。现场来了二十个美国大兵,一小队新西兰人,八个记者,另外还有至少三十个米兰姑娘。

"干杯!"克内贝尔少校喊道,端着一杯红酒跳上舞台,酒水洒了一些,毫不在意,他举起酒杯:"为了战争的结束干杯!"

人群轰然呼应。达洛亚下士跳到少校旁,喊道:"为了那个留着奇怪黑色刘海和小方胡的杀人独裁者的终结干杯!"

士兵们爆发阵阵笑声和欢呼声。

皮诺也跟着笑了,边笑边给姑娘们翻译,姑娘们听了高声附和,举起酒杯。卡莱托将杯子里的酒一饮而尽,嘴里咂吧一声,咧开嘴笑了。

卡莱托用鼓槌边噼里啪啦地敲打,边喊道:"《八分音符一拍》(Eight to the bar),皮诺!"

皮诺高举手臂、手肘、手腕、手掌,手指悬在键盘上,开始叮叮咚咚地弹奏高音,接着进入充满活力的低音旋律,然后转向他在轰炸开始之前经常练习的曲调。

这次是《派恩托普的布基伍基》(Pinetop's Boogie Woogie)的变奏曲,纯粹的舞厅音乐。

人群疯狂了,当卡莱托使用鼓刷和吊镲的时候,人群更疯狂了,低音大鼓在这之上加入进来。士兵们抓住一个个意大利女孩,跳起摇摆舞来,用手、轻拍的膝盖、摇晃的臀部以及旋转来对话。舞厅里还有些士兵围在跳舞的人群旁,站在原地,紧张地看着姑娘们,一只手握着酒杯喝酒,另一只手摇晃着食指,臀部、肩膀随着皮诺顽皮的布基伍基舞曲的节奏摇摆。时不时,就有纵酒狂欢的人放声大叫。

单簧管手、萨克斯手、长号手接连独奏。音乐渐渐消停,人群鼓起掌来,高呼继续。小号手向前一步吹响《布基伍基蓝调男孩》(Boogie Woogie Blue Boy)的前奏,全场鸦雀无声。

许多美国大兵凭着记忆唱起歌词,舞蹈越来越狂热,许多士兵喝酒欢呼,大叫舞蹈,继续喝酒,彻底沉浸到发泄的快感之中。皮诺演奏结束后,跳舞跳到大汗淋漓的人群顿足欢呼。

"再来一个!"他们喊道,"加演!"

皮诺挥汗如雨,觉得自己从未如此快活过。什么都好唯独缺了安娜。安娜从来没看皮诺弹奏过一个音符。她会晕倒的。想到那个画面,皮诺笑出了声。接着想起米莫。米莫现在在哪里?还在对抗纳粹分子吗?

想到弟弟正在外面英勇战斗,而自己却在庆祝,皮诺感到一丝愧疚。皮诺往后看去,卡莱托正傻乎乎地笑着,给自己倒了一大杯红酒。

"来啊,皮诺。"卡莱托说道,"给大家再来一首。"

"好!"皮诺对观众喊道,"不过,钢琴手也需要喝一杯!格拉巴酒!"

有人立马倒了一杯格拉巴酒。皮诺一饮而尽,他朝卡莱托点点头。卡莱托拿着鼓槌敲了下。乐队再次开始演奏布基伍基舞曲,一遇到没有练习过的地方,皮诺就糊弄过去。

《1280顿足爵士舞》(1280 Stomp)。《布基伍基顿足爵士舞》(Boogie Woogie Stomp)。《大坏布基伍基》(Big Bad Boogie Woogie)。

每一首舞曲都深受大家的喜爱。皮诺这辈子从来没有这样开心过,他突然明白父母为什么那么喜欢邀请乐手来派对了。

夜里十一点左右,乐队中场休息,克内贝尔少校步履蹒跚地来到皮诺跟前,说道:"很出色!士兵。太出色了!"

"玩得开心吗?"皮诺咧嘴笑道。

"这是最好的派对,现在才正要开始。有个你叫来的女孩家住这附近,她发誓她爸爸地下室里藏着各种各样的酒。"

皮诺注意到几对男女手牵着手离开舞厅，朝楼上走去。皮诺微微一笑，动身去喝些酒水。

卡莱托走过来，一把抱住皮诺，说道："谢谢你今天下午撞门进来，让我摔了一个屁股墩。"

"要朋友干嘛？"

"永远是朋友？"

"到死都是。"

皮诺第一个邀请来参加派对的女生上前说道："你叫皮诺？"

"没错。你叫什么？"

"索菲娅。"

皮诺伸出手道："很高兴认识你，索菲娅。玩得开心吗？"

"很开心，不过我不会说英语。"

"有几个士兵是说意大利语的，像那边的达洛亚下士。其他不会说的？就用舞蹈、笑容以及肢体语言来表达你的爱吧。"

索菲娅笑道："你说起来好像很容易。"

"我会看着的。"皮诺说完，朝舞台走去。

皮诺饮尽一杯格拉巴酒，乐队再次开始演奏摇摆舞曲，维持了一会儿后，又开始胡乱演奏，然后再次演奏摇摆舞曲。观众们跳起顿足爵士舞。午夜时分，皮诺瞥了一眼舞厅，索菲娅向后仰身在与达洛亚下士旋转，达洛亚下士笑得都合不拢嘴了。

情况不能再好了。

皮诺喝完一杯格拉巴酒，又来一杯，演奏的曲目也是一首接一首，他闻到跳舞的人身上的汗水味，女人身上的香水味。所有的味道融合成一种麝香让皮诺以另一种方式醉了。凌晨两点左右，皮诺意识模糊，眼前一黑。

六小时后，1945年4月27日，周五早上，皮诺在酒店厨房的地板上清醒过来，觉得头痛欲裂，胃里翻江倒海。他赶到洗手间呕吐起来。吐完后，胃里舒服多了，头却痛得更厉害了。

皮诺向外面的舞厅望去，只见众人横七竖八躺得到处都是：座椅上、桌子上、地板上。卡莱托躺在舞台上的架子鼓后面，手臂挡住脸。克内贝尔少校蜷缩在沙发上。达洛亚下士蜷缩在另一个沙发上，从后面抱着索菲娅。皮诺看到这一幕，一边打哈欠一边露出了微笑。

皮诺想起了自己的床，宿醉之后肯定比睡这里的硬地板舒服很多。他狂饮了些水，离开黛安娜酒店，朝正南方的威尼斯门和公园走去。天气很好，蓝天澄澈，温暖如六月。

走出酒店不到一个街区，皮诺就看到了一具尸体。这具尸体面朝下躺在排水沟里，脑后有枪伤。走到第二个街区，皮诺看到了三具尸体。走了八个街区后，又多了五具尸体。根据所穿制服，其中两具尸体应该是黑衫军法西斯士兵。另外三具尸体则穿着睡衣。

皮诺那天早上看到了很多死人，但他知道一夜之间米兰变天了。在他参加派对而后昏睡的时间里，米兰经历了某个至关重要的历史瞬间。威尼斯门附近的街上人潮涌动，人声鼎沸。有小提琴的演奏声，也有手风琴的演奏声。人们手舞足蹈，相互拥抱，载歌载笑，乃至喜极而泣。给皮诺的感觉是，黛安娜酒店派对狂欢的氛围传染了出去，所有人都在为漫长、深重的苦难的结束而庆祝。

皮诺进了公园，想抄近路回家。人们躺在草坪上，沐浴在阳光下，享受着美好的时光。皮诺沿着拥挤的道路穿过公园。往前看去，一张熟悉的面孔正朝他走来。是皮诺的表哥马里奥。他穿着自由意大利空军的制服，笑容满面，春风得意。

"嘿，皮诺！"他叫道，给皮诺一个拥抱，"我自由了！不用再干坐在公寓里了!"

"太好了!"皮诺说,"你要去哪儿?"

"随便哪里。"马里奥说道,看了一眼飞行员腕表,腕表在阳光下闪闪发光。"我就是想出去走走,"

"我要回家补觉。"皮诺说,"昨天晚上喝多了。"

马里奥笑道:"我应该和你一起去的。"

"那你肯定会玩得很开心的。"

"回见。"

"回见。"皮诺说完,继续赶路。

皮诺走了不到六米,听到身后传来争吵声。

"法西斯!"一个男人嚷道,"法西斯!"

皮诺转身看到路上有个矮小敦实的男人拿着左轮手枪指着马里奥。

"不!"马里奥叫道,"我是飞行员,是自由——"

手枪开火了。子弹打在马里奥的后脑上。皮诺的表哥像个布娃娃一样瘫倒在地上。

*

"他是法西斯!法西斯都该死!"男人晃着手里的枪,叫喊道。

人群尖声惊叫,四散而逃。

皮诺肝胆俱裂,不知所措,怔怔地望着马里奥的尸体,血从他的头上流了下来。皮诺干呕起来。凶手蹲下来,开始解马里奥的腕表。

皮诺怒不可遏,正欲发作。杀了他表哥的凶手发现他还站在原地,质问道:"你在看什么?喂,我在和你说话呢。你也是法西斯?"

皮诺看到凶手拿枪瞄他,转身就跑,抄了一连串的近路,做了一连串假动作。皮诺身后响起噼里啪啦的枪声,子弹击中公园里剩下为数不多的一株树上。皮诺一口气跑出公园,快到圣巴贝拉大街时,才放慢脚步。这时,他才回味过来刚刚目睹的惨况。皮诺早上喝的水都吐了出来,干呕不止,全身酸痛。

皮诺茫然地往前走,七弯八绕往家走去。

上一秒,马里奥还活着,下一秒,就没了。皮诺走在炎热的大街上,想到表哥的暴毙忍不住瑟瑟发抖。没人是安全的?

时尚街区的人们正在外面庆祝,坐在前门门廊上,说笑抽烟,吃吃喝喝。皮诺经过斯卡拉歌剧院,看到前门围着一群人。他暂时不去想死去的马里奥,挤进人群中。游击队在盖世太保总部蕾佳娜酒店周围设置了警戒线。

"发生什么事了?"皮诺问。

"他们在搜查这个地方。"有人答道。

皮诺知道游击队不会在里面找到很多有价值的东西。他亲眼看到那些文件被烧毁了。莱尔斯将军和劳夫上校为何烧毁那么多文件,皮诺依然很困惑。皮诺为了逃避表哥的惨死,开始思索纳粹为何要烧毁那些文件。那些文件里有什么?哪些文件保留下来了,又为何保留呢?

皮诺想起两夜前的莱尔斯。在皮诺逮捕他之前,他曾命令皮诺开车送他回多莉家,对吧?他要去拿遗留在那里的什么文件,还有别的什么东西。那些文件莱尔斯至少提及了两次。

想到莱尔斯可能在多莉的公寓里留下了能证明其有罪的东西,皮诺立刻警觉起来,不再因为马里奥的死那么悲痛欲绝了。

多莉住的但丁大街离这里只有几个街区。他回家把马里奥的事告诉父亲之前,可以先去那里。他可以找到那些文件,然后交给克内贝尔少校。把莱尔斯的事告诉克内贝尔，他肯定能写出个故事来。皮诺和克内贝尔会把莱尔斯以及"强迫劳工"的事，莱尔斯如何将他们奴役至死，如何扮演法老的奴隶头子的事告诉全世界。

二十分钟后，皮诺爬上多莉住的公寓楼门口的台阶，跑进大厅中，从那个丑老太婆身边经过。那个丑老太婆戴着厚厚的眼镜，朝皮诺直眨眼，问道："什么人？"

"老朋友，普拉斯蒂诺太太。"皮诺说道，往楼上爬去。

皮诺来到多莉的家门前。门由外向内被砸烂了，铰链松脱了。大箱小箱都被割开了。里面装的东西在前厅撒了一地。

皮诺惊慌起来，喊道："安娜？多莉？"

皮诺来到厨房，盘子都被砸碎了，柜子里被清空了。皮诺开始发抖，突然后怕不已。他来到安娜的房间门口，把门推开。床上的床垫被掀翻了。抽屉和衣橱敞开着，空无一物。

皮诺注意到床垫下有东西伸出来。是一根皮带。皮诺蹲下来，抬起床垫，拉那根皮带。拉出来的是圣诞前夜他舅舅送给安娜的压花皮包。皮诺脑海里响起安娜当时说的话：我这辈子从来没有收过这么好的礼物。我永远不会丢的。

安娜在哪里？皮诺的头突突作痛。她两三天前离开的？发生了什么事？她绝对不会把这个包留在这里的。

皮诺突然想到谁可能知道。皮诺冲下楼，来到那个丑老太婆前，气喘吁吁道："多莉住的公寓发生什么事了？她在哪儿？她的女仆，安娜在哪儿？"

"他们昨晚把那两个德国娼妓抓起来了。"她嘎嘎笑道，"你真该看看人们从那个变态的贼窝里搜出了什么东西。难以形容啊。"

皮诺难以置信，接着惊恐万分道："她们被带到哪里去了？谁带她们走的?"

普拉斯蒂诺太太探身向前,眯着眼端详皮诺。

皮诺粗暴地抓住她的胳膊,问道:"去哪儿了?"

丑老太婆嘘声道:"我认识你,你和她们是一伙的!"

皮诺松开她,往后退去。

"有纳粹!"她尖叫道,"他是纳粹!有纳粹,就在这里!"

*

皮诺拔腿就跑,冲出前门,身后传来老妪的刺耳大叫:"拦住他!他是叛徒!纳粹!德国娼妓的朋友!"

皮诺用尽全力快速奔跑,试图脱离那个丑老太婆的嘎嘎大叫的声响范围之外。皮诺跑了很久,终于停下,靠在一堵墙上。皮诺晕头转向,身体麻木,惊恐万分。"安娜和多莉被带走了。"皮诺想到这,恐惧得僵住了。"带去哪里了?谁把她们带走的?游击队?"皮诺肯定就是游击队。

皮诺可以跑去找一个游击队战士,但他们会听他的话吗?如果他出示移交莱尔斯后游击队给他的信,那么他们一定会听的,对吧?皮诺摸了下口袋。信不在。他又找了下。根本不在。好吧,不管如何他要直接找当地的游击队长官了。但是,既然他没带信,那游击队会不会因为他认识多莉和安娜而怀疑他是同党,将自己也置于险境呢?皮诺需要帮助。他需要阿尔贝特舅舅。皮诺要找他,利用他的人脉去——

皮诺听到远处传来喊叫声,听得不是很清楚。喊叫声越来越大,声音越来越多,越来越激动,皮诺甚至迷失了方向。不知为何,皮诺没有回家,而是往喊叫声的方向跑去,仿佛是受到了喊叫声的召唤。

皮诺循着喧闹的嘈杂声，在街上快速穿梭。他突然意识到声音是从森皮奥内公园附近的斯福尔扎城堡内传来的。他和安娜曾在雪天去那里散步，还看到了一群盘旋的乌鸦。

不知是宿醉、疲劳，还是得知安娜被带走后的心惊胆颤，还是三个原因共同作用的结果，皮诺突然觉得重心不稳，仿佛随时就要昏倒在地。时间像是变慢了。每一刻都呈现出他曾去为加布里埃尔·罗恰收尸的墓园的荒诞感。

皮诺的感官当下一个接一个封闭，就像聋子失去了味觉和触觉，皮诺只剩下了视觉。他头晕目眩迂回经过一个干涸的喷水池，朝降下的吊桥走去。吊桥越过一条空的护城河，通向中世纪要塞的主要入口大拱门。

皮诺前方有一群暴民，推搡着上吊桥，拥挤着进拱门。越来越多的人从四面八方涌进来，推挤着皮诺，人群的脸因激动而涨红。皮诺随着人潮前进，他知道周围的人在大喊大叫，说着玩笑话，但一个字也听不懂。皮诺抬起头。晴朗的蓝天上，乌鸦再次在被轰炸的塔楼上空盘旋。

皮诺注视着乌鸦，不知不觉接近入口。皮诺被人推出人群，来到一个遍布弹坑，久经日晒的巨大庭院。庭院一百米见长，一直延伸到要塞的第二道城墙。第二道城墙只有三层楼高，上面开了很多槽沟，供中世纪的弓箭手射杀敌人。在两道城墙之间的空地，皮诺周围的压力小了很多，人群从他身边匆匆经过，加入到前方几百个人的人堆中，那个人堆挤着一队全副武装的游击队战士。游击队战士站在庭院对面的道路四分之三的地方，背对着斯福尔扎城堡的城墙。

皮诺朝那群人走去，他的感官逐渐恢复。

最先恢复的是嗅觉，皮诺闻到高温下周围密集的人群散发的令人作呕的汗臭味。接着恢复的是触觉,烈日晒得他的手指和后颈上皮肤火辣辣的。皮诺恢复了听觉,他听到周围的暴民哄笑连连,冷嘲热讽,发出嘘声要求打击复仇。

"杀了他们!"男女老少又喊又叫。"把他们带出来!让他们付出代价!"

站在前面的暴民看到了什么,喧哗起来,大声叫好。人群一拥而上,被游击队战士阻止了。皮诺并没有被拦下来。他利用自己人高马大的优势硬生生往前挤,直到左右站着的人不超过三个,还有前排观众。

八个穿着白衬衫和黑裤子,戴着红领巾和兜帽的人列队走进空地,来到游击队战士前方。他们扛着卡宾枪,一边维持秩序,一边朝皮诺正前方四十米左右的地方走去,各就各位。

"这是在做什么?"皮诺问一个老人。

"法西斯。"那个老人微笑道,露出残缺不全的牙齿,在脖子上比划了一下砍头手势。

戴着兜帽的人排成一列,相互间隔三米,他们放下枪,放松身体,面对着要塞的内墙。人群自发安静下来,内墙左边一头的门打开后,人群沉寂下来。

十秒过去了。二十秒过去了。一分钟过去了。

"动作快点!"有人喊道,"天气好热。快把他们带出来!"

第九个兜帽人在内墙门口出现。他一手拿着手枪,一手抓着一根粗绳。他走了出来。绳子被带出两米左右后,出现了第一个人:那人又矮又胖,两条瘦得皮包骨头似的,五十来岁,只穿着内衣、袜子、鞋子。

人群哄然大笑,鼓掌赞同。那个可怜的人仿佛随时都会摔倒。接着是一个穿着裤子和半截短袖的男人。他抬头挺胸,想要表现得英勇,但皮诺发现他在颤抖。再下来是个仍旧穿着制服的黑衫军士兵。人群吼叫着唾弃他。

在那之后,一个中年妇女穿着胸罩、内裤和拖鞋,啜泣着从门口走了出来。人群疯狂了起来。她被剃成了光头。她的头上和脸上用口红写着什么。

绳子一米之后又拉出一个被剃成光头的女人,紧接着是第四个女人。烈日下,皮诺眯着眼睛看着,到第四个女人走出来时,他浑身哆嗦起来,心惊胆颤如坠冰窖。

那人正是多莉·斯特梅耶。她穿着象牙色的睡袍,踩着绿色的拖鞋。莱尔斯的情妇看到行刑队,抗拒地向后拽绳子,仿佛马在抗拒缰绳。多莉两脚扎在地上,又扭又扯,不停抗拒,用意大利语尖叫道:"不!你们不能这样!这不对!"

一个游击队战士走上前,举起枪枪托朝多莉的肩胛骨之间砸了下去,多莉被砸得晕头转向,向前跌了一跤。这一下子猛地把安娜从门内拽了出来。

*

安娜被脱得几乎一丝不挂,只剩下衬裙和胸罩,头发被剪得七零八落。她的头皮上留着一簇簇头发。嘴唇被口红涂得乱七八糟,整个人就像卡通里的怪物。安娜看到行刑队,听到人群嬉笑嘲弄,喊着要她死,一副惊恐万分的样子。

"不!"皮诺说完,又尖叫道,"不!"

他一个人的声音淹没在一首席卷斯福扎尔城堡庭院的残暴嗜血的歌曲中,这首谴责咒骂那些囚犯的歌曲一直在城墙上回响。人群向前推挤，从四面八方涌来，皮诺动弹不得。皮诺无助绝望，难以置信地看着安娜被推到多莉身边。

"不。"皮诺喉头发紧，热泪盈眶说道，"不。"

安娜已经癫狂了，又嚎又叫，全身颤抖。皮诺不知道能做什么。他想发狂抗争，朝游击队尖叫让他们释放安娜。但他想到那个丑老太婆认出他，骂他是纳粹，是叛徒的画面，皮诺僵住了。他也没带游击队的信。他们可能会直接把皮诺拖到那道墙的前面。

游击队队长拔出手枪，向天空开了一枪，人群安静了下来。安娜害怕地扭身起来，靠在身后的墙上，瑟瑟发抖，啜泣不已。

游击队队长喊叫道："这八名犯人被指控的罪名是叛国、勾结外敌、卖淫，从米兰的纳粹和萨洛那里谋利。他们被判处死刑。意大利共和国万岁！"

人群欢呼雀跃。皮诺无法接受。泪水夺眶而出，皮诺绝望地挣扎，用手肘又挥又打，用膝盖又踢又蹿，终于奋力挣脱到暴民的前方。

一位游击队战士看到皮诺过来，用枪托抵住皮诺的胸口。

"我有一封信，不过我找不到了。"皮诺拍着口袋说道，"我是抵抗运动队员。你们弄错了。"

那个游击队战士几乎看也不看他一眼，说道："我不认识你。那封信呢？"

"昨天晚上还在我口袋里的，但是我……昨天晚上开派对，然后……"皮诺说，"求求你，让我和你们队长说话吧。"

"除非有什么证明才能让他和你说话。"

"我们是为了吃饭！"一个女人喊道。皮诺向那个游击队战士身后望去，看到绳子最开头那个女人恳求道："我们是为了吃饭，是为了活下去。难道这也有错吗?"

绳子后方的多莉似乎屈服了命运,她将头发甩倒身后,想抬起头,却又抬不起来。

"预备——"游击队队长说。

安娜尖叫起来:"不!我不是娼妓!我不是勾结犯!我是女仆。我只是女仆。谁能相信我。我只是个女仆。多莉,告诉他们。多莉?告诉他们啊!"

多莉似乎没有听到安娜的叫喊声。她凝视着举起步枪的行刑队。

"天啊!"安娜哭嚎道,"谁能告诉他们我只是个女仆啊!"

"瞄准。"

皮诺开口了。他看向面前的游击队战士。那个战士打量着皮诺,开始起疑心了。皮诺喊道,那是真的,她是无辜的,搞错了——

"开火!"

步枪开火了,仿佛锣鼓喧天。

安娜玛尔塔心口中弹。

她受此影响好像一下子打起了精神,露出惊讶的神色,似乎在朝皮诺望去,仿佛她的精神察觉到了皮诺就在那里,在最后一刻大声呼唤他。安娜靠着墙瘫倒下来,在尘土中死去。

第三十章

安娜的身体一阵痉挛,一朵血花在她的胸口绽放,皮诺看到觉得自己的心似乎裂开了一道口子,所有的爱意、所有的欢乐、所有的音乐都从那道口子里漏了出来。

周围的人赞同地大喊大叫,讥讽嘲弄。皮诺站在原地,耸着肩膀,呜咽抽泣。他痛苦不堪,不敢相信这一切都是真的,不敢相信躺在血泊里的就是他的爱人,不敢相信自己看着她中弹,不敢相信自己看到她的生命在一眨眼的工夫消逝,不敢相信自己听到了她的呼救声。

闹剧结束了,周围的人开始朝相反的方向推搡,动身离去。皮诺待在原地,凝视着安娜的尸体靠着城墙根躺着,看到她呆滞的目光,仿佛是在责备他背信弃义。

"该走了。"游击队士兵,"结束了。"

"不。"皮诺说,"我……"

"识相就快点。"游击队士兵说。

皮诺颤抖着看了安娜最后一眼,转过身,拖着沉重的步伐跟在人群最后离开。皮诺穿过大门,经过吊桥,无法理解刚才发生的一切。感觉就像是胸口中了一枪,现在才开始感觉到真正的痛苦。然而,紧接着,一阵醒悟猛烈地击中皮诺的肩头,威胁着要将他摧毁。他没有为安娜挺身而出。他没有像那些经久不衰的歌剧故事中的伟大而又悲剧的男主角那样为爱情殉葬。

皮诺羞愤难当,他只觉得厌恶自己。

我是懦夫。皮诺绝望无比地想。他不明白为什么自己要遭受这样的磨难。到了斯福扎尔城堡前面的环岛,他再也受不了了。皮诺觉得头晕目眩,恶心难受。他跌跌撞撞地来到干涸的喷水池。皮诺不住干呕。他意识到自己在痛哭流涕,也意识到周围的人都在看他。

终于,皮诺站了起来,咳嗽呕吐,然后擦干泪水。这时,一个人从喷水池另一头走过来说:"那些人里面有你认识的,对不对?"

皮诺看到那人满脸怀疑,凶光毕露。皮诺想承认自己对安娜的爱,然后给这段爱情一个高尚的结束。但那人加快步伐朝皮诺走来,用手指戳着他。

"快来人把这家伙抓起来!"那人嚷道。

*

在原始的求生本能的驱使下,皮诺撒腿就跑,从喷水池往斜对角的贝尔特拉米大街冲去。叫声迭起。一个男人作势要拦住他,皮诺挥出一拳将那人击退到人行道上。皮诺知道身后有人在追他,仓皇而逃,这时注意到有人想要从侧面包抄他。

皮诺用手肘撞了一个人的脸部,用膝盖顶了另一人的下身,东躲西闪,穿过车辆,来到朱塞佩波佐内大街。皮诺翻越一辆车的引擎罩,抄近路,来到罗维鲁大街。他跃过一个积满乌水的弹坑,和追他的人拉开距离。跑到圣托马索大街的街角,皮诺回头看去,还有六人在追他,边追边喊:"他是叛国贼!通敌犯!拦住他!"

然而，这里的街道是皮诺家的后院。皮诺提挡加速，在布罗莱托大街右转，在德博西大街左转。前方的斯卡拉广场上有一小群人。皮诺担心自己还没从他们身边穿过风雨商业街廊，"叛徒"的叫喊声就赶上来了。

街道斜对角的斯卡拉歌剧院的墙上有一扇门开着。皮诺跑过去，穿过那扇门，进了一个走廊，越过一片片阴影，来到一个漆黑的角落。皮诺停了下来，从外面应该看不到他，观望着那六个人经过，朝广场的方向冲去。黑暗中，皮诺待在原地，大口喘气，想要确认他已经甩掉那些人了。

*

斯卡拉歌剧院深处男高音的歌声，音阶忽高忽低。

皮诺一转身不小心踢到某个金属物体。那个物体叮叮当当直响，皮诺向门口望去，看到那个从喷水池追来的男人正在人行道往里凝视。

那人走进来，边擦手上的灰尘，边说："你就在这里，对不对，叛国贼？"

黑影中，皮诺默不作声，一动不动，然后缓慢地朝那人转过去，蹲伏下来，那人应该看不到他。那人继续走来。皮诺的手指在地上摸索，抓到一根废弃的钢筋。歌剧院被炸弹击中后，曾维修过，这根钢筋肯定是那时候留下来的。这根钢筋和皮诺的拇指一样粗，和他的前臂一样长，很沉重。从喷水池追来的那人距离皮诺只剩几米，正眯着眼睛想看个仔细，皮诺反手抡起钢筋朝那人的胫部挥去。皮诺的目标个头过高，一下打在那人的膝盖骨上。

那个男人惊叫一声。皮诺迅速上前，迈了两大步，朝那人脸上揍了一拳。那人跪了下去。他身后出现两个之前也在追皮诺的人。皮诺立马转身，撒腿就跑，往黑暗深处跑去。皮诺伸出两只手摸索着，朝着那位男高音歌声响起的方向跑去。皮诺要留神听身后追他的人，裤子被铁丝钩到，摔倒了两次。皮诺一开始并未听出这位男高音在唱的是咏叹调。

但之后，皮诺就听出来了。"穿上戏服。"这是歌剧《小丑》（*Pagliacci*）中的台词。这首咏叹调充斥着强烈的悲伤失意。皮诺逃跑的念头被安娜中弹倒下的画面猛然打断。皮诺绊了一跤，头撞到了什么东西，眼冒金星，几乎要倒下。

皮诺清醒的时候，咏叹调已来到第二节。伤心至极的小丑卡尼欧正在告诉自己要继续下去，戴上面具，掩藏内心的痛苦。这首咏叹调皮诺听过许多次，在这首咏叹调以及身后走廊里传来的剧烈脚步声的双重刺激下，皮诺要行动起来。

皮诺摸索着继续前进。皮诺感觉有气流往他脸上吹来，转身看到前方有一道光斜斜地射下来。皮诺跑了起来，推开一扇门，发现自己来到了斯卡拉歌剧院的后台。为了看表姐莉西娅训练，皮诺曾来过这里好几次。一位年轻的男高音正站在斯卡拉歌剧院舞台中央。昏暗的灯光下，皮诺瞥到了外面那位男高音的身影。那位男高音开始唱第三节。

"Ridi, Pagliaccio, sul tuo amore infranto."

（"小丑，嘲笑你破碎的爱情。"）

皮诺穿过帷幕，走下楼梯。楼梯通向包厢座旁边的过道。皮诺下到过道正要朝出口走去，男高音唱道："Ridi del duol, che t'avvelena il cor!"（"嘲笑毒害你心灵的悲痛。"）

这些字眼就像利箭般射中皮诺，让他萎靡不振。男高音突然停下，惊慌失措地叫道："你们是谁？你们要做什么？"

皮诺看去，发现男高音是在对追他的那三人说话。那三人已到了舞台上，站在男高音身边。

"我们在追一个叛国贼。"一人说道。

*

皮诺推开侧门,侧门发出一声尖锐刺耳的嘎吱声。皮诺再次逃跑。穿过一个平台,下了楼梯,进入大厅。大门开着。皮诺小跑出去,脱下衬衫,只剩下一件白背心。

皮诺往左边看了一眼。离家只有五六个街区不到了。然而,为了不危及家人,他不能回去。皮诺径直向前,横穿过电车轨道,朝那个有列奥纳多·达芬奇雕像的广场跑去,混入广场周围庆祝战争结束的人群中。皮诺想要保持专注,然而,脑海里却不停响起小丑悲伤欲绝的咏叹调,不停回放安娜哭喊求救、被子弹击中后蜷缩成一团,最后瘫倒在地的画面。

皮诺竭尽全力不躺倒下来,不让眼泪流下来。皮诺竭尽全力摆出一副笑脸,仿佛也因纳粹撤退而欣喜若狂。皮诺保持着这副模样穿过风雨商业街廊。他一边笑着,一边漫无目的地前进。

米兰大教堂是皮诺的庇护所。哪怕那些人追他进去,也不能抓他出来。

快要接近米兰大教堂的正门的时候,皮诺听到身后有人喊道:"他在这里!拦住他!他是叛国贼!通敌犯!"

皮诺往后看去,那些人正从广场对面气势汹汹地追过来,身后还跟着几个年龄跟他母亲相仿的女人。皮诺赶紧溜进大教堂里。

*

大教堂里的彩色玻璃被木板封上了,摇曳的烛光是唯一的光源。各式各样的壁龛里以及大教堂中央过道两侧的祈祷室里摆满了祈祷用的蜡烛。远处圣餐台周围烧着的蜡烛就更多了。

即便当天点了这么多蜡烛,大教堂里面还是很昏暗,皮诺利用了这一点,行动迅速。

皮诺从大教堂左边的祈祷室离开,朝右边走廊的告解室走去。告解室是一个高高的木箱,忏悔者往往跪在箱子外,小声地把自己犯下的罪过告诉里面的神父。忏悔者毫无隐私,非常凄惨。

这是很屈辱的事情,皮诺因而很不喜欢去告解室忏悔。不过,他年幼时也曾在米兰大教堂的告解室外跪下过,因而他清楚告解室和墙壁之间隔着三十厘米乃至五十厘米的空间。希望这个空间足够他藏身。皮诺朝距离烛台架最远的第三个告解室走去。

皮诺站在这间告解室的后面,瑟瑟发抖,蜷缩着,试图将全身藏住。皮诺暗自庆幸今天似乎并没有神父要接受别人的忏悔。皮诺脑海里再次响起那首咏叹调,同时浮现安娜惨死的画面。皮诺强迫自己不去想这些,而是留心去听周围的动静。皮诺听到女人咔嗒咔嗒数着念珠小声念《玫瑰经》的祷告声、咳嗽的声音、大门打开的嘎吱声、男人的交谈声。皮诺听到很响的脚步声朝他接近,强忍住向外窥视的冲动,等候着。那些人动作很快。

"他去哪儿了?"一人说道。

"他肯定躲在这附近。"另一人说道。听声音,那人应该就站在皮诺所在的告解室的正前方。

"我来了。"一个男人的声音传来,夹杂在这些人越来越近的脚步声中。

"不,神父。"一人说道,"今天不是来告解的。我们是,嗯,要去找个祈祷室祈祷的。"

"你们去祈祷室的路上若是犯罪的话,我就在这里等你们。"神父说道，同时打开告解室的门。

皮诺在告解室下感觉到神父的重量。他听到那两个男人的脚步声往教堂深处去。皮诺屏住呼吸等了一会儿。小丑的歌声再次在皮诺的脑海中响起。皮诺想再次用意志将其驱赶，但那首咏叹调就是不肯从他脑海中离去。

皮诺必须得走了，他害怕自己会再次失声痛哭起来。皮诺蹑手蹑脚想从告解室里出来，然而，他的脚被跪台绊了一下。

"啊。"那位神父说道，"总算来客人了。"

告解室的小屏风突然被拉开，里面黑漆漆的，皮诺什么也看不到。那一刻，皮诺脑海里只有一个念头：跪下。

"保佑我，神父，我是有罪之身。"皮诺哽咽道。

"啊？"

"我什么都没说。"皮诺悲痛地啜泣道，"我什么也没做。"

"你在说什么呢？"神父说道。

皮诺觉得继续忏悔下去的话，自己可能会倒下。他踉跄地站起来，往大教堂深处冲去。从耳堂下方横穿而过，来到一扇门前，这扇门他有印象。穿过那扇门，就又到了教堂外，正对面就是德尔阿尔奇韦斯科瓦托大街。

大街上满是欢乐的人群，正朝米兰大教堂广场的方向走来。皮诺逆向而行，绕到大教堂的后方，显得格格不入。皮诺正想着到底是要回家，还是要去阿尔贝特舅舅家的时候，发现一个神父和一个工人从大教堂靠近科尔索利托里奥那边的一扇门内走出来。那两人身后有一段楼梯，皮诺想起小时候曾和班级同学一起爬上去过。

又一个工人走了出来。皮诺赶在门关上前，走了进去，沿着一段又窄又陡楼梯往上爬了三十层，来到一条走道。这条走道位于大教堂较长的那一侧的上方，周围是滴水兽、尖顶以及哥特式拱顶。皮诺不停地向米兰大教堂最高的尖顶上方毫发无损的彩色圣母雕像望去，不知她是如何从这场战争中幸存下来的，不知她见证了多少人为破坏。

尽管天气炎热，但皮诺被冰冷的汗水浸透，瑟瑟发抖。皮诺在支撑顶层的飞拱之间穿梭，最后来到大教堂正门上方的阳台。皮诺俯瞰下方惨遭轰炸的城市，俯瞰自己惨遭轰炸的生活，他的生活就像一条布满弹孔、破破烂烂的叉裂长裙。

皮诺仰头对着天空，痛苦至极，喃喃道："我没有为她说任何话，主啊。我没有做任何事。"

这些忏悔让皮诺再次陷入自己的悲剧无法自拔。皮诺抑制住抽噎，说道："我曾经拥有一切……我曾经拥有一切，而现在，我已经一无所有。"

皮诺听到笑声、音乐、歌声从下方的广场漂浮上来。皮诺走到阳台上，望着下方的栏杆。下方九十米，人们演奏着小提琴、手风琴、吉他，两年前，他曾在那里看着工人安装聚光灯。战争结束了，皮诺看到人们互相传着酒瓶，情侣们开始热吻，翩翩起舞，继续热恋。

痛苦和悲伤让皮诺撕心裂肺。这种折磨是对他的惩罚，皮诺想到。皮诺低下头，知道这是主与……皮诺的耳畔响起小丑让人心碎的咏唱，安娜一次又一次地在他面前瘫倒在地……仅仅几秒之内，皮诺对主的信念、对生活的信念、对爱情的信念、对更加美好的明天的信念都化为乌有。

皮诺紧紧抓着一根大理石柱子，爬到阳台的栏杆上。他是被人唾弃、孑然一身的叛国贼。皮诺注视着松软的云朵从蔚蓝色的天空上掠过，觉得能望着这样的天空和云朵死去已经很不错了。

"主啊，你看到了我的所作所为。"皮诺说道，松开柱子，准备迈出最糟的那一步。"请宽恕我的灵魂。"

第三十一章

"住手!"一个男人的声音在皮诺身后响起。

皮诺被吓了一跳,差点完全失去平衡,从栏杆上摔下来,从三十层楼高的地方坠到广场的石板上摔死。还好,皮诺靠登山练就的迅速反应能力已根深蒂固。皮诺一把攫住柱子,稳住脚跟,回头看去,觉得自己的心脏差点从胸口蹦出来了。

米兰红衣主教站在离皮诺不到三米之外的地方。

"你在做什么?"舒斯特质问道。

"求死。"皮诺声音低沉地答道。

"你不能干这种事,尤其是在我的教堂里,尤其是在今天这个日子。"红衣主教说道,"已经发生了太多的流血事件。从那上面下来,年轻人,现在就下来。"

"真的,'尊敬的红衣主教',这样反而更好。"

"'尊敬的红衣主教'?"

米兰大教堂的主人眯起眼睛,调整了下眼镜,仔细打量皮诺,说道,"我认识的人里面只有一个人会这样称呼我。你是莱尔斯将军的司机。你是皮诺·莱拉。"

"这就是我该从这里跳下去而不是活下去的原因。"

红衣主教摇了摇头,走近一步,说道:"你就是他们口中那个躲在米兰大教堂里面的叛国贼和通敌犯吗?"

皮诺点了点头。

"那就下来吧。"舒斯特伸出手说道,"你现在安全了。我为你提供庇护。在我的庇护之下,没人能伤害你。"

皮诺很想哭,但忍住了,说道:"你如果知道了我的所作所为,你就不会庇护我了。"

"雷神父和我说过你的事。光是知道这些事就足以让我明白应该救你了。来拉住我的手。我再这样站下去要生病了。"

皮诺向下看去,看到舒斯特那只戴着红衣主教戒指的手,但他没有去抓那只手。

"雷神父会让你怎么做?"红衣主教舒斯特问道。

听到这话,皮诺内心动摇了。皮诺抓住红衣主教的手下来,站在原地。皮诺俯下身子,忍住失声痛哭的冲动。

舒斯特把手搭在皮诺颤抖的肩上,安慰道:"情况并不糟糕,孩子。"

"情况很糟糕,'尊敬的红衣主教。'"皮诺说,"糟糕透顶。是该下地狱的罪过。"

"还是让我来评判吧。"红衣主教说道,领着皮诺离开阳台。

舒斯特让皮诺坐在大教堂飞拱的阴影下。皮诺坐下后,模糊地意识到下方依然在放着欢快的音乐,模糊地意识到红衣主教叫人取来食物和水。接着,舒斯特在皮诺身旁蹲下。

"现在告诉我吧。"红衣主教说道,"我来听你的忏悔。"

皮诺把自己和安娜的故事同舒斯特讲了个大概,从他在轰炸开始的第一天与安娜在街上相遇,到十四个月后通过莱尔斯将军的情妇又与她再会,再到两人坠入爱河、准备结婚,一直到安娜在不到一小时前在行刑队前惨死。

"我没有开口阻止他们,"皮诺哭诉道,"我没有做任何事去救她。"

红衣主教舒斯特闭上了眼睛。

皮诺哽咽道:"如果我真的爱她的话,我……我当时应该愿意陪她一起死的。"

"不,"红衣主教睁开眼睛,紧盯着皮诺,说道,"安娜的死确实是悲剧,但你拥有活下去的权利。所有人都拥有这个基本的权利,这是主赐予人类的权利,皮诺,你是为自己的生命感到担忧。"

皮诺举起手,叫道:"你知道过去的两年里,我有多少次害怕丧失自己的生命?"

"我无法想象。"

"过去每一次,无论情况多危险,我都对要做正确之事抱有信念。但这一次我却……对安娜没有足够信念去……"

皮诺再次痛哭起来。

"信念是很奇怪的生物,"舒斯特说,"就像猎鹰一样,会在同一个地方年复一年地筑巢,可一旦飞走,有时却会长达数年之后才回来。不过,每次飞回来都只会比上一次更强壮。"

"我不知道我的信念是否还会回来。"

"会的。时机到了就会回来。我们现在下去吧?我给你弄些吃的,再给你找个地方过夜。"

皮诺考虑了下,摇了摇头道:"我会跟你下去的,'尊敬的红衣主教',但我想天黑之后悄悄溜出去,回家和家人团聚。"

舒斯特顿了下,说道:"如你所愿,孩子。保佑你,主与你同在。"

*

天黑之后,皮诺悄悄溜进自家公寓楼的大厅。皮诺一进去,就立刻想起之前的那个圣诞节安娜是如何欺骗那些哨兵,从而将装着无线电发射机的手提箱安然送到楼上。搭乘鸟笼电梯上去又激起一连串沉重的回忆,他们当初是如何亲吻着经过五楼的守卫,又是如何——

电梯停止了。皮诺拖着脚步走到门口敲门。

格蕾塔舅妈打开门,脸上洋溢着灿烂的笑容,说道:"你回来啦,皮诺!我们都在等着你和马里奥吃晚饭呢?你看见他了吗?"

皮诺艰难地咽了下口水,说道:"他死了。都死了。"

格蕾塔舅妈震惊了,呆呆地站在原地,皮诺从她身边经过走进公寓。阿尔贝特舅舅和父亲都听到了皮诺的话,从客厅的沙发上站了起来。

"你说他死了是什么意思?"米凯莱说。

"有人想抢夺他的腕表,说他是法西斯,然后在威尼斯门附近的公园里朝他脑袋上开了一枪。"皮诺声音低沉地说道。

"不!"父亲说道,"这不是真的!"

"我亲眼看到的,爸爸。"

父亲失声痛哭道:"啊,天啊。我要怎么向他母亲交代啊?"

皮诺凝视着客厅里的小地毯,想起自己曾和安娜在那里做过爱。那是他人生中最好的圣诞礼物。皮诺没有理会阿尔贝特舅舅劈头盖脸向他抛来的问题。他只想躺在小地毯上,为安娜哀悼,为安娜悲伤。

格蕾塔舅妈抚摸着皮诺的手臂。"会好的,皮诺。"她安慰道,

"无论你看到了什么,无论你遭受了什么,你都会好起来的。"

皮诺热泪盈眶,摇头道:"不,我不会好起来的。永远不会。"

"哎,我可怜的孩子。"舅妈柔声喊道,"快过来吃点东西,好吗?都和我们说一说吧。"

皮诺声音颤抖地说道:"我不想说,也不想再想,我也不饿。我只想去睡觉。"皮诺瑟瑟发抖,仿佛又到隆冬时节。

米凯莱走过来,搂住皮诺道:"那我们就带你去上床睡觉。你明天会感觉好点的。"

众人领着皮诺穿过走廊来到他的卧室,皮诺几乎已经意识不到自己身处何处了。皮诺坐在床边,呆住了。

"你想听短波收音机吗?"父亲问,"现在安全了。"

"我的给雷神父了。"

"我去拿巴卡的来。"

皮诺无精打采地耸了耸肩。米凯莱犹豫了下,但还是去把巴卡的收音机拿回来。米凯莱把收音机放在茶几上。

"我放这里了,你想听就听。"

"谢谢,爸爸。"

"我在门厅,有事叫我。"

皮诺点点头。

*

米凯莱把门关上。皮诺能听到父亲、阿尔贝特舅舅、格蕾塔舅妈在忧心忡忡地小声交谈,三人的嘀咕声逐渐变得微弱。透过敞开的窗户,他听到北方传来一声枪声,接着是人群的欢声笑语,笑声一直延续到楼下的街上。

感觉就像人们都在用自己的欢乐奚落皮诺,在皮诺意志最消沉的时刻用脚踢他。皮诺砰的一声拉下窗户。他脱掉鞋子和裤子,躺在床上,关上灯,浑身颤抖,愤怒而又懊悔。皮诺想睡,然而萦绕在他心头的不只是那首咏叹调,还有安娜死去时脸上责备的神情,还有随着安娜一起消逝的爱情。

皮诺打开短波收音机,听到一首缓和的钢琴独奏曲,偶尔传来一声吊镲声,不再换台。柔和温馨的爵士乐。皮诺闭上眼睛去感受,这音乐就像夏日溪流一样温柔活泼。皮诺试着去想象这样的溪流,试着从中寻找平静、睡眠、虚无。

钢琴曲结束了,《军号男孩》(*Boogie Woogie Bugle Boy*)开始了。皮诺受惊了一般一下坐了起来,觉得歌曲中的每一下猛烈的敲击声都在煎熬和折磨他。皮诺想起前一天晚上和卡莱托在黛安娜酒店派对狂欢的场面。那时候,安娜还活着,还没被暴民带走。如果他当初去了多莉家,而不是……

皮诺再次感觉彻底崩溃,一把抓起收音机,差点往墙上扔去,想要把收音机砸成碎片。然而,突然之间,皮诺觉得难以负荷,筋疲力尽。他拨动调节器,将收音机调成静音。皮诺像胎儿一样蜷缩成一团,闭上眼睛,听着无线电兹啦兹啦、劈劈啪啪的杂音,祈祷心中的创伤在他醒来之前让心脏不再跳动。

梦里,安娜还活着。梦里,安娜一如往常笑着,一如往常地和他热吻。安娜散发着独特体香,感到好笑时会斜着眼睛瞥皮诺一眼,皮诺这时定会想抱住她,挠她痒痒……

皮诺感觉有人在摇他的肩膀,使他在卧室里惊醒过来。阳光透过窗户倾泻下来。阿尔贝特舅舅和父亲正站在床边。皮诺朝两人看去,像是看到了陌生人。

"十点了,"阿尔贝特舅舅说,"你睡了快十四个小时。"

前一天的可怕经历再次涌入脑海。皮诺很想睡觉，很想去做安娜还活着的梦，差点又哭了起来。

"我知道这对你来说很难，"米凯莱说，"但我们需要你的帮助。"

阿尔贝特舅舅点头道："我必须去米兰纪念公墓寻找马里奥的遗体。"

皮诺还想翻个身，去梦中寻找安娜，说道："我是在公园丢下他的。他死后我就是从那里逃跑了。"

阿尔贝特舅舅说："你昨天晚上睡着以后，我去那里找过了。他们说他被带到公墓去了，我们可以去那里找他，过去几天街上被发现的尸体都在那里。"

"好啦，起来吧。"米凯莱说，"三个人找马里奥比两个人找快。我们亏欠了他的母亲。"

"会有人认出我的。"皮诺说。

"和我在一起，不会被认出来的。"阿尔贝特舅舅说。

皮诺眼看无法阻止二人，说道："给我一分钟的时间。我马上就来。"

两人离开了。皮诺坐起来，脑子里突突地剧烈跳动，巨大深刻的空虚感在喉咙和肚子之间波动。皮诺的脑子在搜寻与安娜有关的记忆，但他抑制住这种冲动。皮诺不能再想她了。否则，他就会躺下来，继续为她的死伤心。

皮诺穿上干净的衣服，走回客厅。

"我们出发之前，你要不要吃点东西？"父亲问。

"我现在很好。"皮诺毫不在意，乏力地答道。

"你至少该喝点水。"

"我很好！"皮诺嚷道，"你聋了吗，年纪大了？"

米凯莱退了一步,说:"好吧,皮诺。我只是想帮你。"

皮诺凝视着父亲,不能也不愿意把安娜的事告诉他们。

"我知道,爸爸。"皮诺说,"对不起。我们去找马里奥吧。"

*

虽然才上午十一点,但外面已经热得令人窒息。街上连一丝微风都没有,三人在街上走了一段路,搭乘了一辆为数不多还在运营的电车,随后请阿尔贝特舅舅的一位朋友开车载了他们一程。他的那位朋友竟然弄到了汽油。

皮诺对这段行程没有什么印象。对他来说,米兰、意大利,乃至整个世界都已经变得失常脱节、野蛮凶残了。皮诺像是在很远的地方观察米兰,他只看到了这座城市满目疮痍的一面,全然没有看到纳粹撤退后开始复苏的勃勃生机。

三人被放到公墓广场前面下车。米兰纪念公墓的小教堂呈八边形,左右两侧是很长的双层拱形露天柱廊。皮诺朝小教堂走去,觉得这场梦即将演变为噩梦。

柱廊里回响起悲痛的哭号声,远处传来步枪的射击声,低沉的隆隆声吹来爆炸的气流。皮诺毫不在意。他欢迎炸弹。如果可以的话,他愿意抱住一枚炸弹,锤击雷管将其砸碎。

一辆翻斗车在身后鸣响喇叭。阿尔贝特舅舅把皮诺拉到一边。皮诺茫然失措地看着那辆车经过。这辆翻斗车和皮诺见过的其他翻斗车没什么两样。那辆车开到前面遇到逆风后,一阵浓烈的尸臭滚滚而来。翻斗车货箱里挤满了像薪材一样堆得层层叠叠的尸体。浮肿的蓝色尸体从车顶上露了出来,一些穿了衣服,一些浑身赤裸,有男人,有女人,也有孩子。皮诺弯下腰,剧烈干呕起来。

米凯莱揉着他的背,说道:"好啦,皮诺,知道天热,我把手帕和樟脑丸带来了。"

皮诺停止干呕,瞪目结舌地望着那辆车,内心惊恐无比。安娜在里面吗?被埋在那个尸堆里吗?

皮诺听到一位司机说,还有成百上千的尸体要运来。

阿尔贝特舅舅拽住皮诺的胳膊。

"快从那里离开。"他说道。

皮诺像一条恭顺的狗跟着两人进了小教堂。

"你们是来找亲人的吗?"一个男人站在门内问道。

"我表妹的儿子,"米凯莱说,"他被误认为是法西斯——"

"我对你痛失亲人感到很难过,不过我对你表妹儿子的死因并不关心。"那人说道,"我只想让人把这些尸体认领走。殓尸对人的健康极其有害。你戴面具了吗?"

"手帕和樟脑丸。"

"能派上用场。"

"尸体有排序吗?"阿尔贝特舅舅问。

"按进来的先后顺序,还有安放地点的顺序。你们得自己去找。知道他穿了什么衣服吗?"

"他当时穿着意大利空军制服。"米凯莱说。

"那你们应该找得到他。沿着那些楼梯下去。从东边的下层柱廊开始,顺着中央美术馆周围的四方形走廊找下去。"

三人还来不及道谢,他已经转身去告诉另一家心烦意乱的人如何寻找亲人的尸体。米凯莱将白色手帕分发给大家,从纸包里摸出樟脑丸,把樟脑丸放在手帕中央,将手帕的尖头系在一起,形成一个小罩子,又教大家如何将罩子套在口鼻上。

"我一战的时候学会这招的。"他说道。

皮诺接过口罩，呆呆地看着。

"我们去下层柱廊找。"阿尔贝特舅舅说，"你从这里开始，皮诺。"

皮诺从小教堂东面一扇开着的侧门走出去，上了第二层柱廊，脑子完全没有运转。美术馆两边围着平行的空腹拱桥，美术馆一直延伸到大约九十米外的八边形塔楼，塔楼是三条通道的交汇点。

平时任何一天，走廊里除了早已被人遗忘的伦巴第政治家和上层贵族的雕像外都是空荡荡的。然而，今天，在纳粹撤退之后，整条柱廊以及前方的美术馆都成了一个巨大停尸房的一部分，仅仅一天之内就接收了将近五百具尸体。露天柱廊的死尸脚对着墙、头对着头被排成了两列，中间空出一米宽的小道。

今天早上来这座放满死尸的艺术馆的还有其他米兰人。老妇人们穿着丧服，用黑色的蕾丝披巾将口鼻遮住。年轻人搀扶着肩膀颤抖不止的妻子儿女。绿头苍蝇开始聚集，嗡嗡作响。皮诺必须拍打苍蝇，不让它们碰到他的眼睛和耳朵。

一大群苍蝇围在距离皮诺最近的一具尸体上。是具男尸，穿着西装，他的太阳穴被射穿了。皮诺目光在他身上停留的时间不到一秒钟，这具男尸的画面却已铭刻在他脑海中。皮诺看向第二具尸体，同样的事情再次发生。这次是具女尸，五十来岁，穿着睡衣，铁灰色的头发上还紧紧卡着一只孤零零的卷发筒。

皮诺来回走动，仔细观察死者的衣服、性别、面孔，试图找出马里奥。皮诺看到一对对裸体的男尸和女尸，瞥了一眼没再看，加快步伐前进。这些人生前估计就是挥金如土、位高权重的法西斯夫妇。他们死后，身体肿胀，肤色苍白斑驳，整个人苍老无比。

皮诺走过第一个柱廊，来到八边形的走廊交汇处，随后右转。这条柱廊比刚才的长,从这里可以俯瞰公墓的广场。

皮诺看到了被绞死的尸体,被砍死的尸体,还有被射死的尸体。死亡变得模糊不清。死者的数量太多了,已经超出皮诺所能承受的范围,因此他只关注两件事情。**找到马里奥。从这里离开。**

过了一会儿,皮诺在六七个法西斯士兵的尸体中发现了自己的表哥。马里奥双眼紧闭。苍蝇在头上的伤口周围飞舞。皮诺环顾四周,发现走廊对面有一张空的床单。他拿起床单,铺在马里奥的尸体上。

现在,他需要做的就是找到阿尔贝特舅舅和父亲然后离开。皮诺往小教堂跑去时,感到幽闭恐怖。他闪身躲开其他来寻尸的人,气喘吁吁异常焦虑地冲出柱廊。

皮诺穿过小教堂,快速爬下楼梯,来到下层的柱廊。在他的右边,一家人正在给一具尸体裹上裹尸布。皮诺向左看去,舅舅口鼻紧紧贴着樟脑丸,来回摇头,从艺术馆朝他走来。

皮诺跑过去说道:"我找到马里奥了。"

阿尔贝特舅舅摘下装着樟脑丸的口罩,抬头用布满血丝的眼睛同情地看着皮诺,说道:"好。他在哪儿?"

皮诺说完,舅舅点了点头,然后用手握住他的前臂。

"我现在知道,你昨晚为什么心情那么差了。"舅舅声音嘶哑地说道,"我……我为你感到很难过。她真的是位很好的姑娘。"

皮诺觉得自己的五脏六腑都被掏空了。他曾对自己说安娜不在这里。但不在这里,又能在哪里呢?皮诺向阿尔贝特舅舅身后望去,向长长的画廊望去。

"她在哪里?"皮诺问道,试图挤过去。

"不行。"阿尔贝特拦住他,说道,"你不能下去。"

"给我让开,舅舅,不然我要动手了。"

阿尔贝特舅舅垂下目光,退到一边,说道:"她在走廊尽头的右边。要我带你去吗?"

"不要。"皮诺说。

第三十二章

皮诺首先发现了多莉·斯特梅耶。

莱尔斯将军的情妇依然穿着象牙色的睡袍。胸口多了一朵盛开后干枯的血菊花。拖鞋不见了。半睁着眼，半张着嘴，神情僵硬。死的时候，依然紧紧抓住拇指，红色的指甲油格外显眼，皮肤是蓝色的，和知更鸟蛋一个颜色，在这蓝色的映衬下，红色的指甲越看越让人觉得毛骨悚然。

皮诺抬起头，看到走廊前头的安娜。皮诺泪眼模糊，呼吸急促，从内心迸发的强烈情绪经过胸口从气管喷出，他拼命抑制着自己。皮诺张着嘴，嘴里默默念叨着伤心话，走向安娜，在她身旁跪下。

安娜的胸罩下方有一个弹孔，裸露的腹部有一朵血花，和多莉的那朵很像。额头上写着"娼妓"二字，用的是游击队队员给她涂了夸张大红唇的同一支红唇膏。

皮诺低下头，陷入痛苦之中，悲痛欲绝地颤抖哽咽起来。皮诺拉下戴在口鼻上的樟脑口罩。走廊里弥漫着肮脏的腐臭味，皮诺解开口罩，拿出樟脑丸。皮诺用手帕擦掉安娜额头上和嘴唇上的口红印，安娜变得几乎和他记忆中一样了。皮诺将手帕放到一边，双手紧握，目光专注,深吸一口气,将安娜的气味吸入肺中。

"我当时在场,"皮诺说,"我看到你是怎么死的,我什么也没说,安娜,我什么也没做……"

皮诺痛苦地弯下腰,泪流不止。

"我做了什么?"皮诺呜咽道,"我做了什么?"

皮诺蹲在地上前摇后晃,低头看着爱人的尸骸,泪水从他的脸上滴落。

"我辜负了你。"皮诺哽咽道,"圣诞前夜,你曾经支持我,不顾任何后果。但我却没为你挺身而出。我……我不知道为什么。我自己也说不清楚。我多希望当时我和你背对着墙站在一起啊,安娜。"

皮诺毫不顾忌。他们现在不能伤害她了。有他在这里,他们不能碰她半根汗毛。

"皮诺?"

皮诺感觉到一只手搭在他的肩膀上,抬头一看是父亲和舅舅。

"我们本来要拥有……一切的,爸爸。"皮诺茫然地说道,"我们本来会永远相爱下去的。我们不该这样。"

米凯莱眼冒泪花道:"我很难过,皮诺。阿尔贝特刚刚才告诉我。"

"我们都很难过。"舅舅说,"不过,我们不得不走了,虽然我很不想告诉你,但是,你目前必须把她留在这里。"

皮诺想跳起来,把舅舅打得稀巴烂。"我留下陪她。"

"你不能留下。"米凯莱说。

"我要安葬她,爸爸。让她有个葬礼。"

"不行。"阿尔贝特舅舅说,"游击队队员会检查谁认领了这些尸体。他们会以为你也是通敌犯。"

"我不在乎。"皮诺说。

"我们在乎。"米凯莱斩钉截铁道,"我知道这很难,儿子,但是——"

"你知道?"皮诺叫道,"如果是妈妈,你会留下她吗?"

父亲有些难堪,退后说道:"不会,我……"

阿尔贝特舅舅打断道:"皮诺,安娜也会这样想的。"

"你怎么可能知道安娜会怎么想?"

"因为那次圣诞前夜在皮具店我从她的眼睛里看到了她有多爱你。她不会想让你因她而送命。"

皮诺低头看着安娜,抑制住情绪,哽咽道:"但她连个葬礼都没有,连块墓碑都没有。"

阿尔贝特舅舅说道:"我问了小教堂的人会如何处理无人认领的尸体,他说,红衣主教舒斯特会为这些死者主持宣福利,然后将他们的遗体火化下葬。"

皮诺不住地缓缓摇头道:"但我该去哪儿——"

"去哪儿看她?"父亲说,"去你们曾去过的最快乐的地方,她一直都在那里。我向你保证。"

皮诺想起科莫湖西南端的切尔诺比奥的小公园,他和安娜曾站在那里的栏杆旁边,安娜为他拍了一张戴束发带的照片,一切都似乎完美极了。皮诺低头看着安娜冰冷的脸庞。此时离去无异于第二次背叛,而这一次将没有再被原谅的可能。

"皮诺。"父亲轻声叫道。

"我来了,爸爸。"皮诺抽了下鼻子,用手帕擦干眼泪,脸上蹭到了一些口红,然后把被泪水沾湿的手帕塞进安娜的胸罩里。

"我爱你,安娜。"皮诺心道,"我会永远爱着你。"

皮诺弯下身子，亲吻安娜，和她道别。

*

皮诺摇摇晃晃地站起身。父亲和舅舅架住他的胳膊肘儿，带他离去。皮诺没有回头看一眼。他不能回头。一旦回头，他会发誓永远不走。

回到小教堂，皮诺不用两人搀扶能自己走了。皮诺回忆起自己救了莱尔斯将军的那个晚上，那天安娜在多莉家的厨房里和他追忆往事，讲起小时候她过生日，父亲早上带她出海的事情，皮诺想借此摆脱脑中安娜尸体的画面。

接下来，他帮忙给马里奥裹上裹尸布，将他运出二层柱廊，交给游击队检查，整个过程能够坚持完成，全靠在脑子里追忆往事。游击队的人通过马里奥所穿的制服认出他所属的阵营，挥手放行。三人找了辆推车，推着尸体在米兰的大街上穿行，来到和他们家关系很好的一位入殓师那里。

三人一直忙活到天黑才回到家中。皮诺悲痛交加，又没吃没喝，早已筋疲力尽晕头转向。他强迫自己吃了点东西，喝了很多酒。皮诺像前一天晚上一样上床睡觉，把收音机调成静音。他闭上眼睛，祈祷能在梦中再次遇到活着的安娜。

但那天晚上，安娜并没有活着。梦里的安娜是死的，孤伶伶地躺在米兰纪念公墓的下层柱廊里。皮诺透过眼睑能够看到她，仿佛一个黑暗的空间从上方被照亮。然而，每当梦中的他要接近安娜时，安娜的身影就会渐行渐远。

残酷的现实让皮诺痛苦地哭了出来。安娜再次完全消失的噩梦使皮诺猛然惊醒过来。他喘着粗气，满头大汗，抱住头害怕它爆裂。皮诺试图理清楚与安娜有关的念头，但他做不到，他也睡不着。既然如此,他别无他法,要么躺在这里,让回忆和悔恨将他撕裂,要么出去走走,就像小时候那样通过运动让自己的思绪冷静下来。

皮诺看了下表。凌晨三点。周日。1945年4月29日。

皮诺穿上衣服,偷偷溜出家门,下了楼梯,从空荡荡的大厅走出去。夜色正浓,街灯寥寥,皮诺迂回穿过圣巴贝拉,朝北走去,基本沿着之前送马里奥的遗体去殡仪馆的路线走回去。凌晨四点十分,皮诺回到米兰纪念公墓。游击队队员拦住他,要查他的证件。皮诺对他们说自己的未婚妻在里面。有人在里面看到了她的尸体。

"这么黑你怎么能找到她呢?"一个守卫问道。

另一个守卫点了一根烟。

皮诺求他说:"您能给我三根火柴吗?"

"不能。"

"得了,路易吉。"第一个守卫说,"这孩子想去找他死去的恋人啊,看在基督的分上。"

路易吉深吸一口烟,长舒一口气,把火柴盒抛给皮诺。

"感谢您,先生。"皮诺说道,匆忙穿过广场朝柱廊走去。

皮诺没有从尸体中间穿过,而是绕了一圈来到一扇门前,这扇门后面就是安娜所在的那条长廊。皮诺来到他记得安娜所在的地方,点亮一根火柴,照亮四周。

安娜不在这里。皮诺四下环顾,辨认方位,觉得自己可能走得不够远。火柴熄灭了。皮诺往前走了三米,划亮另一根火柴。安娜也不在。这里空无一人。安娜之前所在的那段走廊至少有十二米长的距离都空了。那些无人认领的尸体都消失了。安娜不见了。

这个结局让皮诺压抑到窒息。他靠在墙上,啜泣起来,直到哭不出声来。

皮诺步履沉重地从纪念小教堂走出来,觉得安娜死亡的重担像轭一样套在他身上,再也脱不下来了。

"找到她了吗?"守卫问道。

"没有。"皮诺说,"她父亲肯定比我先到。她父亲是的里雅斯特的渔民。"

两位守卫对视一眼。"当然。"路易吉说,"她和爸爸在一起。"

皮诺漫无目的地在米兰穿行,沿着被游击队重兵把守的中央火车站的边缘前行。皮诺在一个黑灯瞎火的地方掉头转向,全然不知自己此刻身在何处。晨光熹微,云波诡谲,视线很快变得清晰,皮诺发现自己来到洛雷托广场西北角的"贝尔特拉米尼新鲜果蔬店"附近。在第一道明亮的晨光中,皮诺跑起来,冲到水果摊前。咚咚咚敲门,对着二楼窗户喊道:"卡莱托?卡莱托,你在吗?我是皮诺!"

没有回应。皮诺继续敲门喊叫,但好友还是没有回应。

皮诺垂头丧气往南走。经过电话局的时候,他突然想到自己该去哪里了。五分钟后,皮诺穿过黛安娜酒店厨房,推开双开门进入舞厅。地上横七竖八躺着晕过去的美国大兵和意大利姑娘——人数虽不如两天前的早上那么多,但是空酒瓶随处可见。皮诺的鞋子踩在地上的玻璃碎片上,嘎吱嘎吱的响。皮诺向通往大厅的走廊望去。

走廊里,弗兰克·克内贝尔少校坐在一张靠墙的桌子旁,喝着咖啡,像是宿醉得很厉害。

"少校?"皮诺朝他走去,叫道。

克内贝尔抬头笑道:"皮诺·莱拉,摇摆舞小子!你死哪里去了,兄弟?姑娘们都在找你呢。"

"我……"皮诺不知道从哪说起,"我能和你谈一谈吗?"

克内贝尔看到皮诺认真的眼神,说道:"当然,孩子,拿把椅子来。"

皮诺还没来得及去拿椅子,一个十岁左右的男孩突然从大门闯进来,用蹩脚的英语喊叫道:"领袖,克少校!他们把墨索里尼抓到洛雷托广场了!"

"现在?"克内贝尔立马起身问道,"你确定吗,维克托?"

"我爸,是他听说的。"

"我们走。"克内贝尔对皮诺说。皮诺犹豫了下,还想和他好好谈谈,说说……

"快点,皮诺,你就要见证历史了。"克内贝尔说,"我们骑我昨天买的自行车。"

皮诺感觉安娜死亡的阴霾被破开了一个缺口,点头表示同意。皮诺想知道领袖会是什么下场。最后一次在红衣主教舒斯特的办公室看到墨索里尼时,他还依然祈求希特勒发射超级武器,还依然希望能在元首的巴伐利亚地堡里有张床位。

两人匆匆忙忙从酒店前台后面取出克内贝尔之前藏的两辆自行车,冲出酒店,街上的人边向洛雷托广场跑,边喊道:"他们抓住他了!他们抓住领袖了!"

皮诺和克内贝尔跳上自行车,拼命蹬车。其他人骑着自行车、挥舞着红围巾和红旗很快加入竞速比赛,都渴望见一见倒台的独裁者。众人骑车经过"贝尔特拉米尼新鲜果蔬店",进入洛雷托广场,埃索石油加油站和钢梁周围稀稀拉拉已经聚集了一群人。皮诺曾站在钢梁上目睹图利奥·加林贝蒂被处决的场面。

皮诺和克内贝尔把自行车停到一边向前走去。他们看到四个男人带着绳子链子手脚并用爬上钢梁。皮诺跟在克内贝尔后面,费力地挤到逐渐围拢的人群前面。

加油泵旁边躺着十六具尸体。贝尼托·墨索里尼赫然就在其中，光着脚，巨大的脑袋靠在情妇的胸上。傀儡独裁者目光呆滞，眼睛浑浊，皮诺曾在加达尔湖畔别墅看到的那双癫狂的眼睛已成往事。领袖上唇往上翻，露出牙齿，就像是正准备发表一通激烈的长篇演说。

克拉拉·贝塔西横躺在墨索里尼下面，头背过去，仿佛故作娇羞不敢面对爱人。人群中的游击队队员说，行刑者来的时候，墨索里尼正在与情妇性交。

*

皮诺环顾四周。围观的人数增加了三倍，更多的人源源不绝从四面八方涌来，就像悲剧尾声的大合唱。人们愤愤不平地大吼大叫，似乎要把个人仇怨都发泄在这个把纳粹引到家门口的男人身上。

有人把一只玩具节杖放到墨索里尼手里。这时，一个年龄和多莉公寓楼的丑老太婆一样大的老妇人步履蹒跚地走出来，蹲在墨索里尼情妇的身上，朝她脸上撒尿。

皮诺感到厌恶，围观人群却变得野蛮残暴，邪恶堕落。人们歇斯底里地大笑欢呼，从混乱中获得满足。绳子和链子被吊起来，其他人开始起哄要求辱尸。一个女人拿着一把手枪猛地冲向前去，朝墨索里尼的头颅开了五枪，引起一阵的嘲弄和嘘声，人们殴打尸体，将血肉从骨头上撕下来。

两个游击队战士往天上开枪将暴徒吓退。另一个游击队战士作势要将枪口对准人群。皮诺和克内贝尔此时已经后退，但其他围观的人还是不停地朝尸体挤过来，渴望发泄他们的怒火。

"把他们吊起来！"大合唱中有个声音叫道，"把他们弄到我们看得见的地方！"

"用钩子钩住他们的后腿！"其他人唱道，"把他们像猪一样吊起来。"

墨索里尼第一个被倒吊起来,头颅、手臂悬在钢梁下。越聚越多的暴民疯狂了。欢呼雀跃,跺着双脚,高举拳头,刺耳地大声叫好。领袖此时已被打得惨不忍睹,整个头颅都陷了进去。看起来奇形怪状,就像噩梦里见到的怪物,一点也不像过去一年来和皮诺说过很多次话的那个男人。

克拉拉第二个被吊了起来。裙子落在胸前,露出没有穿内裤的下体。一位游击队神父爬上去,来到克拉拉身边,想把裙子塞进她的两腿间,人群却朝他的身上扔垃圾。

又有四具尸体被倒吊在钢梁下,都是法西斯的高级军官。温度逐渐升高,辱尸持续进行,皮诺胆战心寒、茫然失措,残暴至极的场面让他厌恶反感。皮诺感到头晕恶心,觉得自己可能要晕厥了。

一个名叫斯塔雷斯的男人被带到前面。

斯塔雷斯被带到墨索里尼和情妇的尸体下方。他举起手臂,敬了个法西斯礼,六名游击队战士将其击毙。

洛雷托广场上的嗜血人群兴奋地齐声高呼要求杀戮。看到斯塔雷斯被枪决,皮诺不禁想起安娜的死。他觉得自己可能也要发疯,加入暴民之中了。

"暴君下台就是如此。"克内贝尔厌恶地说道,"如果我要写故事,那么导语就会是'暴君下台就是如此'。"

"我要走了,少校。"皮诺说,"我受不了了。"

"我和你一起,兄弟。"克内贝尔说。

*

两人从已经聚集了两千多人的围观人群中推挤着往回走。越来越多的人朝洛雷托广场涌来去亵渎领袖,一直走到水果摊对面,两人的逆行才变得比较容易。

"少校?"皮诺说,"我想和你谈谈……"

"我知道,孩子,你今天早上出现之后,我一直都打算找你谈谈。"穿过街道的时候,克内贝尔说道。

"贝尔特拉米尼新鲜果蔬店"的门开了。卡莱托站在门口,脸色发青,一副宿醉的样子。他虚弱地对皮诺和克内贝尔露出微笑。

"又一个醉醺醺的夜晚,少校。"卡莱托说。

"你这个酒鬼。"克内贝尔笑了一声说,"不过正好,你们两个都在。"

"我不懂。"皮诺说。

"你们两个小伙愿意帮美国一个忙吗?"少校问,"为我们做事?困难的事?危险的事?"

"比如说?"卡莱托问。

"我现在不能告诉你们。"克内贝尔说,"但那很重要,如果做成的话,你们在美国会有很多朋友。想过去美国吗?"

"一直都想。"皮诺说。

"这就对了。"少校说。

"有多危险?"卡莱托问。

"我不想隐瞒。你们可能会死。"

卡莱托思索了下,说道:"算我一个。"

皮诺说:"也算我一个。"

"很好。"克内贝尔说,"能给我弄辆车吗?"

皮诺说:"我舅有一辆,不过一直停在车库里,轮胎坚持不了太久。"

"山姆大叔会处理轮胎。"克内贝尔说,"把车钥匙还有地址给我,我把车备好,在黛安娜酒店等你们,后天凌晨三点见。提前一点到。可以吗?"

卡莱托说:"我们什么时候可以知道自己要做什么?"

"后天凌晨三点——"

克内贝尔说着停下。他们都听到了坦克的声音。柴油机的轰鸣声。履带的当啷声。坦克涌进洛雷托广场,皮诺脑海中浮现出战象大军的画面。

"谢尔曼坦克来了,兄弟们!"克内贝尔少校将拳头举过头顶,洋洋得意喊道,"这是美国第五集团军的坦克部队。就这场战争而言,胖女人已经出场高歌了。"

第五部分

主说:"伸冤在我,我必报应。"

第三十三章

1945年5月1日，周二

*

凌晨2点55分，皮诺和卡莱托带着醉意靠近黛安娜酒店，两人几小时前差点喝酒喝晕过去了。到了这个点，胃里才开始难受，脑袋火辣辣地疼。阿道夫·希特勒已经死了。在墨索里尼和克拉拉被吊在洛雷托广场遭遇暴尸的第二天，纳粹元首在柏林地堡里和他的情妇一起饮弹自尽。

皮诺和卡莱托前一天下午听到这个消息，又找了一瓶贝尔特拉米尼先生的威士忌。两人躲在果蔬摊后面庆祝希特勒死讯，互相倾诉各自在战争期间的经历。

"你真的爱安娜爱到想和她结婚？"卡莱托一度问道。

"真的。"皮诺抑制住情绪答道。每次想到安娜，他内心深处总会涌出强烈而又真实的情感。

"你总有一天会找到别的姑娘的。"卡莱托说。

"但她不可能像安娜。"皮诺说着，眼睛湿润了。"安娜很特别。

卡莱托。她是……我不知道怎么说,独一无二的。"

"就像我爸妈一样。"

"特别的人。"皮诺点头道,"好人。最好的人。"

两人又喝了起来,说起贝尔特拉米尼先生说过的玩笑话,然后哈哈大笑。还说到轰炸开始后的那个夏夜,两人的父亲在山坡上呈现的完美演出。回首往事,两人泣不成声。深夜十一点,两人喝光了一整瓶威士忌,醉得神志不清,胡言乱语,昏昏沉沉。三个半小时后,才被闹钟惊醒。

两眼昏花的两人在街角拐了个弯。皮诺看到黛安娜酒店前面停着阿尔贝特舅舅的老菲亚特,轮胎换成全新的了,开起来肯定平稳流畅,皮诺赞赏地踢了踢轮胎,走进酒店。参加庆祝战争结束派对的人少了很多。只有寥寥几对男女在留声机唱片带着沙沙杂音的伴奏下慢慢地舞着。达洛亚下士紧紧抓着索菲娅,爬上楼梯,两人痴痴傻笑。皮诺看着他们的身影在楼梯上消失。

克内贝尔少校从前台后面的一扇门内走出来,看到两人,眉开眼笑地说:"你们来啦。就知道老皮诺和老卡莱托靠得住。在说正事之前,有小礼物要给你们。"

克内贝尔在前台后面蹲下去,然后拿出两把全新的带有旋转式弹夹的汤姆逊冲锋枪。

克内贝尔抬起头问道:"你们会用汤米冲锋枪吗?"

皮诺喝晕之后,第一次感到这么清醒,惊羡地盯着冲锋枪,说道:"不会。"

"完全不会。"卡莱托说。

"其实很简单。"克内贝尔说道,放下一把冲锋枪,按了下枪栓,拆下旋转式弹夹。"里面已经给你们装了五十发 0.45 英寸柯尔特自动手枪子弹（.45 ACP）。"接着，他将弹夹放在前台上，清理弹膛，把手枪把手后上方的杠杆指给他们看。"这是保险，"他说道，"想要开枪，就把这个杠杆往前推到底。想要关保险，就往回推到底。"

克内贝尔将枪复位，右手抓住后面的把手，左手抓住前面的把手，冲锋枪的侧面紧紧贴在身上。"要想控制方向，就要三点接触。否则，后坐力太大，枪口会飘，子弹会偏，那就糟糕了。"

"两手抓紧握把，枪托紧压臀部——三点接触。看到我怎么利用臀部转向了吗？"

"如果我们要从车里开枪呢？"卡莱托问。

克内贝尔把枪扛在肩上。"三点：肩膀、脸颊对着枪托，还有两只手，短时间连续射击。你们目前只需要知道这么多。"

皮诺拿起另一把枪。他很喜欢汤姆逊冲锋枪沉重的手感，还有简洁的设计。皮诺两手紧抓握把，扛在肩上，想象自己正在对着纳粹扫射。

"你们的备用旋转弹夹。"克内贝尔说道，将两个旋转弹夹放在前台。他把手伸进口袋，摸出一个信封。"这是你们的证明文件。这个文件能让你们通过所有盟军控制的检查点。但在那之后，你们就要靠自己了。"

"你究竟什么时候才肯说要我们做什么？"卡莱托质问道。

克内贝尔微笑道："你们要送美国的一位朋友上布伦纳山口。"

"布伦纳？"皮诺说道，想起前一天阿尔贝特舅舅和他说过的话。"布伦纳山口还在打仗。那里兵荒马乱。游击队在伏击全面撤退中的德军，想趁德军穿越边境进入奥地利之前，多干掉些德国兵。"

克内贝尔面无表情说道："我们需要把我们的朋友送到边境。"

"这根本是个自杀性质的任务。"卡莱托说。

"确实很有难度,"克内贝尔说,"不过,我们给你们找了张地图,还有用来照地图的手电筒。"地图上标记了所有主要的盟军检查点。地图上出了 A4 纸大小的范围,往北边的博尔扎诺前进的时候才脱离盟军控制的区域。

短暂的沉默之后,卡莱托说:"要干这活得给我弄两瓶酒。"

"我给你弄四瓶。"克内贝尔说,"就当是去玩。别出事故就行。"

皮诺没说话。卡莱托看着皮诺问:"你要跟我去还是不跟我去。"

皮诺看到老友前所未有地激动兴奋。卡莱托似乎渴望上战场,渴望战死。战死沙场。皮诺对此也兴奋不已。

"好吧,那么,我们要送的人是谁?"皮诺看向克内贝尔说道。

克内贝尔起身,走进前台后面的那扇门。短短一会儿,门又开了,克内贝尔走了出来,身后跟着一个身穿黑色西装,外套黑色战壕风衣,头戴棕色浅顶软呢帽的男人。他帽檐拉得很低,把眼睛都遮住了。那个男人艰难地拿着一只很大的长方形皮革手提箱,箱子被手铐铐在他的左手手腕上。

克内贝尔和那个男人从前台后面走出来。

"我想你们彼此认识。"克内贝尔说。

*

那个男人抬起头。软呢帽帽檐下,他的目光紧盯着皮诺的眼睛。

皮诺的内心掀起惊涛骇浪。震怒之下,往后退了一步。

"他?"皮诺对克内贝尔怒喝道,"他算哪门子美国的朋友?"

克内贝尔脸色一沉道:"莱尔斯将军是英雄,皮诺。"

"英雄?"皮诺说道,很想往地上啐一口唾沫,"他是希特勒的奴隶头子。他把别人活活累死,少校。我看到过,我听到过,都是我亲眼所见。"

克内贝尔大惊失色,朝莱尔斯看了一眼,开口道:"是真是假,我无从可知,皮诺。我只是奉命行事,当时和我说的就是,他是英雄,我们应该保护他。"

莱尔斯完全听不懂两人在说什么,只是站在原地饶有兴致地看着,一副事不关己的样子,这让皮诺越发看不起他。皮诺一开始想说自己不干了,但这时候,一个让他更为满意的想法突然在他脑海中成形。皮诺想到安娜,想到多莉,想到所有的奴隶,知道那样做是正确的。主终归为皮诺·莱拉做了安排。

皮诺虚情假意满脸堆笑地说道:"将军,要我为你拿包吗?"

莱尔斯生硬地摇头道:"我自己拿包,谢谢你。"

"再见,克内贝尔少校。"皮诺说道。

"回来以后记得来找我,兄弟。"克内贝尔说道,"关于你,我还有很多计划。就在这里,我等着把所有的计划都告诉你。"

皮诺点点头,确信自己永远不会再见到这位美国人,或是再回到米兰。

*

皮诺揣着冲锋枪离开黛安娜酒店,莱尔斯紧随其后。皮诺打开菲亚特后门站到一旁。莱尔斯瞥了皮诺一眼,带着箱子艰难地爬到后座上。

卡莱托坐进副驾驶座,把汤姆逊冲锋枪放在两腿之间。皮诺坐到方向盘后,把冲锋枪交给卡莱托,开始操纵变速杆。

"看好我的枪。"皮诺说着,看了一眼后视镜中的莱尔斯。莱尔斯把帽子摘下了,正用手梳理铁灰色的头发。

"我觉得我知道怎么用枪。"卡莱托手指摩挲着冲锋枪油光滑亮的表面,赞叹不已道,"我看过黑帮片里的人用过。"

"你是无所不知啊。"皮诺说道，给车挂上挡。

皮诺开车的时候，卡莱托用手电筒照着地图为他导航。三人沿着卡莱托指示的线路往回穿过洛雷托广场，接着往东开到米兰城区的边缘，在这里，遇到第一个美军检查点。

有个美国大兵有些怀疑，举着手电筒来到车窗旁边，皮诺对他说道："美国是最好的国家。"接着，将他们的证明文件交给他。

那个士兵取出证明文件，用手电筒照亮。他的下巴猛地往后一缩，赶忙将文件叠好塞进信封里，接着万分紧张地说道："天啊！我马上给你们放行。"

皮诺把文件塞进胸前的暗袋，开车穿过检查点出入口，往东向特雷维谬和卡拉瓦乔驶去。

"文件上写了什么？"卡莱托问。

"我等会儿看下，"皮诺说，"除非你看得懂英语？"

"看不懂。会说一点。你猜他手提箱里装了什么？"

"我不知道，不过看上去挺沉的。"皮诺说道。这时，正巧经过一盏街灯，皮诺朝后视镜瞥了一眼。莱尔斯把手提箱从腿上拿下来了，放在他的右手边。莱尔斯闭着眼睛，可能是在想多莉，可能是在想他的老婆孩子，可能是在想那些奴隶，也可能什么也没有想。

皮诺那一瞥，脑海中逐渐产生一个冷血、刻薄的念头。在皮诺短暂却复杂的人生中，生平头一次，体味到了冷血无情的滋味，以及期待正义得到伸张的美妙感受。

"要我说，他箱子里肯定藏着一些你以前看到过的金条。"卡莱托说道，打断了皮诺的思绪。

皮诺说："箱子里面也可能装的是文件。可能成百上千。"

"什么样的文件？"

"有威胁的文件。能够在你失势的时候，给你一点权力的文件。"

"你这话到底是什么意思？"

"杠杆作用。我之后再跟你解释。下个检查点在哪里？"

卡莱托打开手电筒看地图，说道："在布雷西亚这边上主干道的地方。"

*

皮诺踩下油门，三人在夜色中飞驰。凌晨四点，三人抵达第二个检查点。美国大兵快速查过证明文件后，再次挥手放行，提醒他们避开博尔扎诺，那里正在交战。然而问题是要上布伦纳山口就一定会经过博尔扎诺。

"我跟你说，他箱子装的肯定是黄金。"再次上路后，卡莱托说道。他拔去了一瓶红酒的塞子，正小口喝着。"绝对不止文件而已。黄金毕竟是黄金，是不？遇上什么都能用黄金买路啊。"

"关键是我不在乎他箱子里装的是什么。"

前面的公路遍布着弹坑，因为去年冬天融化的雪水侵蚀涵洞，还出现了多处临时改道的情况，皮诺想开快也做不到。凌晨 4 点 45 分，皮诺拐弯驶向特兰托和博尔扎诺，往北边的奥地利前进。皮诺沿着加达尔湖东岸向前开去，湖对岸就是墨索里尼曾住过的别墅。这栋别墅勾起皮诺对混乱无序的洛雷托广场的回忆。皮诺看了一眼后面正在打瞌睡的莱尔斯，好奇他是否知道，是否关心，还是说，他只是个披着人皮的禽兽。

"好处，"皮诺心道，"这就是他的买卖。他自己曾亲口这么对我说的。那只手提箱里装满了好处。"

皮诺开始飙车。与之前在主干道上相比，路上的车辆少了很多，路面的损伤也轻了很多。卡莱托闭上眼睛，下巴垂在胸前，酒瓶和冲锋枪夹在腿间。

大约五点十五分,刚开出特兰托北边的时候,皮诺看到前面有光亮,开始减速。

"快拿枪!"皮诺对卡莱托喊道,"回击!"

卡莱托手忙脚乱地去拿冲锋枪。

"谁朝我们开枪?"莱尔斯质问道。他正抱着手提箱侧身躺着。

"不重要。"皮诺说道,开始加速朝光亮冲去。光亮原来是一处路障,摆着很多锯木架,守着一群散漫无章的武装分子。看到这群人漫无纪律,皮诺心里有了决断。

"我一声令下,就朝他们开枪。"皮诺说,"保险关了吗?"

卡莱托单膝跪在座位上,半个身子伸出车窗外,冲锋枪枪托压在肩膀上。

还剩七十米,皮诺轻踩刹车,做出一副要停下的样子。还剩五十米,趁着车前灯晃得路障边的人看不清,皮诺踩下油门,喊道:"开枪!"

卡莱托猛地扣动扳机,汤姆逊冲锋枪突突作响,上上下下,子弹四处散射。

武装分子四散而逃。皮诺向路障急速冲去。卡莱托控制不住,不停地猛扣扳机,冲锋枪一直在猛烈开火。三人冲破路障。冲锋枪从卡莱托手里飞了出去,从路上反弹,不见了。

"妈的!"卡莱托喊道,"回去!"

"不行。"皮诺说道,关掉车前灯,加速向前,车后传来噼噼啪啪的枪声。

"那是我的冲锋枪!回去!"

"你不该握那么久扳机的。"皮诺喊道,"克内贝尔说了短时间连续射击。"

"我肩膀都快被震断了。"卡莱托怒道,"他妈的!我的酒呢?"

皮诺把酒递给他。卡莱托用牙齿咬掉瓶塞,喝了一口,喋喋不休地骂了起来。

"好了。"皮诺说,"还有我的枪和两个备用弹夹呢。"

好友看着皮诺说:"你愿意再试一次吗,皮诺?再让我开枪?"

"下次稳住就行。扳机碰到就好。一开一关。不要用力过猛。"

卡莱托咧嘴笑道:"刚才发生的事你敢相信吗?"

后座的莱尔斯说:"我时常认为你是个很出色的司机,一等兵。还记得去年秋天战斗机朝我们扫射那次吗?在戴姆勒车里?你那天晚上展现的车技就是我为什么提出要求要让你送我去边境。所以你才会出现在这里。要说谁能送我去布伦纳山口,那肯定就是你了。"

皮诺就像在听一个陌生人说话,一个被他当做陌生乘客的人在说话罢了。他讨厌莱尔斯。莱尔斯用花言巧语骗倒了美军里的一些蠢货,以为他是英雄,皮诺对此鄙夷不屑。汉斯·莱尔斯不是英雄。坐在后座的这个人是法老的奴隶头子,是战争犯,是应当为其恶行遭受惩罚的罪人。

"谢谢你,将军。"皮诺说完,就此打住。

"不客气,一等兵。"莱尔斯说,"该夸的要夸,我一直是这么认为的。"

*

三人向博尔扎诺继续前进,天色渐渐变亮。皮诺相信这将是他人生中最后一个黎明。这是最后四十公里的战场,背后白雪皑皑的群山勾勒出蔚蓝色天空的轮廓,黎明张开玫瑰色的五指投射在蓝天上。皮诺没有过多考虑前面有什么样的危险在等着他。他在想怎么对付莱尔斯，想着想着，充满了期待，热血沸腾。

皮诺伸出手，费力地把酒瓶从卡莱托两腿间拽出来，卡莱托低声咕哝发了两声牢骚，接着，他又睡着了。

皮诺接连喝了两大口酒。必须要在高处。皮诺心道。必须要在主最宏伟的大教堂里。

皮诺把车靠边停在路肩。

"干嘛？"卡莱托闭着眼睛问。

"看有没有路可以绕过博尔扎诺，"皮诺说，"把地图给我。"

卡莱托哼了一声，找到地图，递了过去。

皮诺边看地图，边试着把通往博尔扎诺北边布伦纳山口公路的主要路线都印在脑海里。

与此同时，莱尔斯用钥匙解开铐在手腕上的手提箱，下车去撒尿了。

"动手吧。"卡莱托说，"我们平分金子。"

"我另有打算。"皮诺盯着地图说道。

莱尔斯快步走回来，坐进后座，向皮诺拿着的地图望去。

"主要路线应该保护得很好。"莱尔斯说，"你可以考虑走火车站附近的支线公路，沿着这条路开到博尔扎诺西北边，沿着瑞士的公路一直开到安德里亚诺。因为瑞士让我们过境，国防军也不会管那条路线。从美军中经过，穿过位于他们左侧的阿迪杰河。过了河，就到了德军的后面，沿着那里的山路往回开，就可以上布伦纳山口的路。明白了吗？"

虽然皮诺很不愿意承认，但莱尔斯的计划似乎胜算最大。皮诺点了点头，朝后视镜望去，莱尔斯再次灵巧地把手提箱锁到手腕上，一副得意洋洋的样子。

这对他来说就是个游戏。皮诺心道，怒不可遏。只是个好处和阴影的游戏。莱尔斯想玩？那他就陪他玩。皮诺给菲亚特挂挡，猛踩离合，像着了魔一样继续向前开。

三人到达山城小镇附近公路上的美军检查点时，天已大亮。一位美军中士朝他们走来。他们能听到前方不远处的战场上回响着砰砰的枪声。

"公路还未开通，"中士说，"你们可以在这里掉头。"

皮诺把信封交给他。中士接过信封打开，看了下信，吹了声口哨，说道："你们可以走了。不过你们确定要去吗？我们有很多连队的战士正在和法西斯以及纳粹作战，争夺博尔扎诺。再过几个小时，野马轰炸机将对德军纵队进行低空打击，要尽可能消灭德军。"

"要去。"皮诺说道，接过信封，放在腿上。

"保重，先生们。"中士说道，朝出入口的守卫挥手示意。

路障被拉到一旁，皮诺驾车穿过。

"我头疼。"卡莱托说着，搓揉太阳穴，又喝了一大口酒。

"别喝了。"皮诺发话道，"前面正在打仗，要想活着过去，需要你上场了。"

卡莱托朝皮诺望去，看他一本正经的样子，就把酒瓶塞住，说道："拿枪？"

皮诺点头道："把枪放在你的右边，和车门平行，枪托顶在座椅的侧面上。这样更快。"

"你怎么知道这个的？"

"这么做顺理成章啊。"

"你的思路跟我不一样。"

"那倒是真的。"皮诺说。

从检查点开出十公里后,皮诺按照莱尔斯的建议走往东北方向的支线公路。道路崎岖不平,途经许多小的高山村落,向圣米凯莱和博尔扎诺北部蜿蜒而去。

云雾滚滚而来。皮诺放慢车速,能听到右边南方一公里开外传来坦克枪炮的交火声,能看到博尔扎诺郊区浓烟滚滚而起,法西斯想守住阵地,德军则想保护后方,为他们本国的人到达奥地利争取时间。

"再往北开。"莱尔斯说。

皮诺听话照做,绕了十六公里的路开到阿迪杰河上的那座桥,桥上无人看守,真应了莱尔斯的推测。上午八点四十分左右,一行人抵达博尔扎诺的西北郊区。

东南方的战事变得十分激烈。他们离得很近,能听到自动步枪、迫击炮乃至坦克炮塔转向的声音。不过,这一次莱尔斯似乎又是对的。他们安然无恙地从前线后方四百米的战斗缝隙中悄悄穿过。

不过到时候就会见到纳粹。纳粹在布伦纳山口的公路上等着——

"坦克!"莱尔斯叫道,"美军坦克!"

*

皮诺连忙低头往右边看,视线越过卡莱托朝外面望去。

"在那里!"卡莱托叫道,指着博尔扎诺郊区的一大片空地的对面,"谢尔曼坦克!"

皮诺绕着坦克左侧继续前进。

"他在把大炮对准你。"莱尔斯说。

皮诺望了一眼,看到七十米外的坦克正旋转炮塔将炮管对准他们,连忙猛踩油门。

卡莱托把半个身子探出车窗外,朝坦克挥动双手,用英语喊道:

"美国朋友！美国朋友！"

坦克开火了，炮弹从汽车后方飞过，紧贴着后挡泥板，公路另一头的一栋二层建筑被炸了一个窟窿冒起烟来。

"离开这里！"莱尔斯大吼道。

皮诺换成低速挡，采取回避动作。还没冲出坦克的弹道，那栋冒烟的楼里的机关枪就开火了。

"低头！"皮诺叫道，俯下身子，听到头顶上方子弹噼里啪啦的声音，子弹从坦克的装甲履带上弹开乒乒乓乓的声音。

三人冲进一条小巷，从对方坦克的视野中消失了。

莱尔斯拍打皮诺的肩膀，说道："方向盘后的天才，说的就是你！"

皮诺冷冷一笑，开车穿过侧面的街道。美军似乎陷入了后方流入阿迪杰河的两条支流的交互处。莱尔斯找了一条路，众人从前方战场的一个拐点绕过去，随后驶离博尔扎诺，朝着东边的卡尔达诺村驶去。

皮诺很快驶上布伦纳山口的公路，发现路上很空。他踩下油门，再次向北前进。前方，阿尔卑斯山脉在一场声势渐渐变大的暴风雨中隐去了。水汽开始往下落，一连串的浓雾升了起来。皮诺想起，仅仅一个月前，很多奴隶曾在这里挖雪，失足摔进融雪里晕倒，然后被人拖走。

皮诺开车经过科尔马和巴尔亚诺。上了丘萨村南边的弯道，能看到前方长长的德军纵队的尾巴，一支损失惨重的军队堵在路上，正在缓缓穿过布列瑟镇，向北方的奥地利前进。

"我们可以绕过他们，"莱尔斯看地图说道，"前面这里有条往东的小路。走这条路，开到这里，再走往北的路，最后沿着这条路回来下到布伦纳山口的公路。明白了吗?"

皮诺看明白了,再次走上莱尔斯选择的路线。

皮诺绕过一小段泥泞的平地,爬上陡峭狭窄的山沟,山沟逐渐变宽成高山之间的山谷,山谷的北面被朝南的云杉林和绵阳草地扼住。三人沿着之字形坡路北上,从高山上的村庄富内斯经过。

沿着道路向上攀升了一千米,逐渐逼近林木线,云雾开始消散。前方的道路变成两条车辙,很湿很滑,从一片黄色粉色的野花花海中经过。

烟消云散,显露出意大利最宏伟的天主大教堂白云石山脉的岩屑坡和长长的围墙:一个白云石尖顶接着一个白云石尖顶,十八个数千米长的白云石尖顶赫然耸立,直冲云霄,宛如一顶由灰白色荆棘编织成的巨大桂冠。

莱尔斯说:"前面靠边停车。我要去小便,顺便看一看。"

那一刻,皮诺觉得天遂人愿,他正准备用这个借口停车。前面的云杉林有一块很大的空隙,空隙中间有一片狭长的草地,从那里可以将白云石山脉壮美绝伦的景色尽收眼底,皮诺在草地边停下。

这个地方很适合让莱尔斯认罪并为其罪行付出代价。皮诺心道:"在外面宽阔的空地上,没有人情可以搅和,也没有阴影可以躲藏。在这个主的大教堂里没有别人。"

莱尔斯解开手铐,从卡莱托那边下车。他走进湿润的高山花草中,在一处悬崖边停下,视线越过狭窄的山谷,向上方的白云石山脉望去。

"把枪给我。"皮诺对卡莱托嘀咕道。

"你要干什么?"

"你以为呢?"

卡莱托闻言睁大眼睛，但随后露出微笑，把汤姆逊冲锋枪交给皮诺。皮诺拿着冲锋枪觉得异常熟悉。虽然从来没有用过这种枪，但他在黑帮片里多次看到它的身影了。"就按克内贝尔少校说的来。这能有多难？"

"动手，皮诺。"卡莱托说，"他是纳粹魔鬼。他该死。"

皮诺下了车，单手握着汤姆逊冲锋枪，将枪藏在腿后。他不需要费心藏着掖着。莱尔斯背对着皮诺，张开两腿，一边站在悬崖边尿尿，一边欣赏壮丽的景色。

"他觉得自己胜券在握，"皮诺冷漠地想，"觉得自己掌控了命运。现在掌控他命运的人不再是他，而是我。"

皮诺从舅舅的菲亚特后面绕过来，往草地里走了两步，觉得有点气短，觉得时间变慢了，就像当初进斯福扎尔城堡一样。但他现在缓过来了，皮诺对自己要做的事无比确定，就像曾经对安娜无比深爱一样。法老的奴隶头子将付出代价。莱尔斯将跪在地上，乞求怜悯，而皮诺将不会对他展现一点点仁慈。

莱尔斯拉好拉链，扫视了一遍绝美的景色。他惊奇地摇头，理了下风衣，转过身来，发现皮诺站在十米之外，汤姆逊冲锋枪紧贴在他臀部的一侧。莱尔斯走了没几步，僵住了。

"这是干什么，一等兵？"莱尔斯说道，声音渗透出一种恐惧。

"报仇。"皮诺平静地说道，觉得很奇怪，自己仿佛已经灵魂出窍。"意大利人认为应该有仇报仇，将军。意大利人认为对于受伤的灵魂而言流血是最好的治疗。"

莱尔斯瞪大眼睛说："你要直接枪毙我？"

"你做了什么？我又看到了什么？你就该被一百把枪射死，如果有天理的话，应该是一千把。"

莱尔斯伸出两只手,手掌对着皮诺,说道:"你没听到那个美国少校的话吗?我是英雄。"

"你根本不是什么英雄。"

"尽管如此,美国人还是放过我了。而且,他们还派你来,和我在一起。"

"为什么?"皮诺质问道,"你为他们做了什么?你许诺给他们什么好处?谁被你用黄金或情报贿赂了?"

莱尔斯面露难色,说道:"我不能擅自告诉你我做了什么,不过我可以告诉你,我对盟军很有价值。现在对盟军也仍然有价值。"

"你一文不值!"皮诺叫道,再次情绪激动,感到喉头哽噎。"除了你自己以外,你谁也不关心,你就该——"

"你说的不对!"莱尔斯叫道,"我关心你,一等兵。我关心多莉。我还关心你的安娜。"

"安娜死了!"皮诺尖叫道,"多莉也死了!"

莱尔斯似乎惊呆了,后退了一步,说道:"不。这不是真的。她们去因斯布鲁克了。我要和多莉相会……就在今天晚上。"

"多莉和安娜三天前就被行刑队处决了。我亲眼看见的。"

莱尔斯深受打击,摇摇晃晃起来,说道:"不。我下过命令要送她们去……"

"根本就没车来接她们,"皮诺说,"她们还在等车的时候,一群暴民冲上来抓人,因为你和多莉搞破鞋。"

皮诺平静地关掉冲锋枪的保险。

"但是我下过这个命令,一等兵。"莱尔斯说,"我向你发誓,我下过这个命令!"

"但你没有确保命令被执行!"皮诺将冲锋枪抵在肩膀上,吼道。

"你可以去多莉家,确保她们离开的。但你没有。你坐视她们死去。现在我也要坐视你的死亡。"

莱尔斯绝望地皱起脸,举起手像是要抵御子弹,哀求道:"不要啊,皮诺,我想过回多莉住的公寓的。我想过核查她们的情况的,你不记得了吗?"

"不记得。"

"不对,你记得的。我要你送我回去拿我忘记拿的文件,但是你反过来把我抓起来了。你把我交给了抵抗组织,我本来是可以确保多莉和安娜安全离开米兰,然后抵达因斯布鲁克的。"

莱尔斯看向皮诺,没有丝毫自责,补充道:"如果说谁要为多莉安娜的死直接负责的话,那就是你,皮诺。"

第三十四章

皮诺的手指扣在扳机上。

他本来计划突然向莱尔斯发动进攻,对他的腹部扫射,让他受伤以后倒下去,而不是马上死去。莱尔斯中枪后可能会挣扎很长一段时间。皮诺这时会站在一边,看着他痛苦地抽搐,享受他的每一声呻吟和哀求。

"朝他开枪,皮诺!"卡莱托喊道,"我不管他在对你说什么。朝那个纳粹猪猡开枪!"

他那晚确实要求我送他去多莉家。皮诺心道。然而,我逮捕了他。我抓了他而不是……

皮诺觉得头晕,感觉想吐。他又一次听到小丑的咏唱调,又一次听到步枪开火的声音,又一次看到安娜倒下。

是我的错。我本来可以救安娜的。我却到头来害死了她。

皮诺全身虚脱无力,松开冲锋枪的前握。汤姆逊冲锋枪悬在身侧。皮诺抬起头,茫然地望着巍然屹立的天主大教堂和赎罪祭坛,他只想化为尘土,随风而逝。

"朝他开枪,皮诺!"卡莱托大喊道,"你愣着干吗?朝他开枪啊！"

皮诺做不到。他好像比临终老人还要衰弱。

莱尔斯对皮诺唐突地点了点头，冷冷地说道："完成你的工作，一等兵。送我去布伦纳，让我们来共同结束我们之间的战争。"

皮诺眨了下眼睛，无法思考，无法行动。

莱尔斯摆出一副不屑的样子，对皮诺厉声呵斥道："快，皮诺！"

*

皮诺呆呆地跟将军回到菲亚特。他扶着后车门，等莱尔斯坐进去后把门关上。皮诺锁上汤姆逊冲锋枪的保险，把枪交给卡莱托，然后坐到方向盘后。

后座的莱尔斯再次把自己和手提箱铐在一起。

"你为什么不杀了他？"卡莱托不解地问。

"因为我想让他杀我。"皮诺说着，发动了菲亚特，挂上挡位。

三人出发，汽车在滑溜的淤泥中滑行，车身两侧很快沾上了泥块。他们驾车越过田野往北而去，遇到两条下坡的车辙，经过一连串急转弯和长长的"Z"字形道路后，上了一条与布列瑟镇上方布伦纳山口公路平行的路。布列瑟镇以及一英里多的道路被德军纵队堵住了，停滞不前。

下方响起枪声。皮诺开车沿着车辙颠簸着前进。他向窗外看去，看向前面的德军纵队，想知道他们为什么停止行军。纵队前方是六七门重型大炮。很多曾经拉着大炮穿行于意大利的骡子止步不前，撂挑子不干了。

纳粹士兵用鞭子抽打骡子，想把大炮拉到路旁，以便其余的纵队可以通行。不愿意拉大炮的骡子被射杀，拖到路肩。最后一门大炮快要被拉到一旁了。纳粹大军将继续撤退。

"加速。"莱尔斯说,"赶在军队挡住我们之前,开到他们前面。"

皮诺换成低速挡,对卡莱托说:"坐稳了。"

*

这里的车道更加干燥,皮诺可以把车速提高到原来的两倍乃至三倍,依然与护卫队保持平行,马上就要开到蛇形队伍的前面了。前方一公里外,又是一处崎岖不平的小路,往下七百米就是布伦纳山口的路,穿过瓦尔纳山谷,距离大炮和接连死去的骡子只剩不到一百米。

皮诺换成低速挡,顺利下到陡峭的下坡路。他一脚将油门踩到底,菲亚特汽车颠簸着冲下最后一处山破。与此同时,最后一门大炮被移开了,德军纵队前头的虎式坦克发动了,再次开始向奥地利缓缓推进。

"超过去!"莱尔斯叫喊道。

皮诺把阿尔贝托·阿斯卡里教他的知识都用上了才确保没有翻车。皮诺发疯似的低声轻笑,载着另外两人高速冲下最后一小段路,即便虎式坦克已在率先加速前进。

就在那一刻,一架美军野马P-51轰炸机突然从南方一英里外的天空冒了出来,低空轰炸,朝纳粹纵队开火,沿着飞行路线扫射。

莱尔斯这个时候一定已经想明白这其中的物理学原理,因为他大吼道:"加速!加速!一等兵!"

三人几乎和虎式坦克并驾齐驱。还差八十米,坦克就要把十字路口堵住,菲亚特离布伦纳山口公路还剩一百一十米。菲亚特在快速接近的同时,野马轰炸机也在快速接近,轰炸机上的机关枪每隔几秒就会开火。

距离山口公路还差四十米的时候,皮诺终于踩下刹车,换成低速挡。菲亚特猛地疯狂打弯,侧身两轮行驶,从路堤上冲出去,正好落在虎式坦克的前面。菲亚特打滑了,再次侧身两轮行驶,差点翻车。皮诺把车身稳定下来,加速前进。

"有士兵从坦克出来了!"莱尔斯叫道,"他要用机关枪!"

皮诺虽然拉大了距离,但这段距离对于大口径机关枪而言如同儿戏。机关枪可以像切奶酪一样把菲亚特切开。皮诺弯腰俯在方向盘上,把油门一脚踩到底,做好了随时脑后中弹的准备。

不等纳粹士兵开火,美军轰炸机绕了过来,对着德军纵队的头颈处扫射。子弹打得虎式坦克的装甲乒乓乒乓响,打在菲亚特车后的路上弹射飞溅。突然,射击停止了,轰炸机倾斜着飞离。

三人拐了个弯,脱离德军的视线。接下来的一秒,车里一片死寂。莱尔斯突然放声大笑,用拳头锤打自己的大腿和手提箱。

"你做到了!"他叫道,"你这个婊子养的意大利疯子,你又做到了!"

皮诺内心痛恨自己做到了。他很想在尝试的过程中死掉,但现在他们正在和撤退的纳粹大军拉开距离,逐渐逼近奥地利边界线。皮诺不知道该做些什么。冥冥之中,他似乎注定要把莱尔斯送出意大利。皮诺终于向这个使命屈服了。

布列瑟和维皮泰诺之间的公路长二十四公里。公路向上攀升,与积雪场平行。积雪场里的雪、潮湿、呈粒状,但依然很深。再次遇到浓雾后,很难分得清哪里是雪,哪里是雾。布伦纳山口公路被后方的德军隔绝,荒凉的道路在一片片浓浓的云雾笼罩下盘旋上升。他们放慢车速缓慢前进。

"不远了。"经过维皮泰诺后,莱尔斯说道。他把手提箱放回到腿上。"要不了多久了。"

"你打算怎么做,皮诺?"卡莱托问道,喝起酒来,"要是让他带着金子跑了,我们来干什么?"

"克内贝尔少校说他是英雄,"皮诺麻木地说道,"那就放他一马吧。"

不等卡莱托回答,皮诺换成低速挡,猛踩刹车,驶入一处上坡发夹弯,这是到边界线之前的最后一段上坡路。然而,道路被一堵低矮的雪墙堵住了。皮诺猛踩刹车,停了下来。

六个戴着红领巾的男人从雪堆后方站了出来,拿枪指着他们,一副凶神恶煞的样子。双方之间的距离在近距离平射射程之内。卡莱托那侧的树林里走出了一个拿着手枪的男人。皮诺左侧的树林里走出了第八个男人。那人抽着烟,拿着一把枪身锯短的猎枪。尽管时隔一年,皮诺还是一眼认出了他。

雷神父曾对皮诺说,蒂托带手下到布伦纳山口公路劫道去了,而此时大摇大摆出现在皮诺面前的人,正是蒂托。

*

"我们这里都有什么啊?"蒂托把枪举在前面,靠在打开着的车窗旁:"这个美好的五月早晨,你们这是要上哪儿去啊?"

皮诺拉低帽子遮住额头,拿出信封,说道:"我们在为美军执行任务。"

蒂托接过信封打开,查看里面的文件。蒂托看样子像是不识字。他把信塞进信封里,随手扔到一边,问道:"什么任务?"

"护送这个人去奥地利边界线。"

"这样啊?那铐在他手上的箱子里面装的是什么?"

"金子。"卡莱托说,"我觉得。"

皮诺暗自叫苦。

"是吗?"蒂托说着,用猎枪枪口把皮诺的帽子顶起来,开始审视皮诺的脸。

一两秒后,蒂托轻蔑地笑了,说道:"真是再好没有了。"

说着,用猎枪枪口戳皮诺的脸,在眼睛下戳开一道口子。

皮诺痛哼一声,伸手一摸,好像有血流下来了。

蒂托说:"叫后面那个人把手铐解开,把手提箱交给我,否则,我先打爆你的头,然后再打爆他的头。"

卡莱托气喘吁吁。皮诺看了一眼,发现喝了酒的好友愤怒得浑身颤抖。

"告诉他。"蒂托说道,又戳了皮诺一下。

皮诺用法语翻译了蒂托的话。莱尔斯一言不发,一动不动。

蒂托把猎枪枪口对准莱尔斯。

"告诉他,他要没命了。"蒂托说,"再告诉他,你们都要死了,无论如何我都会拿走箱子。"

皮诺突然想起旅馆老板死去的儿子尼科,猛地往外推门把手,将全身的重量压在门上,使劲往蒂托身体的左侧撞去。

蒂托往右绊了一跤,在雪地滑了一下,差点摔趴下。

菲亚特后座传来手枪开火的声音。

站在卡莱托车门旁的歹徒的脸颊被射穿,当场死亡。

蒂托恢复平衡,扛起猎枪,朝皮诺挥去,尖叫道:"把他们都杀了!"

下一秒钟似乎无比漫长。

卡莱托扣动汤姆逊冲锋枪的扳机,轰碎了菲亚特的挡风玻璃。与此同时,莱尔斯再次开火,子弹正中蒂托的胸口。蒂托倒下,猎枪走火,大号铅弹打在菲亚特的后侧板上。卡莱托再次开火,将蒂托的劫道团伙的其余六人中的两人击杀。剩下四人当即仓皇而逃。

卡莱托推开车门,追杀逃跑的人,其中一人中了枪,走起来跌跌撞撞。卡莱托上去朝他开枪后,继续追杀剩下的三人,边跑边歇斯底里地尖叫道:"你们这群游击队畜生,是你们杀了我父亲!你们杀了我父亲,害我母亲痛不欲生!"

卡莱托追跑一段后停下,再次开火。

他击中一人的后背,将其放倒。剩下两人转身反击。卡莱托对着他们扫射。

"还命来!"卡莱托失控地大喊道,"还……"

卡莱托萎靡下来,浑身颤抖,泪如雨下。他跪在地上,啜泣起来。

皮诺来到好友身后,把手搭在他的肩上。卡莱托猛然转身,像发了疯一样,举起枪口对准皮诺,一副要开枪的样子。

"够了。"皮诺柔声道,"够了,卡莱托。"

卡莱托盯着皮诺看了会儿,再次失声痛哭。他放下枪,上前抱住皮诺,大哭道:"他们杀了我爸,害得我妈也想死,皮诺。我必须报仇。我必须这样。"

"你做了你该做的事。"皮诺说,"我们都做了我们该做的事。"

阳光破云而出。他们没用多久就清理掉路上的雪堆和尸体。皮诺搜蒂托口袋的时候,想起了尼科。他找到两年前圣诞前夜蒂托从他那偷走的钱包。他朝蒂托脚上的靴子看去,放弃了,拿起装了证明文件的信封。皮诺在车门旁驻足,向后座看去,莱尔斯依然坐着,手里拿着一把美国柯尔特 M1911 手枪,和克内贝尔的那把一模一样。

皮诺说："我们扯平了。互不相欠。"

莱尔斯说："同意。"

*

在去奥地利的最后八公里路上，卡莱托就像头部中弹了一样，魂不守舍地坐在座位上。皮诺也好不了多少。他继续开车，因为这是他此时唯一能做的。方向盘后的皮诺停止了思考，没有悲伤，没有对炮弹的恐慌，没有悔恨，只有前方的道路。距离边界线还剩三公里多一点，皮诺打开收音机，将频道换到舞曲台。

"关掉。"莱尔斯厉声说道。

"你想朝我开枪就开枪吧，"皮诺说，"反正音乐不会停。"

皮诺瞥了一眼后视镜，看到自己怏怏不乐的眼神，也看到莱尔斯瞪着他时志得意满的神情。

在边境线的一处郁郁葱葱的狭小山谷中，停着两辆梅赛德斯奔驰轿车，周围站着美国伞兵。一辆梅赛德斯轿车旁站着一位皮诺不认识的身穿制服的纳粹将军。他抽着雪茄，在享受越来越明媚的阳光。

"这不对啊。"皮诺心想，他停下菲亚特。两个伞兵朝他走来。皮诺打开信封，仔细看了下里面的那张纸，然后才交过去。这是一张根据盟军最高司令德怀特·戴维·艾森豪威尔将军的吩咐、由美国第五集团军中将马克·克拉克签署的通行证。

一个红发伞兵对皮诺点头示意，说道："把他安然无恙送到这里，可谓是英勇无畏。美军感谢你的帮助。"

"你们为什么帮他？"皮诺说，"他是纳粹。战犯。他把别人奴役至死。"

"奉命行事罢了。"美国大兵说道，同时瞥了莱尔斯一眼。

第二个士兵打开后座车门，扶莱尔斯下车。手提箱依然铐在他的手腕上。

皮诺下车。莱尔斯站在原地等他。莱尔斯伸出那只没有被铐住的手。皮诺对着那只手凝视良久，最终也伸出了自己的手。

莱尔斯用力握了握皮诺的手，把他拉近，耳语道。

"现在你明白了吧，观察者。"

皮诺盯着莱尔斯，简直不敢相信：观察者？他知道我的代号？

莱尔斯眨了下眼睛，松开手，转过身去，大步流星地走了，没有回头看一眼。伞兵打开一辆正在等候的轿车的后车门。皮诺张口结舌地看着莱尔斯拿着手提箱坐进车里。

皮诺身后，菲亚特车里的收音机突然放出一条新闻快讯。收音机本是静音的，皮诺也搞不清楚为什么。皮诺呆呆地站在原地，莱尔斯最后说的话让他感到天旋地转，仅仅在一小时前，他还确定要杀掉莱尔斯，确定他自己要复仇，而不是听从主的发落。绝望挫败的皮诺感到疑惑不解。

"现在你明白了吧，观察者。"

*

他怎么可能知道？他知道多久了？

"皮诺！"卡莱托叫道，"你听到刚刚的新闻了吗？"

那辆车载着莱尔斯离开，很快便消失了，沿着道路向史度拜和因斯布鲁克驶去。

"皮诺！"卡莱托喊道，"德国投降了！纳粹接到命令要在明天上午十一点前放下武器！"

皮诺一言不发，只是看着道路的尽头，汉斯·莱尔斯少将就此从他的生命中消失了。

卡莱托走过来，把手轻轻地搭在皮诺的肩上。"你还不明白吗？"他说，"战争结束了。"

皮诺摇了摇头，感觉到泪水顺着脸颊流了下来，说道："我不明白，卡莱托。战争没有结束。对我来说，战争永远都不会结束。永远都不会真的结束。"

后 记

  到第二次世界大战结束时，三分之一的米兰沦为废墟。持续的轰炸和连年的战乱导致二千二百万米兰人丧生，四十万米兰人无家可归。

  米兰和米兰人开始战后重建，将往事和瓦砾埋葬在新的道路、公园以及高楼大厦下面。米兰人清理了战争在米兰大教堂上留下的煤烟污垢。在"贝尔特拉米尼新鲜果蔬店"的墙角竖了一座纪念碑，纪念图利奥·加林贝蒂等在洛雷托广场牺牲的烈士。黛安娜酒店屹立不倒，同样的还有领事馆、圣维托雷监狱，以及米兰纪念公墓的柱廊。

  斯福扎尔城堡的塔楼虽被修复，但内墙上依然留下了弹痕。为了忘却在洛雷托广场上发生的暴行，埃索石油加油站被拆毁了。同样被拆毁的还有曾经作为盖世太保总部的蕾佳娜酒店。西尔维奥佩利科大街的牌匾是对那些在党卫军总部遭受折磨、杀害的人的唯一纪念。米兰大屠杀纪念馆位于米兰中央火车站内，在21号站台下方。

  纳粹入侵期间意大利大约有四万九千名犹太人，其中有四万一千人成功逃脱追捕，或是在集中营中幸存下来。许多犹太人通过天主教徒修建的向北延伸的地下铁路，经过好几条不同的路线逃到瑞士，其中有一条路线就是莫塔高原。勇敢的意大利人、天主教徒以及神职人员为犹太人伸出了救援之手，将他们藏在修道院、女修道院、教堂、民居的地下室中，甚至还有少数藏在梵蒂冈的地下室里。

为了帮助犹太人和米兰免受迫害而进行过卓越斗争的阿尔弗雷多·伊德方索·舒斯特仍然担任米兰红衣主教，直至他1954年8月逝世。新的教皇为红衣主教舒斯特主持弥撒。其中一位抬棺人接替了未来教皇的圣徒之职。那位抬棺人就是教皇约翰·保罗二世。1996年，教皇约翰·保罗二世为红衣主教舒斯特行宣福礼。红衣主教舒斯特受宣福礼的遗体躺在密封玻璃棺中，玻璃棺放在米兰大教堂下方。

路易吉·雷神父的"阿尔宾那之家"继续为危难之中的人提供庇护。第二次世界大战结束之后，雷神父为保护希特勒的意大利翻译尤金·多尔曼，拒绝了美军要他交出多尔曼的请求，因而染上了污名。

雷神父以身犯险、无私救援犹太人，受到了米兰以色列人的表彰。雷神父于1965年过世，遗体被埋葬在莫塔高原滑雪坡上一尊镀金圣母雕像的下面。据说，这尊雕像是战争期间以及之后受过雷神父恩惠的人一起捐赠的。雷神父的男子学校被改建成了旅馆，名字也叫"阿尔宾那之家"，小教堂则被拆除了。

乔瓦尼·巴尔巴雷斯基在图利奥·加林贝蒂被处决后不久成为了神父。他还是反抗纳粹侵略的地下抵抗组织OSCAR的创始人之一。OSCAR隶属于流浪之鹰（Aquile Randagie），流浪之鹰是类似于美国童子军的被禁组织。巴尔巴雷斯基和OSCAR的成员为三千多名逃往瑞士的犹太难民伪造了身份证明。在OSCAR的帮助下，两千多名犹太人经由斯普吕根山口、莫塔、瓦尔科德雷亚以及其他北部路线逃离意大利。战争结束后，巴尔巴雷斯基受到了米兰以色列人的表彰。最近，人们还以他的名义为米兰的一座纪念公园捐赠了一棵树，纪念那些曾以身犯险、无私救援犹太人的意大利人。

教皮诺·莱拉开车的阿尔贝托·阿斯卡里实现了童年梦想，成为意大利的民族英雄。他驾驶法拉利夺得1952年和1953年的世界一级方程式锦标赛冠军。1955年5月，阿斯卡里在蒙扎赛道进行跑圈训练的时候，赛车翻车发生碰撞事故，把他甩到了赛道上。他后来在米莫·莱拉怀中断了气。阿斯卡里葬礼当天，成千上万的人涌进米兰大教堂和米兰大教堂广场。阿斯卡里被埋葬在米兰纪念公墓，就在他父亲的旁边。阿斯卡里被公认为有史以来最杰出的赛车手之一。

据信，意大利北部的盖世太保头子瓦尔特·劳夫上校直接杀害十万多人，在调任至米兰之前，曾在东欧设计部署了便携式毒气室，间接害死数十万人。劳夫被捕后，从战俘营逃了出来，流亡到智利，成为神秘的雇佣间谍。他与智利独裁者相交甚密。

有"纳粹猎人"之称的西蒙·维森塔尔于1962年追查到劳夫的行踪。德国政府想引渡劳夫。维森塔尔据理力争，案子上诉到智利最高法院。五个月后，劳夫无罪释放。1984年，劳夫在圣地亚哥突发心脏病死亡。很多前任纳粹军官参加了葬礼。这场葬礼被称为是对劳夫、阿道夫·希特勒以及第三帝国基本灭亡的喧闹的庆祝会。

弗兰克·克内贝尔少校回到美国退伍后，重拾新闻工作者的工作，担任了加利福尼亚州的《加登格罗夫报》的发行人，之后又担任了《欧佳谷报》的发行人。1963年，收购"洛斯巴诺斯公司"。1973年，克内贝尔去世。在此之前，克内贝尔和皮诺一直保持了断断续续的通信。克内贝尔关于二战留下的资料很少，他的文件里只有一张晦涩难懂的纸条间接提到了这场战争，纸条上说他打算写一个"从未讲过的真实故事，涉及二战结束前最后几天在米兰发生的惊天大阴谋"。然而，克内贝尔并未付诸行动。

达洛亚下士回到波士顿。二战结束很多年后，达洛亚去世，他的儿子惊讶地发现了一枚颁发给父亲的银星勋章，表彰其在卡西诺山战役中的英勇表现。勋章被藏在阁楼的一个盒子里。就像许许多多人一样，达洛亚说起过他在意大利作战的往事。

阿尔贝特·阿尔巴纳斯和格蕾塔·阿尔巴纳斯的生意越做越好。阿尔贝特舅舅设计了一款套着皮革的海泡石烟斗，这款烟斗畅销全球，让他发了一笔财。夫妇俩人在二十世纪八十年代相继去世。如今，一家名为"比萨奢侈品牌手表店"的店铺坐落在彼得罗弗里大街7号——他们夫妇曾经经营的店铺旧址。

米凯莱·莱拉和波尔齐亚·莱拉战后经营了一系列成功的女包公司和运动装公司，一生都积极投身于时尚街区。夫妇俩在二十世纪七十年代相继去世。在他们去世之前，原本坐落在蒙特拿破仑大街3号的女包店被重建，如今是一家菲拉格慕精品店。科尔索利托里奥大街战后更名为科尔索马泰奥蒂大街。莱拉一家生活过的公寓依然还在，只是里面的鸟笼电梯被拆掉了。

皮诺的小妹希希成了一位女商人，像她的母亲一样风风火火。希希加入了家族产业，以圣巴贝拉的时装店为重心，将米兰打造为全球时尚中心。希希于1985年去世。

多梅尼克·莱拉（米莫）因其在抵抗运动中展现的非凡勇气而获得嘉奖——尤其是其在群众起义爆发第一天的英勇行为。米莫后来加入了家族产业，建立了自己的制造公司"莱拉体育"，满足运动爱好者和户外运动爱好者的需求。个子不高、天性好强的米莫成了成功的商人，娶了美丽的时装模特，他的妻子瓦莱里娅比他高出足足一英尺。两人生了三个孩子。米莫在"阿尔宾那之家"旁边建了一栋小木屋，据说"阿尔宾那之家"是这世上他最喜欢的地方。1974年，米莫死于皮肤癌，享年七十四岁。

卡莱托·贝尔特拉米尼与皮诺·莱拉做了一辈子的朋友。卡莱托成了阿尔法·罗密欧的成功推销员，跑遍了整个欧洲。卡莱托终生未娶，五十三年来从未谈起过那场战争。1998年，卡莱托生病躺在医院的病床上，皮诺当时带了一个名叫罗伯特·德伦朵夫的美国人来探望他，卡莱托就像招供似的讲述了战争结束前最后那段时光，回忆起黛安娜酒店的狂欢派对，以及皮诺得知要送莱尔斯将军去奥地利时露出的怨恨神色。卡莱托依然坚信莱尔斯手提箱里装的是金子。卡莱托也承认自己射杀了想要逃跑的拦路劫匪。他失声痛哭起来，请求主宽恕他疯狂的行为。

几天之后，卡莱托在皮诺的守护下病逝了。

*

皮诺看着莱尔斯坐车驶向奥地利后，开车回到米兰，为克内贝尔少校做了两周的意大利向导。克内贝尔拒绝讨论莱尔斯的事，说这是最高机密，然后战争结束了。

但对皮诺来说，战争仍未结束。他受到悲伤往事的摧残，时刻处于信仰危机之中，无人能解的问题困扰着他。莱尔斯从始至终都知道皮诺是间谍吗？皮诺在莱尔斯旁看到、听到的都是他刻意表现出来的？只是为了让他上报给阿尔贝特舅舅，然后通过巴卡的无线电设备汇报给盟军？

据说，阿尔贝特舅舅得知莱尔斯知道皮诺的代号时，和皮诺一样大惊失色。舅舅和父母更加担心皮诺依然是报复的目标。他们的担忧是有理由的。到1945年5月为止，数以千计的法西斯分子和纳粹通敌犯在意大利北部四处肆虐的仇杀处决中丧生。

在家人的敦促下，皮诺离开米兰去了拉帕洛。皮诺在这座海滨城市打零工，那年深秋才回来。皮诺回到马德西莫，在当地教授滑雪。皮诺想和自己的悲剧和解，和雷神父谈了很多。谈到爱，谈到信仰，也谈到让人崩溃的伤痛。

皮诺祈求从群山中获得帮助，祈求从持续的悲痛茫然中解脱出来。然而，安娜就是无法离去。安娜是他人生最美好瞬间的记忆——安娜的笑容、安娜的味道、安娜的悦耳笑声，不停在他的耳畔回响。黑夜里，安娜的诅咒围绕着皮诺，谴责他、数落他、苛求他。

谁能告诉他们，我只是个女仆啊。

皮诺迷失在愧疚悲痛中，看不到任何一种未来的可能，听不到任何一句希望的话语，浑浑噩噩过了两年多的时光。夏天，他会沿着海岸线步行好几公里；秋天，在雪花落在主的大教堂上之前，他会攀登阿尔卑斯山脉。皮诺日复一日地恳求宽恕，然而宽恕却从未降临。日子一天天过去，皮诺依然相信会有人来问他有关莱尔斯将军的事。

但没人问过他。1947年的夏天，皮诺第三次回到拉帕洛，此时他依然纠结，与战争的经历抗争，与安娜的冤魂相处。安娜从未告诉过皮诺她的姓氏或是已婚姓名，皮诺甚至没办法去寻找她的母亲，把她女儿遇害的噩耗告诉她。皮诺感到很难过。

对皮诺以外的人来说，安娜仿佛是凭空臆造出来的。安娜爱过皮诺，但他辜负了她。皮诺曾陷入两难境地，他用沉默否认自己认识安娜，否认自己爱着安娜。无论是在阿尔卑斯山做犹太难民的向导，还是后来做间谍，皮诺一直坚守信念无私忘我，但在面对行刑队时，他背弃了信念，所做的打算只考虑到他自己。

安娜依然活在他的脑海里，精神上对他的折磨无休无止。一次，皮诺沿着长长的海岸线漫步，想起安娜曾对他说，她不相信未来，只想活在当下，只想寻找值得感恩的事情，创造属于自己的幸福和恩眷，借助幸福和恩眷来活好当下的生活，而不是实现未来某一天的目标。

皮诺脑海里响起安娜的话，不知为什么，时隔这么久，安娜的话竟然让他突然顿悟，解开了心结，让他承认自己要的不仅仅是思念安娜，不仅仅是因为没去救她而内疚。

在荒凉的海滩边，皮诺最后一次因安娜而痛苦。皮诺脑中的记忆不再是安娜的死，不再是安娜躺在柱廊地板上的尸体，也不再是在他没有信念时困扰他的小丑的咏叹调。

相反，皮诺听到鞑靼王子卡拉夫的咏叹调，《今夜无人入眠》在他脑中响起，让他回忆起两人当初不可思议地坠入爱河的点点滴滴：轰炸开始的第一天，安娜出现在面包店外；安娜的身影消失在电车后面；一年半后，安娜打开多莉家的前门；安娜在多莉的房间抓到他拿着莱尔斯将军的钥匙；安娜在科莫湖旁边的公园为他拍照；圣诞前夜，安娜在哨兵面前装醉；安娜赤身裸体想要他。

皮诺听着《今夜无人入眠》的旋律逐渐进入高潮，向利古里亚海的远处眺望。他感激主曾让安娜走进他的生命中，即便时间很短暂，结局很悲惨。

"我还爱她。"皮诺对利古里亚海还有海风说道。安娜在这里曾是最快乐的。"我感谢她。她是我心中永远珍藏的礼物。"

接下来的几个小时，皮诺感觉到，一直紧紧抓着他的安娜的灵魂松开他了，滑落了，然后飘走了。皮诺离开海滩的时候，发誓将这场战争置之脑后，再也不去想安娜，不去想莱尔斯，不去想多莉，不去想他见过的一切。

追求幸福将是他最重要的事，他将拼尽一切地去追求它。

*

皮诺回到米兰给父母打工，一度想通过这种方式来找寻幸福和激情。皮诺恢复了喜欢与人打交道的个性，成为一位非常优秀的推销员。然而，在城市里，皮诺感到焦躁不安，在主的大教堂远足滑雪才是他最快乐的时刻。皮诺极限运动的天赋让他机缘巧合成了意大利国家滑雪队的教练兼口译员。1950年，他带队前往科罗拉多州的阿斯彭参加战后的第一届世锦赛。

皮诺先去了纽约，在烟雾弥漫的夜总会欣赏爵士乐，又在纽约大都会歌剧院观看他表姐利西娅·阿尔巴纳斯在托斯卡尼尼的指挥下演唱《蝴蝶夫人》的女高音部。

来到阿斯彭的第一晚，皮诺和两个在酒吧偶遇的男人攀谈起来，几个人把酒言欢。加里来自蒙大拿州，是位滑雪爱好者。海姆曾去意大利的瓦尔加迪纳滑过雪，皮诺很喜欢那里的群山。

那个想说服皮诺去好莱坞参加试镜的加里原来是演员加里·库珀，而那个沉默寡言、闷头喝酒的海姆则是欧内斯特·海明威。库珀后来成了皮诺的老朋友，海明威则没有。

皮诺没有和滑雪队一起回意大利。他去了洛杉矶，但并未参加试镜。皮诺并不觉得一举一动让数百万观众仔细观察是件很吸引人的事，他也很怀疑自己能记得住台词。

皮诺托阿尔贝托·阿斯卡里的关系找了一份销售工作，在贝弗利山的"国际车行"推销法拉利等奢侈跑车。皮诺的英语很流利，对高性能跑车有很深的理解，而且非常幽默风趣，天生就是做销售的料。

皮诺最喜欢的销售策略就是开一辆法拉利停在华纳兄弟街对面卖午餐的摊位旁边。他通过这种方式遇到了詹姆斯·迪恩。他说自己曾警告过这位年轻的演员远离他想要买的保时捷，并对迪恩说保时捷马力太大，不适合他。但迪恩不听他的，他大为震惊。

丹·格尼、里奇·金瑟、菲尔·希尔曾在"国际车行"做过机修工，与皮诺一起共事过，这些来自圣莫尼卡的男孩后来都成为了一级方程式赛车车手。1952 年，皮诺在勒芒把希尔引荐给阿尔贝托·阿斯卡里，希尔开始为法拉利车队效力。像阿斯卡里一样，希尔日后成为了世界冠军。

每年冬天，皮诺会去位于内华达州山中央的猛犸山滑雪场，在当地滑雪学校任教。皮诺在雪坡上找到了人生最快乐、最激情的事——教授滑雪。皮诺教滑雪的方式就像一场有趣的冒险。猛犸山滑雪场创始人戴夫·麦考伊曾说，看皮诺在深深的粉雪中滑雪"就像在看一场梦"。

皮诺很快广受欢迎，开始只接受私教课程。通过私教课程，皮诺结识了有"亿万宝贝"之称的芭芭拉·霍顿的儿子兰斯·雷文特洛，进而和《洛杉矶日报》《圣迭戈时报》《圣贝纳迪诺太阳报》的女继承人帕特丽夏·麦克道尔通过相亲认识了。

在闪电式恋爱之后，皮诺和帕特丽夏结婚了，在贝弗利山买了房子，坐飞机四处旅游，在加利福尼亚和意大利之间两头跑。皮诺不再推销法拉利。他有了自己的法拉利，开着它们在跑车跑道上飞奔。皮诺也去滑雪登山。他每一天都过得很充实、很快乐，像这样生活了很多年。

皮诺和帕特丽夏生了三个孩子，迈克尔、布鲁斯和杰米。皮诺对三个孩子宠爱有加，教他们滑雪，教他们热爱大山。不管他们到世界上的哪个地方去，他的身后都跟着三个孩子，而且他是他们当中的核心。

不过，偶尔，夜深人静，常常是在外面的时候，皮诺又会想起安娜和莱尔斯将军，再次感到忧郁悲痛、茫然困惑。

二十世纪六十年代，皮诺三十五岁左右的时候，他和帕特丽夏开始产生不合。皮诺觉得帕特丽夏太爱喝酒，帕特丽夏则觉得皮诺太关注其他女人，并且责备他除了成为世界一流的滑雪教练外，没什么别的大出息。

在紧张的家庭气氛中，皮诺越发想念安娜，想到自己此生可能再也不会爱得那么深，那么真，越发觉得躁动不安。皮诺感到拘束，觉得难以忍受，他想要走，想要动，想要漫游，想要寻找。

为期一年的旅行最终以皮诺向妻子提出离婚而告终。皮诺在旅行途中邂逅了一位年轻貌美的异国女孩，这个女孩叫伊冯娜·温泽，是印度尼西亚苏哈托家族的成员。皮诺对她一见钟情。离婚再婚对皮诺的第一个家庭是个沉重的打击。帕特丽夏整日酗酒。皮诺把三个儿子送到瑞士的一家寄宿学校。家人生了他很多年的气。

父母去世后，皮诺继承了三分之一的家产，却造成他和妹妹之间的芥蒂。皮诺一直在外过着寻欢作乐的生活，而妹妹一直在兢兢业业发展莱拉家的品牌，皮诺什么也没做，现在却要拿走三分之一的收益，希希感到气愤不已。

这笔钱给了皮诺更大的自由，但很多年来，他都没有再燃起去漫游的冲动。皮诺和伊冯娜生了两个孩子，乔吉和埃琳娜。皮诺心系前任的三个孩子，努力做一个更好的父亲，父子最终重归于好。

然而，米莫去世后，焦躁的情绪再次向皮诺袭来。皮诺开始梦到安娜，做与安娜有关的噩梦。皮诺再次踏上旅程，原定搭乘泛美航空公司的一架飞机经由伦敦和纽约，从法兰克福飞往底特律。但一位老友要皮诺推迟一天一起出发。皮诺推迟了一天行程，最后竟得知原定的泛美航空103航班在苏格兰洛克比坠机了，机上人员全部遇难。

皮诺旅行了好几个月，四处游历，增长见闻，然而并不清楚自己要找寻什么。皮诺回来的同时，经历了十三年婚姻生活的伊冯娜做出了决断，尽管她依然爱他，但她无法再和他一起生活了。奇怪的是，两人离婚后，依然是各自最好的朋友。

皮诺年纪大了。他看着儿女长大，看着自己银行户头里的钱逐渐减少。皮诺虽然年过六十，但精神矍铄。他依然滑雪，而且还为几家意大利的出版物撰写与赛车运动相关的文章。皮诺交了很多有趣的朋友，也交了很多女朋友。他从未提起过安娜、莱尔斯将军、雷神父、"阿尔宾那之家"以及他在战争中的事迹。

*

洪堡州立大学利他人格与亲善社会行为研究所的一位研究人员曾在二十世纪八十年代与皮诺有过接洽。她当时在对那些愿意冒生命危险救助别人的人进行研究。她说她是从以色列耶路撒冷犹太人大屠杀纪念馆知道了皮诺的名字。皮诺对此感到很意外。之前从来没有人就他在雷神父那里的活动联系过他。

皮诺和那个年轻的姑娘简单交流后，对方要研究的点让皮诺心烦意乱，勾起了他与安娜有关的回忆。皮诺结束了采访，答应将详细的调查问卷填好后交给她。然而，他并未付诸行动。

直到二十世纪九十年代末，皮诺在意大利北部偶遇美国人罗伯特·德伦朵夫后才打破沉默。德伦多夫是位成功人士，在加州有一小块滑雪场，拥有很多财产。德伦多夫退休闲居在马焦雷湖畔。

两人年纪相仿，一见如故。同吃同住，欢声笑语。第三天深夜，德伦多夫问："那场战争对你来说是什么样的，皮诺？"

皮诺的眼神游移不定，踌躇良久才开口道："这件事我从来没和别人聊过，鲍勃。不过，有位智者曾说过，敞开心扉，揭开伤疤，人方为人，虽然有瑕疵，但可以成为完整的人。我想我已经做好准备，我要做一个完整的人。"

两人聊了一晚上，皮诺说了许多往事的片段。德伦多夫震惊了。像这样的故事怎么居然完全不曾听到过？

*

德伦多夫与皮诺的偶遇让这些片段流传到了蒙大拿州博兹曼的晚宴上——我人生最低谷的那个夜晚——促使我飞往意大利去获得第一手完整的故事。我第一次坐飞机来米兰的时候，皮诺七十多、快八十了，可精神头和六十岁的人差不多。皮诺开起车来像个疯子，还能弹一手好琴。

我三周之后准备离去的时候，皮诺看上去比实际年龄老了很多。吐露出这段尘封六十载的往事对皮诺来说是一种精神折磨，他终生都被未解之谜困扰着，尤其是与汉斯·莱尔斯有关的谜团。莱尔斯是什么下场？莱尔斯为什么没有受到战争罪的指控？为什么从来没有人向皮诺问过莱尔斯的事？

由于莱尔斯将军等"托特组织"的军官非常擅长销毁和自己有关的历史记录，我做了将近十年的调查才解开了皮诺·莱拉的一些疑问。纳粹分子都有保留记录的要求，"托特组织"实际上控制了数百万囚犯奴隶，然而，现存的与"托特组织"相关的资料仅用三个文件柜就能装下。

莱尔斯将军按说曾坐在阿道夫·希特勒的左手边，可以说是第二次世界大战最后两年在意大利权力第二大的人物，然而留下的与他那段时光有关的资料却不足一百页。在大多数文献中，莱尔斯的名字仅仅是作为一场场会议的与会者出现。莱尔斯作为签署方的文件非常罕见。

然而，留存资料明确表明，在皮诺将莱尔斯移交给布伦纳山口的美国伞兵后,莱尔斯在德国和瑞士的资产都被冻结了。莱尔斯被从布伦纳山口带到了盟军设立在因斯布鲁克外的战俘营。奇怪的是,莱尔斯接受审讯的口供资料从未公开过,纽伦堡举行的国际战争犯罪审判的公诉环节也没提及他。

不过,莱尔斯将军为美军写了一份有关"托特组织"在意大利活动的报告。报告现存美国国家档案馆,内容简而言之就是对莱尔斯个人作为的粉饰。

1947年4月,二战结束的二十三个月之后,汉斯·莱尔斯出狱了。三十四年后,他在德国埃施韦勒去世。这两个日期是我这九年来关于莱尔斯唯一确定的信息。

*

2015年6月,在与优秀的德国研究者、译者西尔维亚·弗里奇兴共事时,我找到了莱尔斯将军的女儿英格丽德·布鲁克,她依然生活在埃施韦勒。布鲁克女士虽然生命垂危,但同意了和我谈谈她父亲以及她父亲战后的经历。

"他被带到了战俘营,等待纽伦堡的诉讼。"布鲁克女士躺在从父母那里继承的巨大庄园的卧室里,脸色苍白,虚弱无力地说道,"他被指控犯下战争罪,但是……"

布鲁克女士开始咳嗽,身体极度不适,无法继续下去。还好后来,莱尔斯将军二十五年的精神导师,还有他三十年的助手朋友都能把接下来的部分告诉我,至少是莱尔斯曾告诉过他们的有关自己在米兰的经历,以及他奇迹般从战俘营获释的经过。

根据格奥尔格·卡谢尔和埃施韦勒的退休神父瓦伦汀·施密特的说法,莱尔斯将军确实受到了战争罪的指控,但他们并不清楚指控的具体细节,并且声称对莱尔斯执行希特勒最终决议中的"通过劳动灭绝"的纳粹政策奴役劳工、参与大屠杀的事一无所知。

然而，神父和地产经理都一致表示，莱尔斯当时是要和其他在意大利犯下战争罪的纳粹分子、法西斯分子一同在纽伦堡接受审判的。二战结束后，一年过去了，两年过去了。那一两年里，希特勒在世的亲信大多受到审判被处以绞刑，因为纳粹德国军备、军需及军火大臣、"托特组织"领袖阿尔伯特·施佩尔提供了不利于他们的证词。

尽管集中营是"托特组织"建造的，而且许多集中营还有"托特组织"劳动营的标识，施佩尔却在纽伦堡法庭上声称对集中营的事一无所知。不管盟军公诉人是真的相信了施佩尔，还是仅仅看重他提供的有罪证词，法庭最终的判决使希特勒的建筑师逃过了绞索。

莱尔斯将军在得知施佩尔背叛了希特勒的核心集团、将其他人送上绞刑架后，也和公诉人做了交易。莱尔斯以个人名义提供证据，证明自己除了其他事情外，还曾帮助犹太人逃离意大利、保护红衣主教舒斯特等天主教高级圣职人员，并使菲亚特公司免遭彻底毁灭。莱尔斯也同意在不公开审理的情况下提供对他名义上的上司阿尔伯特·施佩尔不利的证词。在一定程度上，是基于莱尔斯提供的证词，希特勒的建筑师最终被判犯有奴役罪，被判处有期徒刑二十年，到施潘道监狱服刑。

1947年4月，莱尔斯为何能从战俘营获释，神父和莱尔斯的老助手的解释至少是上面这样的。

这段描述整体合情合理，但莱尔斯家族的传说无疑是更加复杂的。二战结束后，不到两年时间，全世界对战争后续的事情开始感到厌倦，对没完没了的纽伦堡审判更是越发冷漠。意大利的共产主义势力持续扩张，也引起了政治上的忧虑。人们担心，对法西斯分子和纳粹分子进行一系列耸人听闻的审判只会助长左倾分子的势力。

历史学家米凯莱·巴蒂尼所说的"缺失的意大利纽伦堡"最终没有举行。到了 1947 年春夏,莱尔斯将军等曾犯下可怕暴行的纳粹分子和法西斯分子就被放走了。

莱尔斯并未因其罪行而受到审判。没有人为在莱尔斯的监视下遇难的无数奴隶承担罪责。二战最后两年在意大利北部犯下的所有罪恶和暴行因为钻了法律的漏洞被埋藏、遗忘了。

*

莱尔斯回到杜塞尔多夫和妻子安纳莉丝、儿子尤尔根、女儿英格丽德团聚。战争期间,莱尔斯的妻子继承了埃施韦勒的中世纪的帕朗庄园。在战后经过六年的法律纠纷后,莱尔斯重获对这座巨大庄园的控制权,并用余生修复和经营它。

莱尔斯首先开始重建庄园里的宅第和谷仓。具有讽刺意味的是,庄园的宅第和谷仓在战争结束不久后,被曾受到过"托特组织"奴役的波兰人烧毁了。莱尔斯的神父和助手说,莱尔斯从未说过全欧洲有将近一千二百万人被德军劫持,并被迫参与劳动。

两人也不知道,莱尔斯修复庄园所需的巨额资金是从哪里弄来的,唯一的解释是,这些钱是莱尔斯在战后长年为钢铁企业克虏伯、军需品制造公司弗利克等多家德国超级公司提供咨询服务挣来的。

两人说,莱尔斯人脉很广,总有人欠他人情。莱尔斯想要什么东西,比方说拖拉机,那么嗖的一下,就会有人送他一辆。这种事层出不穷。据说,菲亚特公司非常感谢莱尔斯,过去经常每隔一年就送他一辆新车。

汉斯·莱尔斯战后过得很好。正如他所预言的,无论是希特勒上台前、上台后、还是下台后,他都过得顺风顺水。

*

被盟军战俘营释放后，莱尔斯成了虔诚的天主教徒，捐建了埃施韦勒复活教堂。从复活教堂到莱尔斯的庄园只隔了一条小巷。为了纪念莱尔斯，庄园所在的街道被命名为"汉斯·莱尔斯路"。

据说，莱尔斯是那种"能成事"的人，神父、助手等人都曾力劝过他进入政坛。然而莱尔斯拒绝了，说自己更想做"暗处操控的人"。莱尔斯完全不想做台前人物。

莱尔斯渐渐老了，看着儿子长大，获得工程学博士学位；女儿嫁人，有了家庭。莱尔斯偶尔吹嘘自己直接向希特勒汇报，从来都不听阿尔伯特·施佩尔的指挥，其他情况下他很少谈起战争。

施佩尔从施潘道监狱获释不久后拜访了莱尔斯。据说施佩尔刚开始很好相处，但喝醉之后露出敌意，暗示自己知道莱尔斯曾提供过对他不利的证据。莱尔斯将施佩尔赶出家门。莱尔斯读了施佩尔讲述希特勒兴衰沉浮的畅销书《第三帝国内幕》后，火冒三丈，说施佩尔完全在"颠倒是非"。

后来莱尔斯的健康状况一度恶化，于1981去世。莱尔斯的遗体被埋葬在他捐建的复活教堂和他生活过的帕朗庄园之间的一片墓地的一块大石头下。在布伦纳山口离开年轻的皮诺·莱拉后，莱尔斯活了很久。

"我所认识的莱尔斯是个好人，是个反对暴力的人。"施密特神父说，"他是工程师，从军只是工作。他不是纳粹党员。莱尔斯如果牵涉进战争罪，我想他一定是被逼无奈。他肯定拿枪指过自己的脑袋，但是他没有选择。"

在得知这些情况以后又过了一周，我再次来到马焦雷湖畔拜访皮诺·莱拉。皮诺当时已八十九岁，须发皆白，戴着金属边框眼镜、时尚的黑色贝雷帽。他一如既往的和蔼可亲，幽默风趣，精力充沛，过着精彩的生活。鉴于他最近才遭遇一场交通意外,还能这样可谓吉人天相。

我在皮诺喜欢的一家小餐馆与他见面,餐馆位于他生活的莱萨镇的马焦雷湖畔。喝着一杯杯基安蒂红酒,我把莱尔斯将军的结局告诉了皮诺。我说完后,皮诺坐在原地,久久望着外面的湖水,脸色变幻不定,内心百感交集。七十年过去了。七十年的茫然疑惑终结了。

也许是因为喝了酒,也许是因为想皮诺的故事想了太久,那一刻的皮诺在我看来就像是一道大门,带我回到了过去的世界。那个世界的战争,以及战争中英勇的灵魂、残忍与仇恨的魔鬼、信念与爱情的咏叹调依然在这个幸存下来、讲述这个故事的、正直善良的灵魂中不断上演。和追忆往事的皮诺坐在一起,我觉得不寒而栗,他将这个故事赋予了我,让我感到无比荣幸。

"你确定吗,朋友?"皮诺最后问。

"我去过莱尔斯的坟墓。我还和他的女儿以及他忏悔过的神父谈过。"

皮诺怀疑地摇了摇头,耸了耸肩,举起双手说:"这位将军待在阴影之中,一直到结束,依然是我歌剧中的幽灵。"

皮诺说完把头甩到后面,笑命运之荒谬,笑命运之不公。

在沉默片刻之后,皮诺说:"你知道吗,年轻的朋友,我明年就九十岁了,但对我来说,生活依然难以预料。我们永远不知道下一刻会发生什么,会看到什么,会有哪个重要的人进入我们的生活,会失去哪个重要的人。生活在变化之中,永远在变化之中,除非我们足够幸运找到其中的喜剧,否则生活即便不是一场悲剧,也会非常具有戏剧性。在历经沧桑之后,即便天空变成可怕的猩红色,我依然坚信只要我们幸运地活着,无论每一天有多少缺憾,我们都必须向每一天、每一刻的奇迹致以谢意。我们必须相信上帝，相信宇宙，相信更美好的明天，哪怕没有得偿所愿。"

"这是皮诺·莱拉长寿而且快乐的秘方吧？"我说。

皮诺一听笑了，向空中摇了摇指头："只是漫长人生中快乐的部分。人生中要唱的歌。"

皮诺向北眺望，目光越过马焦雷湖，望向他心爱的阿尔卑斯山脉。夏日的天空中，阿尔卑斯山脉巍然耸立，就像无数巧夺天工的大教堂。皮诺喝着基安蒂红酒，泪眼蒙眬。我们坐在原地，良久沉默无语。老人的心在远处。

湖水轻轻拍打着护岸。一只白色的鹈鹕振翅飞过。我们身后传来自行车铃铛的响声，还有骑车女孩的笑声。

终于，皮诺摘下眼镜，太阳快落山了，夕阳将马焦雷湖浇铸成铜金色。皮诺擦掉泪水，戴上眼镜，把目光向我投来，微微一笑，悲喜掺杂。他把手掌放在心口。

"原谅一个老人回忆往事。"皮诺说，"有些爱永垂不朽。"

(Firma del titolare)

致　谢

　　朱塞皮诺·莱拉将非凡的往事托付给我，向我敞开伤痕累累的内心，让我讲述这个故事，对此，我怀着感激之心、谦卑之心。皮诺给了我不计其数关于生活的教训，让我变得更好。保重，老兄。

　　我感谢比尔和德布·鲁宾逊在我人生最糟糕的一天邀请我去他们家做客，感谢拉里·明科夫在晚宴上第一次和我分享这个故事的片段。罗伯特·德伦朵夫是第一个尝试写皮诺故事的人，在陷入死胡同后，将这个项目交给了我，对此，我深表感激。除了我的妻子和儿子外，这是我人生收到过的最好的礼物。

　　能和伊丽莎白·马斯科洛·苏利文结婚是我的福气。结束晚宴回到家，我告诉伊丽莎白，我想只身一人去意大利追查一个从未讲过的六十年前的战争故事，虽然当时手头拮据，但她没有丝毫犹豫，也没有试图劝阻我。对我以及这个项目而言，我最亲爱的人坚信不疑的态度起了关键的作用。

　　皮诺的儿子迈克尔·莱拉通读了所有草稿，帮助我找到了其他目击者，并且严格校正了书中的所有意大利文。谢谢，迈克尔。没有你，我不可能完成这本书。

我很感激在柏林德国国家档案馆和德国腓特烈斯贝格逗留期间对我帮助良多的富布莱特学者尼古拉斯·苏利文。也很感谢我的德语翻译兼研究助理西尔维娅·弗里青,她帮我把莱尔斯将军的战后时光渐渐梳理清楚,使皮诺内心的疑问得以平息。

我衷心感谢所有为我研究皮诺故事提供过帮助的意大利人、德国人、英国人、美国人。每当我碰壁的时候,似乎总会有慷慨之人出现,为我指引正确的方向。

这样的人包括但不仅限于:驱逐流放纪念基金会的莉莲·皮乔托,米兰的菲奥拉·德拉·肖阿,退休神父乔瓦尼·巴尔巴雷斯基,曾是雷神父"阿尔宾那之家"男孩之一的朱利奥·切尔尼托里。米莫的朋友、前游击队战士爱德华多·潘津尼帮了我很大的忙;同样帮了我大忙的还有我的米兰向导米夏埃拉·莫妮卡·菲娜丽,以及把我带上布伦纳山口逃亡路线的里卡多·苏雷特。

还包括美国大屠杀纪念馆曼德尔大屠杀研究中心的史蒂文·塞奇,洪堡州立大学利他人格和亲社会行为研究所的保罗·奥利内,美国国家档案馆的研究员史蒂文·罗杰斯博士和西姆·斯迈利,意大利梵蒂冈历史学家费边·莱梅斯,米兰领事馆档案馆的博萨特拉阁下。在马德西莫,我得到了皮埃尔·路易吉·斯卡拉梅利尼和皮耶里诺·佩里切利的帮助。皮耶里诺在当年那场杀害旅馆老板之子的手榴弹爆炸事件中失去了一只眼睛和一只手。我也感谢维克托·达洛亚讲述了父亲战功勋章的发现;感谢安东尼·克内贝尔分享了父亲的通信;感谢霍斯特·施米茨,弗兰克·希尔茨,格奥尔格·卡舍尔,瓦尔汀·施密特,英格丽德·布鲁克为莱尔斯将军的传说画上了句号。

许多机构、团体、历史学家、作家、学者在理解皮诺故事展开的背景上给予了我巨大帮助。这其中有以色列耶路撒冷犹太人大屠杀纪念馆员工、轴心国历史论坛成员、作家、学者：朱迪思·韦斯佩拉、亚历山德拉·基亚帕诺、雷纳塔·布罗吉尼、马努埃莱·阿尔托姆、安东尼·舒加尔、帕特里克·奥唐奈、保罗·诺采克、理查德·布赖特曼、拉伊·莫斯利、保罗·舒尔茨、玛格丽塔·马尔基奥内、亚历山大·斯蒂勒、约书亚·齐默尔曼、伊丽莎白·贝蒂娜、苏珊·祖科蒂、托马斯·布鲁克斯、马克斯·科尔沃、玛丽亚·德·布拉西奥·威廉、尼古拉·卡拉乔洛、博斯沃思、埃里克·莫里斯。

我也很感谢以下这些人耐心阅读了初稿：简·罗特罗森出版社的丽贝卡·谢勒、美国国家公共电台驻五角大楼记者汤姆·鲍曼、大卫·黑尔、史密斯、特丽·奥斯特罗夫、皮茨、达米安·斯莱特里、克里·卡特雷尔、肖恩·劳勒、贝齐·苏利文、康纳·苏利文、劳伦斯·苏利文。

我出色的经纪人梅格·吕莱首次听到皮诺的故事就意识到其扣人心弦之处，在应者寥寥的情况下支持我去追求这个项目。有她的支持我感到很幸运。

我们着手为这本书找一个家的时候，我写下说我想找一位和我一样对这个故事充满激情的编辑。联合湖出版社的编辑丹妮尔·马歇尔以及亚马逊小说排行榜的冠军成绩让我如愿以偿。丹妮尔和大卫·唐宁编辑都相信这个故事，并且促使我去打磨叙事，直至臻于完善。我对你们两位感激不尽。

本书根据真人真事写成，但故事情节为作者虚构。

图书在版编目（CIP）数据

猩红色的天空下 /(美) 马克·苏利文著；王培宇, 孙会军译.
-- 上海：上海文艺出版社, 2019.1（2019.1重印）
ISBN 978-7-5321-6885-9

Ⅰ.①猩… Ⅱ.①马… ②王… ③孙… Ⅲ.①长篇小说—美国—现代
Ⅳ.①I712.45

中国版本图书馆CIP数据核字(2018)第275041号

©This edition made possible under a license arrangement originating with Amazon Publishing, www.apub.com.

Simplified Chinese edition copyright:
2019 SHANGHAI LITERATURE AND ART PUBLISHING HOUSE
All rights reserved.

著作权合同登记图字：09-2017-824

书　　名：	猩红色的天空下
作　　者：	(美) 马克·苏利文
译　　者：	王培宇　孙会军
出　　版：	上海世纪出版集团　上海文艺出版社
地　　址：	上海绍兴路7号　200020
发　　行：	上海文艺出版社发行中心发行
	上海市绍兴路50号　200020　www.ewen.co
印　　刷：	上海文艺大一印刷有限公司
开　　本：	890×1240　1/32
印　　张：	16.125
插　　页：	2
字　　数：	320,000
印　　次：	2019年1月第1版　2019年1月第2次印刷
Ｉ Ｓ Ｂ Ｎ：	978-7-5321-6885-9/Ⅰ·5494
定　　价：	69.00元
告 读 者：	如发现本书有质量问题请与印刷厂质量科联系　T: 021-57780459